留城吟

长篇历史小说

刘学安 ◎ 著

中国言实出版社

图书在版编目（CIP）数据

留城吟 / 刘学安著 . -- 北京：中国言实出版
社，2024.1
ISBN 978-7-5171-4716-9

Ⅰ.①留… Ⅱ.①刘… Ⅲ.①长篇历史小说—中国—
当代 Ⅳ.① I247.5

中国国家版本馆 CIP 数据核字（2023）第 255527 号

留城吟

责任编辑：史会美
责任校对：王建玲

出版发行：中国言实出版社
    地 址：北京市朝阳区北苑路180号加利大厦5号楼105室
    邮 编：100101
    编辑部：北京市海淀区花园路6号院B座6层
    邮 编：100088
    电 话：010-64924853（总编室） 010-64924716（发行部）
    网 址：www.zgyscbs.cn 电子邮箱：zgyscbs@263.net

经 销：新华书店
印 刷：徐州绪权印刷有限公司
版 次：2024年1月第1版 2024年1月第1次印刷
规 格：710毫米×1000毫米 1/16 20.75印张
印 数：1—10000册
字 数：263千字

定 价：62.00元
书 号：ISBN 978-7-5171-4716-9

作者简介

刘学安,江苏沛县人,中国作协会员,中国小说学会会员,现从事教育工作。作品散见于《中国作家》等国内期刊,曾获多种报刊文学奖项,小说集《你说我是谁》列入"舞动汉风——徐州作家精品文丛",长篇小说《龙兴镇》被中国言实出版社选进"全民阅读精品文库"出版发行,短篇小说集《浮在水面的秤砣》2020年入选中国言实出版社推出的"中国政府出版品国际营销平台精选图书·文学书系"向国外推介。

第一章

有时候，你不得不承认突然的感觉是多么正确。

张谦正为自己的又一偶得窃喜，准备记在随感录上，一阵凌空高扬的幽咽之声，透过桌前的窗棂冲进耳鼓，哪敢怠慢？腾地站起，双臂一伸破窗而出，随后一个向前的后翻，眼看要落在院中方鼎香炉的铸铁雨搭龙脊上，眨眼间，右脚尖轻点，整个身子像一把织鱼网的梭子，直奔空中那个向上不停旋转的黑色铁管。

这是一个阴云四起的午后，从黄山湖吹来的细风，带着似有若无的淡淡鱼腥撩开张谦的衣袂，让从学堂里跑出来的一群男娃在廊下仰着头目瞪口呆。男娃们见那铁管像着了魔，在张谦举过头顶的右手食指上旋转着徐徐落下，又像是谁下了无声的命令，一窝蜂拥挤着往屋里钻。等张谦一脸严肃地提着铁管走上讲台，男娃们一如往常，早已端坐着写起了大方。

张谦就近瞅了瞅，仍然是上午教的《千字文》前八句，这是午饭后他安排的第一炷香的功课，低头看看正燃的定制香，见还有一多半，又抬眼扫了一遍全屋，准备收回时，却碰上了坐在最后的张豹偷偷瞟来的目光，立马眼一瞪，见张豹赶紧低头动起了笔，猛然想到手里的铁管，就走了过去。张豹见张谦在自己跟前站定，不敢瞅，笔也哆嗦起来。张谦顺着他哆嗦的笔一看，"天地玄黄"的"玄"字，最后一点随着张豹的抖动已面目不清，越积越多的墨汁，已开始向四周洇开来，要是再不止住，整张纸就全废了。就问，你这么长时间就写这几个字吗？张豹没回答，笔尖却猛地一拉，积聚的墨汁像淤塞已久的水道有了出口，顺着笔尖画出的方向快速奔腾而去，转眼，墨汁就从纸上流出跑到桌面又向地上滴去。张豹急忙将身子后撤，又麻利地把并着的双腿左右拉开，随着第一滴墨砸到地上，他手中的笔又自下而上一带，被触碰的砚台眼看就要从右上方飞离桌面，真要飞出去，前面高志才穿的新衣就被糟蹋了。不知如何是好的张豹心一急就傻愣起来，呆着的张豹没想到张谦一个海底捞月左掌迅速一揽，飞出的砚台又回到了原处。醒过神来的张豹见砚台距桌沿太近，就用左手往里拢拢，哪想到紧张的张豹手按到了砚边上，整个砚台便向纸上倾翻过来，霎时，整张纸就成了一片汪洋。

好在手抽得快，张豹的手上没有墨汁。再次傻眼的张豹拢成弧状的左手与执笔的右手像每天早上练坐桩一样定住了，眼看墨汁又要顺着刚才的通道向地上逃遁，张谦眼疾手快用手中的铁管围着纸的四周一划，然后一提，又向前一撬，那纸带着墨漫过众人的头啪一声落在了讲台外侧的旧鱼篓里。

所有正埋头书写的循声望过去，那只口小肚大的鱼篓像什么也没有发生，依然披着一身土灰色稳稳地蹲在那里。大家都知道，这只被淘汰的鱼篓肚上原有个洞，是开班那天被张豹一脚踢出来的，一直在兴奋中的张谦并没有责怪他，当天就利用午饭后的时间，将新割的白柳条剥了皮补上后，又在上面贴了一张纸，上面还写了"废纸篓"三个字。眨眼五年过去，别说这三个字，就连贴上去的纸，若不是低头细寻那与柳条已融到一起的纸痕，不清楚原委的根本不知道那地方曾贴过纸，更不会想到那贴过的纸上还有这三个字。当然，后补的柳条如今也变了色，与这鱼篓的其他地方相比，就像张豹上学前，每到夏天只用短裤裹着的后腚和裸露的脊背，洗澡脱光后，远看全身一样，近了上下一比较，那后腚确实白了点，但由于不常在大太阳底下晒，也并不是太分明。

没发现鱼篓有什么明显变化的孩子们，又低下头继续写张谦布置的大方。呆愣的张豹见张谦玩魔术一样用铁管把纸连墨滴水不漏地扔了进去，不仅隔着那么远，还看不见那破鱼篓的口，惊愕罢，眼又盯着那铁管。

张谦问，你知道是谁把它从龙兴殿里拿出来的吗？张豹收回目光对着张谦坚定地说，不知道。张谦又问，真不知道？张豹身子一挺，真不知道。张谦又转脸问大家，谁知道？大家都转头瞅过来。张谦见没有人回答，就说，难道是它自己跑出来的吗？都不说是吧？那好，等我查出来，你们一个都不轻饶。转脸又瞅着张豹说，好汉做事好汉当，到底是谁，现在承认还不晚。

高志向后瞥了张豹一眼，慢慢站起来，又转向张谦说，对不起，舅舅，是我。张谦听了，收回目光，上下来回扫了高志一眼，用低沉的语气说，告诉你多少次，这不是在家里，不能这样称呼，不能这样称呼，你咋就改不了呢？叫先生，现在就叫。

高志走出座位，又在过道里重新面对张谦立正站好，鞠了一躬说，对不起，先生，是我从龙兴殿拿出来的，都是我的错，要罚就罚我吧，与大家无关。

张谦见屋内所有人都一会儿看着他，又一会儿盯着高志，就收回目光严肃地问，真是你拿的？高志答，是的，先生，就罚我吧。张谦又问，你拿了为啥还要抛到空中去？高志我我我着，还没回答清楚，张豹突然举起手说，报告先生，是他拿的，您说完让我们写大方刚出门，他就悄悄跟着溜了出去，他拿进来还让我看，我知道那是龙兴殿供着的，就想夺了送回去，没想到他一扬手，那铁管就从窗棂孔里飞了出去。张谦又问高志，是这样吗？高志瞅了眼张豹低下头说，是。

张谦翻了翻高志写的大方，就走到张豹跟前说，高志不仅完成了我要求的张数，还多写了两张，你写的呢？张豹说，我，我写的不是让您给扔到纸篓里了吗？张谦问，那上面有几个字？张豹答，有，有，有三个。张谦又问，你咋写这么少？张豹又答，您常教导我们慢工出细活，所以我一直遵照您的教导写得慢，再说了，现在课时香还剩一多半，我完全可以在规定的时间内写好。张谦说，好，你继续。转身就去讲台。可刚抬步，张豹的话追了过来，先生请留步，您还没罚高志。张谦猛一转身，眼一瞪，这跟你有关吗？张豹说，当然有关，俺爹说，赏罚分明，惩恶扬善，关乎正义，更关系学堂纪律、社稷民风，当先生不以身作则说话算数，那学堂前墙上贴着的白纸黑字就是狗皮膏药，我们不服。张谦点点头说，你以为我不罚他吗？我难道不能以我认为最恰当的方式责罚他吗？张豹说，当然。张谦又说，你一开始不是说不知道是谁吗？咋又肯定是高志了呢？张豹说，一开始我想护着他，没想到他自己承认了，我要不再站出来，我们大家是不是都跟着遭罪？张谦说，你知道不知道这是不诚实的表现？张豹说，我这样也是出于对大家的保护。张谦说，你这样不是对大家的保护，而是为自己说谎遮掩，说谎不仅害己又害人，故意遮掩，更是错上加错。张豹说，就是错，也是好心犯了个小错。张谦说，你知不知道，你的这种作为是对先生最大的不敬？张豹说，您不是一直在鼓励我们课堂上有啥说啥吗？张谦说，我也让你不论是非吗？张豹低下了头。

张谦快步走到讲台，让大家停下笔，说，高志，你到前面来。高志到了讲台，面向先生。张谦说，面向大家。高志面向大家。张谦问，这个是你能拿的吗？为啥要拿？高志低头不答。张豹说，他看天天供在那里好奇。张谦转向张豹，问你了吗，你是他肚里的蛔虫吗，啥都知道？张豹说，这个铁管子是张良祖留下来的，别说外姓人，就是本族人也不能随便摸，他不仅随便摸了，还胆敢拿出来乱扔，必须重罚。高志猛一抬头，怒目而视。张豹立马眼一瞪，你想干啥，还反了你不成？是不是不想在这儿学了？张谦说，张豹你好好给我坐下，再多说话，我罚你不守学堂规矩。转脸又对高志说，你在这炷香燃完之前，必须再写五张大方，不然，下晚学留下加倍。张豹说，有点轻。张谦高声说，你要是在这堂课结束之前，也能写五张，并能把这八句背下来，我再重罚他。

这是一支乌黑发亮的铁管，长三尺三寸，粗九分九厘，据张谦爹说，为祖上所传，取九九之意。只是这铁管与众不同，它的一端被两把柄长三寸的剑封着，抽出剑，其中的一把剑上有醒目的篆体"赤霄"二字，另一把上篆刻着"凌虚"。从管口看，剑有九分宽，按五个箫孔所在位置，横在管的中间，说白了，这铁管就是剑鞘，如果不是按动上面一个不显眼的按钮让剑弹出，根本不知里面会有两把剑，至多认为这是一支很别致的洞箫而已。张谦再细问，爹说是汉初张良祖来留城封地随身之物，为汉高祖临别私赠，相传当时外有一刻有龙凤的木盒，因年代久远已不知所终，想必是岁月风蚀，或其他别的原因，这铁管后来便取龙凤之名世代由长房长孙相传，秘不示人。可自张谦祖父集资重修这龙兴寺，又不知何因，取横置之势供在了汉高祖与张良祖并排的塑像中间。张谦接手后，仿祖上传说又做了个龙凤木盒，用一块让人从苏州捎来的上等黄绸裹严实放在盒槽里。每每按祖规上油保养完，就抚管冥想，以箫管作剑鞘可以理解，为啥里面装两把剑，两把剑又代表啥？既是家传，为何示人？既然示人，为何又供起来呢？是按曾经的嘱咐，还是昭示什么？针对张谦的不解，张谦问得多了，张谦爹就郑重地说，不论这祖传之物的藏与供，也不论剑与箫的体量大小跟往常有何不同，都有其原因和理由，就像世上万物，自有其存在的意义，悟到了就是用到了，这就看凭你的聪慧悟得如何，你要是悟不到，或是悟浅了、悟错了，就是我说了也是白说，就是你用了，用起来也不会达到应有的功效，所以别多问，只要负起你该负的责任，别出意外。这么多年，张谦最担心这管出意外，没想到就被拿了出来，又幽咽高扬，福兮祸兮？

按规定，这铁管的保养每年两次，一次在六月初，一次在正月初，如今元宵节还没过，没必要再擦拭保养，可既经了室外风尘，多做一次又何妨？张谦这样想着，就在东厢房动作起来。按以往程序才细细做完，张豹就跑进来说，我写完了，香还没完。张谦拿了铁管赶紧随他回学堂，香虽所剩不多了，可高志还在写着，不好惊动，就让张豹把他写的拿过来，张谦一看，还真写完了。按要求还真有了点王羲之的味道，看来他对这些孩子书法功课的设置是对的，这才多长时间？连张豹都写成了这样，其他就不必说了。

这学堂里共有十九个学生，是五年前按照张斌的提议从留城张氏学堂选来的。张斌是留城商会会长，不仅在留城名气首屈一指，就是在沛城县衙里也很有名望。他在这年年终招集本族几个有威望的人说，张氏在留城虽是望族，如今世道，要是不专门培养一些出类拔萃的后人，以后就是有留侯老祖罩着，也很难在留城立住脚跟，更别说光宗耀祖重振张氏门庭了。大家听了，一致表示赞同，纷纷推举张斌负责这事，张斌就趁机成立了助学筹资董事会，按董事会商定的标准选出学员，最后报家族理事会审定。根据董事会商定，从学堂选出十八个年满十岁的男童送到龙兴寺，让张谦精心培养，所有费用由董事会担负，十年寒窗之后，个个必是张家栋梁。张谦与张斌同岁，本来两人都有志向，发愤苦读求个一官半职，却屡试不第，及至成家，见一个个不如他们的都飞黄腾达，知道这功名不仅仅靠的是学识，还有其他猫腻，心就淡了，好在都有世袭，张斌继承了其父商会之职，张谦接过了他爹的族长和兼管龙兴寺的重任。选来的十八个学生，相对来说，张豹综合素质最差，如果不是张斌，很可能不在这十八人之列，再扒扒其他学生的老根，大都是张氏大户人家的后人，当然，也有几个是小户的子弟，张谦心里明白，这是用的障眼法，是为了让众多的小户拿出份子钱。张谦弄清之后，就在开班前的一天晚上去见了张斌，先是问招收的人数为啥定为"十八"，张斌答，"十八"是个最牛的数字。张谦问，牛在哪里？张斌答，"十八"是一个吉数。张谦接过来说，老祖宗传下来的所有计数都是吉数，一心一意、二人同心、三阳开泰、四海升平、五福临门、六六大顺……你看哪个不是吉数？不然能传下来吗？张斌说，首先，"十八"是咱国人文化的一个传统数字，最重要的是，咱此举的目的不只是让家族壮大，还要让留城复兴，这就要求变，而从形式上，"十八"是"变"的基础和根本，在风水中是财运亨通、繁荣兴旺、诸事成功、长久永恒的意蕴，在佛教中表示信仰坚定、尊重美好、泰然处世、福禄安康，所以在传统文化中诸多数量的表达都用"十八"作为一种精神寄托，如泰山十八盘、东林十八贤、胡笳十八拍、降龙十八掌、女大十八变，还有易经十八式，为啥不用别的数字代替呢？张谦说，那是因为按事实计数。张斌说，可世上的事，用"十八"计数的，往往不仅仅是为了准确，而是巧妙利用这个数字的吉祥表达一种愿望和美好，像汉高祖为巩固初建立的政权分封十八侯，唐朝为实现"贞观之治"招纳十八学士，各姓家族都期望子孙绵延不断说十八世，少林寺为守好门组十八铜人阵，要想成为世间最厉害的人必精通十八般武艺，咱留城百姓为体现本地自古为东西南北交汇的咽喉、兵家必争之地，世代争相传说这里连着周边十八座古城，眼前的运河为保障四季漕运畅通，在两岸留了蓄水济运的十八口，还有沛县城南的十八寨、丰县城南的十八屯等里面都有自己的愿望表达。张谦说，可真要较真算起来，世上的十八般武艺不仅仅是官定的那些，运河的水口数当然不止十八，沛丰的寨、屯计数也不是实指，既然"十八"只是表达一种愿望，我们又何必在意多一个少一个呢？张斌说，我们做的是关乎张氏家族和留城的复兴大业，在人才培养上，就像这么多年来陆续修复城墙并用青砖里外镶起来呈现一种欣欣向荣之势，首先要在形式上尊重传统，少一个，就犯了传统的忌讳，多了，我们的财力也不允许。张谦说，如果再多一个，就是"幺九"，"幺九""要久"，这可比"要发"更符合大家的本意。张斌顿了顿说，你就别绕弯子了，直接说再让谁进学堂，如果真符合条件就再协商。张谦就把高志也收进学堂的想法说了出来，张斌一听以不姓张果断拒绝。张谦不依，说，一则高志虽不姓张，也不是留城住户，可其祖当年一直听命张良祖帐前，就是张良祖来留城，也是唯一在身边的外姓侍从，及至张良祖葬于东山，其后人仍守在侧；二则高志是张家外甥，其母娘家人虽不与你我同房，五服之前也是一脉；三则这孩子禀赋极高，且一直跟在我身边习学，我不能丢下他只教那十八个孩子。张斌说，按理该收，但必须先征得董事会同意。张谦说，你去说吧，若不同意，请另谋高人，我还是只教高志自己。张斌说，就是董事会和家族理事会同意了，费用呢？张谦道，给我的那份月薪让他享用。张斌说，兄弟这份心难得，我一定把这事给争取过来，再说了，在人才培养上，咱还是按照家族理事会商定的"从小抓起，多多益善"。开班前，张斌对张谦说，念在高家对张家的那份心，就收在学堂吧，费用还是董事会出。张谦说，费用别让董事会出了，就用我的那份吧，本来他一直就跟着我，不能给以后的人留话柄。张斌说，还是兄弟想得周到，我一定把你的意思转达给大家。

转眼几年过去，张谦除了照管好龙兴寺，就是教这十九个学生，尽管在留城仍以龙兴寺十八书生称之。按照他文武双修的理念，字是人的脸，必须得有一手绝活。于是，他在教练时从楷书开始，欧阳询、颜真卿、柳公权、赵孟頫，一年一体，又学了一年王羲之的楷书，今年就开始学行书。当然行书的习练得承接前一年王羲之楷书的基础，在讲练了几天基本笔画后，就从南朝梁武帝时期周兴嗣的集字《千字文》开始，每天八句，接着，依序是《笔势论十二章》《题卫夫人〈笔阵图〉后》及《笔阵图》《兰亭集序》。不仅练字，也学文，如此一年下来，学生学到的不仅是字体的书写，如果都能对这一年所学有更深的领会，就是此后再不教书法，只要日后按领悟不断用功，笔下功夫自然会日日见长。可《千字文》才开始，张豹就发了几句牢骚，先是说练了王体楷书，也学王体行书，就是六个手指挠痒痒多一道子，说了几次，同学们知道他干啥事都没长性，还总是给自己偷懒找理由，就没人理他。可说的次数一多，没想再说时就让张谦听到了，张谦自然知道他的脾性，还没等他说完，就在学堂里严厉地训他，说，王体行书既是前无古人的书法高峰，又是习练者的最好范本，不仅现在练，只要有条件，到老都要练，等你深得其要领，你会意识到，每练一遍，就有一遍意想不到的收获，你的字也会更有进步。张豹见张谦从没有过的严厉，就头一缩再没敢吱声。也就消停了两天，张豹又牢骚起来，说，练就练呗，还背文章，简直无聊透顶。没想到，刚说完，又被张谦逮住。张谦说，嫌无聊是不？那好，从明天开始，学堂的地归你扫三天，当然背文练字一个也不能少，完不成，就连寝室也一起打扫。张豹一听，连大气也不敢喘。好在受罚的三天有高志帮着，不然，平常在家里横草不摸、竖草不拔的他哪能受得了？受不了不说，还不思悔改，受罚才结束一天，又好了伤疤忘了疼，像登科后"春风得意马蹄疾，一日看尽长安花"的孟郊一样，第二天一起床就忘了自己是谁，又在下午第一节的写大方课上满嘴跑起了马。恰好这节课刚布置完所写内容，张谦就被急匆匆进门的慧觉师父叫了去。张豹抬头一看，两人在院当中香炉前面对着站定，先是慧觉师父嘴动了动，又见张谦点了点头，就回了养心殿他的书房，紧接着，慧觉也转身去了大门方向。张豹又像刚拱出地皮的曲蟮一样开始前俯后仰左瞅右看，身前的高志几次提醒他抓紧写，他像没听见，后来就大着声说，不是写就是读，腻歪死了。高志说，写和读都是练好字的基本功，不能轻视。张豹说，就是练基本功，也不能天天王羲之、《千字文》，就不能换换花样？高志说，一个王羲之就够吾辈学一生了，还要换啥花样？张豹说，有这工夫不如练褚遂良为燕国公抄录的《枯树赋》，要知道褚遂良也是书法大家，《唐人书评》中称其"字里金生，行间玉润，法则温雅，美丽多方"，宋代米芾也赞其"九奏万舞，鹤鹭充庭，锵玉鸣珰，窈窕合度"，单是褚之《枯树赋》，就与同时代的虞世南的《汝南公主墓志》、欧阳询的《卜商帖》齐名，后来的书法大家李邕等更是深受其影响，更何况《枯树赋》可是南北朝文学大家的名篇，吾等不可不学、不可不读、不可不赏。高志说，且不说自唐宋元以来，有名书家如群星璀璨不可胜数，就是本朝的文徵明、唐寅、董其昌等，哪一个提起来不如雷贯耳，哪一个的字不让人佩服得五体投地？吾等课余不妨可凭个人喜好欣赏临学，但先生设定的功课是基本功，相比较来说，其他则是技法，只有练好了基本功，才能采百家之长为我所用，咱可不能才学会走，就想着跳，真要跳得幅度大了，又没把握住，很容易栽跟头，要是再鼻青脸肿了，那就更得不偿失。张豹听了，脸一寒，说，净说这败兴话，不理你。说完，各自写起大方。高志写了两张，见后面没动静，以为张豹安心了，悄悄转脸一看，立马头就大了，哪会想到，张豹就这眨巴眼的工夫能把龙兴殿供着的铁管拿来，还正很有兴致地玩着。那可不得了，高志就腾地起身，想夺了送回去，哪里又想到争夺中，那铁管竟从张豹手中飞了出去。

按族里规定，因龙兴寺在城南，又有二里多远，每天来回多有不便，就让所有学生吃住在寺里，每十天回家一次，还没开班，张豹就以不习惯为由，坚持每天回家，张斌一开始不同意，厉声斥责，耐不住夫人天天纠缠，还说若不同意就搬到寺里去陪，张斌念这孩子是家里独子，此前还真没离开过家，事事又都由夫人照管，就叹一声，对夫人说，罢罢罢，就顺你的意吧。转眼又严肃地说，每天必须接送，但接送只能跟着，不能替他背书包，更不能车拉人背着他，一经发现，决不轻饶。其夫人听后，赶紧点头，心想，你天天生意都忙不过来，哪还有闲心管我们的事？孩子小，就是天天背来拉去，你也看不到。可每天来去，张谦都送迎到寺门外，一是对张豹负责，二是交到来接送的张斌家人手里也放心，当然看着都过十岁的孩子了还整天背来拉去，直摇头，可人家是大户，有这个条件享这个福，就让他享去吧。但学业上，张谦一点也不迁就，张豹在学堂不太守规矩，还经常在课上无理也要狡辩几分，就此，他还跟张斌私下交流过，张斌一听就来了气，说，坚决不能让他嚣张，一定要严加管教。随后又说，都是你嫂子惯的，他两个姐姐又让着他，胆大惯了，只要该做的功课能完成，就让他在这方面发展发展也没多大害处，再说了，这些特殊孩子的教学，也不能像祠堂里请的先生那样死板，要放得开，顺性而为，才能百花齐放异禀彰显，只要你给把握住做人的底线，说不定还能培养个辩士出来，这在以后生意场上是再好不过的。张谦听了，不好再说，至于底线在哪里，他作为先生当然知道，也应该给守着，自我感觉这个信心还是有的。

　　学堂最初是按个子高矮排定的座位，由里到外、从前往后、先矮后高排成三列，每列六人，然后用张载《横渠四句》中十八个不同的字的出现顺序，依座位给每人起了一个或原字或同音字的学名。在给张豹取名时，张谦本想直接用张豹应摊的"继"字，可考虑到不妥，就把脑中最先蹦出的"济"给了他，可张豹不喜欢，平常还是让大家叫他张豹，张谦就不再坚持。因为高志的特殊，不仅没参与按个子高矮排位，也没取《横渠四句》中的字，于是就把随之又出现的"志"字派给了高志。等把张家十八位一切安排妥当，看了看高志的个头，就让他坐在中间一列的最后。张豹一见，便强烈要求跟张珏换，张谦一听，连愣也没打，便答应了。谁知刚坐定，张豹又以前后夹着不舒服为由要求跟高志调，可张谦没答应，说，你先这样坐几天，确实不合适再调。张豹立即说，我现在就觉得不合适。张谦脸一正，不合适也得先这样，若再不听话，我就差人请你爹过来。张豹一听，就不吱声了。可还没过两天，张豹就跟高志私下商量，高志犹豫了一下，便以先请示先生为由拒绝，张豹就再没继续。又过了两天，一上课，张豹的身子就开始不老实，不是向后晃高志的课桌，就是左右蹭痒痒，有时候幅度大了，高志的课桌就晃动得厉害，高志没敢声张，就悄悄捂着上面的笔墨等把课桌向后移。张豹感觉倚不到了，转脸看了看，低声说了句快移回来，见高志没理会，就站起来对先生说，高志上课随便移动桌子。张谦眼一瞪说，你给我老实点到后面站着去。张豹说，是高志的错，为啥罚我站？张谦说，你要不是晃高志的桌子，高志会移动吗？为了达到调位目的，故意破坏学堂规矩、扰乱课堂、影响别人，必须受罚。张豹受罚的次日，张斌就来到了龙兴寺，见张谦正上课，先是到龙兴殿跟慧觉聊了几句，又一起在寺院里转了转，等看到张谦从学堂出来，就迎了上去，问了张豹在学堂的表现。张谦就笑笑说，你也别绕弯子，干脆直接告诉我，是不是来给你宝贝儿子调位的？张斌也笑笑说，你嫂子这几天就跟我说，刚才慧觉又说张豹要调位的事，我觉得，确实不能再耽搁了。张谦一愣，慧觉咋知道的？张斌说，眼皮底下的事，他能不知道？就是不到学堂去，难道孩子们课余不说？他不但夸你连排座都用心良苦，还劝我赶紧找你把豹子的位调了，也不要过多考虑我的感受，不论豹子和高志，既然同在一个学堂，就没有区别。张谦说，这只是一个方面，最主要的是不能这样惯孩子。张斌说，惯自己的孩子虽然不好，影响别人的孩子后果更严重。张谦说，你真要这样，就打破了让我守着的底线。张斌说，这孩子也不是一时三刻就能解决的问题，咱先解决能解决的，毕竟高志的学习不能影响。

按出生时间，高志最大，张豹最小，可张豹自调位之后，总以老大自居，在一些事上总是吆五喝六，事事逞强更如家常便饭。怯于他爹的名威，平常其他学生都不跟他计较，只要他让他们做什么，就是满心反感，至多嘴上嘻嘻哈哈顶几句也顺从做了，可随着年岁增长，特别是近年来一个个个子不断往上蹿，有好多甚至超过了张豹，再加上张豹体胖，无论文武都显出了技不如人的明显差距，便对他的百依百顺有所减弱，但对高志，大家从不把他当外姓同学看。如若论个头，张豹和高志同样高，只有胖瘦之别，若两人不在一块，远远看过去，高志倒像比张豹还高。要是说起高志的学业，不但张豹远远不及，别的同学也没有能比上的，但高志从不在任何人前表现得高高在上，总是默默为大家做力所能及的事。特别是张豹，每有指派，高志总是应声即到，其他同学格外看不上高志这一点，高志也看出来了，可依然我行我素，张豹却以此为荣。每逢被张谦看见，一想张豹被人侍奉惯了，高志能在各方面自觉担当起来，确实省了他不少心思，就睁只眼闭只眼。可今天铁管一事，张谦不想再容忍。

你把你写的背一遍我听听，张谦把字还给张豹说。张豹我我了两声，又转身一指高志说，他还正写着，咋让我先背？高志站起来说，报告，先生，我写完了，我先背吧。说完，就把《千字文》前八句背完了。张谦对张豹说，是不是该你背了？张豹低下头说，我不会。张谦说，你放学会背后再出学堂。

张豹慢慢抬起头，从前往后，又从后往前，瞅了一遍，见所有人都在看着他，就立即转向张谦，突然举起右手说，我不服。张谦说，你说理由。张豹说，先生最初是因偷拿铁管这事，罚的是高志，可转了个圈子罚起了我。张谦说，高志罚过没有？张豹说，罚过了。张谦说，既然罚过，铁管之事就算了结。张豹说，既然了结，为啥又罚我？张谦说，罚你是因为另一件，你没有兑现你的承诺。张豹说，我没有兑现啥承诺，我又向谁承诺了啥？张谦说，你承诺我，你在这炷香点完之前要做的，你没做到。张豹说，我没承诺。张谦说，你虽然没口头承诺，但你的行动告诉大家就是默认。张豹说，我的行动默认了啥？张谦说，你这么聪明的一个人，难道还让我点出来吗？张豹低下了头。张谦并没去看他低下的头，偏又问大家，是不是？在座的都说是。张谦又问，没有兑现自己的承诺，该不该罚？大家又齐声拉着长长的音道该，刚道完香就全灭了。张谦说，下一炷香咱做个临时变动，一起到龙兴殿举行个请祖传宝物归位仪式，再进行百内自乘珠算练习。

在张豹的记忆中，龙兴寺学堂开班的第一课，张谦并没有像平常的先生那样讲学习如何如何重要，而是强调了时间的重要性，针对本朝开国以来每天计时的混乱，他综合历代计时，首先明确了龙兴学堂的计时单位，除了一天分十二个时辰，一个时辰还平均分为初、正两部分，合两个小时，这样一天就是二十四小时，简称二十四时。如说子时，即是从二十三时到一时，丑时为一时到三时，如言子初，即为二十三时，子正就是每天的零时，也是当天的二十四时，如此依次类推。为明确寺里值夜时间，又把每天的戌时到寅时定为一夜，一夜分五更，一更两个小时，又分五点，每点二十四分。为进一步让同学们合理安排每天的时间，又把每天分为九十六刻，每刻十五分，一炷香为两刻钟，一堂课是半个时辰。为让同学们养成有规律的作息，张谦又规定，每天卯时二刻起床，亥正二刻熄灯，统一用功时间为四个时辰，早晚武练各半个时辰除外，卯正开始早练，辰初早餐，二刻课堂诵读，午时二刻上午学习结束，午正初刻用餐，下午未正入学堂，申正自修，酉初晚餐，酉正晚练，戌初一天学习全部结束，其余时间自由安排。开班的前两年，学堂都是用一般规格的香，太麻烦，他后来就在留城正点香作坊定做了一种半个时辰的课时香，课间休息仍沿用一刻钟的香。每日里，长短交替，紫烟不断升腾在龙兴寺上空缭绕，留城人家每抬头向西南望去，祥云笼罩，久久不散，都禁不住感叹，不愧是龙兴之地。

　　龙兴寺尽管只是一座家庙，却是周边唯一大寺。从京城载着皇家威仪浩浩而来的运河，从济宁合道泗水至沛县，又突然在城东剑指东南，左右摇曳着穿闸走村不说，还从留城西北开始，向左贴着留城画了一条说深不深、说浅也不浅的弧线，不仅没理会东山脚下微山小湖的远远招呼，还过了城就拂去黄山湖就近伸来的热情手掌，急匆匆奔西南而去。为方便商船在城西卸货，留城商会通过协调打通了运道与护城西河的连接，没想到这样一来，既大大提升了城西护城河的水位，又进一步活跃了护城西河向南延伸的排水大沟，可这沟又与小黄山背阴的汛期河相通，汛期河又连着小黄山西部自然形成的铜沛界沟，而这界沟的水又一直流进黄山湖，从此，不仅留城人再不把黄山湖当作季节性死湖看，还惊奇地发现这湖里，每到夏季就成了留城人赏荷、采莲、扒藕的好去处，那浓浓的荷香，留城人隔着二里多地都能闻到。可饱闻荷香的留城人又哪里会想到，护城西河连通运道，虽然让他们享足了方便之福，却无意中缩短了运河在留城逗留的时间，直到后来才突然醒悟，这福中隐着祸。自弘治五年黄龙岗大决口三年后筑起了丰沛泰黄堤，沛县南部各乡见城北有了拦黄堤，便在官家又一次加固泰黄堤之际，经多次申报未果，也自发联合起来，通过民间力量，村连乡接，就串起了一道西自丰县华山东到沛县斗虎店南的拦黄堤。尽管工程告罄之后，经了几次大水，起到了阻水止淹的作用，也得到了县衙和沽头城工部的肯定，但在嘉靖四十四年的黄决沛县时，汹涌而来的大水卷着泥沙不仅堵塞了留城上下二百多里路程，还冲开了拦黄堤与小黄山西头的连接处，继而又游龙一样顺着铜沛界河从蜿蜒十多里的小黄山北麓直灌留城，让留城一夜之间成了泽国。站在城中心高高的瞭望台上看四周，云水之间，苍茫无际，除了各种各样辨认不清的漂浮物，哪还有城池、村庄、绿树和庄稼？等上游堵住决口，沿水道两岸积水迟迟不下，特别是留城，往常的高平处都积水尺把深，没积水的地方却蒙上了一层陷到脚脖子的褐黄色泥沙。小黄山以南更是一马平川，哪里还有运道？第二年冬，临危受命兼管河漕的工部尚书朱衡，亲率部属，冒着风雨驾着轻舟勘察河势，上奏获准后，把工部搬到夏镇，赶紧命人招集周边成年男丁，开挖一条从鱼台到留城的新河泄洪。新河挖到留城，朱尚书见留城积水仍排泄不畅，当机立断在留城让运河改道。为减轻水患对留城的威胁，不仅堵上了西护城河与运河的连接，还在距城西护城河一百步的地方，顺着护城西河向南的出口和小黄山背阴的河沟又画了条弧线，通过拓宽加深，让运道贴着小黄山下西南与斗虎店南原河道对接，随后又顺着河道向南清淤疏浚至垞城，直到隆庆元年河通，积聚在留城的水才一夜之间不见了，皇上闻讯大喜，不仅作贺诗传于群臣，还嘉奖了朱尚书。站在小黄山脚下看河泄洪的朱尚书闻报，自然高兴，又听说脚下站的正是当年汉高祖与张留侯相会之处，遂倡议工部所辖区域大户筹款在此选址建寺以纪念，并亲题龙兴寺，于是龙兴寺就建在这弧的切点之上，其三进院落的中轴线又远远避开了留城，与留城纵南贯北的乾坤街射出的驿道并排到黄山湖，驿道便在湖边岔成了一个人字，一捺就捺向了湖东，丝带样绕湖大半圈隔岸在龙兴寺门前依着运道的走向隔着小黄山下了西南，一撇就弯到了寺门前，停下一看，飞檐翘角的大门楼前额端庄大气的寺名两旁，二指厚的漆黑

016
留城吟

锃亮的木板上镶着一副对联：只河片湖聚此山，河清湖平山俊秀；古城驿道连乃寺，城小道阔寺巍峨。这是张谦小时候的记忆，至于家庙的历史，那时也常听他爷爷张文说起，但对渊源一直也没弄清过，只是记得爷爷说的裴子野《宋略》中"义熙十三年，高祖北伐，大军次留城，令修张良庙"的句子，还有陈孚的诗《留侯庙》，特别是其中让他记忆深刻的诗句"谈笑帷幄间，六合雄雌决。卯金四百年，只在三寸舌"。

如若论起来，官府在留城建县时设置的是水上驿站，从这方面说，运河就是驿道，顺着驿道还辟有陆路。可留城人不管这些，还是按以往习惯，运河就是运道，地上相随的路就是驿道，就是后来连同县制一起撤销了，还像以前，该咋叫就咋叫。可张谦的爹张兴却不容混淆，要是碰上这种乱叫一通的，就是手头再忙，也一定让你坐下来慢慢听他细说分明，直到你虔诚地憨笑着，鸡啄食样不住地点头说是是是才罢休。假若你问起家庙到龙兴寺的变迁，他更是兴奋地如数家珍，扳着手指头一一道来，连平时未开讲先咂口烟袋的习惯也省了。每逢说起，他总是从张良祖的往事开篇，说张家祖先曾五代相韩，说张良祖博浪沙如何狙击秦始皇，下邳如何遇黄石公得《太公兵法》，留城如何与刘邦相会从此携手灭秦剪楚给建立汉朝奠定坚实基础，赢得"运筹策帷帐之中，决胜于千里之外"的千古美名，功成身退后又如何修身养性治理留城，及至说到张良祖仙逝葬于东山，经过数百年才从家庙变迁到眼前的龙兴寺，说这寺是家庙的前身，原在城里，与祠堂一墙之隔，后因开了学堂，祠堂就显得特别拥挤，几个管事的一商量，就打算把家庙迁出去，可说起来容易做起来难，接连的旱呀涝呀，不是雹灾就是瘟疫，命都难保，哪还顾得上？可顾不上也得顾，那时候，你爷爷年至而立，刚接手掌管族里事，好要面子不说，责任心特别强，就趁着一年秋后，把家庙迁到河西二十里斗虎店北的里仁集。张谦插嘴道，里仁集也是咱张家的吗？张兴说，当然不是，可那里有咱张家的一百多亩地，相对留城地处高平，一般大水漫不了，就把庙建在了谷场里，并委托在那负责耕种的几家看守着。张谦又问，这么远，平常逢年过节拜祭多不方便？爹说，不方便确实不方便，当时族里也有人以不方便为由不同意，可你爷爷当时说得好，有心再远也近，无心再近也远。张谦说，爷爷这样一说，肯定没人再反对了。张兴说，那还用问？没想才几年，黄水频发，人不但四散了，庙也荒了，那时能守在留城的逢年过节又能在祠堂的祖先牌位前敬炷香，哪还有闲心想着家庙？哪想到沽头城的工部尚书朱衡一高兴就了却了咱张家人多年的心愿。当时跑信的找到你爷爷一说，正带着人在城里进行灾后修整的你爷爷自然求之不得，立即带人到里仁集一看，家庙早被黄水冲得没了踪影，回来就在朱尚书指定的位置左右看，不得不佩服朱尚书的眼光，寺址选在了这个地方，不仅避开了风水书上说的前寺后城的大忌，又充分利用上了这块依河面湖邻山的宝地。介于这一带地势低洼、水患频繁，开始画线打地基时就与家族理事会商定，寺内所有建筑均石基三尺，青砖起墙，尤其龙兴殿，以单檐歇山式、斗拱结构，建在九尺青石云台之上，云台砌汉白玉雕花栅栏相围，面阔九间，殿主体五间，进深三间，两稍间为一座间斗拱，中间三间檐下为两座补间斗拱。四周廊柱皆为八棱形，殿内柱梁选优质檀木，且梁、檩、椽、柱上均为工笔彩绘。殿顶琉璃瓦色取黄绿，脊瓦镶陶塑对吻云龙，所有墙体为铁红色。寺一建成，一时甚至数里之外的善男信女都争着前来，周边的高僧也闻讯入住，你爷爷为免寺里一应开销之忧，就把管理揽了过来，不仅不让僧人因衣食外出化缘，还给开月份钱，如此一来，寺里有一年光僧人就不下百人，这么大的开销，要是以往也就没人担心了，可连着多年不是这灾就是那难，黄河决口更是没有消停过，加上自隋末留城并入沛县再没了曾经的风光。可留城毕竟是南来北往的商业重镇，常言道，瘦死的骆驼比马大，家里开的柴米油盐日常用品杂货店依然格外兴隆，再加上官府划拨的寺地收入，养一个寺庙自然绰绰有余，过日子的心劲又大起来。

　　张谦从不到五岁开始就跟爷爷学文习武，又跟着从武当、少林高薪请来的师傅内外兼修，在留城传为佳话。可没过几年，又应了十年河东转河西的老话，随着张谦屡试不中，张谦的爹看出了眉目，这世上要想谋个一官半职也不仅仅靠真才实学，要是没有足够的银子和过硬的关系，就是能置身其中也不过是为人作嫁，趁早还是想也别想。罢罢罢，不如实实在在过咱平民百姓的日子，便赶紧张罗张谦的婚事，虽说年方二十，可比起不到十八就娶妻生了俩闺女的张斌还是晚了。婚事一罢，赶紧又带到寺里做了帮手，店里只让张谦爷爷带着雇工经营，毕竟上百号人的寺庙不是他一个人能忙过来的。又没想到的是，万历十七年六月的一次黄河决口漫到留城一带的水，直到万历十九年，滞积的水都没能消退，再加上这年雨水又多，原本小小的黄山湖趁机夺路东侵南伸，不仅眼看着跟自己大不了多少的微山湖悄悄联起手来，还与南边的武家湖远远地抛起了媚眼，北边的昭阳、塔具、孟阳、满家和东南的郗山、吕孟诸湖像约好似的，分别牵起了手，逼得留城眼看着成了个孤岛不说，与运道并行的陆路也拐到寺门前劈山脚而去。按说，门前热闹了，香火会更旺，可偏偏养寺的土地被水浸漫夺走得越来越多，寺中僧人见不能及时到手的月份钱发放的间隔越拉越长，猛然意识到，此处也只是混个温饱的落脚处，现又连温饱也难以维持，有的就找个借口一去不返，还有的甚至连招呼都不打就没了踪影。万历二十二年，当寺里只剩下做法事住持的慧觉师父和他身边的几个徒弟时，正值重孙瑞麟八岁生日，喜忧参半的张谦爷爷决定做他一生中的最后两件大事：先是盘掉城里的店面，把家搬到了寺侧小黄山朝阳的坡下，万历二十三年正月初五亲自督阵大修了一次龙兴寺，大修时，重建了钟楼、鼓楼、庙门，原作菜地的寺内后园，建起了禅意浓厚的菁草山水园林，不仅有渡善桥，还衬了山池花木、塔林和碑廊等。最引人注目的是，龙兴殿里又塑了汉高祖的像与张良祖并肩携手，唯恐还镇不住这寺，就把祖传的宝物也拿了出来，还在龙兴殿门两旁自拟了一副对联：龙凤携手创伟业，剑箫共舞展宏图。拟好，让多年来一直在留城红白事上挥笔攒足了称颂的张谦写上去，张谦稍一愣神说，还是集王羲之的字吧。张谦爷爷略沉思，也好，你操办。一切停当，张谦爷爷就对张谦爹说，把正月十五的庙会也复起来。当年的庙会确实也相当热闹，可还是没能挡住寺庙的冷落，看来是天命如此，自己又到了心有余而力不足的年龄，越来越捉襟见肘的家底再也经不起折腾，张谦爷爷就把寺庙的一应事体全放给了张谦爷儿俩，张谦爹回头对张谦说，就让你爷爷多享几年清福吧。张谦问，难道是咱做得真不够好吗？张谦爹说，表面上看来，是咱这一带人的日子越来越艰难，没有闲钱供香火，那些走了的僧人也不仅仅都是因为越来越迟到手的月份钱，而是不断的水灾让他们整天提心吊胆，特别是自从驿道一改，咱这寺的风水也变了，水陆两道像两根绳死死地在寺前打了个困住的结，你爷爷也知道，可他尽力了。张谦经爹一说恍然大悟，就说，爹，您就把这城和寺全交给我吧。张谦爹说，城与寺，就像当年的高皇和张祖，如果不是在此地偶然相逢，汉家江山还得打个问号，因此可以说，留城是真正意义上的龙兴之地，相信你会有破解的办法。

张谦接手后，先是把龙兴殿前的东西配房改了名，东面的藏经堂名之为养心殿，又腾出一间作为自己的书房，西面的讲堂易名为讲经殿，十八学士进来后又直呼学堂。这一切做完，自己又经过几天的深思熟虑，就在一天晚上趁去留城顺便找了张斌，说，要想旺寺兴城必先破了寺前的死结。张斌问，如何破？张谦答，在那节点修龙兴桥，把河湖连起来。张斌心里一振，脸上就兴奋起来，立马又收住兴奋，说，这办法好是好，就是太费银子，如今咱家的光景不再似以前，生意又难做，不是想做就能成的。张谦说，既然你认为这办法好，咱就做，能省就省。张斌说，打通河湖，人力钱可省，建桥的费用不能省吧？张谦说，不仅不能省，还要往好里建。张斌问，好到啥程度？张谦说，听说北直隶的赵州桥入冬刚做完第六次修缮加固。张斌一惊，那可是石桥。张谦说，我就打算建那样的。张斌说，石料从哪里采？小黄山上的，平常人家盖个一般的房可以将就，要是用了修桥，不行吧？张谦说，不行。张斌说，修城门时周边山上能采的都采得差不多了，再动就会惊动官府，真要有人较起真来，就是再多的银子也起不了作用。张谦说，还是用建龙兴寺的老办法，从大黄山弄，用船运。张斌说，石匠又从哪里请？张谦说，西南十多里的驿庙五行八作的啥没有？张斌说，那村的刘家可是周围数一数二的，只是工钱贵。张谦说，我打听过了，人家说，修桥铺路行善积德，只要管吃，工钱随心给。张斌说，说得轻巧，他们的这个随心又是多少？多了咱拿不出，少了咱也没面子。张谦说，这个，你就不用管了，我只问你，你们商行能集多少？张斌说，话说到这个地步，我就直说吧，旺寺兴城也是光复张家的好事，从咱老爷爷掌事时就开始了，如今轮到咱兄弟俩身上，责无旁贷，只能尽力而为，一句话，修桥费用一分为三，我们商行捐一份，我自己出一份，另一份兄弟就想办法筹吧。张谦腾地站起说，好哥，你又给咱张家帮了个大忙，具体操办，咱还是按以前分工，相关协调还得麻烦哥。张斌说，咱兄弟俩不说客气话，一句话，各尽所能，齐心协力。张谦回来跟爹一说，爷儿俩又征求慧觉师父的意见，就决定年后动工。从万历二十六年正月十六算起到建成，一座桥面长九丈宽三丈周边数一数二的石桥只用了三个月。最让张谦感动的是，原住在张家祠堂后街，多年前已搬到大黄山的乐为，一听说建桥，不仅大黄山的石料要多少无偿供多少，连运费也没让掏。留城人知道这事后，尽管明白他是报年少时夜读书得过到张谦接济的恩，仍在他的善举影响下，所有能出动的都围了上来，周边村庄的壮年劳力，特别是石匠，也不请自来，驿庙村的石匠只是吃住在寺里，临走，把张谦随心给的工钱，全给了寺里。事后，张斌对张谦说，一定要在桥头立块碑，不仅写清龙兴桥的来历，还要把那些为修桥做过特殊贡献的写上，让世代人感念他们。张谦说，那还用说？等举行正式通行就立上。

桥一通，张谦就感觉身一轻，周身像练功时运了一次大气，筋脉通畅不说，心里的疙瘩早就没了踪影。此后，张谦又发现留城人有了变化，对公益的事更热情，就连城南平常以杀猪起家一分一厘都要计较的刘伯通，也不再遇事打愣。张家人更不用说，张谦用着谁，只要招呼一声，谁就立马放下手里的活赶过来。于是，张谦这几年一有空就带着族里人打坝围堰、抽沟降渍，种起了没人租种的湖淹寺地，补贴着寺里的一应花销，不然，仅凭出租寺地和留城张姓捐赠的钱粮又哪里够呢？

张谦见慧觉的徒弟重新摆好供果，又跟着师父一起在西侧打起了坐，等学生们全部到齐，就对张豹说，你来主持。张豹明白，作为主持，不仅仅是主持程序，还得来篇应景的辞文，这可是张口就来的真功夫，自己又从来没经历过。一想到这，满心打怵，就问张谦，为什么是我？张谦说，为什么不能是你？你应该明白。张豹不好再说别的，也顾不得想为啥应该是自己，就让脑袋快速地转起来，先打个底稿，免得开始后手忙脚乱吭吭哧哧前言不搭后语让大家笑话。好在平常在人前嘴上显摆惯了，又常在这殿里每逢初一、十五跟着张谦拜祭，多少知道这种文体的起承转合，心就慢慢跟着整个龙兴殿静了下来，心一静下来，不怵了不说，脑子里还真有了轮廓，不禁暗喜。张谦见张豹愣着不动，就说，你要是不愿意，就换人。张豹赶紧说，别，多好的机会，求之不得。

张谦见全体同学着了礼服三人一排自动列队站好，又见爹不知啥时也站在了最后，只一愣，就走到已在旁侧的古筝前坐定的高志右首，拿起高志递给他的洞箫放到嘴边，随后用眼角扫了一下高志，见高志手搭筝弦正瞅着他，又一点头，两人的合奏曲就响起来，曲子的名字叫《思念》，是张良祖生前最爱的曲子。智觉师徒的经也跟着节奏，呈现出一种肃穆之气。

张豹先是点上供香，双手奉着面北作了个揖，又上前将香插在供果上方的圆形铜香炉里，接着退到原来的位置，领着跪下磕了三个头，复又独个站起，合掌深躬一次，随后富有磁性的琅琅之声响彻龙兴殿：

高皇、张祖在上：

时值庚子，上元在望。瑞风和畅，殿堂春暖。不肖等更衣弹冠列队恭拜。

吾等此生荣幸作为张氏子孙，一直深得高皇、张祖之庇佑，荣享着高皇、张祖光芒四射之恩泽，不胜感激。

不肖子豹今日奉先生之命作司仪主持，行祖宝归位之礼，甚为幸事。可豹生来口讷，学业上又不求进取，致使多年来有负父母之日日殷殷企盼、先生之时时切切教诲，更愧对祖先家兴业旺学高兼济天下之遗训。现吾等年已舞勺，时光如梭，眨眼即迈过舞象，步及弱冠，身为男儿，本应从小严守祖训，立志高远，却生性顽劣，虽蒙先生呕心沥血语重心长，仍不能尽改，以致错了又错。

龙凤之供乃我族传宝物，世代流传至今，本当视之如生命，恭之敬之，然吾等竟斗胆一时猎奇，又抛于室外空中，此乃大不敬也，多亏先生及时发现，展技腾空奋力抢救，方免祖传宝物损毁。忐忑惶恐中，敬奉香烛供果恭行礼仪归还原处，谨叩再拜，以求高皇、张祖在天之灵不计我等罪孽之重。

　　如若不肖主持欠妥，也敬请一并海涵。吾等从此必改邪归正，好学上进，不负韶华焚膏继晷兀兀穷年，以梦为马不舍微芒造炬成阳，进而学高技精光宗耀祖报效家国。

　　张豹言毕，又深作一揖，再领叩头三个，众人起立后再作一揖，乐曲也戛然而止。

　　回学堂路上，张豹低着头慢腾腾远远随在后面。帮着张谦父子收拾完毕的高志赶上，对张豹的临场发挥大加称赞，见张豹一反常态，不加理会，就紧着步走了过去。从后面赶来的张谦见张豹默默独行，就问，是不是身上哪里不舒服？张豹摇摇头，随即三步并作两步丢下张谦直奔学堂，见学堂里已个个眼瞅着算盘，手指拨得算珠噼啪作响，赶紧回了座位。

　　等张谦在讲台站定，发现张豹神情肃穆，时而算珠上下翻飞，时而右手定在空中，知道是他刚才做主持触动了心里的哪根神经，便嘴角一动，心里笑了，不再看他，又在其他学生间巡回指导。

　　没想到珠算课一结束，张谦正准备提醒张豹别忘了放晚学后留下来背《千字文》，张豹就腾地站起说，报告先生，我会背了。说完没等张谦让背，就抑扬顿挫地背起来。背完，眼瞅着张谦，等待张谦评判。张谦说，原来你从龙兴殿回来，就暗暗用功，及至珠算课上也一心二用。张豹说，报告先生，您误会我了。张谦问，你从龙兴殿回来，为啥一直闷闷不乐？张豹说，经了这次主持，我才发现，没能真正认识自己，要背的诗文，从龙兴殿出来，我就试了，没想到原来我会，就不停地问自己，是不是要把真相告诉您。张谦问，什么真相？张豹答，龙兴殿里祖传宝物是我拿出来的，高志发现后想夺了送回去，在争夺时，不知那宝物咋就从窗棂孔飞了出去。张谦说，一个人的可贵之处，就是勇于承认自己的错误，这才叫担当。全班听到这儿都瞅着张豹鼓起掌来。张谦问，你能告诉大家，为啥要无视祖训、学堂规矩，把祖传宝物拿出来吗？张豹说，我想看看到底是一个什么样的神奇管子，让我们张氏祖祖辈辈如此敬重，您能告诉我吗，先生？张谦一脸严肃地说，对不起，我无可奉告，你以后就会知道。

第二章

这些年，还是头一次看到这么壮观的景象。

高志像往常一样，下了晚练课就提剑出了寺门，跟在门前送张豹回城里的张谦打了个招呼，顺着驿道过了龙兴桥往小黄山南走，然后再从南坡的一条小路到他每晚练功的山顶上。

山顶上有一个三丈见方的平台，是张谦这几年带着他一点一点平整出来的。其实平台当初并没有这么大，顺着像张谦家里那头犬卧黄牛的背一样迤逦西南的山脊东北望，又慢弧般拐向东南的牛腱上边突出的大梁，皮癣似的长不到一丈、宽最多三尺，记得第一次到这里，高志就嫌地方凸凹不平、太窄施展不开，张谦还问他，记不记得《庖丁解牛》，高志当时答完记得，立即说，我知道舅舅为啥问我了，张谦说，你告诉我为啥？高志答，真正的高手是不计较这些的，上乘的功夫立锥之地即能有神奇的展现。说完，高志以为张谦还会像他小时候那样夸夸他，就兴奋地看着张谦暗暗期待着，可张谦却严肃地说，能有这样的参悟并不算什么，做人的最高境界，不是凭着自己的聪颖向人炫计施巧，而是"藏巧于拙，用晦而明，寓清于浊，以屈为伸"，关键时候能临危不乱，明白穷途未必绝路、绝地亦能化险逢生。从第二天起，张谦每天领他来，除了带要练的器械，再扛一把铁锨，有时也带上一柄大锤，或者是鹰头镢，按每天既定的套路练完，张谦就开始先用锤砸突出的大石，然后用鹰头镢掏石缝里漏进去的碎石块，缝大的就用展开的鹰翅横立面往外扒，缝小的，或者缝里有树根穿过的，就转一下用侧立面，先截断树根，再往深处掘进，块大的搬了垒在山脊两边，碎小的，高志就趁他即将卧稳大块的当口，用锨填到闪出的空隙里。有时张谦累了，高志就笑着问张谦，您不是说高手不计较宽窄吗？咋又受这份累了？张谦说，不计较不等于不在意，不在意也不等于就安于现状，难道不怕饿就不吃了、不怕困就不睡了？真正的强者，要学会逢山开路遇水架桥，在力所能及的范围内，让自己能更好地生存，不给人生留遗憾。

好在这山不全是石头，说白了就是北方常见的土石山，也许这种山最初全是石头，经过了长年累月的风化，就像城东的微子山群，听说那一带原有九十九座峭拔的山峰，现在呢，峰早就无迹可寻了，从远处看像隆起的一个大土堆，只有你顺着缓坡走上去，才会发现，那原来的一座座峰，像平地上起伏的丘趴在原地，早就没了往日峭岩耸立的气势，浑身散漫的碎土石子间，零星歪巴着几棵蒿或数根茅草，若不是间隔着散落的人家，一北一南的微子、留侯墓周围常年翠色不减，这土堆还有什么生气？

可小黄山毕竟与它不同，也许是有偎着的运河水滋润，一到春夏，小黄山就是铜沛边界上的一道翠屏，远远看去，上耸着天，下面顺着两旁的庄稼让绿流油一样延展，山上那些柳啦，槐啦，楝啦，榆树啦，当然还有松，间隔着竞相争荣，叽叽喳喳的各种鸟，啄木、布谷、斑鸠、野鸽、蜡嘴、金翅、喜鹊、麻雀、朱雀、黄雀、山雀、燕雀、云雀等，每天东方刚透亮，就约好似的开始亮开嗓子唱起来，时而此起彼伏，时而又管弦齐鸣，先是拽醒了在寺里酣睡的高志他们起来晨练，接着就把留城折腾得热闹起来，没多长时间，周围在地里干活的人就会看到，炊烟在留城或周围村庄的上空，袅袅着飘到小黄山上聚成吉祥的云，久久不散。蓝天白云下，青枝绿叶之上，偶尔还有麻雀群腾空南北、白鹭群忽左忽右、雁阵在空中飞过，更有燕子晨昏上下翻飞……一到晚上，这山上就全静了下来，即使有风也是轻轻拂过，没有滔滔之声，让人如入仙境，随兴起舞，酣畅淋漓。

　　高志第一次来，就喜欢上了这个地方，平台全部整好的那天晚上，坐下来歇息的张谦对他说，等有条件了，就在这山上建个新学堂，供更多有志向的孩子来读书。高志问，建学堂就亏了，不如建个书院更显大气。张谦就笑笑说，咱就建个跟书院一样大气的学堂。高志又问，既然这样，为何不直接名之为书院？张谦笑一收，略作深思道，你现在还小，不懂，以后自然会告诉你。高志说，要是能在这里读书那就再好不过。张谦问，为啥，龙兴寺不是挺好吗？高志头一低不再说话。张谦心陡地提上来，问，在寺里又哪里不好？快说出来，咱该改的改。高志抬起头欲言又止。张谦又问，难道不可以告诉舅舅吗？高志说，其实在寺里一切都不错，只是一回到城里被人碰见，就叫我们小和尚，多难听？难道等我们长大了，真在这里做和尚吗？张谦说，让你们在这里读书，是让你们在这里学本领的，不要信他们的玩笑话，如果将来都能考取功名混出个一官半职，不但再不会有人叫你们小和尚，还能为留城的再度繁华起到很大的作用，也就不枉我等在你们身上花费的心血。高志说，假若我们都考不取功名咋办？张谦说，就是考不取功名，只要学成一身本事，同样为留城的复兴做贡献。你一定记住，人的一生不在于是什么，而在于做了什么。高志说，如果山上建了学堂，我就想在山上像您一样，读书、习剑、教学生。张谦说，倘若能在这山上守一辈子，也是一生的福气，但身为大丈夫，要有大丈夫的气概。高志问，大丈夫的气概是什么呢？张谦慢慢站起身，拍打了两下身后的衣服，挺起胸膛面对高志说，就像孟子说的"富贵不能淫，贫贱不能移，威武不能屈"那样，无论身处何地，都要有一种以天下为己任的浩然之气。高志说，就像您在学堂以各种形式让我们记住的那样，"为天地立心，为生民立命，为往圣继绝学，为万世开太平"。张谦伸手拍了下高志的肩膀说，对，只要记住这句话，无论别人用什么眼光、什么言行对你，都不要放在心上，即使放在了心上，也要把它当作奋力前行的动力，为自己将要绘就的人生添锦着色。

更记得年后开学的第二天晚上，当他把张谦在学堂要求练的剑法舞了一遍后，见有光亮在面前的树干上闪耀，赶紧回头，可一转脸，透过山上树木稀疏的缝隙，越过已静下来的寺内龙兴殿，见留城方向三道火光汇成箭头状，不断地从留城那唯一的十字街口顺着驿道向这边射过来，接着又发现从东西城墙甬道向乾门集聚后下来的火把也向南涌出来，还隐隐约约有声音不断传过来，仔细分辨，既像箭不断飞出的嗖嗖呼啸，又像是千军万马的呐喊如闷雷从远方滚来，不由一怔，忽又想到城墙内的环城路也应该有火把向城南齐聚，如此城上城下箭箭连发，还暴涨的洪水样从一个出口不断地射出，再看周边乡村，哪有留城驿道上这惊心动魄的一幕？这又是一个怎样的射手呢？他的弓在哪里，人又在哪里呢？难道说是张良祖显灵了在排啥阵吗？是河南伏牛山东麓鲁山县的一字长蛇阵，还是根据《太公兵法》演绎出的摆山阵，或者是以言灵之术布下的召唤侵蚀法阵？疑惑中转眼瞅着张谦，张谦说，你忘了今天正月初七，小孩子们在城里街上放火把，你没见过？高志听了猛然想起在留城的那几年，爹常告诉他的话，留城这一带，每逢过年不但讲究多，热闹也多，有兴趣的只要迎面向上岁数的人问问，哪怕是三五岁的孩子，都能口若悬河地嘟噜出一大串，当然了，大人们的讲究，小孩子们不会提，正月初一的早起放鞭炮串门磕头拜年肯定得先说，过了初一跟着大人串亲戚挣压岁钱得记住，初二姥娘、舅，初三姑和姨，初四接着串……当然，十五的灯不能忘，正月初七放火把更会比谁都记得清。据说这天是年前腊月二十三，下界来的灶王爷要回天上复命去，孩子们要一边举着火把，一边不停地喊叫着"刷秫把子向正南，咱送灶王爷报平安"给他送行，他才会"上天言好事，下界保平安"。高志不但曾是给灶王爷送行中的一员，还在这一晚十分活跃，每到这天，晌午饭碗一放就开始用脱了粒的秫秫穗梢子扎火把，天没上黑影就拉着玉玉小姐点上火把举着上了街，火把不仅横着转圈，还甩开膀子竖着转、跑着转不过瘾，就蹦跳着，一直到城南的驿道两边的开阔地。当晚无论尽不尽兴，初八必定要再放一晚，名义上是头天没烧透的火把再捞一捞，其实是又绑了新的再热闹一晚上。现在想起来，那时只知道热闹着玩，哪会看到整个留城街上的壮观？就对张谦说，那时在留城，我还真没注意这么有气势。张谦说，那时候比现在还有气势，不然，留城火把咋能成了本地八景之一？只是你们来到寺里这几年，留城这灾那难不断，家家过日子都提心吊胆，哪还有这心思？兴许今年又逢着鼠年，为图个吉利的好开头，就放任连年跟着受了憋屈的孩子趁机痛快痛快，以此来征兆吉祥和预示美好，你一定要从现在开始，从零起步，好好努力，争取在这一轮循环中学出名堂来。高志当时十分坚定地说，决不辜负舅舅的期望。张谦又说，不是辜不辜负我的期望，而是你不要忘了自己的梦想，辜负了你爹的愿望，还有我们通过各种努力赋予你们的使命，只要坚持努力，期望就会开花，愿望就能变成现实。

也就从那天起，高志开始更加用功。张谦年后特别忙，每到放晚学后，就经常去留城，高志就自己来，无论刮风还是下着小雨，或是飘着雪花，从不间断。他明白，一个好的学生，不是先生教到哪儿学到哪儿，而是向着先生指定的方向去努力争取自己的未来。

按往年，他们都是上元节后再来学堂，可今年正月初六就开学了，先生说，今年是他们开课的第五个年头，习俗里有十年一大庆五年一小庆的习惯，如今年成不是太好，也没条件专办个庆祝活动，就趁着快要到的上元节展示一下，让张家人，特别是留城知道他们在这里集中读书的人看看，这五年他们都学了啥，又学到了啥程度。

依照族里人的意思，在上元节那天，从早饭后开始，他们在专搭的戏台子上一个个展示所学，上午展示不完，下午继续，晚上正好观灯看戏，张谦不同意，孩子毕竟还小，又是初次登台，万一在台上有个闪失，就让人家笑话了。再说了，如今官府开了学堂，咱的孩子嫌离家太远没去，不去也罢了，还趁过节显摆私学，要是被认定是跟官府唱对台戏，可就不好了。张斌当时说，这样不行，那样又不行，你说该咋办呢？张谦说，上元节白天的戏还是照唱不停，趁下午戏中间打歇的一炷香时间，让孩子们穿插表演一套剑法，这样既展示孩子们五年所学，又不会让官府知道后说什么。张斌问，剑一亮，武是出来了，文采方面呢？张谦说，我的意见是先藏而不露，如果没有特殊变故，孩子们今年就可以参加秋试，到时一鸣惊人岂不更好？再说了，孩子们台上一站，那呈现的精气神，内行人一看就心中有数，何必大张旗鼓地吆喝显摆呢？如今世道，我以为，还是收敛点好。张斌见众族人点头，也就再没二话。

张谦打算穿插表演的剑法叫清风明月剑，是张谦、张斌的曾祖张鸿所创。此剑法共一百三十九式，集健体防身于一体，以祖传张良剑法"顺势而为，一气呵成"为意旨，武当"太极腰，八卦步"为基础，"点、崩、撩、挂、云、抹、扫、穿、拦、圈、领、劈、带"十三法为中心，走剑如龙，刚柔相济，进退翻旋中要求轻像紫燕、快如闪电、动似微风、稳比泰山；用剑糅合了儒家的博爱厚生、道家的自然和谐，既讲究张氏"来、留、去、送"，又体现武当"顺人之势、借人之力、以静待动、后发先至"和少林"剑收如花絮，剑刺如钢钉"的特点，一击瞬间，见风不见剑，见光不见人，变中有变，玄妙难测。剑法几经打磨成形时，正值八月秋庄稼登场，一直习惯在城东南角楼晚练的张鸿收势后，仰头见碧空澄明朗月高悬，微风拂来，黄山湖里的荷香依然频频传送，又听东山上松涛阵阵，就想起了黄庭坚的《鄂州南楼书事》之一中"清风明月无人管"的诗句，随后又想到这句化用了苏轼《赤壁赋》的最后一段，便决定把这套剑法命名为清风明月剑。之后，张鸿先是作为独家绝技自练，五十大寿过罢，又传给儿子张文、张武，等两个儿子相继成家，又命全家无论男女都练。这时张鸿把家全搬到刚完工的新宅，老宅开始按新宅样式重建，每天晚饭后，即领着全家人在后花园练一遍清风明月剑，又看着练一遍。看着家人练时，尽管家人接触这套剑法时间长短不一，所呈现的功底不同，可张鸿要求，一举一动要准确整齐。老宅焕然一新后，两个儿子先后添子，张鸿就当仁不让地给两个孙子起名，一个叫张兴，另一个叫张盛，随后又名老宅为兴府，新宅名为盛府。这年春后，张鸿给两个儿子分家完毕，就领着张文一家回了老宅，张武一家住在了新宅，并在张家祠堂召集人员开会，让所有在留城居住的张家人习练这套剑法，以应不测。当时曾有人问，这剑法那么高深，平常人能练出来吗？张鸿听了就笑笑说，这套剑法的高深之处就是普及性，男女不限，老少皆宜，但也在于悟，悟的深浅程度不同，呈现的功夫高低也就不同，就看你与它的缘分了。万历十年六月，张鸿仙逝，此后多年来，能把这套剑练到登峰造极的，照张文的话说，非张谦莫属。

依照张谦的安排，高志带着张氏的十八子弟每天上晚课就集体演练。虽然这套剑大家都会了，可张谦说，会不是目的，呈现其中的奥妙，并能做到极致的发挥才是我们应该尽力追求的，但要想达到这个要求并不容易，那就得从慢中悟、快中求、快慢结合中求变。

所以从开学那天起，先让他们慢练，而且越慢越好，张豹有一次练烦了问，慢到什么程度？张谦严肃地说，慢到不能再慢。张豹又问，慢到不能再慢又是啥时候？张谦说，等慢到一炷课时香，再试着慢到一个时辰，或者更长的时间。张豹说，我的个天喋，那身上冒出的汗还不得湿一裤裆？张谦听了，见别的学生瞅着他没敢笑，就说，湿一裤裆还不行，等你让全身的衣服湿透后不再出汗，再快练。张豹说，谁又能不出汗呢？张谦说，那还是功夫没到。张豹问，那快又快到啥程度？张谦说，快如迅雷疾如闪电，眨眼之间，来无影去无踪。张豹哎哟一声，说，我的个娘喋，这套剑法中，光剑谱里有名称的招式就一百多，还不算各个招式间的衔接动作，这么短的时间，别说一招一式比画出来，连剑谱也背不完，那也太快了吧？张谦说，世上所有的拳术，强身健体是一方面，另一方面，危急时刻能随心所欲以快制敌，你要是慢了，不光挨打的是你，甚至丢了命的也是你。张豹说，那又怎样做到这么快呢？张谦说，慢是为了更好地快，你练时越慢，用时越快。张豹说，就按您说的练？张谦说，要是按我说的先慢练，你就是不能在眨眼的工夫施展完，也能比你现在想的快。张豹瞅了大家一眼，笑着问，那得啥时候能达到？张谦脸一正，铁杵磨绣针，功到自然成，大家都不吱声，就你话多，快抓紧，如果你这炷香慢不下来，放学后，就啥时候练到我要求的，啥时候回家。张豹不敢再说。在一旁吹箫的高志自然听到先生训张豹的话，通过几天的练习，他也感觉先生说得很对，就想在课堂上给张豹做个示范，可又一想，还是别，万一那张豹反说他显摆就不好了，又继续吹他的箫。他记得张谦在学堂正式教授这套剑法时，高志听了介绍和演示，就禁不住插了一句"多神奇的剑法，多诗意的命名"，张豹就立即怼他说，这是张家剑，就是剑法再神奇、命名再诗意与你有关吗？幸亏当时张谦立即制止了张豹，说，家族兴盛，亲戚系之，亲戚发达，家族荣幸之，高志是咱张家的亲戚，咋能说没有关系呢？这套剑法之所以用"清风明月"命名，不仅取之于诗句，更是家族兴盛和亲友们生活富足安乐的象征和寄托，如果他和你们中的所有人都能把这套剑法练到炉火纯青的完美境界，并在将来能富有创意地继承和推广，同样是这套剑法的荣幸，更是咱家族的荣耀。张豹听了，才没再继续接话把，不然，要是说出更难听的，放学受罚的是他无疑。真要因受罚回家晚了，让爹知道，还得挨揍。

其实，这套剑法，张豹和高志一样，在没来学堂前就会了，只是张豹之前没当回事，即使习练这套剑法，也是按照张斌规定，跟在娘和姐姐身后依葫芦画瓢。要是有人问他会不会这套剑法，他不仅说会，还滔滔不绝地说如何习练不辍。可高志却不这样，不但一直习练不辍没有声张，还一直深信张谦的话，要想练好这套剑法，不仅在于勤更在于悟，在勤练中不断深悟，在深悟中逐渐走进出神入化的境界。按张谦的计划，在有限的时间内，先五天慢，接着三天快，最后一天再把剑、箫合在一起。为了把剑练好，高志这几天晚课一结束就自己到山上来。

此时天完全黑了下来，可比他想象的亮，更没想到的是，从过年后就阴云不散的天，现在蓝蓝的，不但有星星，那西南天空上还悬着个亮亮的月牙。高志沿着小路才到山顶，就远远地看见平台上有个穿着一身黑还裹了头的在舞剑，再看那剑法，很熟，又仔细一看，忽然明白就是他和全体同学这么多天练的那套。莫非是谁也从学堂里跑到了这里练？可又是谁呢？咋知道这地方的呢？更何况，学堂规定严禁个人私自外出，更别说独自上山。再看那身影，也不熟，又是谁呢？乱猜着走到跟前，那人像是听到了脚步声，立即剑花一绕，就收了势，问，谁？哪方人士？请报上名来。问完仍面南而立，根本不瞅他。

高志心里好笑，哪来的个狂人，反客为主了，但出于礼貌没说出口，就答，在下龙兴寺的，姓高名志。那人哈哈大笑起来，笑完，原来是个小和尚。高志脸腾地一热，你才是个小和尚呢。那人又笑着说，不是小和尚，是大和尚。高志一听更恼，你你你到底什么人？敢在这里无礼。那人又笑，立即说，我乃此山人，家住此山下，此山我是主，识相速离开。随后厉声道，你一个出家人，天这么晚了，不好好地在寺里盘腿念经打坐，私自跑出来乱窜，就不怕寺里责罚你吗？高志又说，我一直在这地方，咋从来没见过你？这咋又成了你的地方？那人说，你以为你天天来这地方，这地方就是你的？这地方写你的名了吗？你叫它一声，它会应吗？还是趁早知趣走开。高志听了猛然眼前一亮，哈哈笑完，我知道你是谁了。那人又道，我是谁跟你有关系吗？高志又笑笑说，那当然。那人转过身来说，快快道来，要是错了，可别怪我不客气。高志清了清嗓子说，你是玉玉，张瑞玉。那人笑笑说，这次就不罚你了。高志也笑笑说，没想到，真没想到，才五年吧，你都长这么高了。瑞玉说，怎么，只兴你长这么高，就不兴我长呀，是不是从那时起就偷偷咒我长不高了？高志又笑笑说，不不不，是是是。瑞玉说，你到底还是从那时就咒我了。高志急忙说，前面的不不不，是说那时没咒，后面的是是是，是说兴你长高，还还还没想到会长这么好看。瑞玉说，你是说我那时不好看对吗？也说明，你那时说我漂亮是假的。高志又急起来，你你你，你咋还像那时候一样呢？瑞玉又笑笑说，我咋又像那时候一样了？是不是早就对我心生怨恨？从实招来。高志慌忙说，没没没，我哪里又敢？瑞玉说，艺高人胆大，你在寺里闭门修行这么多年，又学了那么多本领，还能不敢？高志说，苟且而已，确确实实从没敢过。瑞玉见高志真急了，就说，跟你闹着玩的，还又当真了。高志说，没想到，你这么多年都看着像大人了。瑞玉说，又来了不是？个子不兴我长高，岁数也不让我增啊。高志说，你看你，从不把我往好处想。瑞玉说，我就是没把你往好处想，也没咒你长不高长不大吧？高志又急了，你你你，你咋这身打扮？瑞玉说，不这样，我能到这里来吗？高志说，这大黑天，一个女孩子胆也太大了，是不是头一次？瑞玉说，我天天来。高志惊讶道，你天天来？我咋没见过你？瑞玉说，我来这就是让你见的吗？这么多年，寺离我家这么近，你咋不到俺家来？高志说，舅舅不让随便跑。瑞玉说，不让随便跑，你咋跑这儿来了？高志说，这是我和舅舅的秘密，别人不知道。瑞玉说，就不能扯个理由，到俺家来一次？高志道，我……瑞玉说，别我我我了，没良心的，早知道，那时候就……四目相对，都再没了话。

山上起了风，附近还有两只不知道什么鸟在扑腾，扑腾扑腾着就渐渐没了声音。

瑞玉瞅瞅那传来扑腾声音的方向，黑黑的，啥也没看到，就把眼转回来，却见高志眼瞅着传来扑腾声的方向呆愣着。就说，你见过呆鹅吗？高志收回来挠挠头。瑞玉说，你不是来这里发呆的吧？高志说，我……瑞玉说，把你这几天练的那套剑让我学习一下。高志拱手说，小姐谦虚了，你刚才舞的就是，比我强多了。瑞玉说，又不听话了是不？高志笑笑，向前一拱手说，恭敬不如从命，呆鹅献丑了。瑞玉抿嘴一笑，又说，几年不见，学得油嘴滑舌了。高志又一拱手，不敢。瑞玉说，还说不敢，快抓紧吧。高志右手把剑鞘向胸前一提，左手按住剑把，两手同时向前一撑又向两边一拉，砰一声脆响罢，左边一道寒光挽了个花，同时右手向外一甩，瑞玉才接住鞘，高志嘴里一声紫气东来、虚灵调息，那剑就意撒乾坤、雄鹰展翅起来，继而一个刺虎斩蛟，瑞玉只觉得身边陡然风起，又见四周的树枝也不容分说地摇晃，再看那剑影如龙似蛇削银碎玉纷纷四窜，随后又疾风暴雨电闪雷鸣，忽见那光直奔而来，赶紧跳出平台，还没站稳，又见那四周伸到平台里的树枝梢头，跟着剑，像旋转的磁铁吸引铁粉，更像龙卷风发起了威，漫天飞舞，眨眼间又风消云散，被削的树枝下雨样纷纷落地。

待平台被碎枝铺满，高志走到瑞玉跟前，说，请小姐多指教。

瑞玉走进平台，说，好你个高志，不听话是不？仗着我爹不在跟前是不？高志被问得莫名其妙，连连后退。瑞玉又说，这几天让你慢练，你咋不听话呢，给我显摆是不？高志马上明白过来。笑笑说，你咋啥都知道？瑞玉说，你说呢？高志说，我我我，我不知道。瑞玉说，你个呆鹅，当然啥都不知道，就知道给那个张豹揽错顶雷，你是哪辈子欠他的？以前多少回说你，这不是美德，这是不辨是非害人，你的自以为是还会给人家留下撒谎不诚实的印象。高志正要分辩解释，瑞玉说，别说了，我也不想听，咱一起把刚才的那套剑慢练一遍，行不？高志立马精神起来，脚一并，遵命。

高志回到寺里，翻来覆去难以入睡。多少个没想到，一起涌上心头，又多少个甜蜜的曾经，也一起浮现在眼前。

五岁那年，应该也是年后这时候，在龙祥杂货守夜的高成群把高志带到了店里，被张谦撞见。按常规是不允许的，可那天晚上特殊，饭后本来一直乖顺的高志见爹要去留城，扔下他正引着笑闹的妹妹，突然跳下床非闹着跟去，无论爷奶爹娘咋哄都不行。眼看再不出发就误了接班时间，高成群眼一瞪扬起手就要打，被高志娘拦下，说，我这两天身上不舒服，还得照看两个闺女，翠翠虽然晚上跟她奶奶，可红红还不到一岁，他爷爷奶奶给人家做了一天活也累了，你又总是答应他去留城，从没兑现，就随他一次愿吧。高成群十分为难地向张谦说了原委，张谦听完见高志虽然瘦瘦的，可那双眼睛在晚上特亮，就问叫啥名多大了，没等高志爹回答，高志说，叫宝宝，五岁了，跟您家玉玉妹一样大。张谦一听就喜欢上了，撇下高成群又蹲下来问高志，你咋知道玉玉跟你一样大，还叫妹妹。高志瞅了一眼爹说，我爹说的，天天夸玉玉懂事，还会背书打拳，让我向玉玉学。高成群搓着手说，少爷，真对不起，我也是想让宝宝尽早懂事。张谦向高志群摆摆手，又问高志，你喜欢背书打拳吗？高志说，喜欢。爹说，等跟您讲好，就让我来跟您学。张谦就站起身对高成群说，真是这样吗？高成群还是搓着手说，少爷，请原谅，别听他小孩子家乱说，我也只是心里想想，在家哄哄他，让他听话而已，哪敢高攀呢？高志说，不是的，我说的是真的，晚饭时，爹还跟娘说，如果能得到您的同意，就是工钱不要也行。高成群扬起左手掌说，小宝，又欠揍了是不？张谦挡开说，成群兄，要真像宝宝说的这样，这孩子我就收了，啥也不让你破费。高成群一愣，赶紧拽高志跪下给张谦磕头。张谦将高志拉起来笑笑说，也好，这就算行了拜师礼了。高成群又搓着手说，我明天先向太爷和老爷请求一下。张谦说，这事我答应就行了，他们那边，我来说。又蹲下对高志说，从明天起，你就吃住在这里，想家了，就让你爹带你回家看看再来，行不行？高志胸一挺，哪还有行不行？我早就做梦在这里了。张谦一把将高志揽到怀里说，我的个好乖乖儿，见到你真是太晚了。

从那以后，高志就天天和玉玉一起跟张谦学文习武。张谦要是有事，他俩做完布置的功课就一起玩。高志这时候不仅玉玉让他干啥就干啥，还最会显示自己的能耐，用高粱莛子插鸟笼子，用柳枝编遮阳帽，用秫秫秸秆做灯笼，用大人废弃的细竹筒制水枪，在院子里支起翻扣着的菜筐子撒上高粱粒子逮麻雀，等等，反正是啥季节都能弄出玩的花样来，遗憾的是不敢领玉玉去城外的田地里，要是能，他更是如鱼得水，即使不能去，也边说边比画，告诉玉玉这咋样做、那又咋样玩。

这天功课一完，一直让玉玉兴奋不已的高志，见玉玉还想听，又一时想不起来还有啥好做好玩的，就说，等我想起来再给你讲吧。玉玉不答应，高志就瞅着玉玉说，我给你讲故事吧。玉玉说，你先告诉我讲的都是啥故事。高志说，《博浪沙刺秦》《下邳行侠仗义》

《圯桥得书》《小黄山君臣巧遇》《下邑之谋》《峣下用计破敌》《鸿门宴助刘邦脱险》《灞上为汉王请封汉中》《荥阳力劝分封》《褒中暗度陈仓》《留县封侯》……玉玉打断问，你这些都是从哪里知道的？高志说，先是爷爷讲的，也有爹说的。玉玉说，我早就听过好多遍了。高志说，爹告诉我，留侯功德，百讲不厌，只有不断地讲，才能不断地学，才能不忘自己从哪里来，将来奔哪里去。玉玉说，这是家传，你都知道，我还能不知道？最主要的是现在想知道你还会啥？高志说，我给你来段俺乡下传的歌谣吧。玉玉一听又来了精神，就催起来，快点快点，我最喜欢了。高志先报了《小俊妞》：

> 小俊妞，戴兜兜，
> 挎着篮子摘绿豆。
> 眨眼摘了一大篮，
> 奶奶夸，爷爷笑，
> 爹爹给钱买肉包，
> 娘买肉包买花袄，
> 谁不夸你长得好？
> 头插鲜花镜中照，
> 西施见了都羞跑；
> 穿上绣鞋配罗裙，
> 下凡仙女比不了。

玉玉听完脸一红，说，再换一个。高志就换了《金豆芽银豆芽》：

> 金豆芽，银豆芽，
> 俺是娘的小俊娃。
> 可人疼，可人爱，

从小做事人都夸。
俺是娘的馍馍篮，
俺是爹的抱酒坛，
俺给奶奶搬板凳，
俺替爷爷洗脚丫。

玉玉竖着大拇指说，光夸自己是家里的金豆芽银豆芽还不行，还得像你的名字一样有大志向。高志说，你再听听《十字歌》。

一女贤良数孟姜，
二郎担山赶太阳。
三人哭活紫金树，
四马投堂数魏王。
伍子胥来保太子，
六郎守关威名扬。
七国倒有燕孙膑，
八大朝臣数张良。
九里山前活埋母，
十面埋伏楚霸王。

玉玉摇摇头说，楚霸王虽有万夫不当之勇，也不过英雄一时。我这里有篇《十二个月》，你也听听。

正月里正月正，领兵挂帅穆桂英，
马前先行杨宗保，齐心协力破天门；
二月里龙抬头，七狼八虎闯幽州，
碰碑殉国杨继业，七狼搬兵未回头；

三月里三月三，秦琼救驾临潼关，
箭射杨广救李渊，开启盛唐新纪元；
四月里四月八，包公放粮转回家，
南衙开庭审驸马，报应不论官多大；
五月里热难当，撑船摆渡王彦章，
打遍天下无敌手，出个存孝比他强；
六月里热昂昂，汉王奉命转南阳，
走到深山迷了路，只见石人在路旁；
七月里七月七，天上牛郎会织女，
两人若是情意深，银河再宽也能聚；
八月里八月八，黎山老母把山下，
下山不为别的事，为的徒儿樊梨花；
九月里是重阳，韩信奉命赶霸王，
赶得霸王无处走，连人带马投乌江；
十月里下了雪，杨时求教程门前，
自幼能诗又会赋，著书立说美名传；
十一月河封冻，孙敬悬梁夜读书，
通晓古今闻江淮，常有学子千里拜；
十二月天极寒，蜡梅艳后数水仙，
素洁碧玉冒雨开，含香凌波为君来。

高志听完说，还是妹妹的好。玉玉说，我喜欢用行动说话。高志说，舅舅教导我们，为学，每天要晨诵、午读、暮省，我以后天天在做这三件事之前，先把你的《十二个月》背一遍，不过……玉玉问，什么不过？高志答，不过里面的"箭射"应是"铜打"。玉玉说，你不要犯书呆子气，凡事应根据所需举一反三，不要让别人把自己禁锢。高志一愣问，我咋又被别人禁锢？玉玉说，这两字是我故意改的。高志问，为啥？玉玉说，铜术为秦琼家祖传，不足为奇，百步穿杨的箭法却是他本人所创，且无人能比，男子汉大丈夫立世有所为，更有所不为，你难道还没明白我的意思吗？高志重重点了点头，说，我以后一定按小姐说的去做。玉玉说，不是按我说的，也不是以后，应该从现在，没有现在，凭何言将来？

转眼又一天，两人写完大方没收拾又玩起来，玉玉一不小心把自己的砚台碰到地上打碎了，才穿的一件新衣服还溅了一身墨，就哇的一声哭了。玉玉娘听见，赶紧跑过来，没等问咋回事，高志就说，砚台是他打碎的，玉玉的衣服也是他弄脏。正哭的玉玉一听立即止住哭说，不是宝宝打碎的，是我自己碰掉的。高志一听，又说，不是玉玉，真是我打碎的，就罚我吧，我这就到院子里太阳底下跪着去。说完，高志真跑出了屋，正巧撞在闻声赶来的高成群身上。高成群拉住他眼一瞪说，你咋又把大小姐惹哭了？高志说，我把她的砚台碰地上摔碎了，还弄脏了她的新衣服。高成群一听，扬手一巴掌，把高志打倒在地，又抬腿一脚，把高志踢飞起来，恰巧被从外面办事回来的张谦看见。张谦紧赶几步，又腾空一个跟头过来，把眼看要落地的高志接住。接住不问缘由就先把高成群斥责了一顿，说，有你这么管教孩子的吗？这么小的孩子，你这样打，万一打出个好歹来，你会后悔死。高成群说，这么小就淘气，大了有啥用？不要也罢。张谦说，那好，你别要了，从今往后，这孩子就是我的了，我再发现你动他一指头，别怪我不客气。从屋里追出来的张谦夫人对高成群说，玉玉说了，砚台不是宝宝碰掉的，衣服也不是宝宝弄脏的。高成群说，请少爷、少奶奶别袒护着他，他犯了错，就应该狠打，不打不成规矩，不打不成人。张谦说，就是宝宝碰掉了，大不了碎了再买，衣服脏了再洗，你说说是孩子重要，还是东西重要？高成群低着头搓着手不吱声了。张谦夫人就揽过高志问，不是你的错，你咋总往自己身上揽呢？高志说，我不想让跟我在一起的人受委屈。张谦夫人听了，一把将高志揽在怀里，我的儿，这么小就这样……说着说着就掉起泪来。跑过来的玉玉擦完娘的泪，又抚摸着高志脸上的手印道，说你多少回，你就是不听，看你以后还往自己身上揽错不。

尽管有了这么一次，高志还是不知道改，有时玉玉写错了字，或是打拳时摆错了姿势，高志也说是他的错。每每这时，张谦先是觉得好笑，接着就对高志说，不是自己的错硬往自己身上揽也是不对的。高志说，我就不想看到你责怪玉玉妹妹。张谦听了，看了看高志又说，那也不能这样，你要知道，她犯了错，你替她认，不是护她，是害她。高志说，我不会害玉玉妹妹，只要不让她挨嚷挨打就行。张谦愣了愣就正着脸说，以后再不允许你这样。

说归说，高志依然这样。又一次晚饭后，张谦爹发现这一天的出入有差错，就问高成群是咋回事。没等高成群回答，高志就对张谦爹说，老爷，别怪我爹，是我算错的。张谦爹一惊，是你算错的？又转脸问高成群，这么重要的事，你让个孩子算，你是不是不想在这儿干了？又没等高成群回答，高志说，老爷，请别怪我爹，不是爹让我算的，是我在跟前影响了他。又恰巧被进来的张谦听到，就对爹说，这孩子心善，你别听他的，也别怪成群哥，先查查账上错在哪里，再找原因。说完，就把账本拿过来看，正看着，张谦爹说，哎唷，想起来了，中午饭时，我给张斌家孩子带去二斤炒花生，忘了告诉你了。高成群说，那也不怪老爷，要怪就怪我那工夫去饭堂吃饭了。张谦听完，哈哈大笑起来，笑得张谦爹和高成群爷儿俩呆愣着看他。他止住笑，指着高成群和高志说，原来你父子俩都这样啊。高成群又搓着手低下头。高志却说，不能怪我爹，我爹是跟我学的。高成群听了扑哧一声，也跟着张谦父子俩笑起来。

时光如梭，转眼就到了张谦一家搬迁修寺的时候。店盘给张斌后，本想带着儿子回家种地的高成群，又被张斌爹留了下来。可高志不能再在店里，张谦就把高志带在了身边。高成群说啥也不愿意，说这样就太麻烦张谦了。张谦说，宝宝聪明，如果你真带回家，这几年用的功就可惜了，你也别太往心里放，等他长大了，你让他报答我还不行吗？高成群见这样说，就没再坚持。

高志到了寺里，先是跟玉玉见面的机会少了，玉玉每逢年节跟着大人来寺里参加拜祭，都会偷偷地拿些好吃的给他。玉玉娘做完祭拜也会到跟前摸摸他的脸，抚抚他的头，甚至有时还抱抱他。可等寺里学堂一开，就再没见到玉玉，有时候太想了，就想问问张谦玉玉为啥不到寺里来了，可几次话到嘴边又咽了回去。好在每天功课安排得太紧，晚课后还要跟着张谦到山上练，回来那个累，身子像散了架，腿像绑了石头，白天想的无论是啥，这时候全跑光了，再加上有这么多同学在一起，渐渐地，就把想见玉玉的心思淡了下来，等后来在学堂里听张谦讲了《孟子·离娄上》"男女授受不亲，礼也"的意思，才突然明白玉玉也像他一样长大了，不能随便见面了。脑子就趁机开起了小差，就是再授受不亲，也毕竟没到谈婚论嫁的年龄，哪能一次也不来呢？又想，她玉玉不来，我就去她家，反正离得不远，可又找个啥理由去呢？张谦在趁讲这篇文章的那堂课上，严肃地告诉全班同学，没有特殊情况，一律不能随便离开寺里，一旦发现，立即撵回家。高志听了，想去见玉玉的念头戛然而止。

后来有一次，等玉玉再问为啥没找个理由到她家里去一次时，就没再像今天晚上在山上那样吞吞吐吐，而是竹筒倒豆子哗哗啦啦全说了出来，说得玉玉在一旁直掉泪。当然这是后话。

好在过年才几天，他们又在山上见到了，又约定，只要张谦去城里，他俩就在一起练功。可自年后，张谦又哪天不去城里呢？今年又是鼠年，多好的一个开始。兴奋得高志一点困意都没有。就是第二天起来，也满脸是笑，再没有往日的严肃样。张豹见他一反常态，趁课间，对着他的眼瞅了多少次，都没看出啥来。快到上元节了，张谦抓得紧，对打算集体展示的清风明月剑，总是不满意，连课间也守在讲堂里。从这天起，每天上午把该上的珠算课也暂时停了换成练剑。这样一来，本就感觉累的张豹再没机会问高志，一直拖到午饭时，张豹才凑到高志跟前问，你捡了大元宝没有？正在咬馍的高志一愣，连没咬的馍也没拿出来就摇摇头。张豹又问，你遇见好事了？高志又一愣，以为他知道了山上碰见玉玉的事，就赶紧咽了咬的一口馍，说，你瞎扯啥。张豹说，那你是昨晚夜里做了好梦？高志这才知道张豹只是看见自己的兴奋在脸上，并不了解自己为啥兴奋，就顺水推舟说，我是做了个好梦。张豹又小了声说，做了个啥好梦，是做梦娶了媳妇，还是路上碰见了美人？快跟我说说。高志凑近他说，我做梦看见你的臭嘴叫驴给踢了。张豹听了，见张谦向他们俩走过来，就狠狠剜了高志一眼，没再说。张谦走到跟前说，张豹，你饭后别在寺里乱转了，再把那套剑练几遍，要是下午再让我看着不满意，你晚上就别回家了。张豹说，行，保证让先生满意。高志趁机吃着馍去刷碗了。

直到晚上放学，张豹的表现还是没让张谦满意，不是张豹不会，而是行剑软绵绵的总是显不出劲道。其间，张谦让高志给他示范了几次，还是不行，又让他跟着高志练，才总算有了点味道，可一让他自己练，又不行了。张谦见放学时间到了，接他的人也来了，就对他说，回家好好练，明天再不行，你可真得晚上留下来。

高志见没有别的安排，就拿着剑出了寺门，边走边想着马上要再见到玉玉的情景。可刚上山没几步，就听到张谦叫他的声音，朦胧中看到张谦站在驿道边向他招手说，你今晚别在山上练了，跟我到城里走一趟。高志问，这就走？张谦说，你下来在路边等我，我回家拿点东西。

高志见张谦继续往南，走了几步拐进院子，就赶紧噌噌噌往山上跑，才到平台，见玉玉仍穿着昨天的那身在舞剑，就不想再下山，可一想张谦要是从家里出来看不见他，万一发现他跟玉玉在一起，是不是以后再不能跟玉玉见面了呢？想到这，就说，今晚我跟舅舅回城里，你练完赶紧回吧，不要太晚，山上太冷。说完，见玉玉没答话，知道玉玉不练完不会停，就转身噔噔噔下了山。

　　天还是有些冷，驿道上硬邦邦的，顺着留城望过去，远远地看见乾门上的两层飞檐小楼上亮灯如豆，却格外醒目。高志知道，像坤门上的一样，这是张谦接手族长一职后，特意为驿道上夜里来往的人留置的，意思是，只要看到灯亮，无论从哪里来，就是看到了家，哪怕夜再深，都有人等着。因为这，周边的人，特别是赶夜路的，只要一提起留城，都在心里感到别处没有的暖。高志还听爹说，若不是张谦趁农闲持续了曾祖父以来几辈人的心愿，城墙早已无处寻觅。每到晚上，留城就会被笼罩在暮霭里，即使有零星点缀的灯光也昏暗得可以忽略不计。在周围水光的反照下，留城一定是黑黑的一团，就像只落在泥潭里的鹰，看样子是想飞出去，可振翅多次都不能如愿。现在好了，身子已脱离泥潭，翅膀也开始支棱起来，要是站在乾门城楼上看，一对翅膀正很有气势地斜向后展开着，一侧伸到了坎门外熙熙攘攘的运河码头，另一侧就到了离门，又摇曳着去了东北十二里外东山上的墓前村，那里有张良的墓，紧邻墓西，就是他高志的家。高志猛然想起，自年后，又是好多天没回那里了，可一想到张谦的兴城旺寺，心就像正振翅的鹰，又兴奋地蓬勃起来，还想起了大禹治水三过家门、霍去病"何以家为"的典故。当然，区区一乡下学童，志未酬、业未成，咋能跟英名赫赫的他们比？可即使比不了，也要有他们的雄心和壮志。有道是，少年生壮志，凌云揽星辰。

　　高志紧随在张谦一侧。尽管右肩上的褡裢前后鼓鼓囊囊，张谦的脚步仍然让高志感觉到十分有力。他此时想不通，有唐代"五言长城"之美誉的刘长卿，为何在《归沛县道中晚泊留侯城》里把留城写得那样荒凉？是纪实感慨还是心境写照？尽管屡遭贬谪，毕竟身为朝廷命官，也应在惨不忍睹的荒凉中呈现出一种昂扬之气来。倒是本朝文徵明的《留城道中有张良祠》，虽然也有"草荒霸业"的描摹，却给人"月满丛祠"的温馨。无独有偶，曾经用青年时的热血历尽世事的洪应明在《菜根谭》里说得更直白，"心体光明，暗室中有青天"。慧觉师父曾言，"佛在《无常经》中说'相由心生，境随心转'，你看那云水间，纵是大浪滔滔，若心中有佛，就有普度众生的菩提莲花出现"。有一次，我见先生的随感录中写着，若心中有绿，满眼皆春；若心中有佛，万物即佛；若心中有光，到处都亮；若心中有梦，全力以赴。我想先生一定是在读了王阳明的心学之后才有感而发，试想，当天地暗下来时，你若心中有光，就有了自己的方向，有了方向，就有了力量，有了力量，还有什么不能争取？至今他都清楚地记得，若不是在墓前村对留城有了向往，咋能享受到好几年在留城的幸福快乐？那段时光虽然短暂，却在他的眼前展现了一个比墓前村更广阔、更惊艳的天地，让他知道了有关留城数千年的前身旧事，增加了对未来的几多向往。可见，处境虽是处境，毕竟还是心境。

记得那时张谦给他和玉玉讲历史，每隔几天就要把张良留城封侯讲一遍，每次讲，虽然既换了方式，又增加了内容，也总是从很早很早以前开始，说那时候，留城这一带森林遍布，绿草丰茂，有结队行走的大象鹿群和天空中鸣唱的飞鸟雁阵，后来就跟丰、沛二县一起成了能奉养九州的重要粮食产区，再加上是泗水旧道、漕运新河的码头重镇和南北咽喉要塞，历史上总是为争夺这地方刀光剑影跃马拼杀不止。玉玉问，为啥叫留呢？张谦道，虞舜帝八十七年，封尧帝的第九个儿子、丹朱的弟弟源明在这个地方建国，赐姓留。

从此，留城成了唐虞时期十八封国之一的都城。玉玉又问，听爷爷讲，留国在历经夏禹、商殷，于殷之末亡而归宋，直到春秋时期，留和沛一样一直是宋国的重要邑城，可由留邑变为留县又始于何时呢？张谦说，始于秦始皇统一六国推行郡县制，此后留城作为建制县又存续了八百多年，直到隋末唐初并入沛县版图，它才从独立行政建制退出历史的舞台。高志问，高祖跟留侯又是咋在这里碰见的呢？张谦说，秦二世三年正月，起事后的刘邦因攻打丰城不下还军至沛时，听说被东阳宁君和秦嘉立为楚王的景驹驻扎在留城，在前来借兵的路上，与投奔景驹的张良祖相会于小黄山脚下，交谈时又都有相见恨晚之感，张良祖从此就帮着高祖灭秦剪楚建立大汉。玉玉问，立了如此大功，咋又到了留城呢？张谦说，当高祖称帝的次年正月分封身边功臣时，高祖让他在富庶异常的齐地自择三万户，张良祖就说："始臣起下邳，与上会留，此天以臣授陛下。陛下用臣计，幸而时中，臣愿封留足矣，不敢当三万户。"玉玉听到这儿又问，为啥不敢当三万户呢？张谦又说，张良祖很明白，相对齐地来说，经过多年的争战，留县已成了又小又穷又落后的地方，他选留县并不是傻，留县是他与高祖最初相会之处，选这里，一是让自己记住高祖的知遇之恩，二是既不会引起其他自恃功高的人的嫉妒，也不会遭到高祖身边人的猜忌，说白了，这是张良祖作为一代谋士的高明之处，也是我们后人智慧行世的典范。玉玉说，我知道了，留城也正因为功成名就急流勇退的张良祖的到来，进入了最辉煌的发展时期，一直到被撤并前，都保持着街市井然有序、富商名流云集的繁华景象。高志接道，所以，这一带的人把他与被孔子称为"殷之三仁"之一曾隐居于东山的微子启、微子启的十七世孙一代名相目夷君称为三贤，都是值得我们后辈敬仰、学习的楷模。张谦说，当然，还有才华横溢温文尔雅风流倜傥的北宋名相吕蒙正，他的《寒窑赋》因状物之精、明理之深，成为北宋以来劝世的一代奇文。如此不厌其烦地讲述，张谦心境可鉴，他和玉玉的心境也可鉴。

就是在龙兴寺的学堂里，张谦也说留城的历史，特别推崇张良在当时复杂的环境中高瞻远瞩，从"运筹帷幄之中，决胜千里之外"到"弃人间事，欲从赤松子游"的安民乐业兴盛一方的角色转换，很好地践行了老子所提倡的"生而不有，为而不恃，功成而弗居"的道家立身处世思想。他还说，一个人来到世上，特别是一个男人，无论身居何处、家境贫富，即使不求有旷世奇才，也应当有治国安民之志，就是不求功求名求利，也要不断涵养内心，以慈敬、谦下的态度来处世，用自己的学识和智慧去影响带动身边的人。张豹曾插话说，留城不过是个弹丸之地，身怀旷世之才最终只繁荣了这么小的一个地方，是不是太可惜了？张谦严肃地说，留城虽小，张良祖在这里所呈现的思想内涵、精神光芒远远超出了留城，穿越千年，不仅为今世人所称道，还会泽被后世更广阔的区域、惠及更多的人，并发扬光大，薪火相传。由此看出，先生的良苦用心，不仅仅是在讲历史说留城，而是在对我们寄予厚望。

可不论先生对留城在我们的身上寄予了多大的希望，不论留城存在的历史多么久远、所处的地理位置多么重要、所承载的思想内涵多么丰厚，也不论就留城目前的状况值不值得几代人接力付出，从区域所占的面积来说，留城确实小，说白了，就一个十字街，两头连着驿道的南北大街，是留城的中轴线，也就是城里人惯称的乾坤街，听爹说，满打满算至多三里，有时候，在天还没黑的晚饭后，他和玉玉手牵着手跟着有兴致出来散步的太太，用不了半个时辰，就能走个来回。如果东西逛，那就更用不了多长时间，与乾坤街接上头的留侯巷和码头路，两条合起来才跟到龙兴寺一样长，且相对来说有点偏南。尽管如此，留城的城墙设计确实别具匠心，据传，一直延续的八卦图式的外形布局是张良祖到此封侯时的设计，也正因为不同于周边其他城池的规划和功用，让看出了其中奥秘的张鸿才下定决心开始进行那么多年的修复，直到张谦这一代才完工，不理解的，还以为是张家钱多烧的，就连本姓的，也跟着私下里说三道四。有一次，玉玉让他跟着一起到街上玩，碰见了正玩的张豹，张豹刚跟他爹从沛城回来，一见他俩就说，留城跟沛城没法比。高志没去过沛城，不好插言，可玉玉就不同了，玉玉问，咋就没法比了？张豹说，像个鸡蛋壳，看着外表光鲜，其实破烂不堪，根本不值一提。玉玉说，我咋听说，留城跟沛县差不多大？张豹说，实际面积是差不多，可人家各方面一好，就显得大。玉玉说，既然你觉得那里好，为啥还回来？见张豹一愣，玉玉又说，既然没能力在那里常待着，就好好记住一句话。张豹说，哪句话？玉玉说，也是从沛县那边传过来的。张豹说，既然是沛县那边传过来的，你说说是哪句，我肯定知道。玉玉说，那我先说上半句，儿不嫌母丑。张豹说，下半句，我当然知道，想考考你，你说说，我听你说得对不对。玉玉一撇嘴说，你要知道，太阳就从西边出来。张豹说，不论太阳从哪边出来，你快说吧，我看你到底说得对不对。玉玉说，狗不嫌家贫。张豹马上明白过来，生气地说，你拐着弯骂人。玉玉说，生在留城，长在留城，却嫌弃留城，骂你也不多。张豹拳头一攥就要冲向玉玉，见高志伸手把玉玉拉到身后，像堵墙挡在了前面，动作之快，别说他自己，就是随身跟着的张永也根本比不上，真要打起来，他们两个都不是高志的对手，想到这儿，拳虽放下了，嘴上却不服输，就说，骂就骂吧，又粘不到我身上，你是个女的，我不跟你斗。玉玉一把把高志扯到一边，眼一瞪，你再说一遍。张豹也眼一瞪说，你是个女的，我不跟你斗，十遍我也敢说。玉玉大怒，宝哥你掌他的嘴。高志又把玉玉拽到身后，亮起了右掌，张永一见，赶紧推着张豹快离开。张豹不愿意，正你推我、我推你，张斌走了过来，一问，立即对张豹说，错在你，以后再说，我就用鞋底掌你的臭嘴，快给我回家。现在想来，还觉得好笑不说，更佩服玉玉。

玉玉现在从山上回家没有？

　　高志正乱七八糟地想着东又扯着西，不知不觉就来到留城十字路口，向东看了看，又向西拐向码头路，没几步就走到张豹家门前。张谦让看门的进去通报，回头就对高志说，明天就要合练那套剑了，张豹还不行，你进去带着他再练练，我办完事来接你。正说着，张斌出来，打了招呼，又说了原委，就把高志推了过去。张谦转身就走。

　　高志跟着张斌边往里走边想，怪不得来时张谦不让他把剑送进寺里，原来是这样，可那张豹听他的吗？要是不跟他练又咋办呢？

　　来到后花园，见张豹正坐在一把椅子上用剑尖在地上划着。张斌高声说，豹子，你不练在干啥？张豹腾地站起。张豹娘说，练累了让他歇歇，啥当紧的事，连歇也不让歇？旁边一个跟张豹差不多高的女孩说，从吃过饭就练了一遍，谁说也不听，我就让娘来监督他了，可没用，娘太疼他。张豹娘说，哟哟，这二丫头把我也告上了，真白疼了。又瞅着张斌说，赶紧给她找家人快打发走。那女孩说，娘，您咋这样？我这不是为弟弟好吗？行，我不说了，到时他丢人现眼，看你们脸面往哪里搁。说完扭头瞅了高志一眼不再说话。高志没敢回看，立即断定，这就是张豹二姐张丽，据说，因为体态和相貌简直一模一样，所以留城人常把瑞玉、张丽和前年已嫁到沛县的大小姐张美比作从黄山湖走进城的三朵箭荷，统称为兴盛府的三姊妹，只不过细心人一看就能分辨出，瑞玉是霸气绽放的牡丹，张美是文静的水仙，张丽是热烈的百合，如今看来，果然如此。就听张斌对张豹说，你快跟着宝宝抓紧练，是你先生专让他来的，等一会儿，你先生也来，他要是再说不满意，我揍你都是轻的，你今晚就不要睡觉了。张豹娘说，快练，豹儿，我相信乖乖一定会练好。张豹对高志说，你先让我看一遍。高志行云流水般示范完，那女孩拍着手对张豹说，你看人家。张豹说，又不是你相公，你咋胳膊肘往外拐？那女孩腾腾腾走到张豹跟前，刚扬起手，张豹娘说，好大的胆子，我看你敢，一个女孩子在外人跟前多嘴撩舌，不害羞也罢了，竟敢打我宝贝，无法无天了是不？那女孩听了放下手说，你看他说的啥。张豹娘说，他是替我教训你不该乱插话。那女孩一跺脚，你就这么惯着他吧。说完一捂脸跑走了。

张斌几步走到张豹跟前说，这是你应该说的话吗？你……还没说出来，张豹娘就把儿子赶紧拽到身后说，孩子小，口无遮拦，就饶他一次，转身又对张豹说，你咋能这样说姐姐，以后可不许再这样，快跟着练，要是再不听话，满嘴胡吣，你爹揍你，我就不管了。张斌说，宝宝他爹在咱家店里，又是亲戚，不算外人。张豹娘说，对对对，都是自家人。高志鞠了一躬说，谢谢老爷、太太担待体谅，都是我的错，今晚要是不来这里，二小姐就不会生气，少爷也不会挨嚷了。张斌拍拍高志的肩膀，快练吧，天不早了。

张豹跟着练了两遍感觉可以了，就提出歇歇，可高志说，还是趁筋骨舒展了再练一遍，会更好。张豹娘也说，就再跟宝宝练一遍。

张豹又练完一遍，问高志，你累不累？要是累，你就回寺里吧，天也不早了，明天我还得早起呢。高志愣了愣说，这套剑有个特点，就像咱写大方，要是进入了境界，你会感觉越练越想练。张豹一愣说，真的？高志说，当然，不信你再试试，我建议你两遍一起练，你感觉可以吗？张豹说，我先歇歇。张豹娘说，就让他先歇歇。张斌却说，不能歇，按宝宝说的做，抓紧。

张豹又练了两遍，感觉不到累不说，身上也没汗了，还有了再接着练的意思。他把意思一说，高志笑笑说，好，我陪你。

气沉丹田剑一动，高志要求自己剑剑求稳，式式求工，让张豹从练习中悟出更多的东西。一直没离开的张斌，见儿子有了前所未有的热情，就向准备坐下的夫人招了招手，张豹娘以为有啥事要安排，便走到跟前等着张斌发话，可张斌没瞅她，只抬手向高志一指，眼就随着高志的剑想起了少年时临帖所见的颜真卿《多宝塔碑》的简洁明快，丰厚规整，又想起柳公权《玄秘塔碑》的走锋锐利，筋骨尽露，阳刚十足，随后还冒出赵孟頫《胆巴碑》的点画精纯血脉相连，更有欧阳询《九成宫醴泉铭》峻峭中藏着的灵秀，强劲中蕴着温润。高志见张斌看自己如此专注，就想让自己的剑法表现得更出色，闪转腾挪间，他看见张豹二姐又悄悄地近前，脑子开起了小差，以为这是在小黄山上的树林里，脚下就是他和张谦练功的平台，想起了昨晚平台上多年不见的玉玉让他没有料到的婀娜惊艳，更想起了他一开始在玉玉跟前练这套剑的情形，剑走游龙，如光似影，呼呼生风，提按顿挫如王羲之醉书的《兰亭序》，洋洋洒洒中且舞且蹈，变化多端，潇洒飘逸，拦截劈扫又像前不久他在张谦书房看到的草圣张颠的《古诗四帖》，有着大开大合、仪态万千、出神入化、狂而不怪的奔放磅礴。灯光朗照下的花园里顿时风狂雨骤，旁侧的青枝绿叶或俯或仰，婆娑乱颤，等高志气定神闲剑止身静，身后响起了张豹二姐的叫好声。高志马上意识到自己走神了，立即转向张豹，见张豹和他的爹娘一样呆愣着，就说，对不起，少爷，我忘了你在我后面跟着练了。张豹说，高志，不怪你，怪我平时没上心用功，才没跟上你，以后一定要好好向你学习。张豹二姐走上前说，弟弟这就对了，好好用功，以后我不但会好好疼你，还会捎信到沛城，让大姐回娘家来时，给你带更多好吃好玩的。张豹说，谢谢二姐，请原谅我平常没大没小对你的不尊敬。张斌笑着走过来揽住张豹的肩说，你只要肯用功，其他什么都不算事。张豹娘笑嘻嘻地走到张豹跟前说，这才是我的心肝宝贝。转脸又对高志说，今天就练到这儿，你们先生可能又让事给拦着了，眼看着一时半刻也回不来，我这就打发人叫你爹来把你送回去。高志说，谢谢太太，俺爹忙了一天挺辛苦，还得看店，就不惊动他了，就是今晚先生不回来，我自己也能走回去。说完提了剑转身向外走。张斌瞅了一眼呆着的张豹，急忙跟了出去。

第三章

难得的好晴天。

龙兴寺沐浴在佛光里。

慧觉师父天刚亮就领着徒弟在龙兴殿里诵早经，声朗词清，木鱼有节奏地亢奋和着，那洋溢的清亮先是在龙兴殿流淌，然后从前后门涌进了四周所有的屋子，既而又溢出墙外向周边蔓延。

张谦昨晚回来后，没再回家，直接睡在寺里书房，今早窗没透亮就像往常一样上了山，在山上把清风明月剑法慢走一趟又快舞一遍，接着又用随身带的洞箫把《子房箫声》练了一遍。听爹说，《子房箫声》的曲子是张良祖在留城时所创，整首曲子一改往日的凄婉幽咽，既有对起事反秦、辅佐明君的颇具传奇色彩的铁马秋风决胜千里的惊心动魄的回忆，又有急流勇退后重生轻利慈心爱民的闲适与超然，淡淡伤感中透着阳光下的昂扬执着，清丽明快中又寄托着与天地贯通、逍遥自在的情怀。虽然，这曲子也是随龙兴殿供着的宝物一起传下来，但每偶尔呈现，从没说是张良祖所传。

感觉身上有点冒汗，张谦就下了山，见寺门已大开，又见院内的香炉前高志与张豹在说着话，就紧走几步到跟前，问，马上要晨练了，你俩还在叽咕啥？高志说，他在问我昨晚是自己回来的吗，我说出了他家的门正遇着先生就一起回来了。张豹说，也就只说了这一句。张谦又问，你还想说啥？张豹我我我还没我出来，张谦又脸一正说，别磨蹭了，抓紧准备。

龙兴殿里晨经不绝于耳，山上的鸟鸣这时有些更响了。也许是好多天没见到太阳，张谦见列队站着的每个人脸上都放着光，就让排成三行由高志在前领着先练剑。

尽管张豹昨晚加了班，跟其他人齐练还是不够协调。张谦就在上午第三炷香写大方时间，让高志带着张豹在院内练。张豹有点不情愿，就对张谦说，第二炷香刚练过，再接着练累不说，效果也不会多好。张谦说，这说明你还没悟透这套剑法，闲话少说，赶快去。

气温可能有点高，第一遍练完，张豹就出了汗，再练时，恐怕大汗把内衣湿透不舒服，就照葫芦画瓢敷衍。站在旁边的张谦一看还不如第一遍好，就大声叱责了一句，张豹闻声赶紧调整，见张谦进了学堂又敷衍起来，偏又被转身撩剑的高志逮住，高志说了句快跟上，又继续练起来。张豹没听，依然如故。等这遍练完，张豹庆幸没出大汗，瞅着快到中午的太阳，正想象着出了大汗内衣湿透贴在身上的难受劲时，腚上挨了重重的一脚，以为是张谦，猛转身，却是高志，顿时来了气，说，你好大的胆子，敢踢我！高志说，你是谁？张豹一愣，我张豹，是你家少爷，是你乱踢的人吗？你给我跪下。见高志不跪，又说，你是不是不想让你爹在我家干了？那好，你这要是不跪，明天就让他滚蛋。高志没接腔，又给了他一脚。应该比刚才一脚还重，张豹没拿剑的手在腚上来回抚摸着，好像疼又移到了嘴上，嘴歪着，还发出哎哟哎哟的叫声。高志又说，你知道我踢的谁吗？张豹一愣，瞪着眼说，你说你踢的谁？高志说，我踢的不是那个叫张豹的俺家少爷，是扶不起来的井绳、糊不上墙的泥巴、硬不起来的软蛋、屡教不改的浑蛋。张豹梗着的脖子塌了下来。高志见张豹不言语，又踢了一脚，厉声说，你个浑蛋给我抬起头来。张豹真的就抬起头来。高志又说，昨晚你咋练的，这又是咋练的？你以为你比别人特殊是不？你说你比谁特殊？在这学堂里，无论穷富，大家都是平等的，谁也不欠谁，别以为我爹在你家做事你就嚣张，我爹是凭力气和能耐做事，不是赖在你家混口饭吃。以前我在你面前小心翼翼事事让着你，为你背黑锅，为的是我爹能长在你家做事，既然你今天把话讲明了，行，我也豁出去了，在你这样的人家做事，别说我爹，我都感觉丢人，我就不信，离了你家的饭碗，难道还饿死不成？高志见张豹惊愕得像瞅着一个从没见过的人一样，大张着嘴呆愣着，又道，你说你有啥了不起？你在家有人宠着你，可在这里，在今后你家以外的所有地方，你要是不自立自强，没有任何人会宠着你。张豹缓缓地点了点头说，谢谢你高志，我知道你是为我好，自从昨晚你走后，我一直在想，一直在痛下决心改，我早上就想把改的决心说给你，没想到被来催促晨练的先生打断了。高志说，既然有了痛改的决心，就要立即付诸行动，光说不动，或者雷声大雨点小、虚张声势、得过且过，那可不行。张豹说，可也许是得过且过惯了，每事到临头总是改不了。高志说，别总给自己找理由，要多分析造成自己目前状况的真正原因。张豹愣了愣说，在你看来，造成我目前这种状况的真正原因是啥？高志说，一个字，懒。张豹问，这又是咋造成的呢？高志答，自以为优越于别人的生活，让你一味沉溺于任何事不需要自己努力就能"张口就有、招手即来"的惰性中，惰性滋生依附，依附泯灭了人生来本有的进取心，进取心一无，何谈意志弥坚和自控力？所以做事就敷衍，练功就浅尝辄止不下力气，一不下力气，基本功就不坚实，不坚实，动作就做不到位，做不到位，不仅套路中一招一式、一拳一脚的技巧和功力得不到淋漓尽致的展现，起承转合咋又能衔接好？衔接不好，又咋能跟上别人的节奏？张豹说，可这也不是一朝一夕就能改得了的。高志说，不能立即改到位，可以立即开始改，只要有心就有行动，只要有真正的行动，就有改好的希望。张豹说，时间这么短，能行吗？高志说，只要努力，事在人为。张豹又问，那从哪里开始呢？高志说，从基本功开始。张豹问，基本功那么多，又从哪里做起？高志说，就当前需要，你下盘、腰劲、腕力，还有身形、步法都得练。张豹说，干脆一句话，你说让我具体练啥。高志说，晨站梅花桩，中练武当十三势、少林三十六腿法，晚习腕的点、勾、坐、甩、转圈各三十。张豹说，每天功课排得这么满，哪有这么多时间？高志说，只要想练，就有时间，见缝插针，滴水石穿。张豹手抹了一把脸上的汗，又左右晃了晃后背上被汗水粘在身上的内衣说，可可可……高志说，可啥可？张豹说，可我一练就出汗，一出汗就浑身不舒服。高志说，不出一身汗，不成一身功，别净说这些没用的，你现在就跟我说一句，你到底能不能好好练。张豹说，能。高志厉声说，大声点。张豹一挺身，昂起头，可着嗓门说，能！

高志看见张豹身后那棵菩提上的一群麻雀轰的一声全飞了，还发现闻声走出学堂的张谦和同学向他竖了大拇指，又都退了回去。

慧觉师父慌里慌张地从龙兴殿出来，向高志和张豹这边看了看，双手一合，说了句"阿弥陀佛，善哉，善哉"，又进了龙兴殿。

学堂的两条横梁下有四幅张谦写的字。前面梁下，左侧是颜真卿的《劝学》"三更灯火五更鸡，正是男儿读书时。黑发不知勤学早，白首方悔读书迟"，右侧是张载的《横渠四句》"为天地立心，为生民立命，为往圣继绝学，为万世开太平"。后梁的两边分别是"天行健，君子以自强不息；地势坤，君子以厚德载物""夫君子之行，静以修身，俭以养德。非淡泊无以明志，非宁静无以致远"。高志至今还记得，这些字句是学堂开办之初，张谦在留城裱好，又封在原色木框里的。从开课那天起，张谦每天上午开讲之前，都要让他们齐读一遍，下午放学，再让学生齐读完才出学堂。至今，每当张谦再让读，高志他们根本不往上面看，甚至都能倒背如流。当然，这些话的意思也早就透骨入髓。张谦的用意，他们更是有深刻感受。

　　学堂的后墙也有字，是十九幅，分排两行，上一行九幅，下一行十幅，每幅均用临帖的大方纸写成。纸上的内容是两年前张谦让每个学生写的，按照当时张谦的要求，诗句可以是摘抄古人名言佳句，也可以是自己所拟，但内容必须阐明自己的志向，并且允许随着时间的推移更换。在全体同学中，到高志大骂张豹之前，只有高志和张豹的重写过。高志写的是张载的《横渠四句》，因为排在最后，位置低，曾被课间与同学打闹的张豹用手指划烂过，高志没吱声，默默又写好换上了。张豹的是"文武双全，福寿康乐"，排的是第一个，当时一贴出，就十分抢眼，同学们都笑他俗，让他换，他却说，他就是这样想的，就想以此自勉自警。见张豹坚持，张谦就说，张豹的看似没有志向，其实也是一种不小的志向，你们想，我们的所有努力，不都是想让我们和我们身边的所有人福寿康乐吗？让我们的人生尽善尽美吗？如果不通过一番坚持不懈的努力，这个志向还真难达到，只是他说得太直接而已。因为没贴好，张豹的没过多长时间就被晚上的风给扯得如他家店外的酒旗一样飘着了，且还有几处撕成了碎条，再不换影响观瞻，就重新写了，让高志帮着换上。

　　上午被高志踢了的张豹，午饭后，又跟着高志练了几遍，见高志去了龙兴殿找慧觉聊天，自己就回了学堂。还没到下午上课时间，讲堂里也没有其他人，他就坐在座位上歇了歇，突然腾地站起，铺纸、舔笔，稍作沉吟，就在纸上一笔一画地写起来。写完，放笔端详，又双手擎着看，上下前后移动看看，如此往复几次，就点点头放下，转身到讲台下拿了糨糊抹匀，又把自己的课桌搬到后墙靠稳，一手拿了才写的字，一手把坐凳稳放在课桌前，然后踩着凳子上了桌，把字贴在了自己以前的纸上面，又均匀地按了一遍，感觉不会再像以前脱落了，才放心下来。

把桌凳挪回原位，同学们就一个个相跟着进了学堂。大家一看，张豹的内容换了，就先是一堆一堆凑在一起小声品评，见张谦和紧随着的高志一起进来，又哗啦一下全散开。因为还没到上课时间，散开也没回原位，都面后站着。有胆大的就转头瞅一眼张谦。张谦立刻明白了咋回事。先看张豹写的字，右上是一排小字，内容只是在以前的八个字的后面加了个"之"，接着另起，是两排大字"痛改前非，快马加鞭"，就问张豹上面写的啥意思。张豹说，这是我现在的志向。才说完，大家轰地笑起来，张豹立即眼一瞪，笑什么笑？高志说，请大家别笑，张豹自有他的道理。坐在第一排最前面的张维说，能是啥道理？不过是一时兴起，借个阵地玩文字游戏。张豹急了，争辩道，谁玩文字游戏，我家又不是靠给人家写契约、立字据靠卖文混饭的。张维脸一红，立即反击，靠卖文也是自食其力，那也比奸商强。张豹眼一瞪，你说谁是奸商？皮又痒痒了是不？张维说，君子动口不动手，别再让我瞧不起你。张豹嘴一撇，说，吃了上顿没下顿，你有啥资格瞧不起我？等哪天把赊我家店的账清了再跟我说这话。张维说，一码归一码，我家也是按你家店规做的，再说了，这留城里，谁没在你家店赊过账，如果你家店不用这招，如今谁去你家店里买东西？没人买，你家靠啥赚钱？还不得喝西北风去？张豹说，喝西北风的是有，那要看是谁。张维说，不论是谁，不论干啥，都是凭本事吃饭，没有高低贵贱，更不要自以为是，岂不知，在人世间，自古都是，穷不丢人，自以为是的才丢脸。张豹说，自以为是也是能耐，你有这个能耐吗？没有这个能耐就一边待着去，看门口又来没来要写啥文的，不是契约，是状纸也行，更能多得几个碎银子，兴许关了门，还能到十里香打半两酒、要几颗花生米过过酒瘾。张维脸又一红，你字才出口，张豹又眼一瞪说，你啥你？有本事就再使给我看看？再说了，我改是有原因的，也是认真的，适合我目前的需要，我现在就奔着这个目标努力，总比写上一些一辈子都实现不了的假大空话强。他跟前的张珉瞅了张豹一眼接道，就是写上像你说的所谓一辈子都实现不了的假大空话，也是一种精神激励，也是一种很现实的追求，一种打小就立下的长远志向，是不是比你常立志强？张豹眼又立即瞪过去，说，"书中自有黄金屋"，确实不是假大空，如果能再写上"书中自有颜如玉""书中自有千钟粟""书中自有稻粱谋""书中车马多如簇"，不仅更具体，还更全乎。你想啊，宋朝的赵恒皇帝《励学篇》里教导得多美啊，每天在城门前吆五喝六，就是没有读书的天分和条件，就是不能勒索点回家勉强糊口，也可以填填从来没有饱过的肚子，再不就蹲在城门前的太阳底下打个盹来个南柯一梦，就是饿醒了、梦破了，没能实现，也不要紧，古人都能画饼充饥、望梅止渴，予又为何不能当作一种精神追求聊以自慰？张珉腾地站起，你……张豹眼又一瞪，你啥你？张珉回到自己座位坐下来说，"燕雀安知鸿鹄之志哉"？张豹说，你是燕雀吗？我看你不是，你是鸿鹄。张珉瞅了一眼张谦，又对张豹说，这是学堂，不能骂人。张豹说，先生早就教导过我们，学堂也是社会，更是各家思想交汇碰撞的地方，大家不仅言论自由，更要学会在这里各尽所能，尽力呈现，成就一个不同的自己，就是我语言表达上有让你感觉不舒服的，也不是骂人，只能说是措辞偏激。张谦说，就是措辞偏激，也应该尊重人家。张豹说，我并没有不尊重谁，至于说措辞偏激，是他们自己的感觉，我并没有感觉到。张谦说，你没有感觉到，也不等于没有，一个有仁爱心的人，但凡言行，都应站在别人的角度，让人感受到你的仁爱、友善、温暖和美好。张豹说，如果不是他俩的言辞让我如芒在背，我会让他们感觉不舒服吗？如果只一味地让对手感受到美好，又如何做一名战无不胜的辩士？要知道，一名杰出的辩士，他口中吐出的每一个字、每一句话，就是对准敌方的软肋射出的箭、刺出的枪、砍过去的刀、甩出去的匕首，要有置之死地的杀伤力，就像清风明月剑，如果一招一式没有劲道，如何呈现这套剑法的精妙和神奇？张谦说，清风明月剑也并不是招招力道十足就能呈现它的精妙和神奇，再好的辩士也不是一味地紧紧抓住对方的缺陷、漏洞给予疯狂的绞杀，世上的事都是一个道理，特别是做人，不论言还是行，都要守住最起码的道德底线，要呈现正气，要体现仁者爱人。张豹说，对咬死农夫的蛇也体现仁者爱人吗？张谦说，他们不是你说的这种蛇，而是你的同学，是张氏家族里血脉亲情连着的一家人，即使是外姓，也应该针对你感觉不舒服的地方质疑，真诚地用你的言行向大家解释清楚，用你的一点爱心给大家更多的感动，这才是血脉亲情、同学之谊、做人之道。张豹一愣，然后走出座位，先向张维、张珉说了声对不起，接着走上讲台面对大家深深鞠了一躬，说，我虽然小毛病太多，可志向并没有改变，只是效法"积跬步以至千里"，把志向分解成一个个小目标，通过小步快走、不断地成功积累，以求得到凤凰涅槃式的变化，为生命的美好蓄势奠基。张谦说，好。大家鼓起掌来。掌声一停，张豹又说，请大家多督促，多支持，多指教。然后一拱手，回到座位。

下午的齐练，张谦又变了法，让大家随着高志吹奏的洞箫练。因为《子房箫声》张谦教过，去年还专用古筝练习了半年，可以说，那清风明月般流淌的清丽，如水一样早就浸入心田。这之前，又在张谦的指导下记住了随着乐曲进行的动作分解，并各自按着节奏练过了不少遍，都认为这不是什么难事，还有一种按捺不住的兴奋。

当高志的箫音一起，十八把剑应声而舞。阳光下，随着洞箫时而沉长，时而开阔，时而急管繁弦如万马嘶鸣，时而如滴漏传更马放南山，剑光耀眼，剑影相随，剑声响亮。空旷的寺院里时而风起，时而风落，时而回环又缭绕龙兴殿乘势而上，时而又有闲云在头上飘过，转瞬忽如碎絮散得没了踪影。

待一曲终了，十八把剑同时收势后，所有的人互相瞅瞅，意犹未尽。张谦拍了三下掌才说了声好，张豹就打断说，跟着音乐确实是好，只是美中不足。张谦问咋又美中不足？张豹说，人与人的间隔太近，剑使不开，如果前后左右距离能再多出一剑之地，感觉一定会更好。其他同学也随声附和。高志说，我以为不在于间隔的宽窄，而在于在有限的空间内能否让剑尽力发挥到最好的可能，说白了，就是我们的剑艺功夫还不到。大家听了，像谁发了无声的命令，十八双眼睛齐刷刷地向高志射过来，又随即转向张谦。张谦说，高志说得对，问题还在于我们的功夫没练到家。见大家又都看着他，他又说，我们现在的布排是根据戏台的尺寸，我也知道这套剑法在更大的空间会有更让人意想不到的呈现，可我们不能任意把戏台如玩魔术样拉长或拽宽，就像解牛的庖丁之所以游刃有余，不是事先选择那些骨缝大的牛宰杀一样，而是要在自己的技艺上多下功夫。环视一周，张谦又说，无论学什么，一个真正的高手，从不片面强调外在的原因，而是善于发现自己的不足，再通过苦练，让自己在有限的条件内做无限的发挥，在有限的空间里做极致的施展，这才能出神入化，臻于至境。

按往常，正月十四的晚练时间是大家放假回家过十五的时间。可今年情况特殊，张谦就没让回，又考虑大家练了这么多天，已非常辛苦，若要再练，势必会影响明天的展示。为了让大家充分地放松，就利用晚练的这炷香的时间在学堂开了一个别致的联欢会，以灯题作诗。

联欢会开始前，在张谦的带领下，每人用纸把自己扎的高粱秸灯笼糊好，然后按各自的喜好，有的在灯笼上画上龙、虎等十二生肖，有的则画了自己喜欢的留城风景，等里面插上蜡烛往学堂里一挂，学堂里霎时灯火通明，那些画上去的动物和景色，像赋予了灵性，或惟妙惟肖活灵活现，或勾起往事让人对灯凝视，或景色梦幻令人向往。为了凑趣，张谦也做了一个，他在上面画的是"码头夕照"，让高志替他挂上。高志接过一看，转身出去没多久，又拿了新画的"东山晨光"给张谦看，并要求覆盖在"码头夕照"上，张谦瞅着高志笑笑点了点头。见高志兴奋地把灯笼挂好，张谦在每个灯笼上标好序号，又在每个灯笼里各藏了个小纸蛋儿。

联欢会由高志主持，张谦作评判官兼书记员。课时香一点，高志首先宣布以灯题作诗的规则，二十个纸蛋儿里有十八个写有作诗题目的，按所抽的签在相应灯笼里拿到纸蛋儿后，交于评判官，评判官打开后，没有题目的不作诗，有题目的宣布诗题后，抽签者在主持拍手三下后开始作诗，一不限言，二不限韵，随心所欲，出口成章，拍手十下后结束，规定时间内作不出诗或作出的诗不切题，罚写两张大方，不得替代，不得弃权，更不能抢时，违者同样责罚，如有不同意见，请举手。张豹手还没举就说，我有两个问题想咨询一下。高志说，请讲。张豹说，一是抽签顺序如何，二是主持和评判官是否参与。高志瞅了一眼张谦，见张谦点了点头，就说，抽签按学号顺序，我和先生都参与，只拿剩下的，不参与抽签，谁还有问题要问？张豹又举起手说，我有。高志说，你事真多。大家听了就笑，笑完都看着张豹。张豹笑笑说，事不多，不热闹。高志说，你别磨蹭，快说。张豹说，我建议，抽签别按学号，你当主持的击鼓，我坐到你现在的座位上，也就是我以前的位上，我们依照由前往后、从左至右的顺序传花，鼓停花在谁手，谁就抽签。高志又瞅张谦，张谦说，你是主持，你当家。高志说，我同意，但请告诉我，你说的左右，是以你的位置为准，还是以我的位置为准。张豹说，建议是我提的，当然以我的位置为准。高志笑笑说，咱可说定了，你可别事后倒打一耙。转脸又问大家，要是同意，请鼓掌通过。张豹又带头鼓起掌来。鼓完掌，张豹又说，我还有个建议。高志说，你还有个建议？你快说，再耽误，等这炷香点完了不能结束，你可要晚回家了。张豹说，这样快乐的事，就是晚回也没啥。高志说，那也得抓紧。张豹挠挠头说，不说了。高志问，咋又不说了？张豹说，让你一吓二催促给催促忘了。大家轰地笑起来。

学堂一静，高志就以手作槌，以讲桌面作鼓，说了开始，手就嘭嘭拍起来，只见代花的木鱼在讲堂三扭两弯转眼就到了张豹手里，张豹一愣，见鼓没停，像接过刚出炉的红芋感到了烫，又赶紧往回传。估计一时三刻到不了手的张豹直纳闷，瞅着高志埋怨起来，你一个劲儿转着敲，是在为戏班子敲开场锣鼓吗？见高志连眼皮也不抬，知道埋怨没起作用，又恨恨地剜了一眼，不就是做个主持吗，有啥了不起的？嘴里才叽咕到这儿，鼓偏猛地停下，再看那木鱼在张维手里，就腾地站起，说，好。正紧张的张维猛转脸说，好，你来。张豹说，要是逮住我，连愣也不打。高志说，谁要再犯规这就罚。张豹麻利坐下。张维伸手就在头上的一个灯笼里拿出纸蛋儿送到先生手里。张谦打开，说，任国古城。才说完，高志的鼓又响起来。三下刚过，张维就朗朗而出：

任国古城（张维）

一舟三折到鲁桥，仲子庙前不逍遥。

逆时拜访仍国君，古今名士水滔滔。

张谦搁笔抬头说，以寻访写古城生前身后及位置，还有感慨，笔法独到，读之一目了然，听之分明可见。

才评完，张豹又举手，我有建议。高志说，又是你，说。张豹说，你得快点，要是你每敲一圈才逮一个，两炷香点完也不能结束。高志说，我一开始得遛遛场子，看你们传得如何。张谦说，高志自有他的道理，张豹你不许再多话。张豹说，一定不再多说话，可还得把刚才忘了的建议说一下，这个建议很重要，必须让我说出来。高志说，你三番五次建议这建议那，我这个主持让你当算了。张豹两手向前一摇，说，别别别，我可不当，还是传花抽签有意思。转脸又对先生说，先生评诗，涉及哪个古城，得简单介绍一下。高志说，周边十八座古城，这几年，先生以暑期游学的形式都探访过，没必要介绍了吧？张豹说，有的是探访过了，有的现在都不知道了，如果不对诗里涉及的古城做些介绍，就是诗作得再好，也不一定能感觉到。张谦说，要是抽签时你抽了个你忘了的，正好罚你写大方，等写完，再通过查资料搞清楚，把诗作补上再回家。张豹说，要是别人抽中的古城忘了呢？张谦说，那就等联欢结束搞清楚再回家，你不能再多话，再多话，就跟抽中没按规定作出诗的一样受罚。

鼓声又起，可只响了一下就停了，张维后面的张添放下手中的木鱼二话不说，也在头上的灯笼里拿了纸蛋儿给了张谦。张谦一亮说，高平古城。

时间一到，张添开口即吟：

高平古城（张添）

你争我抢他也夺，到头还是复归我。
封侯置郡无所谓，只留伏羲殿一座。
背依凤凰面独山，眼前景观真不错。
更喜圣母泉长流，引得骚客留墨多。

张谦记完最后一个字，一拍桌子，好一个张添，真不简单。张添先是吓了一跳，随即又喜上眉梢。张谦笑笑一拱手说，忘形失态，下不为例，继续继续。

鼓声再起，张谦且记且评，没多少时间，笔下又记了好几首：

薛国古城（张第）

上邳都城今仍在，国君奚仲是车神。

但愿他日及第后，能学郢客乘两轮。

仲虺古城（张力）

上元将至寺月清，遥想左相封斗城。

杨柳依依窗前影，桃梨夭夭屋后更。

唯愿封国高楼固，哪料昭阳水无情。

从此赫赫生前事，只任滔滔浪打萍。

欢城古城（张欣）

礼贤下士养三千，弹铗而歌有冯欢。

焚券市义呈善举，赠城从此因名传。

方与古城（张升）

本来极国最安乐，奈何此地易帜稠。

打打杀杀民怨恨，分分合合从没久。

所幸子骞孝心诚，跪求父亲后母留。

从此三子有温饱，家和人睦不生忧。

胡陵古城（张珉）

城抱漕河河水清，士助明君君业成。

谁想大风传千古，哪料胡陵没水中。

鸡鸣台前忆鸡鸣，龙兴寺里说龙兴。

大是大非眼前过，人前人后不居功。

广戚古城（张命）

泗河东南流，广戚旁侧走。

城址今仍在，夫人何处愁？

身为平民女，家住古曹州。

自幼善歌舞，长大更出头。

幸得高祖宠，征战伴身后。

登基封功臣，沛东列为侯。

福浅命更薄，驾崩遭毒手。

世人耿于怀，庙前泪难兜。

小沛古城（张往）

小沛自古多风流，熙来攘往名士稠。

许由隐此民心淳，孔丘紧随老聃后。

秦末高祖一挥手，家乡子弟凯歌奏。

最敬教化仁泽厚，屋舍数淹志能酬。

张谦才评完张往的吟咏，张豹又举手报告，有事要问。高志问，你又有何事？张豹说，灯笼里放的纸蛋儿是不是有问题？张谦问，你说有啥问题？张豹说，这前面的九位为了节省时间，都是随手在头上取，这一取，大家都立刻明白了，纸球儿上的古城就是从北往南依次排的，那高志的鼓也是挨着逮，这就会让大家有习惯性思想，你鼓还没敲，下一个不但知道了诗题，还提前作好诗等着，不能考量出大家像曹植七步作诗那样的能力。高志说，我再问你一遍，到底是你是主持，还是我是主持？张豹说，你是主持。高志说，既然我是主持，自然有我的主张，你的意见先保留，等结束再提，行不

067
第三章

行？张豹说，不行，我还有个问题，必须得提出来。高志说，那你快说。张豹说，开始前，咱说定的传花是从左至右，咋传着传着就从右到左了？高志说，大家传得没错，只是你的感觉出现了问题，至于问题在哪里，等结束，你再细细想。张豹说，那就搁置再议，不过，还有个十万火急的意见容不得搁置。高志说，又是啥十万火急？张豹说，我对先生的诗评有意见。张谦问，有何意见？张豹说，诗评不公，有包庇嫌疑。张谦说，请讲，如有道理，我不但立即改正，还甘愿受罚。张豹两手一拍说，好。高志说，你快讲。张豹说，目前发现有两人的诗作出现问题，先生没有给指出来。张谦说，你一个个说。张豹说，一个是张命的。张命一愣，我的诗作有啥问题？张豹说，硬伤太明显。张命又一惊，有何硬伤？张命见大家都把头转向张豹，又接一句道，必须有理有据。张豹说，广戚是秦时置县，就是汉朝以来，鲁共王子刘将、楚孝王子刘勋等先后封侯于此，史称"广戚侯国"，也与戚夫人八竿子打不着，你的诗却把城的命名归到戚夫人身上，是不是硬伤？张命笑笑说，看来你只会"掉书袋"还掉得没水平，更没有记住先生平时的教导，做学问，不能孤陋寡闻。张豹一愣，立即说，你说话要有理有据，不能乱扣帽子。张命说，我是以你之道还治你之身。高志说，别扯远，说正题。张命说，秦末，高祖刘邦攻薛城杀泗水郡守壮，还军亢父、方与时，曾路过广戚，后来此城又俗称"戚城"，再后来，民间对这座城的记忆，就像咱留城，虽然自古以来王侯将相你来我往，但只有张留侯成了留城的标志。广戚也一样，世代不仅以之命名，还在城里建了"美姬庙"，纵然，《滕县志》认为此为戚夫人故乡有误，还传说这里是刘邦给爱妾戚妃的封地，能挡住人们一提起此城就想起戚夫人吗？能说与戚夫人无关吗？要知道，人们心里对一座城的记忆，就像记住一个人不以他的家境有多显赫一样，不仅仅是它的历史，更是对人的记忆，哪怕此城与此人无关，人们也把它作为依托和符号，不愿忽略城的历史。张谦问张豹，你以为张命的解释如何？张豹说，也只不过勉强罢了。张命说，你的所谓勉强，只不过是为自己的无知遮掩，为不想给先生道歉强作理由，可见你……高志打断说，问题已清，就不要再说，咱们继续。张谦说，张豹同学还有一个没说，让他继续说完。张豹说，"哪料胡陵没水中"与现实不符。张珉又腾地站起，说，哪里又与现实不符？张豹说，年前我还去过胡陵，尽管像如今的留城一样已没有了往日的繁华，可不仅城在，胡陵寺、鸡鸣台、三官庙、关帝庙、翠云庵交相辉映蔚为大观，香烟整日缭绕，钟鼓之声不绝于耳。张珉说，你说的只是眼中的实，真正的胡陵城早在嘉靖四十四年就因水灾坍塌了，我随感而发的不仅仅是艺术的实还有对胡陵的担忧，更有对人的警醒。如果你只一味地咬文嚼字故意抬杠，那你不是谈诗说艺，是为处处时时事事显示自己的存在打眼罩，更与今晚的气氛大相径庭，鄙人实难苟同。张珉对着张豹侧身手一拱，就坐了下来。张豹眼一瞪，你，不要如此张狂。高志制止道，就是学术之争也不能乱施威，更何况都是同学，平等相处，哪又来的威？见张豹还要争辩，又说，今晚赋兴取乐，可以讲究，但也不必太计较，诗本来就可以是风雅颂、赋比兴，更可以托古论今示将来，不要自设局限，败了大家的兴致。张豹同学，你说是不是？张豹一愣，立即笑着手一拱对大家说，都是我多嘴，请同学们别计较。高志说，最好别再让我发现别的问题，一旦发现，就按违反规则处罚。张豹立马站起，身子往前一探，右手往胸前一按，说，主持警示，学生明白。同学们听了，又是哈哈大笑。还没笑完，张豹又两手向前一伸快节奏地往下不停地按，边按边大声说，肃静，肃静，肃静。同学们听了，立即止住。张豹脸一正，有啥好笑的？转脸又对高志说，你看你这主持当的。高志正要反击他，他又摆摆手说，闲话少讲，请快乐继续。

　　鼓声随即响起，木鱼又从张往手里传出。高志这时的鼓声变了

069
第三章

章法，时缓时急，那木鱼不再是张豹手中烫手的红芋，而是利国驿铁厂刚出炉的铁块，特别是已被逮住的，出手更快。张豹接传更是花样百出，让人一看就知道是这方面的老手。当飞来的木鱼还没到跟前，他就及早地伸出剑指快速地一用力，木鱼便拐弯飞向了下一个人。其实，他不怕被逮住，作诗是他的强项，不仅在学堂下了功夫，有时在家里还故意让爹逮住在来的客人跟前显摆。唯恐他丢人，他爹只要不外出，就是吃饭时也出题让他作，如此久经历练，自然功夫不浅了。他之所以不让逮住自己，是因为他在家玩击鼓传花时，最希望逮住别人。

木鱼眼看又要到他跟前，张豹右手又早早变成了剑指平放在课桌面上静待，可他这次没立即去接，而是腾起身腰一闪让直撞入怀的木鱼顺着来的方向向后走，眼看那木鱼快要飞离课桌面，他眼疾手快绕到木鱼后一个平操向身外画了个弧，腰又猛一挺，对着后一个同学来了个转身平刺的舞剑造型，直到那木鱼又传给另一个人才坐下。高志看见就觉得好笑，想张豹这方面还真特有能耐，想着想着，就又想起下午张豹随着曲子舞剑，不仅没有差错，还多有可圈可点之处。张豹见鼓点慢了下来，就催促道，鼓慢也不能太慢，快传。高志被他一提醒，赶紧把心收回来，意识到敲的时间不短了，手都有了麻木的感觉，就重拍一下，停了下来。张豹见高志眼没盯着木鱼，立即投去惊奇的目光，说，高志，你手也长眼了，咋这么巧，就接着了刚才的？高志不答话，对拿着木鱼的张胜说，快取。张胜不敢怠慢，站起就向自己头上的灯笼伸手，张豹偏阻止说，别取你头上的。张胜一听就离开座位取张豹头上的，张谦接了打开念出声说：沽头古城。张豹又一惊呼，这可是奇了怪了。高志说，张豹你有完没完？张豹就收了声赶紧坐好，听高志三下拍过，张胜也张口就来。

沽头古城（张胜）

大闸中闸和小闸，闸闸控水水畅通。

大沽小沽和南沽，沽沽锁船船风行。

精舍仰圣两书院，偏村僻屯隆书声。

其间耸着一座城，存续百年最有功。

旁侧新集吆喝旺，文墨名流集句颂。

张谦录完，竖了个大拇指，又让继续。

高志又砰砰拍起桌子来。那木鱼也开始快速在同学间传递。木鱼刚在张豹前面一位同学的手上离开，急雨般的鼓点咯噔骤停。才接住的张豹就两指托着惊奇地看着高志。高志说，看啥看，该你了。张豹放下木鱼，伸手就近摸了一个送到前面。张谦打开一亮，张豹腾地跳起，随后又转向高志说，老天有眼，不让我作。说完回到座位，拿起木鱼，等着高志鼓声再起。鼓声一响，张豹迅速把木鱼传了出去，没想到木鱼没传给下一家，却飞向了后边的墙，啪的一声把高志贴在墙上的字砸破了。张豹就瞅着落在地上的木鱼发起愣来。高志看见，立即停下说，张豹，别呆了，这可不是故意逮你吧？抓紧。张豹缓过神站起，伸手在前面张泰的头上掏了一个，又送过去。张谦打开又笑着让张豹看，张豹这次没跳，而是双手合掌面向龙兴殿方向说，阿弥陀佛，我祖保佑。说完就回了座位。

大家又等着高志击鼓。可高志两手搓搓不击了。张豹说，你抓紧，看还能逮住我不。高志笑笑说，想逮你就能逮住。张豹说，那也不一定。高志说，你是不是只有逮人家的嗜好？张豹说，也就是玩个快乐。高志又点头笑笑，转脸面向大家说，因为时间关系，咱不击鼓了，没有作诗的，每人拿一个，打开后，听我号令，用笔写下来。张豹猛地站起，我反对。高志说，你反对也没用，我是主持，你没过瘾回家继续，练了一天，你不累，我们还想早点睡。张豹说，你这也是变相逮我。高志说，看来你还是光想逮人家。随即脸一正，你屡次犯规，是不是真想受罚？张豹不再吱声，率先在剩下的灯笼里摸了一个回到座位，其他人也赶紧起身把纸球儿拿了回到座位。高志拖长声音说"预备"，见一个个舔笔静候，就又开始拍起来。

鼓声一停，张豹等端着写好的诗纷纷走向讲台。张谦便一一接过，又逐首向大家展示。

留侯封地（张豹，又名济）

卯刀弹丸汉封侯，弓长子孙至此留。
街上铺店城外游，建制取消心也牛。
学文习武吹弹唱，荡舟赏花弄风流。
嬉笑打闹君莫怪，光宗耀祖我最优。

啮桑古城（张珏）

战国争霸乱纷纷，群雄会盟聚此中。
同门师弟游天下，各事其君说纵横。
成败山前谈笑过，兴亡亭上呈峥嵘。
汉相周勃登城望，触景武帝叹劫凶。

偪阳古城（张学）

城小而固有美名，方圆九里单八步。
南依群山东龙河，西侧墙内山村护。
補王手巧自作剑，上有铭文青铜铸。
十三联军齐来犯，将士奋起责肩负。
浴血抵抗二十九，求言被擒贬为庶。
以少战多入青史，烛照千载仍如故。

窗城古城（张万）

南屏凤凰北望楼，东靠丘岭西平畴。
一声地动城不在，留个钓台赠渔叟。
木禾绿浪引泗水，漕运船歌咬我钩。
钩直翁眠浑不觉，梦里桃园书映籌。

石户古城（张士）

依山绵延起春秋，金城汤池不必忧。
曾经殿堂宫阙峨，更有亭台廊阁秀。
繁华一路传到今，雉堞高墙早已休。
醮楼残更声声远，暗夜秉烛字字究。

景山岳城（张凯）

偌大不小一寺庙，犹如白云城中落。
建构木材癫僧化，原来只是一传说。
景山一天八万担，此处富庶倒不错。
从来黄水不讲理，带来泥沙层层摞。

垞城古城（张泰）

土地肥沃人烟稠，泗上要塞南北通。
殷纣灭彭建崇侯，张谷山西有王宫。
七井八庙十三桥，桥井相连夺天工。
周武除商国不在，址旁成村水流东。

东西堌城（张平）

泗水至留转向南，折折弯弯崇侯前。
滨临一城分东西，才有能仁耸河边。

茅屋数椽虽简陋，众生平安在心间。

多少风雨几沧桑，名存牌楼容颜变。

张谦才读完，正想总评，张豹说，先生别评了，好孬一听心中自明，当然要是用老框子套，这些不但登不上大雅之堂，还会让那些死板的老儒见了气得七窍流血。我们也知道您的开明和今晚的用意，就是让我们用快乐解乏养精蓄锐，以期明天上场有更好的发挥，可我们学堂共有十九名学生，不能让高志只给我们当啦啦队员，他是不是应该有所展示？张豹瞅瞅大家，我这个建议对不对？高志见大家都不响应，就说，说你事多，你偏不自觉，你说咋样才心理平衡。张豹说，既然都不同意，那就算了。张谦说，哪能算了？我赞成张豹的提议。正想坐下的张豹又来了精神，说，既然先生赞成，就让我说完。张谦说，好，你继续。张豹说，这微山一带十八连城都让我们作完了，就让高志依我的要求也口拈一首，如何？张谦瞅了高志一眼，对张豹说，好，你出题、击鼓，我记录，十下之后不能完成，重罚他。张豹一举拳头兴奋地说，好。高志面向张豹手一伸，说，请。张豹说，在作诗上，我一向讲究不拘古人的条条框框，但高志作诗，要符合我以下的条件，以留城为题，拈我的尾韵，取古风体，限十六句，含留城八景，得有新意，我倒要看看你能吟出什么花样来。然后伸掌向下一拍，鼓声骤起。高志如接到命令，朗声脱口而出。

高志吟罢，张谦腾地站起，继而学堂掌声如雷。一直在门外的慧觉师徒也拍着手走进来，等大家一停，又并排着双手合十头一低，齐声道，阿弥陀佛，善哉，善哉。高志赶紧转身向慧觉师徒鞠一躬，又向张谦鞠了一躬，然后面向大家又鞠了躬，站直后就眼瞅着张豹愣住了，大家赶紧看去，见张豹击鼓的手还没停，只是不如一开始那么快，像魂已出窍，慢腾腾地一上一下，嘴里不停地说着什么。

左手边的张升趴在课桌上左手捂着嘴直笑，右侧的张平悄悄伸出手正要拍他，被张泰伸过来的左手按住，便顺着张泰左手的指引看见慧觉师父向张豹走过来，于是慢慢收了回去，两肘又在课桌面上一撑，两手托着腮睁大眼跟着慧觉师父移动。已到了张豹跟前的慧觉师父，对着张豹单掌一立，眼一闭，嘴里比张豹还快，直到张豹嘴里咯噔停住，又双手一合、一鞠躬退到张谦左后边。张凯见张豹的右手还在桌上不停地敲，就眯起眼忍了又忍，还是没忍住，竟笑出了声，他这一出声，似大年初一第一个点响的鞭炮，大家的笑，瞬间就像滚雷样对着张豹炸起来。张豹惊得一个愣怔，随后左右看，当眼扫到张士脸上，张士身一哆嗦，立即闭了嘴，还低下了头。再看张胜，张胜的眼一跟他对上，立即向张欣瞅了过去，见张欣把脸转向挨着的墙壁，随后就把身子转了回去，还像张力一样把身子弓起来把头埋在桌子下面。悄悄收回目光时，又碰见张往正右侧着身子两手扶着前后的桌子笑得前俯后仰，随着张往大幅度地来回，无意中发现张往身后的张第刚才还笑着，这时两掌前伸，眼睛紧张地看着张往，马上意识到，张第是怕张往身子把持不住仰倒在过道里，就赶紧伸手拍了拍张往。可能是手拍得有点重，节奏又快，张往立即稳住身子收了笑，正想把身子转向讲台，却见张士的头埋在桌子底下，耷拉得像个放了好长时间的蔫巴茄子，就伸手拉了一把张士前面的张万看，张万立即收了笑侧过身子顺着张往的手指看，没看明白，就看张往，张往又向下晃晃手指，张万俯下身子头一歪，就腾地站起。大家见张万突然站起来，就不再笑。张豹弄不清是啥原因，就问张万，你站起来干啥？张万没理他，伸手拉起张士问，你咋了？张士抬起头来说，刚才笑岔了气，疼得撑不了。张万问，现在咋样了？张士说，好多了。张豹问张万，张士啥好多了？张万挺直身面向张豹说，他刚才看你表演鬼附身笑岔了气。张豹说，我哪里表演鬼附身了，就你瞎说。张万问，你说你在干啥？张豹答，击鼓监督高志作诗。张万问，高志的诗作完没有？张豹看着高志说，作完了。张万说，他作完了，你咋还在击鼓？张豹赶紧看自己的手，又马上把右手伸向张万说，哪击了？张万说，没击，大家还笑你？张豹说，咋又是笑我呢？我以为是笑你呢。张万见大家又笑起来，就一扬手，等大家停下，对张豹说，当然是笑我，哪能笑你呢？你知道你在干啥吗？张豹说，击鼓。张万便眯起眼又笑着摇着头说，我看你不是击鼓，也不是表演鬼附身，更不是在监督高志，是在念经。张豹说，我哪又念经了？张万说，那你嘴里不停嘟囔的是什么？张豹一愣，立即道，我啥也没嘟囔。坐在张万前面的张学，右手拍了下张万指着张豹说，辩士先生，我给你做证，你确实没有嘟囔，是一直在滔滔不绝舌战群雄独领风骚。张豹眼一瞪，你给我滚一边去。张学右手一指说，不信你问问张添，他可是咱学堂最会说公道话的。张添前伸着头、眼后瞟着张豹，正跟张维叽咕着啥，一听张学叫他，就站起来说，同学之间，开玩笑是开玩笑，但不能违背事实，现在我给咱张辩士做个证，进行部分现场还原，张辩士一开始鼓敲得就如疾风骤雨，自高志吟出"新旧锋刃剪纸球"，便慢了下来，等到高志结束，他就嘟囔着什么再不知今夕何夕了。张豹指着张添说，你才不知今夕何夕呢，以后再用词不当，就回你家城东的菜园子跟看园子的狗拉呱去。才说到这，张豹见张维腾地站起，立即明白自己的话无意中戳着了张维，马上就想起，一直开店以卖文为生的张维爹见白天生意很难维持家用，就又在晚上给张添家看起了菜园子。还想起爹在为学堂选人时，就听娘说，本来学堂只选张添，可张添和张维从小一起长大，从没分开过，张维的爹夜里又在张添家的菜园子里看菜，张添爹就求到家里让商会照顾照顾，爹就念着家里吃的菜都是张添爹以最低价亲自选了最好的送的，才让张维进来的。想到这，虽然自己做得有点不对，可话说出来了，又不能收回来，真要收回来，就是有意捎带他的，好在平常课余时间笑闹惯了，只好看张维想干啥，就故意装作没咋着张维似的，说，哟嗬，你这是干啥？张维说，你说我能干啥？既然你一没下神，二没嘟囔，三也没不知今夕何夕，那就请咱尊敬的张辩士先生告诉大家，高志作得如何？张豹说，比我的直来直去强多了，最可圈可点的是"剪纸球"那句，道出了留城目前面临的困境，特别是最后，虽然也跟我的意思差不多，有抱负，但他有情怀、有担当，更有气魄，非吾辈能比，甘愿受罚。张维问，罚在何处？张豹答，传花时误破了后墙高志的字，监督发了怔。张维面向大家问，都说说如何罚？张士突然抬起头对张维说，既然张少爷已认识到自己的错误，就免了吧。张维说，别以为你哥张永在他家做事，你就袒护他，你说的不算，就是给他家码头拉货的叫驴免，也坚决不给他免，张万你说是不是。张万见张维把球踢给他，又见张豹脸一寒，又赶紧说，辩士先生你别生气，张维用词不当，他应该说给天天拉你来回的那匹大白马免，大白马，相貌堂堂，倜傥卓异，又好出头露脸，我以为必须给它免。张豹说，你张万确实是张万，是咱学堂当之无愧的忽悠大王，等你以后掌管了你家染坊，再染布，就不用买染料了，嘴一张，不仅说黑是黑，还能说黑是白、说红是黄、说蓝是紫。张万说，我要是有你说的那么厉害，我也会被大家称为辩士先生，以后，我染坊就不开了，就用自以为是的三寸不烂之舌云游四方当说客，不管三七二十一先在各种场合风光尽占再说，即使得不到啥好处，也落个嘴上痛快。张豹说，既然你坚持图个嘴痛快，那就请大家谁也不要再替我求情，谁要不罚，就让谁请我们到张珏家的饭馆搓一顿。张万两手一拍，说，好，谁要再说免罚，谁就请大家搓一顿。转脸又对张豹说，咱可说下，你要是在受罚的过程中表现不好，也得请大家搓一顿。回头又问大家，如何罚？说完眼扫到谁说话就笑眯眯瞅谁的张珏，就说，智多星不能总坐收渔翁之利，也得发表个意见。张珏说，我收啥渔翁之利？张万就冲着张珏掰起手指说，能快乐还解馋又赚银子，你必须出个难得住张豹的主意，不然，咱就换别的饭馆让张珏请，不同意的请举手。张万说完四下找举手的人，眼刚触到张命，张命就猛地举起手来说，我同意。大家轰地笑了。张万问，你是不是趁着你家油锅里肉盒子还没熟偷打了瞌睡才醒？快告诉大家，你同意啥？张命回头瞅瞅张珉，张珉说，张万问不同意张珏换饭馆请客的请举手，你举的哪门子手？张命抬头见自己的手还高高地举着，又让手向上顶了顶，边顶边瞅着张万。张万问，你为啥不同意。张命说，张珏家饭馆里的菜十里外都闻着香，在留城没有哪一家能比得上，再说了，既然自家就有，何必再多花那个银子？张万笑笑说，要是换个百里香、千里香的呢？张命问，哪里有？张万说，你家油锅里有。张命说，那你把大家都请去，保准管个够，多好的扬名机会！同学不照顾，还能胳膊弯子往外拐？张珉扯了一把张命说，打碟子说碟子，打碗说碗，咱不能把话扯得太远。然后又瞅着张珏道，你说呢张珏？张珏说，先生一直鼓励我们要充分利用不同场合尽力发挥我们的口头表达能力，就让张万使劲扯，不溅他一身花花绿绿的染料，他不会闭嘴收摊关门。张万说，你是不是对换饭馆请客有意见？张珏就咳了一声偏着脸对张万说，让我请我就请，又不是请不起，别说换别的饭馆，就是出了留城去十字坡到卖人肉包子的孙二娘家，我也没意见。张万说，人肉包子咱不吃，吃了反胃，你既然没意见，就再做点贡献，具体说说如何罚张豹。张珉就对张珏说，既然张豹免不了受罚，我建议咱就从重罚，直罚到他痛改前非，还得在罚上出点难题，争取让张豹请客。张珏说，绕了一百圈，还是想让张辩士请客，何必费那个周折呢？直接罚他请客得了。张豹说，你这主意出得没水平，古人云，赏得有功，罚必有据，如果没有理由，不能罚我请客，我不同意。张珏就转过脸来问张豹，你的"古人云"用典出自哪里？如果又是你凭空杜撰，还得再罚你一次。张豹说，出自哪里，你可以去查，自己孤陋寡闻就不要虻子充大象。张珏说，看来你今晚是碰着谁就跟谁没完，我倒要看看你这个肥虻子咋充大象的。张豹胸脯一拍说，"兵来将挡，水来土掩"，少废话，你尽管使出来。张珏问，你还记得高志作的诗吗？张豹说，当然。张珏就对张万说，那就让张豹给大家朗诵高志作的诗，如果不能准确无误一口气顺畅地背出来，那就让他请客。张豹听大家说完好，就抑扬顿挫起来：

留城八景（高志）

秋去冬过又逢春，几多风云几多揪。
兴亡关头催人老，新旧锋刃剪纸球。
天地瞽曚霆霜雾，河湖觊觎睨眼瞅。
童稚年后盼初七，子房箭阵那么牛。
殷祠塔楼良墓松，寺殿佛光逆河流。
漕运码头霞似脂，黄山屏风翠如油。
萧裹北门麦叶雪，剑撩南湖荷蕊羞。
但得王冕笔一支，凤凰涅槃景复优。

张豹诵完，讲堂掌声又起，比给高志鼓掌还响。

张谦说，其实，高志一人的担忧，也是我们全城人的心思，他的希望更是我们的努力方向。作为一个留城人，特别是一代俊杰张良祖的后人，如果我们不正视留城当前的困境，不凭着我们的努力携起手来去拯救我们的家园，也许撑不了多少年，留城也会像我们吟怀的古城一样陷入一片汪洋，在世间消失，只存于官方的记载和后人的记忆中。如果真是那样，我们这一城人又会是啥样的结局？当然，你们还小，可你们也会长大，所以，你们要好好抓住现在的时光多多用功，用你们的才智去改变留城的现状，用你们的努力去让留城保留在历史长河中，或让留城昨日的繁华永继。你们不仅是我们张氏家族的希望，更是千百年来人们赖以繁衍生息的这片土地的未来。这也是我们张氏家族不惜一切培养你们的原因所在。今天涉及的古城，与传说中夏商前后在泗水流域所封的十八个诸侯国的都城概念不同，我们只是罗列了老一辈人口口相传的留城周围的十八座连城，他们中有的是曾经的封国都城，有的虽指同一个古城，但由于在不同时代有了名字的更改和位置的变迁，也列了进来，有的只存于千百年来的传说中，没有任何的记载，还有的就像沽头城，先是像作为管理河道的指挥部形成的名为"部城"的城郭一样，职能完成即丢弃，原址就任其风雨剥蚀，成为后人的一个记忆。至于传说的，是不是这十八座，或者所谓的"十八座古城"是不是只是一种虚指，是不是还有别的古城没有进入这"十八座古城"之列，是不是还有别的古城没有进入我们的探寻视野，仍待我们进一步发现和挖掘？在所能找到的有限资料中，我们无法精确推断，也许，你们以后会有更多的发现，更准确的认知。最主要的是，咱今晚的目的不在此，而是在于，一是看一看你们即兴作诗的功夫如何；二是让你们对留城有"前车之师，后车之鉴"的警醒；三是让你们进一步加深对这一带历史演进的记忆，从而更好地督促自己；四是告诉你们要想将来有所作为，必须从现在开始，做更大、更多的努力。

第四章

学堂外起了风，还有点大。

张谦问，还去不去？高志答，去，我先把张豹砸破的重写了换上。张谦说，明天再换吧。高志笑笑说，您不常告诫我们"自己的事自己做、今日事今日毕"吗？说完就低头写起来。写完端到灯前烤干，就贴在张谦抹匀糨糊的上面。

灭灯关门正向外走，慧觉迎上来问，还要给留门吗？张谦说，不用了，请师父快去打坐吧。

出了寺门，月亮虽然不圆却是朗照，高志向山上瞭了眼，估计瑞玉早就回家了，就跟着张谦拐向了回城的驿道。

远远看去，月光下的留城像披了一件神秘的面纱，缥缈如仙界，更像一幅水墨山水画，不禁让人又增了几分喜欢。

其实，高志从小就喜欢留城。记得没去留城住前，自己一哭闹娘就告诉他，我儿乖，等你爹再回来，就让他带你到城里玩去。高志一听能去城里，自然就不哭了，眼泪一抹就盼着爹快回来。可也仅仅是盼着而已。有时候，还到张良墓的高处往留城望，遗憾的是距离有点远，明媚阳光下的留城，就是隔着片时大时小的湖，和绿绿的庄稼地，也像今晚这么令人神往。城北十里香饭馆的老鳖靠河沿、莲子辣汤泡烙馍，城南刘家喷香的把子肉卷煎饼，城东张命家肉盒子店里的老粥、杂面窝窝面筋鳝鱼汤，城西码头跟前安家的烧饼和对门的樊二狗肉，还有十字街老衙门前具有天津风味的狗不理包子、西湖师傅传授的牛肉羹、咂一口就不知今夕何夕的留城招牌酒"张良醉"。要是说起留城里最热闹的去处，当数玉玉家开的龙祥日用百货店、张豹家摆的龙瑞玩具铺子，还有漕运码头，可以看来往的一队队官船……尽管后来这些都不凭想象了，但能享的机会也不是太多。就是有，也是沾了玉玉的光。那时候，玉玉隔几天就瞅瞅高志，然后让高志陪着在街上逛，出了门就直奔那些好吃、好玩的地方，买了就往高志手里一塞说，快吃，别凉了。或者，你快摆弄摆弄给我看。在寺里，每想到玉玉，想到玉玉对自己的好，高志就觉得这辈子遇到玉玉真是有福气。可转眼离开玉玉五年了，又离得没有几步远，却没能到玉玉家看看，搁谁，也得说他没良心。玉玉这几天是不是又暗地里说我没良心呢？高志边走边想，哪天见了得跟她好好解释解释。

张谦停下步转脸问没跟上来的高志，说，是不是白天练功累了走不动了？高志紧赶几步说，不是。张谦又继续大步走，说，那就快点，别磨蹭，今晚，我还有好多事要做。高志说，要是我能做的，就让我做，您做我不能做的。张谦说，你还是带张豹练，练那么三四遍，就自己回原来的兴府老院，你娘和你妹妹、弟弟都在那儿。高志说，我还没弟弟。张谦说，昨天在城里生的，为方便你爹照顾，前两天就让你一家都住城里了。高志说，谢谢舅。张谦说，叫舅了还说谢，是不是客气了？高志说，昨晚我也来了，您咋没说？张谦说，怕影响你练功，再说，又那么晚了，就让你回去了。高志说，我听说月子里只能住自己家。张谦说，那院子，我们早就不住了，都是你爹看着，咱没那么多讲究。向前走了几步，张谦又说，你家到你这一辈，终于有了前所未有的改变，希望你好好努力，不仅仅停留在不再单传上，你要争取让你的家有更好的改变。高志说，谢谢舅舅多年的教诲，我一定不辜负您的苦心。

　　走着走着，就清晰地闻到猪的臊腥味，不用想，这一定是上元节到了，刘伯通家宰杀的猪有些多所致。在留城，刘伯通的家叫刘家大院，是乾门里西边第一家，占着乾坤街南头一大片，紧靠着街西，有百步长，仅次于兴、盛两府，与城北靠坤门里街东的殷家大院相当。据说，他家的后花园原是留城里最漂亮的，自刘伯通爷爷在后花园沿街破墙建了一溜店铺门面，又把屠宰场设在了院子西南角，宰杀好的猪也通过靠西墙专辟的通道直接进入花园连着的铺面，刘家大院的花园就再没了名气，可杀猪生意却出奇的好，要不是借着他家门前的那段城墙整修的机会，打通院墙，破了环城路的石板，又用石头砌了一条下水道与就近的城墙下的出水口对接，方便水流走，城南一片杀猪废水的味道会更大。至于他家杀猪传了多少代，不知道，但他家大门前蹲坐的一对大石狮子，听说有好几百年了，还有的说自张良祖封在留城就有，可刘伯通说，是当年刘交祖受封楚王定都彭城时，私赠给留城老家人的，洪武年间已告老还乡的刘伯温听说后，尽管没查出是不是一脉，还是微服来到了刘家大院，先是仔细看了这一对石狮子，接着用手分别摸了狮子的头、背、腚，最后对刘伯通说，一定好好保护，这对石狮子有灵性。有人曾问，咋个有灵性，刘伯通就笑而不答，从此后，别说逢年过节，只要出门不是太急，刘伯通一家，都要先摸一下这对石狮子才走出去，边摸嘴里还边不停地叽咕，后来让人听出了叽咕的内容，这对石狮子就在留城周边传开了。高志到留城后第一次听玉玉说，就央求玉玉带他去看，至今仍记得那对石狮子跟张家祠堂前的那对一样，不仅高大威严，还胖头圆脸憨厚可亲，看不出有啥特殊。可当时玉玉听了他说的石狮子很一般时，赶紧捂住了他的嘴，随后合掌拜了三拜，又让他用手摸石狮子的头、背和腔，他就按玉玉说的伸出手，可够不着头和背，玉玉就让他够到哪儿就摸哪。他踮起脚尖一开始，玉玉就跟着说，摸摸石狮头，事事不发愁；摸摸石狮背，好好活一辈；摸摸石狮腔，永远不生病；从头摸到尾，财源广进如流水。他摸完听完玉玉说的，就问，我咋觉得你比人家说的少一句？玉玉问，哪一句？他说，摸摸石狮嘴，夫妻不吵嘴。玉玉说，等你长大娶了媳妇再加上这一句。他说，想这就让你加上。玉玉一愣说，要加你加。他就重新摸一遍。摸完，玉玉就牵着他的手高高兴兴回了家。

等高大的乾门楼快到眼前时，高志向两边一瞥，猛然发现，这乾门两边的城墙从外形看真像个箭头，尽管两边城墙在乾门前对接的棱角不尖锐，且平滑如弧的顶点，可与驿道向南一延伸，这箭头也锋利得很，毫无疑问，南城墙内的环城南路也一定是箭头形状，再加上十字街心。于是就暗暗佩服张良祖当年的设计，又立即想到正月初七晚上的火把，还没出城就三箭连发，如果其他三个城门也在哪个节点都有相仿的设计，哪一个来犯之敌能躲开？这固若金汤的城池谁又能进来？假如送灶王爷上天那晚，他高志不是在山上，而是在留城，一定会举着火把跟着出城像箭一样射出，在繁星般布满城南的麦地，一定更有感受。

听爹讲，以前十字街的东西路跟乾坤街一样又宽又直，称留侯大道。自朱衡把漕河改到城西，顺便把闸上移，新建的码头也跟着上移，之后进城的路就斜了，路一斜，尽管修复城墙时坎门位置没动，可城门外桥西路上的鱼市摊子依着斜摆了。再后来，靠坎门内的鱼市摊子见城外路两边陆续盖了屋住了人家，就一个跟着一个在自家门前把路跟城外挪成了一条线，好在路宽，两边没因此出现纠纷。城里人到码头送货、接货、看官家船队过往、观码头落日的也越来越多了，且呈现的兴盛景象，远远盖过了鱼市的兴隆，十字路口以西，就叫码头路。而十字街东的路比西边斜得还早。最初，离门外到老漕河有百余步的缓冲地带，路两边都是平坦坦的庄稼地，河东也没连着什么村庄，更没有斜向微山的分岔。留侯仙逝前，去微山拜微子，是走坤门外直对沟南村开的道。留侯升仙后，为便于拜祭，就从离门向东直对墓地开了条道。因为要躲开东山西的微山小湖，路就向东北稍稍偏了点，可后来微山小湖不断外扩，路也跟随着沿湖岸外移。传到张谦爷爷这辈，发现十字路口南门进城右拐处越来越向外挤不说，又与城外的路不是一条线，从风水的角度看，感觉不是太好，后经当时从胡陵寺出道、广戚城南泰山庙辗转而来的慧觉一参谋，就召集族人把两边都给整修对称，好在这段路的北侧主要是留城撤县后老衙改建的兴府、张家祠，南侧是城中心的广场，挨着路边的是用以前衙吏住的公房改造的杂货铺，两边围着居住的都是张姓人家，修整时拆迁并没费多少周折。为体现留城的人文历史，又把十字路口以东叫留侯巷，由东到西两边全栽上了罗汉松。从此每年年关，留城火把就成了八景之一。

张谦这天晚上除了肩上的褡裢，左手上还提了个猪油罐子，因为左右不能相互照应，走一段就停下来，抖抖肩上感觉马上要滑落的褡裢，有时走过一段坑洼不平的路就干脆把油罐子轻轻放在地上，然后用左手尽可能地把褡裢拉到脖颈处。如是三番，高志就提出让他提着油罐子，张谦不同意。再等张谦停下，高志就赶紧伸手帮着把褡裢往肩上拉。拉好重新上路，高志问，每天扛着这么重的褡裢就够受累的了，今天咋又提了个油罐子？张谦头也不回说，以后你就知道了，快赶路吧。

到了十字街，张谦停下，向里拉了拉褡裢，瞅着高志朝着张豹家抬了抬下巴就拐向了兴府。高志提剑到了盛府门前，正碰上张永轮班值守，就向他说明来意，被引着到了后花园门前，听到有脚步声，以为是张豹来迎，可来人不是张豹，却是张豹的二姐张丽。张丽打扮得像个下凡的仙女，见面就热情地招呼高志，高公子里面请，我弟在花园等你。高志一哈腰，谢谢二小姐。说完见张丽又对着张永一摆手，见张永转身回，就赶紧向后花园走，没几步，高志就闻到从后面飘来的花香，瞅瞅两边的花树，这季节桃李静默，桂树只是妖娆着树干，枝上连绿叶都没有，哪儿来的香气？猛然醒悟是富人家女孩子用的桂花擦脸油，便知道张丽在后面跟着，而且随得也不是太远。

高志除了玉玉，还真没享过这待遇，就感觉身上偷偷出了汗，先是吱吱地往外冒，接着又淋漓起来，可又不敢停，道又窄，恐停下碰了张丽，于是又快走，快了几步又慢下来，又恐张丽跟不上，本来应该跟在后边的，冒失地跑到了前面，再如此莽撞，她一定会在心里埋怨自己不懂礼仪，白跟先生学了这么多年，就靠路边一让，说，请二小姐在前面。张丽笑笑说，家里的路，你又不是不熟悉，还让我在前面给你带路？高志听了，再不敢让，就赶紧快走，走了几步，又慢下来，听到张丽的脚步近了，又加快，如此快了慢，慢了快，等再次慢下来时，张丽就在后面说，你紧张啥，我又不吃你。高志一听，索性再不敢慢，迈开大步直往前冲。

后花园的灯亮着，没看到张豹。张丽左右瞅瞅，就喊，也没听见有应声。张丽，又叫，豹弟弟快来，爹和娘从沛城咱大姐家回来了。仍没有应声。张丽就对高志说，你先在这儿等着，我到他屋里看看。还没抬步，张豹就慌慌张张跑过来，问，在哪儿？张丽说，在门外。张豹瞅了眼高志又看着张丽说，我知道在门外，码头还在门外呢，沛城还在门外呢。天天吓唬人，赶紧找个相公把自己嫁了，省得天天烦我。张丽看了一眼高志，见高志低着头，就说，你咋不识好人心呢？张豹说，你是好人心吗？等把我吓死了，你还敢说你是好人心？张丽一跺脚，你的嘴要是再乱说，别怪我不客气。张豹说，又不是没见过你不客气，有啥了不起的？张丽说，好弟弟，我没啥了不起的，人家高志都来了，快练吧。张豹说，软硬都从你嘴里出，你难道不嫌累？我练不练碍你啥事？张丽眼一瞪，你到底练不练？张豹说，我不练。张丽说，好，爱练不练，你看着，我去门外告诉爹娘去。张豹说，爱上哪儿告就告去，转脸又对高志说，你回吧，我今晚不练了。正要出门的张丽一听，转过脸来说，你咋越来越没礼貌？就是你不练，人家大老远赶来了，也得让人家歇歇，哪能撵人家？张豹说，我不是撵他，是疼他，让他赶紧回去休息，明天好有更好的表现。张丽说，你要是明天表现不好，咱爹娘看见会不高兴的。张豹说，不高兴就不高兴，面子又不能当饭吃。高志问，你还记得学堂后墙上的字吗？张豹一愣，说，学堂是学堂，现在是家里。高志说，先生经常对我们讲，无论在哪里，都要言行一致，说到做到。张豹就看着高志不说话了。高志说，你再说一句，到底练还是不练？见张豹没应答，张丽也问，你到底练不练？一个男子汉，还天天说要顶天立地，就你这样能顶天立地？连说话都不算话，算什么男子汉？咱这么大的家业，你说还能指望上你吗？爹娘真是白疼你了。张豹对着张丽一挥手，快给我一边儿去，我一会儿也不想再看见你。高志说，二小姐可都是为你好，你不该这样对二小姐无礼，你要真不想练，我这就回，回去我就把学堂后墙上你写的字给换成"说了不算，出尔反尔"。张豹眼一瞪，我看你敢，反了你不成？张丽抬腿一脚踢在了张豹腔上，高志是你同学，人家顶着这么大的风，大老远跑来陪你练，你不知感谢，反耍起老爷脾气，你是谁的老爷？人家是你的下人吗？如此无礼，真是越来越不像话。张豹猛转身，手来回抚摸着被踢处说，你敢打我！张丽说，这是咱爹安排的，我是替咱爹用家规。张豹说，你就骗我吧。张丽说，不信，等爹回来，你问。张豹哼一声没搭话。张丽说，就知你不敢。高志说，要不要我再替二小姐来一下？张豹又一愣。高志又说，两脚三脚都行。张豹一挥手，说，别磨蹭，抓紧抓紧，练完我好早睡，明天好好发挥。

兴府是三进宅院，入住前经过改造，后面原来作为衙里外来人客房的一排，拆后改建成了花园，原来的大堂，成了面阔九间的堂屋。张谦没搬走前，中间的三间堂屋作会客之用，他爹娘住东边三间，他住西边三间。东厢房由北到南，餐堂、厨房各三。西厢房，由北至南，玉玉闺房、洗漱、女佣各二。男佣在大门东旁的南屋，门西是杂物间。院里正中有个屏风，屏风东侧一棵桃树，西侧一棵是杏，据说都生长了百年以上，每到春秋，枝丫不仅在屏风上面互串起来，还各遮了院子一片。暑夏晚上，男丁在桃树下面天南海北闲扯，女眷在杏树下摇着扇子说悄悄话，有时候桃树下的笑起来，杏树下的就闭了声往桃树下瞥一眼，要是杏树下的笑起来，桃树下的就装没听见，依然天南海北说自己的。一直在两棵树下不停疯跑打闹的孩子们就不同了，像二月二的庙会上看对台戏，哪边热闹就去哪边，感觉这边没意思了，就再去另一边，直到被各自的大人呵斥着回屋睡觉。

自张谦记事起，乾坤街两侧格局一样的兴府、盛府，至今仍是留城里最大的宅院，可名字仅存在大门楼的匾额上，城里人还是喜欢叫张谦这边为老衙，称张斌那边为商会。就像老衙东邻张家祠堂一样，张斌家西边为商会。如果碰面，谁要说去老衙，就是到兴府，要是说到商会，那必定是指盛府。当然这指代张谦爹那个年龄上下的人用得最多。留城人私下里还有一个传说，说张谦老爷爷张鸿在给两府取名时，是费了一番思量的。综合家里人意见时，在"兴旺"还是"兴盛"间来回徘徊多日，虽然两个词意思差不多，可通过仔细比较"旺"和"盛"，就感觉"旺"字比较单纯，是局部的，不如"盛"字范围广、规模大，还有大气魄，所以就以"兴""盛"名两府。用这两个字给两府命名，并不是隔路分庭各自为业，而是希望两房儿孙拧成一股绳合力奔前程。所以兴府管祠庙，盛府掌商会，家不兴，财就不盛，财不盛，又何来家兴？因此两房一直和睦相处。所以在张谦爷爷要为修寺盘出祖上的生意时，宁愿舍弃他姓争相出的高价，也要给张斌，一是肥水不流外人田，最主要的是不想伤了两家和气。真要伤了，或是留城张家的长房宅基让外姓占了，那可是一伤俱伤，全留城张家的耻辱。当然了，一和必是两兴两盛。如此，留城唯一的中心街的黄金地段均为张家所有。所以高志爹经常对外人说，这有什么可奇怪的呢？本来这留城就是封给张家的，留城的好地段不为张家所有，谁占了就是不义，你说，不义之财能发家吗？就是发了一时，也发不了长远。

高志从盛府到兴府，是爹给开的门，进了门见堂屋没亮灯，就像以往转脸朝东拐，还没到东耳房门前就喊娘，随着娘的应答声，高志在已夹了新篱笆的东间门，通过大妹翠翠笑着撩起的蓝底荷花绣布帘，看到娘正面向他招手，就赶紧跑过去，先看了看弟弟，见弟弟睡着了，就问娘弟弟像谁，翠翠对他说，娘说贝贝弟最像哥小时候。高志又瞅了弟弟一眼，笑着问娘，我小时候能有这么好看吗？娘也笑笑说，那可不是？你爷爷奶奶都说比《说唐》里秦琼的表弟罗成都俊。今天上午你爷爷奶奶来了一见你弟弟，都喜得合不拢嘴，你爷爷兴奋地对你爹说，咱家又添了个小罗成，下午临回还嘱咐你爹，让你爹提醒你别忘了他教你的高家枪，那可是当年祖上为护卫张良多年潜心研创出来的无人能近前的家传，后又经了好几辈子祖先在罗家枪的基础上进行了不断吸收改进，可不能在你的手上断了。高志说，哪能呢？娘您放一百个心。翠翠把一碗热腾腾的茶给了高志说，爹还说等贝贝长大也教他练，到那时，一枪两罗成，比肩护家门，高家一定气派。高志笑笑说，到了那时，留城也会恢复往日的繁华，舒心的日子会越来越好。翠翠说，哥，我再给你说个好消息。高志问，啥好消息？快告诉哥。翠翠说，爹昨天让少爷给弟弟取了个大名，就像你俩的小名一个宝，一个贝，大名是一个志，一个愿，预示将来你们兄弟俩志向远大，有好出息，有好前程。高志笑笑说，就像少夫人给大妹和小妹取的名字一样，也预兆美好的将来。见爹进来，就问翠翠，红红呢？翠翠说，娘顾不过来，又让她跟爷爷奶奶回老家了。高志把屋里屋外看了个遍又问爹，咋不住堂屋？爹说，少爷倒是让咱住，可那是咱住的地方吗？少爷能让咱住他家，我都觉得是天大的福了，咱不能得寸进尺蹬鼻子上脸。高志说，爹得改口了。爹一愣，说，改啥口？高志说，瑞麟都像翠翠一样大了，不能再称俺先生少爷了，从现在起，见了都叫老爷，以前叫老爷的改叫太爷。爹点点头说，对对对，确实不能再顺着以前的称呼叫了，叫瑞麟少爷才对。说完脸一正，扫了娘和翠翠一眼说，可得给我记住。高志就笑笑说，爹放心吧，都会记住的，张豹家的称呼，也趁机会都改了吧。爹说，改改改，都改。高志笑笑，立马止了脸问，您今天见过俺先生吗？爹说，天刚黑时在店门口碰见，说是去祠堂商量明天的事，等我关店门时，又见他转悠去了。高志疑惑地问，转悠？他上哪儿转悠？爹说，你不知道？高志摇摇头。爹又说，我也是后来听到店里买东西的顾客说的，自从寺里开了学堂，他就开始天天背着褡裢，隔几天就提上油罐子在城里转悠。高志问，转悠咋还背褡裢、提油罐子？爹说，褡裢里前面放着晚饭时才出锅的热馍，后面放着纸笔墨，只要他发现晚上在读书的，没吃上晚饭的就给个馍，没有纸笔墨的就给纸、给笔墨，后来又发现家里灯没了油的孩子，跑到月亮底下，或是附近有亮光的门缝、窗户前读，就提上了油罐子，见谁家读书的孩子没了油就给加满，先还是张家孩子，后来，全城不论姓啥的，只要晚上在读书缺啥给啥，有时在与读书的孩子交谈时，听说想读啥书又找不到，他就想办法把书送给人家。高志又问，先生哪里弄这么多油？爹说，油先是在杀猪的刘伯通家买的,后来刘伯通知道了他油的用处,就免费提供,要多少给多少,再后来殷贤泽也知道了,又让他家墨宝店的伙计也无偿提供,可先生从没白用过,总是以别的形式补贴给他们。高志说,先生心好,是在行善事。爹说,他还对我说,要想让留城再像以前那样红火,光凭在寺里学堂的那些孩子用功不行,必须让全城想读书的孩子都读得起书。说到做到,如今的张家祠堂学生爆满,姓啥的都有,特别是那些单门独户外地混不下去来这里安家的,除此还帮着刘家、殷家的祠堂也多收外姓的孩子,并说等条件好了,就在寺里扩招,尽量让品学兼优的留城孩子都有深造的机会。高志说,怪不得先生在山上教我隔两天就早下山,以为他有事回家了,原来是这样,真难为他了。爹说,要不是他有这心,你能跟着他学这么多年吗?他可是咱家的大恩人呢,全城的人都在夸老衙张谦少爷,不,现在应叫张谦老爷。娘也说,他一家人都是大善人。高志问,先生还来家里吗?爹说,他刚才来过了,见你还没回来,又提着油罐子走了。翠翠说,玉玉小姐也来了。高志一惊,玉玉啥时候来的?娘说,上午跟她妈一起来的,没吃饭就回去了。翠翠说,还带来十包红糖,二十斤白面,一百个鸡蛋。娘又说,几年没见,玉玉都成大人了,长得那个俊,比画的都好看。

高志听完愣了愣说,我得抓紧回寺里。爹说,少爷,不,老爷让你今晚不要回了。高志说,我知道,那也得回去。爹又问为啥,高志答,明天早起还要带着大家练剑。娘说,天这么晚了,就在家里住一夜吧。高志说,要是明天起床晚了呢?先生这么要好,我不能给他丢人。爹说,那就别磨蹭了。娘又说,要是寺里没给你留门咋办?高志说,娘放心,我自有办法。翠翠说,哥,我发现个奇怪事。高志问,啥奇怪事?翠翠说,以前你只要一到家,就成天把玉玉挂在嘴边,可现在,家里只要一提玉玉,你就待不住,是心里不好意思,还是……高志说,女孩子家,别自作聪明胡乱猜。说完,提了剑就走。

张良被封留城之前的城墙是微子国遗留下来的，规模较小，远远看去，是一个坐北朝南的大宅院，且四面多处倾倒，墙外也住了不少人家，四个城门分别以青龙、白虎、朱雀、玄武命名。张良来后，新筑的城墙是以八卦图重新设计的，不仅尺寸外扩，把所有的住家揽进城中，四个角全抹成圆形外观与两边城墙平滑衔接，并以墙顶甬道平面为底，竖起了边长三丈的外圆内方的六棱柱体飞檐翘翘的亭式塔楼，城门一律三层，底层城门，中层通道，顶层用实墙封起来，四面留瞭望孔，城门及角楼均以八卦方位直呼，一直沿用到现在。自并于沛后，留城就像周边的其他完成了历史使命的古城一样任其风雨，除了四个城门楼因是用片石筑起保存较完整，角楼的八角飞檐早已荡然无存，城墙四面更没有一面是完整的，坍塌的墙土，有的倾进护城河，有的覆在墙内的环城路上，多亏张鸿掌事时，把各一丈宽的护城河和环城路还了旧貌，用石墩加固了城门桥，并从商行划拨出银两设立用于每年维修的账户，不仅城墙没再见损毁的迹象，连兴府前城中心广场里的六丈高的八角瞭望台也进行了全面整修。这还不算，城墙修复后，张谦老爷爷又对城南驿道两边的百亩公田重新进行了规划，路东的五十亩依然作为公田，收入纳入城墙管理日常开销，西边的成了谷场，每逢夏秋两季，作为所收粮食堆放、扬晒和秸秆柴草放置处，到了冬春，把柴草分给城里没柴烧的人家，就成了全城节会集聚的热闹处。

上元节这天，来自城里和周边各村的小商贩，早已在城南谷场附近的驿道两边占下的摊前，摆满了各种吃穿玩等的日用百货，还有的货郎，剃头、卖油挑子等的索性不再遛乡，也寻个好地段摆起了摊子，不仅吆喝、叫卖声此起彼伏，穿红挂绿结伴前来看戏观灯展的人更像是一夜间从地下冒出来的，挤都挤不动，只能顺着往前拥。

按照张谦的指定，高志午饭后，趁着都回家吃饭人少的机会，把同学带到城南谷场里搭好的戏台前。出发前，高志本以为戏台周围肯定像过年集市上一样乱成一锅粥，可到了地方一看，戏台周围秩序维持得很好。戏台搭在场南头，东、西、北三面靠场边是连起来的赏灯区，各色灯笼整齐地挂满了事先搭起的廊架，专等着天一黑竞相显示自己的与众不同。中间是观望席，听说张谦安排人把张、刘、殷家祠堂的长凳分别标记后按高低摆齐，并规定中间为老人专享，东西各预留前两排为各地请来的名流的专座，其他座位，按照男左女右依高矮顺次落座，就是自带板凳的也得听从现场管理人员的指定，任何人不能乱坐。

高志见今年的上元节布置得十分妥当，心里一高兴就趁着戏还没开场，让同学们在谷场附近自由活动，但不得逛得太远，甚至借故回家，并准时在开戏的锣一响后就立即回到原地。

见同学们三五成群相继离开，高志就让张豹一起趁便在戏台前后左瞅右看，发现今年的戏台可能是考虑到他们要上台，才比以往又高又大。接着又发现，坐在戏场里，无论在哪个方位都能把舞台上的一举一动看得清清楚楚。沿着观众席设的通道往后退着向前看，不少观众已陆续入座，从戏台围起的帐幔向两边前后一看，红红的喜绸给戏场镶了一圈方方正正的边，暖暖的大太阳一照，人人脸上都给涂上了一层好看的胭脂，如果看戏间隙再互相瞅瞅，一定都觉得对方一下子年轻了好几岁。

像往年一样，上元节没有请外地戏班，还是张家祠堂的那一班子，集聚的都是留城里和周边的名角。按事先的商定，上台的角色，按年拿银两，逢月底支取，需要时招之即来，唱完又各自散去，但必须保证年年有新花样。下午台上首先开演的是《赵美蓉观灯》，是来捧场的沛城郢雪班年前根据胶东肘鼓子腔《东京》中经典的一折同名改编的。

开场锣鼓响罢，站在戏台后面的高志刚点完名见同学们都已到齐，就听到前面唱起来：

> 赵美蓉进灯棚，
> 丁字步啊站街中。
> 杨柳腰把身挺，
> 素白小扇遮着面容，
> 闪一闪柳眉来观灯。
> 上有灯，灯万盏，
> 下有灯，万盏灯……

随着字正腔圆的一声声，高志就像走进了自来到这大场还没顾得上看的周边灯阵里，不仅知道了好多以前没见过或是见过叫不出名字的灯，还在戏里走进了历史，从女娲、三皇五帝，到春秋战国，再到秦灭六国、孟姜女哭倒长城八百里，然后是汉朝灯。也许留城在汉朝时的特殊地位这一段用的是慢板，字字铿锵句句分明：

> 霸王、刘邦各逞能，
> 楚汉相争动刀兵，
> 楚霸王摆下了鸿门宴，
> 樊哙保驾立大功，
> 韩信设下了十面埋伏阵，
> 霸王命丧乌江中。
> 功成身退的张子房，
> 不要齐地自择三万户，
> 偏到了他与高祖最初相会的咱留城。

汉江山传到了汉平帝，
王莽篡位把基登，
出了个光武皇帝叫刘秀，
开国臣马武姚期和岑彭。
汉朝灯我越过去，
接连着观观三国灯……

高志浑身热血沸腾，就想再细听听"桃园结义刘关张，后续常山赵子龙，关二爷千里走单骑，三顾茅庐请孔明"，没想到台上咯噔停了，以为出了啥岔子，就抬步往前想看个究竟，就见张谦向自己走过来，同时又听台上讲，各位看官，各位乡亲父老，戏暂停，来个插曲让大家开开眼界，咱再接着唱，下面请欣赏留侯张良之后十八子弟的洞箫清风明月剑，大家欢迎。高志立即止步，赶紧招呼同学们列队。

张谦向已分三队站好的同学一挥手，就见台下一身白衫外扎红腰带的十八位小壮士左手提剑上了台。与此同时，高志也赶紧拿出箫跟着张谦来到事先放好的古筝旁。透过青纱帐幔，见十八个同学面向观众一拱手，张谦的古筝就响起来，前奏一过，台上十八把剑已抽出的鞘就腾空而起，眨眼又齐齐地落在前台边沿上。随着观众的一声好，高志的箫也从容地响起，十八把剑像听到了指令唰地寒光齐射，舞台上立马就起了风，帐幔先是前后徐徐摆动，既而像狂风大作，那帐幔向外高高荡起，台下所有的人就看见戏台后侧半空中的架子上有两袭青衫，一大一小，一前一后，一坐一立，一筝一箫，把宫、商、角、徵、羽从容地组合成山涧流水，由远及近，自两分的帐幔后带着百鸟鸣唱扑面而来，时而缓，时而急，时而清波蜿蜒清风徐荡，时而又碧空流云，玉盘飞崖跌涧，滔滔中，碎玉如流星万点激情四射，又如烟花转眼腾空，数不清的惊艳在蓝蓝的天空中绽放，随即又被台上剑的争鸣拽了回来，缭绕着在台上低回如游龙，带起的风又把戏台周围散乱在地上的草屑吸附起来，眨眼间，那草屑如春花烂漫时的万千蜂蝶，时而东，时而西，时而上，时而下，随后就聚到戏台上空，如朗朗夏日，不知从哪儿飘来的一块白云，先是静止不动，没多时就旋转起来，而且越来越快，还忽上忽下，又没多时，那云又像秋天飞舞的芦花遭遇了龙卷风，自上而下，又自下而上螺旋着，继而又四散开来，变成无数个旋转的灯笼，突然又散作鹅毛雪花如梅枝惊魂，香飘纷纷，直至无踪无影。半空中的筝、箫也不见了，风止幔静，晴空如初。再看台上的十八剑客，那台上的剑鞘不知啥时已到了各人手中，剑也回到了鞘里，又齐刷刷向前一步施起礼来。霎时，掌声如潮，滚滚向前，又呼啸向后，如此往复，经久不息。

　　从此，留城张家十八剑客誉满周边，声震四方。

第五章

　　上午的第一炷香功课开始，张谦站在讲台上把所有学生都看了一遍，然后就盯着张豹不动了。张豹见同学们都转头瞅他，心里直发毛，但还是努力让自己挺直身子正视前方，可没撑多长时间就慢慢低下了头。

　　张谦说，张豹，你还记得朱熹的《春日》诗吗？张豹猛地抬起头瞅着张谦，愣了愣说，记得。张谦问，可以让同学们欣赏你的背诵吗？张豹站起，再没像以前学时那样摇头晃脑，"胜日寻芳泗水滨，无边光景一时新。等闲识得东风面，万紫千红总是春"。背诵完又瞅着张谦。张谦问，你知道这是一首什么诗吗？张豹答，这是一首春游即景抒怀诗。张谦又问大家，谁还有不同意见吗？高志见都不吭声，就站起来说，报告先生，我想说说自己的理解。张谦说，请讲。高志说，朱熹作为南宋著名理学家，又集诗人、哲学家、教育家于一身，他的诗，绝不仅仅停留在游春、咏春这个层面上，而是借自身当时的经历讲一番深刻的道理。张豹问，何以见得？高志说，在此之前，有人说诗中的"寻芳"是指通过访学求取丰富多彩"万紫千红"的圣人之道，因为春秋时孔子曾弦歌讲学于洙、泗之间，所以朱熹心仪孔子，才到泗水之滨的曲阜圣地来。张豹说，这样理解也未必不可以。高志说，如果这样理解也是限于字面的牵强，并没有理解诗的真意。张豹说，你越说越神乎了。高志说，首先，朱熹那时候没来过泗水。张豹问，你咋知道？高志答，先生去年教我们这首诗时，曾告诉我们，朱熹这首诗作于宋绍兴三十一年春，南宋自绍兴十一年与金以秦岭、淮河为界割据，直到绍定五年才结束对峙，你认为朱熹辛巳年春能到被金占领的泗水吗？张豹说，那也不一定，春秋战国时，孔丘等诸子百家哪个不是往来于各国之间？高志说，据朱熹《再题西林寺并序》，绍兴三十年冬至三十一年春，朱熹因仰慕理学家林光朝至莆田访师求学长达半年之久，在这一时间段朱熹还写了《曾点》《春日偶作》《观书有感二首》等诗，我在先生书房的《朱子语类》第一百三十二《论林艾轩作文解经》中，还看到他与林光朝关于《曾点》的对话，这也进一步说明，那年春天，他一直在莆田。张豹说，就不能借故开几天小差悠哉游哉？高志说，在那个年代，路途遥远，就是能凭借舟马，在你说的几天里能到达吗？张豹说，不能到达，诗里的泗水滨又是哪里呢？总不能说是梦游吧？高志说，也不会是梦游，是指莆田。张豹说，简直胡说八道。高志说，莆田自古历代学者、大师集聚，学术昌明，著述如林，宋度宗赞其为"文献名邦"，宋真宗敕字"海滨邹鲁"，就是咱这大明朝宣德五年探花林文在他的《红泉讲道序》中也赞道"吾莆自郑露讲学于南湖，在唐则吾祖蕴、藻、欧阳詹读书于泉山。至宋，艾轩讲道于红泉，由是文风大振，遂有'海滨洙泗'之称，其盛矣哉"。朱熹在此寻访儒学名师"南夫子"林光朝等，并得到他们的指点教诲，如沐春风，收获满满，乘兴作哲理诗《春日》，将圣人之道比作催发万物生机、呈现"万紫千红"的春天，寓理趣于形象之中，又未尝不可？张豹说，也就是一首诗而已，何苦费这么多功夫？高志说，先生常教导我们，要触类旁通，虽然《春日》只是一首小诗，但这诗引起了我的兴趣，我就乘兴进行了探究，没想到却有如此收获，既知道了朱熹本诗的真实意蕴，又纠正了别人的曲解误导，如果不趁机会说出来，再以讹传讹，那还了得？高志顿了顿又说，其实，在前人给我们留下来的比如古诗词等历史瑰宝中，像"人不为己，天诛地灭""不孝有三，无后为大"等，我们都曲解了诗句本身的含义，尽管有时候是为了表达自己当时的心情或是表扬、赞美别人，可这种做法也是不对的，也是对作者的不尊重。张豹说，听我爹讲，朱熹虽是孔、孟以来最杰出的弘扬儒学的大师，但在奉诏进宫讲《大学》时反复强调他的"格物、致知、诚意、正心、修身、齐家、治国、平天下"八目，招致宋宁宗和执政韩侂胄的不满，仅四十六天就被赶出朝，你咋到现在还崇拜他？高志说，凡事要一分为二地看待，即使不恭维他的格物致知论，他的"致广大，尽精微，综罗百代"，也深得历代文人推崇和历朝皇帝褒奖封号，特别是他的诗蕴含的哲理更值得崇敬。张豹说，不就是《春日》后两句可圈可点吗？高志说，《观书有感二首》中的"问渠那得清如许？为有源头活水来"等也同样是神来之笔。张豹说，尽管如此，你也不应舍近追远。听我爹说，继承了程颢、程颐兄弟俩的理学思想大成、始创于"龙场悟道"的王阳明的"知行合一"心学更值得我们推崇学习。高志说，他其中的"为善去恶是格物"更值得我们后人终生禅悟践行，并不是仅仅停留在口头的说教上，应时时处处事事尊崇。张豹又一愣，你啥意思？高志说，我是在把你说的王阳明的思想进一步细化到我们的行动之中，就像"勿以恶小而为之，勿以善小而不为"一样，时时珍记，事事履行。张豹瞪着眼，不再说话。

张谦看见，问张豹，你是不是身上感觉不舒服？张豹说，没有，我是在思考高志所悟。张谦说，高志所悟很对，我们无论在任何时候，都不能只把先贤挂在嘴上，而是应该把先贤的思想融在我们的行动中，同时还要像高志一样，凡事，特别是在学问上要有一种孜孜以求的精神，如果只限于字句表面，你永远达不到学问的最高境界。就像我们昨天表演的剑法，如果你只满足于招式不错，只沉浸于别人的掌声和鲜花里，不再作进一步的努力，你就永远感受不到它的奥妙之处。如果你百尺竿头能更进一步，你每练一遍都会有意想不到的呈现，当然，你假若把你的理解用错了地方，或是故意在不该发挥的地方发挥，结果造成的损害不仅仅是自己财物和他人的损失，日久天长，你心灵就不再纯净和美好，映射出的就是卑微和灰暗，尽管你会强辩只是一时的忘形之举，可忘形之后呢？你意识到你行为造成的后果没有？你有没有对你所造成的后果有所担当和补救？所以，为了进一步发扬先贤、大师的风范和学识，丰富提高自己的学问、能力，我们既要有进士杨时和他的朋友游酢"程门立雪"的心诚意坚，还要像修养精深、境界高明的王阳明一样，在精通儒释道的同时，在自己感兴趣的领域另辟蹊径，独创出彰显自己风格、有益于后人的绝世新天地，即使不能这样，也要有仁爱天下、善行于世的情怀和行动。

张豹听到这，悄悄坐了下来，又慢慢低下了头。随即又腾地站起，报告先生，我错了。张谦问，你错哪儿了？张豹答，昨天在戏台表演时，我不该用剑把右侧的帐幔划破好多道。张谦说，幸亏这帐幔是我们祠里的，我又给你做了遮掩，你爹今天知道又出钱赔了新的，如果是外地戏班自己带来的，那影响不仅是咱族里人生气，更会影响到留城的声誉，咱这么多年的努力也将毁于一旦。高志听到这儿，突然站起来说，报告先生，这都是我的错。全班一惊。张谦问，咋又是你的错？高志说，都怪我这几天没陪好张豹练剑，要是我能多带他练几遍，他就会多悟出这剑法中的善念和仁怀来，也就不会在戏台上有失手之误。张豹说，这跟你没关系，都是我当时的忘形之举，错该当罚。张谦说，这套剑法的妙处，不在剑而在心，心之所往，剑之所形，心欲守，则剑为铜墙铁壁，心欲攻，则剑无不破，然人之为剑，守为要，攻乃不得为而为之。

张豹午饭后走进龙兴殿，慧觉师父正在打坐，没有被进来的脚步声惊动。身后的四个徒弟却惊愕地睁大了眼，见张豹没走向供着的铁管，就眼随着他到了慧觉师父跟前。慧觉师父仍未动，却有了声，小施主饭后不去午休，来此有何见教？张豹合十躬身道，请师父海涵。慧觉说，来的都是缘，缘里都是有我，不必客气，小施主请便吧。张豹盘腿坐在对面说，可以向师父请教吗？慧觉说，小施主想解什么迷津呢？张豹说，随便聊聊。慧觉问，聊过往，还是来生？张豹答，说今世。慧觉说，今世的你衣着光鲜，吃喝不愁，聊什么？张豹问，师父是不是对我有意见？慧觉合掌道，阿弥陀佛，吾持斋守诚修行，不生尘心，不问尘事，你我又从没瓜葛，何出此言？张豹问，没有瓜葛，为何闭目不待见？慧觉道，小施主天生贵人，贵人面前，贫僧不敢放肆。张豹说，师父斋后本在寮房打坐，何时又改在龙兴殿了？慧觉说，你们先生安排，老衲不敢不听。张豹说，是不是因我那天拿了铁管？慧觉说，小施主以为是就是，以为不是就不是。张豹说，身为佛家人，在佛为何不守佛？慧觉说，只要佛在心中，无佛也有佛，心中无佛，有佛也无佛，小施主有佛吗？张豹说，我无佛能来拜见师父吗？慧觉说，小施主的佛在哪里呢？张豹说，我佛在心中，在家中。慧觉说，请开悟。张豹道，父母生我养我，我一直在心里视他们为佛。慧觉一愣，转眼道，老衲生来孤苦，幸被贵家族寺庙收纳，才有了今日，思前想后，是托了留侯的福，所以老衲视留侯为再生父母，把他当作终生守护的佛。张豹拱手说，难得师父有这诚心，我代张氏家族谢谢师父如此执着，也请师父原谅我的直言叩问。慧觉说，直言就是诚，诚也是善，善没有错，诚也没有错。

张豹瞅瞅慧觉的徒弟，一个个如他一样在听师父说。张豹稍愣，又道，既然师父说我诚，诚又是善，为何我的言行在别人看来都是不善呢？慧觉说，善在心，行在心外，小施主是做不了自己的主。张豹问，我把那供着的铁管拿出去，也是管不住自己吗？慧觉道，是你的好奇主宰了你的心，你只是想看个究竟弄个明白，虽然别人以为不善，可你的心是善的，如果你毁了它，那就是不善，你当时想毁掉它吗？张豹说，没想，到现在还从来都没有想过。慧觉说，用上午你们先生在讲堂说的王阳明心学，是你的知和行没能合一。张豹又一拱手说，请师父再细点化点化，让我度到彼岸去吧。慧觉说，人度不如自度。张豹说，我自度不过去。慧觉说，在我佛界，没有度不过去的，就看你如何度。张豹手一拱问，请师父点化，我如何度？慧觉答，问自己。张豹又问，如何问？慧觉答，还是问自己。张豹说，对我来说很难。慧觉说，其实此岸彼岸并不遥远，也就在一念之间，往往只是一个转身就是两个世界。张豹说，有时候，转个身又确实难。慧觉说，再难能难过上天吗？实际上所有的转身都很容易，就看你愿不愿意转，愿不愿意放弃你眼前的东西、执着和妄想。张豹说，请师父再从知行合一处点化。慧觉说，王阳明讲，"知是行的主意，行是知的功夫；知是行之始，行是知之成"，《论语·公冶长》里，"季文子三思而后行。子闻之，曰：'再，斯可矣'"。我佛说，一念发动，即有因果，佛门还有一条戒律，"不妄语"，我也给你三个字，不妄动，你能悟出吗？张豹腾地起身，深躬揖手说，谢谢师父，我开悟了。慧觉也站起合十俯身说，阿弥陀佛，善哉，善哉。

张豹走到龙兴殿前门，猛一转身，眼盯着铁管不动了。慧觉师徒立即警觉起来，见张豹围着高皇、张祖绕了一圈，又站到慧觉对面，慧觉又是俯身合十，阿弥陀佛。张豹问，师父可否告诉我，那个铁管里面到底有什么神秘之处？慧觉说，我只知道，它是一个家族对一个朝代的记忆，它没有神秘之处，且一直都在毫无遮掩地呈现。张豹说，我看不出它在呈现什么。慧觉道，它的呈现是你眼中所见，你眼中所见，就是它的呈现，就像你看见我，你看到我啥样，你就认为我啥样，至于我以为我自己是啥样，别人以为我是啥样，与你无关，就像修为，要修为的是你的内心，不是别的，别的与你无关，不可妄语，不可妄想，不可妄动，阿弥陀佛。张豹说，我总以为它不仅仅是一个铁管。慧觉说，它当然不仅仅是一个铁管，那是你们张家的事，我不敢妄想。张豹说，我总以为它有不平常之处。慧觉说，那也是你们张家的事，我不敢妄语。张豹说，我总想再拿一拿它。慧觉说，除非你们族里当家的同意，不然，那也只是你所妄想，不该妄语，更不能妄动，阿弥陀佛。张豹说，这偌大的龙兴寺，到现在如此冷落，是不是都是你们不敢妄想、不敢妄语、不敢妄动的结果？慧觉说，寺是你们张家的寺，老衲与徒儿只是寄身在此，不能妄想，不能妄语，不能妄动。张豹说，你们就不能出出主意，让这寺的香火再旺点？慧觉说，这也是你们张家的事，老衲与徒儿不能妄想，不能妄语，不能妄动。张豹说，既然是我们张家的，我为什么就不能妄想、不能妄语、不能妄动？慧觉说，老衲和徒儿在，你不可，不在，若没有主事的发话，你也不可，可了，就违了你的内心。张豹问，违了我自己的内心又有什么？慧觉道，违了自己的内心，你就会重蹈过去被人诟言的覆辙，"勿以恶小而为之，勿以善小而不为"。作为一个有修为的男儿，应该珍记你们先生的教导，学会约束自己也是行善，难道你不想行善吗？难道你不想撇开孽缘重修善果吗？浪子回头，一片光明，那光可不仅仅在烛上，如果心里生了光，那光可就是无处不在。如果心里结了善缘，那善缘也是无处不在，小施主，你又开悟了吗？阿弥陀佛。

张豹没答话，转身往外走，到了门前，又突然转身。慧觉问，小施主还有什么不能开悟的？张豹说，儒与佛有什么区别？慧觉说，老衲给小施主打个比方，假若晚上有个瞎子打着灯笼走路，不同的人就会有不同的看法，认为怕被别人撞到的是墨家，认为黑夜出门就必须打灯笼的是法家，认为想打就打顺其自然的是道家，认为是多此一举的是平常人家，认为怕别人看不清路的是儒家，认为是借此开示众生的乃我佛家。张豹问，要是认为明明看得见却装瞎呢？慧觉愣了一下，双手合十道，阿弥陀佛，老衲就不多言了，小施主以后会悟到这种情况的。张豹也施礼道，谢谢师父点化。我以后可以天天跟着师父打坐吗？慧觉说，你自己可以，但不可随我。张豹说，我近水楼台，不随你，又如何能近了佛？慧觉说，你刚才不是说，你心中有佛吗？你只要守住自己内心的佛，你就近佛了。张豹说，我想念经。慧觉说，念经也不必随我，只要心中有佛，自己何时何地都可以。张豹问，我不知道念何经，能把自己度过去了。慧觉答，那就念《心经》吧。每天坚持念、抄，自有体会。张豹又转身，慧觉话又追过来，当然，你小小年纪，既在红尘中，又生活富足，还是先以求取功名为要，等把你家的大业撑起来也不迟。张豹又猛一转身，师父身上穿的是袈裟吗？说完就向学堂走去。

张豹回到学堂，见高志和同学们差不多都到了，就旁若无人地在纸上写了"向过去告别，勿以恶小而为之"，把后墙上原来写的覆盖上，回到座位，原以为大家会评点一番，可没有，一个也没有，当然也有转头看看的，也仅是看看而已，这让他很有失落感。转而一想，换是为了督促自己，与别人无关，要真有人说三道四那才是不正常，那才是灶王爷扫院子多管闲事。

上课时间还没有到，张豹突然感觉心无法控制地直向黄山湖底下沉，直沉到不能再沉降，那露出水面的一点点，又因为四处茫茫什么也看不到，好像一座孤岛，又突然浪涌风鸣，那滔天大浪时而把这孤岛按到水面下，时而又把孤岛拱出水面喘喘气，无法左右，也不能左右。等神志清醒再看看学堂，自己又像这学堂里的一个天外来客，虽靠得这么近，却又距离那样远。想想以前，那可不是这样，整个学堂，谁又不敬他三分？他说一，没有谁敢说二，就是负责全班同学勤务的高志，也是唯他是从。可现在一眨眼的工夫咋就变了呢？以往这时候，正是同学围在他身边，听他天南海北、云里雾里东拉西扯的时候，他就像疯了一样在学堂追这个逗那个，出尽风头的总是自己。也就不到半天，甚至说也就一顿午饭的时间，就此一时彼一时，成了慧觉说的一念中的一个转身，成了两极对比相当强烈的两个世界。可这些平常围着自己的同学，此时也并没有围着各方面表现都好的高志，而是各行其是，也许都有没忙完的事，还顾不上向他围过来一起玩耍。可同一个学堂，我为什么没有事做呢？为什么只有我自己心里感觉空落落的呢？是他们在故意疏远我吗？这又是谁的号令？

　　大概到了上课时间，高志说先生有事去了城里，然后给每人发了一张写了字的纸，让大家写大方，最少一遍。张豹接过仔细一看是《心经》，这不是中午慧觉让他念的经文吗？如果是以往，他会首先向高志发难，表现出最强烈的质疑，我们又不是和尚，为什么让我们抄经文呢？可今天他不想这样做，他既然把向过去告别贴了出去，既然坚决向过去的那个张豹告别，就要从零开始，从现在开始，就要从把字贴到墙上那一刻起，让同学们看到他的改变，哪怕是看来微不足道的小细节也不能再重复过去，全新的张豹就要即时呈现，全新的张豹就是与过去不同。更何况，先生让高志安排的正符合自己所需，应该第一个站出来响应，但响应也不能再像以前那样表现得山呼海啸轰轰烈烈，最好像现在这样，默默表现在执行上，用最后的结果证明。可万万没想到的是刚听了慧觉的建议，这咋一上课就能如愿了呢？是我张豹与先生心有灵犀不谋而合，还是先生早就把抄写《心经》列在了功课之内，或是慧觉与先生联手在导引他呢？

　　如果真是先生和慧觉师父刻意以不同的方式对我用心，我张豹可真不能辜负了。别的且不说，单说家里在留城街上的那些店面，谁家又能比得上？将来我不继承谁又去继承？我不担当谁又担当？要是没有能力，将来能担当得了吗？如果现在不用功夫，担当的能力又从哪里来？全家人的厚望，爹的苦心，还有先生的不厌其烦、慧觉的点化，我不能只写在纸上贴在墙上，更要落实到行动上，只有行动起来才能痛改前非，只有行动起来，才能涅槃成一个全新的自我，才能肩负起重任，最终修成正果。

　　张谦是第二炷香珠算乘法练习快结束时才回到学堂的，翻了翻大家写的《心经》，除高志外，张豹写得最多，一手王羲之行楷很见功夫，看来上午由《春日》一诗引发的开导起了作用，但愿张豹不是头脑突然兴奋只是一个刹那的热度。如果从此痛改前非，还真可塑。可真能坚持下去吗？那就姑且待之吧。

　　晚上的练功还没结束，张豹悄悄对高志说，从今晚起，我决定不再回家住，也跟大家一样每十天回一次。高志说，你家老爷太太知道吗？张豹说，等下了学就让来接我的张永回去，把我的铺盖都给拿过来。高志问，要是你家太太不同意呢？张豹答，不同意我也坚决不搞特殊了，再这样下去，我这辈子就完蛋了。高志说，我看你还是别这样坚决，我们都一直羡慕你天天能跟家里人在一起呢，何必在这儿受苦行僧的罪？张豹说，孟子曰"天将降大任于斯人也，必先苦其心志，劳其筋骨，饿其体肤，空乏其身，行拂乱其所为，所以动心忍性，曾益其所不能"。高志说，说是这样说，我相信你也能做到，可你认为你能做得到吗？张豹眼一瞪，你这是夸我还是骂我？是相信我还是不相信我？高志笑笑说，你是不是怕回家后挨你家老爷的揍？张豹问，我爹为啥要揍我？高志说，你昨天行的好事，

106
留城吟

今天让你家老爷知道了。张豹一摆手，昨天晚上我就告诉爹了，要不是我娘和二姐拦着，当时还真就挨揍了，好在这都过去了，你也别哪壶不开提哪壶，我是跟你说正经的。高志收住笑说，要是这样，你得跟先生去讲。张豹说，我跟你说，就是想让你去探探先生的话。高志说，何必绕这个弯子？大丈夫做事不遮不掩，直来直去坦坦荡荡，行就行，不行就当没说。张豹说，还是你先去问问，难道这点忙也不给帮？高志说，帮是能帮，你说跟我说性质就不同了。张豹问，有啥不同？高志说，让我先去试探，先生会以为你只是有这想法，可你要是亲自去说，先生就会认为你已拿定主意下定了决心，你到底是下了决心，还是心血来潮？张豹瞅着高志点了点头说，我去说，但你得跟着去，关键时刻替我说说话。高志说，行。

练功课一结束，张豹就拉着高志到了张谦跟前，说了自己的决定。张谦瞅了高志一眼又看着张豹问，真想晚上不走了？张豹答，是，真想晚上不走了。张谦又问，你爹知道吗？张豹答，只要先生同意，我让来接我的回去说一声就行。张谦说，我建议你今晚先回去，跟你爹娘商量好，他们同意，你明天就把该带的带来，我这边该准备的给你准备好，如果不同意，你继续天天回城，但别再让人来接。张豹说，我想有个新的改变，请先生答应我。张谦说，让自己有新的改变，这很好，但不在于形式，而是在于自己的内心，还要看有没有这种毅力。张豹说，我不想再做同学中的特殊人，我想先从形式上有个全新的自我。张谦说，水在湖里是水，在河里是水，在碗里是水，在锅里还是水，水存在的形式变了，可水变了没有？张豹说，水在碗里能让人解渴，水在锅里能配合其他东西变成美味，水在湖里能让荷花美艳，水在河里能载舟远行。我想做寺外漕河里的水，浩浩东流，穿淮河、过长江、到大海，有更壮阔的呈现。

第六章

　　高志提枪出了寺门，轮班值夜的智广在门外问他，今天咋换家伙了？高志说，这段时间一直忙于元宵节的展示，都有点生疏了，熟悉熟悉。智广说，千日剑，百日刀，一辈子的枪，何况又是家传，那可不能丢了。等哪天有时间让我见识见识，也跟你学两招。高志笑笑说，智广师父谦虚了，这寺里，哪个不说你是豹子头林冲？十八般武艺，您哪样不通？学堂里的学生，哪个又没得到过您的点化？智广说，我那点毛皮比不得高家枪。高志说，俺家的也就是雕虫小技，上不了大雅之堂，只是名不符实的瞎传而已。智广说，你可不能这样说，听师父讲，高家枪传到现在，貌虽平常，又以健身护院为本，却善于萃取历代各路名家的优点，行枪身似灵猫，出如飞镖，所创一百单八枪，枪枪刚柔相济，变幻莫测，如今示人的枪法要是用在当年乌江之战的楚霸王、长坂坡的赵云、横扫大漠的霍去病、打登州的罗成、金沙滩之战的杨六郎、郾城之战的岳飞和《水浒传》中一枪封神的史文恭的手上，名声早就入史了，只可惜高家枪的桃源情节遮掩了它本应该有的光环，要不然，不会隐于民间。高志听完立即把枪靠在怀里拱手说，让慧觉师父谬奖了。智广说，师父从没虚言过，可见高家枪确实有它不凡之处。高志说，就是所言不虚，我也至今没领会其中的奥妙。智广说，那也只是时间早晚的事。高志说，也许一辈子都难领会。智广说，你也别太谦虚，在你们学堂里，别说你，就是任意提起一个，哪一个又是平凡之辈？张维的弹弓、张添的月牙铲、张第的龙凤刀、张力的龙门剑、张欣的龙鱼斧、张升的龙须叉、张珉的三节棍、张命的九节鞭、张往的方天戟、张胜的撒手锏、张珏的阴阳镗、张学的鸳鸯钺、张万的金瓜锤、张士的枣逆槌、张凯的文武耙、张泰的护手钩、张平的绳套索，张豹虽自称"白打"，其实他的飞镖也已练到了一定的火候，不然那次在讲堂里与你争夺他偷拿的殿里所供的铁管时，不会情急之下顺手就从那么小的窗棂空格里投出去，可见你们一个个都功夫了得，将来也都必有大用。高志说，有大用从没敢想，只是遵从先生教导，不论文武，都要在共学课程的基础上，根据自己的喜好，至少选一种雅兴和器械，既体现先生所倡导的博学多才触类旁通，又精其所好形成个人特色。智广说，小小年纪，竟能如此，你们先生的兴城旺寺必指日可待。说到此，向高志一扬手，不耽误你了，快上你的山吧。

到了山脚下，高志见玉玉已下到半山腰，赶紧跑上去截住说，你咋回去这么早？玉玉连瞅也没瞅就偏着身子要下去。高志又用枪杆横住说，又耍小性子了，快上去，别让人家看见笑话。玉玉说，我上去干啥，去陪哪个没良心的东西？高志笑笑说，都怪我，都怪我，到山上，任凭你发落，还不行吗？玉玉说，正月十五在台上威风过出了名的，平常的随身携带今天都换成了家传，我可不敢。高志说，你有啥不敢的？我就是满身是葛针条，也是负荆请罪的，任凭张大小姐从重从严惩罚。玉玉说，好！这可是你说的。

到了山上，高志把枪递给玉玉说，用不用这个？玉玉左手用剑鞘挡回，脸一正，我手上现成的，可别怪我下狠心。高志笑着说，有多狠就多狠吧。玉玉说，你个没良心的，就那天冒个影，又几天不见了，连个招呼也不打，以为又要几年不露面呢。高志说，我也想来，你也知道，不是脱不了身吗？玉玉说，就是脱不了身也得想办法告诉我一声吧？天天让我等你好晚好晚。高志说，对不起，妹妹，都是我的错。玉玉说，别嘴上蜜里调油，先认罚。高志说，好，妹妹说咋罚我吧。玉玉问，你想咋受罚？高志答，那就让我给你展示一遍高家枪，要是不能让你满意，你再另罚。玉玉说，想得轻巧，展示你家的枪法是受罚吗？那是在我跟前显摆，本小姐不稀罕。高志说，那就另选吧。玉玉说，看见这练拳的场子没有，你从东走到西，作诗。高志问，作啥诗？玉玉答，作留城八景，必须是盛时的八景。高志笑笑说，容易，当年，曹植七步一诗，这场子三丈，比起曹丕宽容多了，还是妹妹疼我。玉玉眼一瞪，少废话，我说的可是每景一诗。高志一惊，从这头走到那头，作八首？玉玉严肃地说，作不作？高志说，哪敢不作？玉玉说，准备，开始。高志抬步向前。

角楼映月

六角巍巍墙上亭，六翼斗开护莲灯。

四面八方遥相应，一心同聚耀留城。

子房箭阵

灶王初七回天庭，留侯摆阵去送行。

街中火把如流矢，唯恐路上看不清。

殷祠塔楼

凤凰山上凤凰艳，仁贤祠旁仁贤登。

眼前光景锦添秀，欣见丽人留城行。

寺殿佛光
吉光普照殿生瑞，紫气缭绕河溯回。
门前湖上水浮柳，寺后城里楼映辉。

良墓奇观
为伴微子眠东山，墓南庙前有奇观。
松抱槐旁透亮碑，侧庐守灵永相传。

码头夕照
樯桅林立官河忙，船家回首看夕阳。
云天虹霓凝如脂，功德禅院镀金光。

北门麦雪
朔风萧萧陇上行，青白相间阡陌中。
月照平畴千里远，满眼晶莹如繁星。

黄山翠屏
巍巍蜿蜒分两县，滔滔背依向西南。
饮马珠泉迎曦卧，铜井铁河照月眠。
碧野千畴叠青玉，晴空百鸟颂绿缘。
更喜峰上子房居，才子佳人在里边。

高志吟完，一步停在场子西头，转脸问，如何？玉玉说，平常。高志一拱手，请大小姐赐教。玉玉说，赐教就免了，倒有几个问题你得一一说清。高志说，请讲。玉玉说，只说这最后一诗，滔滔漕河钻土山，在这山东根又冒出一池动水，史上沾了刘张相会于此，说成饮马珠泉也就罢了，可这铜井铁河从哪里来？高志说，依山顺着这漕河不远，岸边有村子名河崖，归铜地，有一水井靠着河，所以这河两边的人都称铜井贴河，时间一长，因为前面有个铜，就把"贴"说成了"铁"。玉玉又问，子房居又在何处？高志答，你忘了小时候，你家太爷曾给我们讲，留侯功成身退到这里，弃人间事，从赤子游，在打理好留城事务之余，在这山上筑房数间，专心于读书求道、研究延年轻身之术，后人称之为子房居。玉玉问，具体在哪儿呢？高志用手向脚下的场子一指，在这里。玉玉说，房呢？子房眠于东山后，这里就无人打理，天长日久风雨剥蚀，当然现在是荡然无存。玉玉又问，你咋肯定就是这里？高志说，有一次，我练完功，顺着这山顶从这头到那头，只有这一片草木稀疏，平整时，在表面的土层下，不时发现错落有致排开的砖块，可能是屋里或院里的过道上铺的，你想，如果不是这里，又是哪儿？玉玉点点头，没想到你还有这本事。高志说，也算不得啥本事。玉玉又说，子房居的才子佳人，又从何说起？高志挠挠头说，子房不是才子吗？才子肯定有像你一样的佳人陪伴。玉玉厉声说，是不是又欠掌嘴了？高志说，请大小姐息怒，高志不敢。玉玉笑笑说，趁着作诗，赚本小姐便宜，那可不行。高志也笑笑说，更不敢。玉玉说，嘴上不敢，心里是不是……高志一愣，我，我，我……

这时风起，从黄山湖里升起的月亮，比正月十五还圆还亮，玉玉见高志除了两只好看的大眼睛放着光，其余全是呆相，就又笑笑，转换话题说，你咋来这么晚？高志说，本能早来的，谁知那个张豹死缠着我让一起找舅舅。玉玉问，那个活宝又异想天开啥？高志说，午饭后跑到慧觉师父那里，不知咋被师父点化的，回来就变了样，先是把学堂后墙的字换了，接着就是晚上这一出，想跟我们一样住在寺里。玉玉说，就他那娇生惯养的，能在寺里住？就是能住，他那个捧在手里怕掉了、含在嘴里怕化了的娘能同意？高志说，舅舅也可能是这样想的，没答应他，让他先回家说好再定。玉玉说，其实，都这么大了，一个男子汉，也该像那巢里的鸟一样出来自己适应适应外面的生活了，不然，以后咋独当一面？咋做家里的顶梁柱？高志说，阿弥陀佛，没想到玉玉妹小小年纪也有这心思了。玉玉脸一正，你再说一遍。高志立即收住笑说，不敢。玉玉说，再说我就把你的嘴给撕了。高志说，那更不敢了。玉玉说，记着我的厉害就行。高志说，一定不会忘。玉玉说，不会忘也不行，那阿弥陀佛以后不能再从你嘴里出来。高志说，为啥？玉玉说，没有为啥，从现在开始，你给我好好记住就行。高志笑着说，规矩还挺多。玉玉又严肃起来，嫌多是不？嫌多明天就别到这里来了。高志说，那可不行，舅舅说，没有特殊情况，每天都要到这里来练。玉玉说，既然听我爹的，就得听我的，不听我的，从今往后，就天天跟着我爹去城里。高志说，听听听，听你的，再多也听。玉玉笑笑说，这可是你说的。高志身子一挺说，以前听你的，以后也一定听你的。玉玉一愣，随后又说，可别是心口不一。高志腾地拔起插在地上的枪，让锋利的枪尖对着胸口说，要不，我划开你看看。玉玉抬剑啪一声把高志的枪荡开，划开有啥用？我今后要看你行动，再给我记住一条，以后不能这么耍憨熊。

　　不知啥时，风停了，群星高远，悬月当空，高志和瑞玉面对面站着，一时无语。寺里已熄了灯，漕河波光粼粼，远处的留城混沌如隆起的山包，那山包里又在演绎什么呢？高志不敢继续瑞玉的话题，就问，舅舅到底又在忙什么？玉玉说，在拯救留城。高志一愣，拯救留城？留城又咋了？玉玉说，领着张家在兴城旺寺。高志问，能具体说说吗？玉玉说，眼看二月二龙兴寺庙会又到了，现在又在紧张筹备呢。高志问，今年的庙会是继续以往，还是又有别的变化？玉玉说，听俺娘说，今年的庙会要往大里折腾，看能不能让龙兴寺再旺旺香火。龙兴寺是张家家庙，只要龙兴寺香火旺了，张家就旺了，张家一旺，留城就会再现盛景。高志说，真好。玉玉说，真好不能光凭嘴说，要靠行动来实现，要靠财力来支撑。高志说，那是当然，要知道，我也跟舅舅去，至少能帮他跑跑腿。玉玉说，爹说你这段时间太累，让瑞麟跟去了。高志说，好久没见到麟麟了，一定又长高了吧。玉玉说，你个没良心的，我不提，你也想不起来问，还一定又长高了吧，难道只有你长高？你也别以为你长得高，他比你还高一头呢。高志说，是吗？真没想到。玉玉说，你没想到的多着呢，你还能想起麟麟小时候最爱说的一句话吗？高志摇摇头说，想不起来了。玉玉说，说你没良心，你还不高兴，麟麟小时候最爱说的一句话，给宝宝哥吃。高志低下头说，对不起，都是我的错。玉玉说，一句对不起就全挡过去了？高志说，我我我……玉玉说，别我我我了，这么多年，麟麟还最想你，几次要来寺里找你，都被我爹拦住了，爹说，把想见变成想练，在没见的时候练出最好的自己，一旦见了，就是举世无双的一对好兄弟。高志说，看来我的努力还不够，辜负了舅舅多年来对我用的心。玉玉说，其实昨天你在戏台上，他也见了，还夸你吹箫时真帅，给人一种长风万里潇洒飘逸的感觉，遗憾的是没见到你舞剑。我说帅啥帅，简直一个没良心的呆鹅。他问，咋没良心了？我说他要有良心，离这么近，咋就不能扯个理由来见你？一提这，我就气，不要夸他个呆鹅，不配你想。高志说，你知道，我最喜欢啥？玉玉问，你最喜欢呆着。高志说，从咱小时候到现在，我最喜欢你骂我，你一骂我，我就感觉幸福得不得了，还觉得更亲了。玉玉说，你这几年最见长的本事就是嘴上会抹蜜，抹蜜还不算，还涂上香油。高志说，是吗？我还真没感觉到。玉玉说，你感没感觉到，那是你个人的事，我可提醒你，我今晚的惩罚还没有结束。高志一愣，说，不是罚完了吗？玉玉说，我告诉你罚完了吗？这次是一炮双响，既文又武。高志说，那那那，你随便吧。玉玉说，把高家枪练一遍，我看看你是生疏了还是又进步了。

高志悄悄走进寝室，同学们早已睡着，他轻轻把枪插在门里靠墙的原色木架子上，借着后窗反射的月光，小心翼翼地两拐三绕到了床铺前，见张豹挨着他的床铺四仰八叉着，被子也全蹬到了他这边，先是一愣，马上想起刚才到了院子的事。从墙外跳进来，他正碰上练完功从净房小解回来的慧觉师父，慧觉告诉他张豹也来寺里住下了，他还不相信，不是不相信慧觉师父，而是以为自己听错。直到后来，慧觉又告诉他，考虑到张豹与大家不同，本来想把他安排在先生书房，再把你也搬进来给他做个伴，顺便一早一晚照顾他一下，可他坚决不同意再搞特殊，非要跟同学们同吃同住同学同练，先生就让大家再挤挤，把他安排在了你身边，意思你明白，老衲也不必多说。此时一见，心里禁不住为他高兴，就赶紧给盖好被子，等张豹向右翻了个身再没有动静，他也上了铺。坐在被窝里，他尽管为张豹今后在寺里生了不少担忧，可再多的担忧也只能一步步走着瞧，即使现在想到千般万般，也没用。但此时此刻也容不得他多想，整个心里，都是玉玉带给他的难抑的激动。

临下山时，玉玉送他一双鞋。高志问，给谁的？玉玉说，给人家还能到你手里？快试试合不合适。高志穿上站在平时歇息的方石上轮换着抬抬脚，就说，真好，你咋知道我脚的尺码？玉玉说，要想知道就能知道。高志说，好妹妹，快告诉我，咋知道的。玉玉说，要是不告诉你呢？你是不是就不穿了？不穿这就快给我脱掉，我扔到山下让漕河漂走。高志连忙说，我说不穿了吗？我只是想知道，好妹妹告诉我。玉玉说，那次咱在这儿遇上后，我感觉你的鞋不是太跟脚，天一亮，我就来山上取了样，回去就做，哪想到你个没良心的，让我连着带了好几天，都没碰到你，今晚来时，我还想，要是再碰不到，就把鞋扔了，没想到你还算有良心。高志愣愣说，谢谢妹妹，让你费心了。玉玉说，你要客气我就生气了，一起长大的好兄妹，平时闲着也是闲着，只要你别辜负了我爹的心就行。高志换下新鞋子，掖到怀里说，一定不会的，更不会辜负了妹妹的好。

　　躺在床上，高志两手抱着玉玉做的鞋，先是轮换着手上下抚摸，然后又送到鼻子下闻闻，有兰花的味道。高志心里更激动了，这确实是玉玉的味道，这确实是玉玉自己做的。记得小时候，玉玉让他跟着一起买擦脸油，总是跑到坤门东殷贤泽家开的"闻香止步"店才能买到。本城人一提这店都暗暗佩服殷家，佩服他们祖上在这个店里把"香"字功夫做足了。细究起来，这店不仅香，还雅。临街一溜排开的九间通房，中间三间，正中是香案，供着菩萨和财神，两边分别是文房四宝和各类书籍，靠南的是酒和各种佐食，傍北的是日常所用的各类香烛及女用粉膏。门面用一指厚的上等雪松木板镶着，据说这雪松来自西域的高山上，是其祖父当年开这个店时听说有奇香后，专程到京城托人买了又单赁船运来的。雪松木板一镶在门外，雪松香立刻从门两旁沿着街溢了出去，过往人还没看到店就闻到了香。门面装潢好，殷贤泽又亲自用特级徽州香墨拟写了一副对联，竖联是"集世上香供福人享，萃人间雅添贤者趣"，横批"闻香止步"。留城人最初听说后，也是因为好奇心才奔过去的，等一靠近，就顺着香味不知不觉进了门，一进了门，先是震惊于店里的不俗设置，后一看商品，真是在"香"字上做足了功夫，别处没有的这里都有，别处有的，这里不仅好还便宜，又都是从没见过的外地货，于是一传十、十传百，不几天全城都知道了。玉玉第一次进这店是跟着娘去的，至于娘在哪里买的啥已记不清了，反正自回来，就觉得喜欢，里面又有自己喜欢的擦脸油，当然会一次再次地去。自从留城被水远远围了起来，"闻香止步"店里也有时候断货，每当这时见玉玉因买不到生气，就劝道，兰花咋了，桂花又咋了？

换换味道也挺好。玉玉就说，换换是不咋，把你高志换成低志，你愿意吗？高志就不再吱声。玉玉又说，我就不喜欢桂花的高高在上四溢张扬，就爱兰花的幽香内敛，其香似有若无，说淡不淡，又香又雅，你要不喜欢，就离我远点。高志就说喜欢，你用啥，我都喜欢。玉玉说，喜欢，就不要劝我乱更改。没想到这么多年，玉玉的爱好一直没变。

张豹又向左侧翻身，没多久又仰面向上，被子被压在右侧身下。高志把新鞋放在床头坐起，先左翻了他的身，然后把被子展开给他盖好，自己重新躺好，还是睡不着，就把鞋搂在怀里，让鞋尖顶着鼻头，闻着越吸越浓的兰香大睁着两眼出神，不知不觉又想到小时候。玉玉自见到他高志，每穿新鞋，见高志脚上的鞋又旧又不好看，就脱掉换上旧的，玉玉娘问她为啥不穿新的，玉玉就答非所问，让娘再给高志做一双，要是不做，她也不穿。玉玉娘拗不过，直到做好，先让高志换好，她才换上，然后一起做功课、到院里玩，或者拉着高志到店里，让高志爹看。高志爹不用问自然明白，就直搓手，没过多长时间，高志爹也从家里拿来两双新鞋让两人换上，玉玉穿好，也领着高志一起让娘看。玉玉娘看着两个孩子脚上一样的描龙画凤，针脚比自己的还齐整，就一把把两个孩子揽到怀里，眼瞅着店的方向，好大一会儿都没松开。两个孩子你瞅瞅我，我瞅瞅你，然后又一起向上瞅着玉玉娘，猜不透玉玉娘到底在看什么想什么。再后来，不仅是鞋子，就是逢年过节的衣服，两家无论谁做都是两套，直到高志去了寺里，衣食被学堂全部包下才作罢。

高志每当从寺里回家，爹娘还有爷爷奶奶都说他是有福的人，虽然生在穷家小户，却享着大户人家的福，让他千万珍惜好好用功，不然就太对不起玉玉一家。这时候，高志也总是保证，一定会好好学，将来出息了，不仅让爹娘爷爷奶奶得他的济，也让玉玉一家享他的福。说到做到，每次从家回到寺里，也更比以往用功，在学堂里各方面表现得也更出色。这也是张谦越来越喜欢他的原因。但他从不把张谦的喜欢表现在脸上，更不在同学间显摆，毕竟自己是个外姓人，毕竟自己在寺里的开销都是张谦全部负担，他现在必须努力积攒报恩的资本，必须对得起张谦多年的殷切期望、悉心教诲，更要对得起玉玉多年亲如手足的陪伴和别后的深情牵挂。

月光透过后墙的透气圆窗在东墙不断上移，高志看了看，知道时候不早了，却仍没有睡意。再看看又趴着睡的张豹，被子又全压在了身下，就放下搂着的鞋赶紧坐起，先是把张豹翻转使他平躺，然后又把被子给盖好掖实，自己躺下又把鞋搂在怀里，还深深吸了吸鞋上的兰香，没想到越吸，兰香越浓，是不是里面有香袋呢？就伸手摸了进去，香袋没摸到，却拿出了里面的鞋垫，把鞋垫举过头顶，在月光的照射下，可见并蒂莲上有一对鸳鸯，于是相关的前人诗词在脑中不断地随着兰香烂漫开来，还想到了唐代诗人曹唐的《玉女杜兰香下嫁于张硕》这首诗，心里一激动，又浮想联翩起来，而且越想越激动，且浑身燥热起来。正有些按捺不住，突然后背挨了重重一脚，赶紧翻身，见张豹抻到了自己这边，就想用手给搬过去，可没搬动，就用脚蹬着张豹的膝盖处一点一点给送进被子里，转过身想再接着刚才的美好，不但没接上，反而心陡地沉了下来，心一沉，脑子就格外清醒了，也许玉玉并没有这个意思，只是在她娘集存的花样中，随便取了这一种绣上的。再说了，玉玉可是大家闺秀，咋能把终身寄托在他高志身上呢？之所以对他亲，完全是念在小时候在一起的情意而已，可将来玉玉会嫁一个啥样的郎君呢？于是心里又有了"天上人间两渺茫，不知谁识杜兰香"的惆怅。

高志蒙眬中被张豹推醒时，所有同学都已起床。他不敢再懈怠，三下五除二穿好衣服，准备穿鞋时又愣住了。张豹疑惑地看着高志，见高志还愣着，就催道，再不抓紧，早练就开始了。高志说，你先去，我这就到。说完，见张豹跑了出去，高志又手按着新鞋发起了呆，随即又把新鞋压在了叠好的被子下面，穿了旧鞋就跑了出去。

同学们已排队站好，面对同学站在前面的张谦瞅了高志一眼又对全体同学说，今早还是练那套剑，还是按以前，先慢后快。说完，又转身对高志说，还是你带着。

高志在队列前面带着慢练了一遍，张谦看完说，好，就这样，再来一遍，但要再慢点。高志再次放慢速度，尽量让一招一式沉稳清晰。练着练着，高志又想起了玉玉，想起了玉玉昨天晚上在他练完高家枪后说的，从实战的角度看，高家枪最好的表现应该是在马上，可平时健身使用，不必太凌厉，也可以跟清风明月剑一样慢练，当然，不仅不同动作的"慢"不同，就是习练的各个阶段对慢的要求也不一样。初学时慢，便于动作的掌握，熟练时慢，明晰动作的走向和衔接，熟练之后的慢，那就要在意念的引领下追求筋骨劲道的饱满、刚柔的转换、以意导气、以气运身、在身手与器械合一的同时，所向无敌就会随意生发，并在不断的快练和快慢结合中进一步夯实功底，及至为所欲为地使用手中器械、化腐朽为神奇，这才是武术的最高境界，而这期间，最重要的是明白自己处于哪一个阶段。尽管先生从没把这话告诉他，只是让他在练中悟，在悟中感受其中的无穷魅力。他在平常的单独练习中，有时候也确实对玉玉说的都深有体会，是不是先生告诉玉玉了呢？就问玉玉，你这话是舅舅说的吗？玉玉说，不是，是练出来的。由此可见，玉玉这套剑法的功夫早已达到了他所不及的境界，就对玉玉说，你练一遍我看看。玉玉说，无论啥，贵在自己悟，没必要看我练。说完就下了山。下山时，他看见玉玉如履平地，腾云驾雾一样，禁不住暗暗赞叹。到了山下，又问玉玉，你下山的功夫哪儿来的？玉玉说，就是这套剑练出来的，听娘说，这套剑的呈现还不仅如此，之所以没看到，只是功夫没到而已，以后好好练吧，不能偷懒，更不能心存侥幸，高家枪也是这样。高志说，我想跟你一起练，玉玉愣愣说，我们还是先各自练好吧。高志问，为啥就不能跟你一起练呢？玉玉说，天晚了，快回吧。说完就走。高志看着玉玉拐进自己家才恋恋不舍地转回。

忽然风起，继而又狂风大作。高志回过神来，抬头看天，天气晴朗，更无云飘荡，不是天变，又是咋回事呢？猛然又想到正月十五在戏台上，知道是自己走神把慢变成快了，又想到玉玉说的快，就更快起来，挂在东西配殿廊下的红灯笼一个个像断了线的风筝，在寺院空中旋转，且越转越快，还时而聚在一起，时而又分散开来，形成一个忽大忽小的圆圈快速地转动。高志又慢下来，先是见灯笼越转越慢，随后又见列成两队，向两侧廊下移动，等慢到没有风声，收了势，却见那一个个灯笼又各自回到了原来的位置，纹丝不动。像梦一样，他和同学们一个个呆在了原地。

正呆愣着，慧觉走过来对张谦说，先生的造化了得，小施主们练到这样，这么多年来，也是仅见。张谦说，还是很遗憾，距那大因果还差老远呢。转身又对高志们说，早课就到这里吧。说完跟慧觉合十上下晃了两下就回了书房。

高志见张豹还呆在原地，就扯了他一下，以为他会随着自己回学堂，可张豹却叫住了慧觉，问，师父可否告诉我这套剑法的大因果是啥？慧觉说，听你们先生的话，慢慢在练中悟去，悟是因，悟出的是果，你悟出啥，啥就是你的大因果，每个习练者因练的程度不同，造化也不同。说完就向龙兴殿走去。张豹又追问，刚才，龙兴殿廊下的灯笼既然飞出去了，咋又回到了原处？慧觉师父头也不回地说，灯笼是挂上去的，不是系在上面的。张豹又问，是不是这寺里的灯笼都得到了师父的点化，都会自脱自挂？慧觉师父仍没停步，说，不是灯笼本身有这能力，而是得之于清风明月这套剑法，更何况这套剑法还不仅仅如此，就看你如何练、如何悟、如何用，功夫一到，奇观自现，功夫不到，一切皆无，阿弥陀佛。

　　眼见着慧觉师父都上了龙兴殿的云台，张豹还对着他的后影直瞅，高志就伸手拉着张豹摇了摇，正要回学堂，才转身，就听寺大门外一阵喧哗，寻声望去，见是张豹娘和二姐进了寺，立即瞅着张豹，见张豹脸陡然一暗，绷得紧紧的，又愣在了原地，马上明白张豹不想让她们来。可是，既然来了，闹情绪也不是办法，不如抓紧打发走，有啥话等回家再说。看样子，张豹不这样想。就是不这样想，就是千错万错都是太太和二小姐的错，你张豹也不应该在这种地方显出来，高志就暗暗在背后推推张豹，没想到张豹不但不顺水走船，还用手使劲打了他的手，动作幅度之大，太太和二小姐一定看见了，可她们就是看见也不会跟张豹计较。这时，高志又远远感觉到，二小姐腾着云步，边走边笑着直向他瞅过来。顺着二小姐的眼光，高志又看见，二小姐原来披散的长发，今天绾在了后脑勺上，还戴了朵一走一扇合的喜红丝绢蝴蝶结，身上的鲜绿色圆领对襟镶了金线底边的束腰长裙外，套了一件桃红窄袖齐腰的缎面小袄，再加上挺拔的白白的脖颈，更显得她那张瓜子脸漂亮好看，禁不住心里一动。就在他心头一动的刹那，他又见二小姐左手提着个紫色包袱，右手还扶着她身穿杏黄圆领长衫、外裹猩红羊毛大披肩的娘，就一边埋怨赶车的张永应该在后面跟着拿东西，一边赶紧避开二小姐射向他的越来越让他无法承受的火辣辣的目光。可头才低下，不仅又被二小姐带着笑的一双凤眼给勾了起来，还示意让他赶紧拉着张豹迎过去。高志又暗暗向后推了下张豹，张豹又重重地打开推他的手。眼看快到跟前，既然张豹不听暗示，自己再不主动替张豹迎上去，就显得他高志太不懂事，更何况，他跟太太和二小姐又认识，爹又在人家店里做工，即使不去接二小姐手里的包袱，也得迎上去搀扶太太，或者这两样都不做，也得出于礼貌上前打个招呼。可真要面带着笑亲热地迎过去，别说同学们见了事后会笑话他，张豹也会埋怨他多事，正犹豫着到底是迎还是不迎，却见张豹二话不说，撇开他，三步并作两步到了跟前，一把推开二小姐就拉了娘向外走，娘被他拽得脚下乱了方寸直向前扑，二小姐看见，立即转身追了过去。高志不好再愣着，也赶紧跟上去。

到了寺门外东侧，张豹说，昨天不是说好了吗？不要来，不要来，不——要——来，咋就不听呢？张豹娘拍了拍嘭嘭直跳的心，说，我的乖乖儿，娘恐怕你在寺里吃不好、睡不好，担心得一夜没合眼。张豹说，有啥可担心的，我都这么大了，是燕也该离巢学着觅食了，是鸟也该试着单飞了，您不能总像我小时候一样守着我，总得让我长大吧？二小姐说，弟弟说的确实对，可咱娘就是放不下。张豹又转脸瞪着二小姐说，你知道对，还不在家拦下？就是拦不下，也得劝劝吧？二小姐说，谁说我没劝？车到了寺门前，我还在劝娘不要进，可娘就是不听。张豹说，只要诚心劝，没有劝不了的，别是你也想来吧？二小姐说，我……张豹紧随一句说，我啥我？还能说亏了你？二小姐说，我这就告诉你，算你说对了，其实我也真想来，来看看我豹弟在这里受没受委屈。张豹说，能有啥委屈，就是有，他们能受，难道我就不能？二小姐说，能，当然能，我豹弟毕竟长大了。张豹说，这就对了，以后别来了，想我，就捎信来，我抽空回家看你们，再这样大呼小叫地来回折腾，让娘受累不说，同学们也会笑话我的。娘说，好好好，不来了不来了不来了。转身又对高志说，好孩子，你可要替太太照顾好少爷。高志说，太太别担心，二小姐也别担心，我会照顾好少爷的。二小姐见娘转过身在张豹身上这摸摸那看看，就向高志一招手，又向后挪了两步转身说，这是他一早一晚添加的衣服，你帮他带进去。高志说完好伸手接时，见二小姐又从里面掏出一双新鞋说，这是我给你做的，权当谢谢你照顾我弟弟。高志慌忙夺了放里面说，谢谢二小姐，是我应该做的，哪能劳驾二小姐费这个心？享不起享不起，确实享不起。二小姐说，按理，同学之间，互相帮助，应该是应该，可前段时间到家里带豹弟练剑，连口水也没顾上喝，我心里过意不去，也算我的一份心意，这跟享起、享不起没半点关系，快拿着，别让人看见笑话。高志不好再说，就把鞋揣进怀里，又接过包，说，谢谢二小姐，请别担心，我会照顾好少爷的。转脸又对还在张豹身上摸来按去的张豹娘说，太太，别担心了，我们快要上课了。张豹按住娘的手说，快赶紧回吧，有高志在跟前，我会照顾好自己的。说完，拉了高志就走，走了两步，又转头对娘说，下不为例，千万不能再来了。张豹娘没答话，眼直瞅着张豹。二小姐见娘的样子，像再也见不到了似的，就拉了一把说，娘，快回吧。张豹见娘不搭话也不转身，就从高志手里夺过包袱说，再不回，我这就把包袱扔湖里去。高志拦住张豹顺势夺下，又抬头对张豹娘说，太太赶紧回吧，我们要迟到了。张豹娘不好再耽搁，就上了车。张豹见车拐上了回城的大道，又远远地对着驾车的张永喊道，你要是再把太太拉来，仔细你的皮。进了大门，张豹又问高志，拿着个包袱咋上课？高志说，你先回学堂，我回寝室有点事，顺便把包袱给你捎过去。张豹说，千万别乱讲。高志说，不乱讲。

　　高志一路小跑到寝室，先把包袱放在张豹叠好的被子上，回头又把二小姐送的鞋拿出来，一股桂花的香味直冲鼻子，就想起了那次在张豹家后花园闻到的味道，不用想，这一定是二小姐亲自做的，再看看黑面白底的鞋里面，也有鞋垫，拿出一看，也是并蒂莲上一对鸳鸯，就愣住了，随即又赶紧放到张豹的包袱里，跑出寝室没几步，又突然站住，还没站稳，又折回寝室，把鞋从包袱里取出压到自己枕头下，愣了愣，又取出放进张豹包袱里，飞也似的直奔学堂。

　　午饭后，两人一起到寝室，张豹打开包袱先从里面看到一双新鞋，他拿了放在高志这边，谁知又在包袱底部发现一双鞋，拿起看看，又瞅瞅高志铺上的那双，就对高志说，你试试。高志一愣，你的鞋，我不用试，试了也不合适。张豹说，让你试，你就试，咋这样啰唆？高志拿起穿上，又站在铺上四处踩踩，瞅着张豹说，你看看。张豹看了看，又用手按了按鞋的前脸，再捏捏脚后跟，说，挺好，你穿吧。高志赶紧脱掉说，不行不行，你的鞋，还是你穿。张豹又把手里的一双晃了晃说，我穿这双。高志说，那可不行。张豹说，有啥不行的？不就是一双鞋吗？再说，我不喜欢别人穿过的，你要不穿，我就扔掉。高志拿着鞋不知说啥好。张豹说，你呆啥呆？抓紧收起来，要不，这就快穿上。

高志无奈地把鞋压到铺盖下面，还在想，这二小姐给我做啥的鞋呢？她又哪里知道尺码的？

第七章

　　按张氏家族的规定，在龙兴寺学堂的学生，除了食宿，一年四季穿衣也全包。具体来说，是每人三身，冬一身棉，夏一身单，春秋一身夹衣，全部由张谦出面在留城瑞祥布庄定做，取名礼服，每两年更新一次，还规定，平常在讲堂可以与家常衣服轮换穿，但每逢重大节庆祭拜必须统一着装，如果两年还穿不破，可以自己留着替换，如果小了不能再穿，也可以拿回家送给自己的兄弟或亲戚。鞋也一样。可以说，既然被选到寺里学堂上学，就是家里再穷，也能衣食无忧。

　　高志因为知道自己在寺里学习的不易，不仅珍惜这难得的机会，更对自己的衣服格外爱惜。不仅平常很少穿，就是必穿时，也让人看着比其他同学齐整，还总像新的一样。不穿时，要是脏了，就及时洗净叠好，用娘让带来的靛蓝包袱皮包好压在枕头下。可张豹就不这样，他的礼服是按季节随时带在身边，说白了，就是用家里带来的绣着荣华富贵字样的紫色包袱皮包着，像其他同学一样放在各自卧铺上方靠墙悬着的一层梧桐板上，穿时就拿出来，不穿，先是抟成一团胡乱包了扔里面，后来见高志穿得齐整，就让他给叠好再包好放回原处。因为张豹身体一直在发胖，配发的礼服根本穿不到两年就不能穿了，特别是春秋的夹衣，春天才上身，可到了秋天就不能再穿。张豹爹考虑到董事会集来的银子不容易，就不声不响地再在瑞祥布庄按统一款式自己花钱做新的，旧的就给了高志，高志也不推让，接了就跟自己的一样穿。但是这二小姐送的鞋却不一样，尽管张豹不知道内情，可拿到二小姐送的新鞋第二天一起床就让他十分为难。

依着他原来的想法，就是从此以后天天穿着玉玉做的鞋学习练功，天天一闻到兰花的香味就像玉玉在跟前一样，没想到有了二小姐这一掺和，他就不好办了。还没下床，张豹就让他也穿新鞋，很明显是让他穿二小姐送的那双，可他打心里不想穿，又不能告诉张豹，就说昨晚忘了洗脚，等晚上洗了脚再穿。张豹没再勉强，就先下了铺洗漱去了。高志却在床上犯了难，不穿二小姐的，就不能穿玉玉的，不穿玉玉的，心里不情愿不说，玉玉知道又得挨骂，昨晚去山上，因为没穿，就被玉玉说了一顿，还说再不穿就拿回来，她扔掉。高志当时也说了没穿的理由，只是没敢说没洗脚，而是说来山上练功怕不小心把鞋弄脏碰破了。他以为说完，玉玉会以为他珍惜而高兴，哪想到玉玉说，我就是做了让你来山上练功穿的。高志只好说，明晚一定。玉玉又紧跟一句，不穿要么拿回来，要么不要再来。哪想到这一起床，张豹又盯上了，好在张豹没太坚持，总算遮掩过去，但心里还是拿不定主意，两双鞋到底是穿还是不穿。

从洗漱间出来，遇见慧觉，打了招呼，慧觉瞅着他不动了。高志一愣，问慧觉，师父咋了？慧觉说，我没咋，是你咋了？高志一惊，我？我没咋。慧觉笑笑说，没咋就好，凡事别想得太复杂，复杂了，眉一锁，心就伤，心一伤，做啥事都不顺畅，就是遇到了两难的事，也不当紧，索性来个到了哪庙拜哪佛，逢着啥时辰就念啥经。高志一惊，立即合掌躬身说，多谢师父点化，高志又开悟了。慧觉笑笑，看着高志快步去了早练场，就长出了一口气，双手合十道：小小年纪为情所迷，阿弥陀佛。

慧觉放下手，刚转身，见张豹站在跟前，又赶紧双手合十退到一边，说，小施主请。张豹问，师父刚才说谁为情所迷？慧觉道，老衲在说缘起。张豹又问，何谓缘起？慧觉道，所谓缘起，就是说世间没有独存性的东西，也没有常住不变的东西，一切都是因缘和合所生起，一句话，世间万事万物，都因缘合而生，因缘散而灭。张豹道，师父说远了，我只想知道刚才所言的缘起指谁？慧觉道，刚才碰到高志小施主，猛然想起了昨夜所梦，就因梦而自语，无意让你听到生疑，罪过罪过。张豹笑笑说，如今二月还没到，桃花更没开，以为谁走了桃花运呢。慧觉说，都是老衲自语，不知道谁走了桃花运。张豹说，刚才听师父一说，不禁一惊，同在红尘之外，谁又会因缘而起为情所迷？原来师父一梦而已。慧觉说，让小施主笑话了，确实一梦而已。张豹又说，人常言，梦由心生，难道师父被情所迷了？慧觉一愣，转而笑道，小施主折煞老衲了。张豹说，对不住，对不住，开个玩笑开个玩笑，这都是缘起生的是非。慧觉道，阿弥陀佛。张豹说，可《中观四百论》中云，"若见缘起理，愚痴则不生，故此一切力，唯应说彼语"。慧觉笑一收，故意问，何解？张豹答，意思是说，假如见到了缘起，世间一切无明愚痴的现象就再也不会产生，事实上，众生因为无明，往往会对红尘中的事有很多误解，所以这只是好事者一厢情愿的幻想而已，是不是师父？我解的对吗？慧觉又笑笑说，小施主解的极对，没想到小施主小小年纪对我佛有这么多的认知。张豹道，我爹说，认知不在年龄在造化，识人不在衣着在言行，学识不在尘封的书本厚积，而在于广博和精进。慧觉道，虎父无犬子，张会长说得对极了，请小施主

127
第七章

传个话，哪天等张会长有时间，一定去讨教。张豹说，师父谦虚了，师父的造化不是一般人能达到的，我今天班门弄斧，关公跟前耍大刀，太不懂情理了。说完，转身就走。

同学们还没到齐，就是来到的，也在一旁做着练功前的腰身活动。张豹走到高志跟前，对高志说，你猜我刚才跟慧觉师父说的啥？高志说，我哪知道？张豹说，你被缘起了，你还不知道。高志一头雾水，我被谁缘起了？张豹说，你被慧觉缘起了。高志又问，我被他缘起啥了？张豹说，他因你缘起生了尘心。高志越听越糊涂，我不懂你在说什么。张豹说，他说你小小年纪为情所迷。高志心里猛惊，你胡扯什么？张豹说，我没胡扯，你确实是因为鞋的事没了主心骨，也别太为难自己，若真不想穿，就给我。高志说，是不是你又后悔给我了？张豹说，这里不是戏台，你也不要想得太多，你可以不穿这双鞋，但不能亵渎了这份情。高志说，你言重了。张豹说，生命本平常，虽然有常是一种福祉，但其实无常有时候也是一种美好，就看你如何看，如何想，如何解，如何做。高志说，谢谢你，我会当福祉珍惜，更会当美好向往。

因为龙兴寺庙会越来越近，张谦每天都要出去，有时候还没晨练就走了，直到晚课时还没回来。学堂里每天的课务都是高志按照张谦事先吩咐的执行。好在同学们都很听话，平常好在课堂里乱说乱动的张豹也一改往日，所以每炷香的课甚至比先生在时还好。其实，每年这段时间，功课也没有新花样，除了练功、珠算、学文、写大方、弹古筝，或者，不是在自习课上研习自己所好，就是在慧觉的指定下做寺里各方面的清扫擦洗工作，再者就是，由于庙会临近，周边寺庙来帮忙的和尚不断增多，高志就派几个到香积房帮忙，让慧觉师徒专心在龙兴殿接待香客。

何况今年不同于以往，且二月二庙会由三天改为五天的消息早就从留城里传了出去，正月还没过完，那些闻讯的生意人早就在龙兴寺附近的道两旁占下了摊位。高志在正月二十九这天晚上去山上练功，一出寺门，就见与往常大不相同。寺门前的大片空地上，背靠漕河高高地搭好了戏台，顺着驿道，小商贩的摊子向南不仅跨过了小黄山，还远远超过了玉玉的家，向北更厉害，眼看着都到了留城南门。尽管已是晚上，沿道的摊子不仅没收，还有不少逛客在来回转悠，那些做吃食生意的，摊前更热闹，三五个聚一块儿，弄几个小菜，桌子一围就猜拳行起令来，那此起彼伏的声音，不仅顺道传播，更向四野扩散，引得留城的灯火全集中到了驿道，并沿着驿道向南蜿蜒而去。

高志脚上的鞋也有了变化，白天在寺里，就穿二小姐送的，晚练一结束，趁张豹去龙兴殿找慧觉，又把玉玉做的鞋套在了脚上。从山上回来，有时张豹已睡下，有时，张豹还没回来。要是张豹没回来，高志放下剑换了鞋就去找。有一次在龙兴殿扑了空，就在院里找，找到平常慧觉练功的后寮房前，见张豹正跟着慧觉学关公刀，就悄悄避开，回寝室休息。也有时高志从外面回来，张豹已在铺上坐着，问他哪儿去了，他就说又练了练剑，就各自睡下，张豹根本不会注意高志脚上的鞋穿的是哪一双。本来鞋的式样和颜色都没啥差别，只是从高志这边讲，因为鞋上味道不同才有了区分，所以就是张豹注意，也发现不了鞋是不是他送的。但高志没有麻痹大意的时候，尽管鞋上的味道越来越淡，甚至就是特意用鼻子辨别也没啥两样，可高志却有一种特殊的功能，伸手一摸，有时用脚一碰就知道哪双是二小姐所送，哪双又是玉玉所给。也有时候，高志都认为自己是自找麻烦，多此一举，可他又偏偏乐意这样，其目的只有一个，就是无论啥时候都喜欢穿玉玉做的那双。还有时候，高志一连几天都把玉玉做的鞋穿在脚上，直到感觉有点脏了，才换，可换也不换二小姐送的，而是穿以前的旧鞋。玉玉有一次在山上曾告诉他，一个人对另一个人是不是在意，不在嘴上，而在心上，如果心上在意了，没有谁监督，无论做啥事都想着，如果不在意，就是天天在跟前表白也没用。所以高志就时刻约束自己，不做对不起玉玉的事。因为这，他有一次还想把二小姐送的鞋扔掉，可一想二小姐送他时的那份实心实意，再一想做双鞋又是多么不容易，还有，自己家里的状况不是一般的差，如今弟妹又多，爷爷奶奶年龄又大，只靠爹一人养家糊口，好端端扔掉一双差不多还新的鞋就是造孽了，万一让同学看见，又会怎样说他呢？要是再传到张豹耳朵里，惹恼了他，就不是小事情。尽管他认为，凭对张豹的了解，他不会因一双鞋做出让高志为难的事，可谁又好说呢，万一呢？爹可是还在人家店里当差呢。

可偏偏正月三十这天午饭后，他刚从香积房出来，就被张豹拉进了寝室。张豹从他的铺盖下拿出一双鞋问，这是我送你的鞋吗？高志答，是。张豹又问，你脚上的又是谁送的？高志又答，不是谁送的，是家里人做。张豹说，是不是我给你的不好，才天天穿家里人做的呢？高志说，恰恰相反，因为感觉你送的好，才没舍得穿。张豹说，难得你有这份心，可也就是一双鞋，你不要不舍得，尽管穿，穿破了，我再送你，花不了多少银子。高志说，我还是省着穿吧，虽说花不了多少银子，可做鞋花费的工夫，里面又包含了多少情谊，是不是比银子更让人珍惜？张豹拍拍他的肩说，好高志，我没看错你。高志说，承蒙厚爱，惭愧无以为报。张豹说，不就是一双鞋吗？也别太往心上放，快休息吧，同学们都快要进来了。高志不好再说，也紧跟着上了铺，躺下才感觉到后背有点凉，知道刚才悄悄出了汗。

高志才闭上眼，就听寝室外有人喊，赶紧出去，到院里一看是张豹二姐面对寝室远远地站着，心里禁不住咯噔一下，接着两只脚就扭成了麻花，到了跟前，脚还是乱动，不是左脚藏在右脚后面，就是右脚被左脚掩住。二小姐见高志不仅走路没有了往日的潇洒俊朗，站也没有了站相，就顺着身子看到了脚，这一看，高志的脚却不动了。就笑着问，是不是鞋小挤得脚不舒服？高志说，鞋正好，不挤脚。二小姐又问，是不是里面的线头疙瘩硌的？高志说，也不是。二小姐笑着说，不是这不是那，你脚乱动啥？高志更紧张了，我没乱动。二小姐说，是不是看见我紧张的？高志说，不是。二小姐听了，见高志脚又动起来，还两只脚交换得更频繁，就说，你把鞋脱掉我看看，高志慌忙说，不要看，不要看。二小姐就笑笑说，不让看也罢。可高志一听二小姐这样说，就脱了鞋，递给二小姐，二小姐拿出里面的鞋垫，又笑笑问，这是谁做的？比我做的针脚还细还匀。高志答，是家里人。二小姐仍笑着说，家里人做的，能在鞋垫上绣这花这鸟吗？高志说，这不是二小姐绣的吗？二小姐笑笑说，你也就骗骗我。高志说，不敢，我知道大白天说瞎话老天爷会割舌头。二小姐笑一收说，你以后不要在我跟前这样说，爱穿就穿，不爱穿就不穿，犯不着这么遮遮掩掩，弄得自己心里疙疙瘩瘩别别扭扭。高志说，哪有啥别扭？一直喜欢二小姐做的鞋。二小姐听了又笑脸一绽，说，要是真喜欢，这就穿给我看看。高志不敢怠慢，回到寝室把鞋换了又跑出来。才出了门，二小姐不见了，玉玉却站在跟前，又是一惊，接着脚下又不自在起来，两腿也不停地拧起麻花。玉玉问，刚才去换鞋了？高志低下头。玉玉说，男子汉大丈夫又没做什么丢人的事，把头耷拉着多没出息？快把头昂起来。高志就把头昂起来。玉玉说，你两腿拧成麻花给谁看的？见高志不吱声，玉玉又说，不就是一双鞋吗？这点事都排解不开，以后还能做啥大事？高志还是不吱声。玉玉又说，我可告诉你，以后不管谁给你鞋，就是推不掉收了，穿时心里也应该明白，哪双该穿哪双不该穿。高志又把头低了下来。玉玉突然眉一竖，抬头女人低头汉，白在世上串一串，我跟你说话，你低个头干啥？你刚才多能说会道，现在咋成哑巴了？先把头给我抬起来。高志立即把头抬起来。玉玉说，回去把我的鞋拿过来。高志问，拿来干啥？玉玉说，让你拿来就拿来。高志又回屋把鞋拿出来。玉玉问，是你扔还是我扔？高志赶紧藏到身后，也不答话。玉玉说，不扔，这就给我换上。高志不敢怠慢，还没把脚上的鞋脱掉，就听身后一个炸雷，我看你敢。高志猛一转脸，见是张豹。二小姐也在张豹身后，一边拽住张豹伸出去的拳头，一边对高志说，别理他，快去忙你的。高志才转身，猛然又回过头瞅着玉玉。玉玉问，你瞅我干啥？你要觉得能走就走。张豹挣脱二小姐说，你要不赶紧离开，我就让你爹从我家店里滚出去。高志又望着玉玉。玉玉问，又瞅我干啥？你这就离开也行，先把我的鞋换上，不然，以后再也别见我。高志听了，瞅瞅张豹，又瞅瞅二小姐，在目光转向玉玉时，见慧觉朝这边走过来，就大喊一声，师父救我。

高志被张豹推醒，见所有同学都支着身子看他，这才发现自己满身是汗。张豹说，大白天做大梦，大喊大叫，真没见过。高志擦擦脸上的汗说，对不起。又面向所有同学说，实在对不起。张豹说，别四处道歉了，快起吧，又对同学们说，都快起吧，下午的课快到时辰了。

高志无精打采地走进学堂，同学们都已在各自的座位上坐好。张豹说，快打起精神来，把先生的安排告诉大家。高志双手在脸上连着上下揉搓了几下，挺挺身子说，这炷香大家写大方。张豹说，你午饭前不是说到琴房弹古筝吗？高志说，刚才碰见慧觉师父大徒弟智能，先生让第一、二炷香写大方，第三炷香练功，晚上练弹筝。张豹又问，为啥这样调？高志说，寺里来了这么多人，外面吆喝声一浪高过一浪，咱能沉下心弹好吗？万一弄断了弦，先生又得操心买了重换不说，还得校音，多麻烦？还是练字。张豹说，讲堂外这么乱，字也写不好。高志说，只要心静，身居闹市也不会被惊动，咱索性就练练处乱不惊。张豹说，弹古筝不是更能练出这境界吗？高志说，能是能，咱这里一响，不是引得更多人来围观吗？如果咱写大方，寺里人再多，也不会来打搅我们，所以晚上练古筝也是出于这样考虑。先生还说，今年庙会祭拜时也一改往年的一箫一筝，而是咱大家都上，晚上趁着没人，他也能抽空过来合奏箫筝。张豹说，这样场面更显大气。写啥内容？高志说，先写遍《心经》，再写《兰亭集序》，真要有人过来看，咱就集体展示一下龙兴寺学堂学生的精神风貌：吾心入定，致力向好，勤学苦练，不惧外扰。大家快抓紧吧。

高志回到自己的座位，才拿起笔，智能进来说，高志施主，寺门外有人找。高志手里笔一颤，一大滴墨在纸上绽开，顾不得收拾，赶紧走了出去。

随智能向寺门外一指，见是玉玉，身上穿的不是每天晚上的那一身黑，却是一袭青衫，就回头对智能说，师父快忙你的去吧。紧几步到跟前，问，你咋来了？玉玉说，这么大的庙会，谁说我不能来？高志说，你胆真大，让人直呼我名来传话，不怕让人见了笑话。玉玉说，我见我哥，谁笑话？哪个不兴弟弟来看哥哥？高志笑笑说，兴，你以后天天来，我喜欢。玉玉说，美的你，难道我就啥也不干了？高志问，有事吗？玉玉收住笑，没事就不能找你了？高志说，能能能，我在上课。玉玉问，我爹不在，谁给你们上课？高志说，舅舅安排我维持学堂。玉玉点点头说，成小先生了，恭喜。高志笑笑说，哪有啥值得恭喜的？更不是什么小先生，只是替舅舅看着。玉玉说，我以为你们没上课呢，想拉你出来一起转转，好长时间没这么一起逛逛了。高志摇摇头说，真不行，他们都在学堂写大方呢，要不，你去看看，反正别人也认不出来。玉玉说，那就不耽误你了，你赶紧回去吧。高志说，咱晚上见，一起逛。玉玉说，晚上见。高志转身就走，才进了大门，又被玉玉叫住，再转身走回来，

133
第七章

问，还有啥事？玉玉说，你让我看看你穿的鞋。高志脑子一蒙，就木偶一样呆在了原地。玉玉又说，你又呆鹅了。高志立即活泛起来，心里道，反正没穿错，随便让你看，就说，看吧。玉玉说，你脱掉。高志说，这不是一样看吗？玉玉笑笑说，是不是怕脚臭熏了我？高志说，还真是这样。玉玉脸一正，你不尊重我。高志立刻严肃起来，咋又不尊重你了？玉玉说，穿我做的鞋，为啥不洗脚？高志说，我我我……玉玉说，是不是故意想把我做的鞋快熏烂尽早扔掉？高志说，不不不，你想哪里去了？我天天洗，可每天练功要出好多汗。玉玉说，脚出汗也不能熏我做的鞋，快脱掉，我看看，鞋被熏成啥样了。高志犹犹豫豫，想起了张豹上午珠算练习结束讲的一个脑筋急转弯，说留城刘家祠堂里有个学生夸口自己珠算加减法如何熟练，从没有错误，另一个人就说，我说你加，让我看看是不是真像你说的一样，这一个学生说，每次加数不能超过九，另一个人答应后就开始说数，加一，这一个学生就在算盘上拨一，加二，就在算盘上拨二，减一，又去一，加三又拨三，减二又去二，这一个人见另一人不再说数，没等问就说出了得三，可另一个人没问最后加减的结果是多少，而是问，我让你加减了几次，这一个人立即愣在了那里。高志认为自己此时就是这一个声称自己珠算如何熟练的，本以为玉玉会问自己脚上穿的是谁做的鞋，玉玉偏要看看鞋里面被熏烂没有，猝不及防，可还得硬着头皮应付，就说，这不是一样看吗？又不是没穿你做的鞋。玉玉一愣，你再说一遍。高志赶紧捂了下嘴，说，这不是一样看吗？又不是看不见。玉玉说，你刚才不是这样说的，你是不是还穿了别人做的鞋？高志血又上涌，没有，绝对没有。玉玉说，你别此地无银三百两，信誓旦旦，就是你穿别人做的也没啥，要是你这辈子天天有人给你做鞋送鞋穿，你一辈子福也不浅。高志说，除了你，谁又会对我这样呢？我从小都记着呢，以后也这样。玉玉说，我可没说以后再给你做鞋。高志说，没说我也懂。玉玉说，你懂就行。高志问，还看不看鞋？玉玉说，我本想白天看看你穿这双鞋好看不，没想到你心里还有防着我的地方。高志说，没有，真没有。玉玉说，有也没啥，只要你有良心。高志说，真没有。玉玉笑笑说，良心也没有了？高志赶紧说，不不不，我是说心里没有防着你。玉玉说，若要人不知，除非己莫为，你快回去吧。

第八章

　　在高志的记忆中，二月二的糖豆不次于大年初一的鞭炮、正月十五的灯。

　　他记得很清楚，每年二月还没到，娘就早早选了粒大的黄豆，先是用水泡上，过了一夜，就把发胖的豆子控净水，然后摊开在簸箕里端到太阳下晒，等到二月初一晚上喝过汤，他就围在锅台边看娘掺了沙土炒豆子。才从城里下班回来的爹顾不上歇着，边坐在锅门口不断地往锅底下添柴火，边看着锅里的动静，一旦锅里的沙土像水里的鱼一样在豆子间噗噗冒起了泡，就转脸对高志说，快了。娘就瞅爹一眼说，哪快了？高志也瞅爹，就见爹咧嘴笑笑，又低下头添柴火。再看娘，只见娘手里的锅铲子在锅里不停地翻转。直到豆子在热锅里像鞭炮一样嘭一声爆响，高志肚里的馋虫就开始兴奋起来。随着锅里的响声不断密集，高志也更频繁地抓耳挠腮，耐不住了，就向锅里伸手，娘就啪一声拍了一下推开说，看你馋的，跟你爹一样，就不怕烫了你的小爪子。高志就缩了手，爹就把他揽在怀里说，别急，再等等。可高志哪里能等得及，在充满锅屋的豆香的勾引下，挣脱爹的怀抱又偎到娘的身边，娘又一肘把他推开，离远点，烫着你。爹又把他拉进怀里，说，马上好，等出了锅撒上糖，都是你的。高志说，还有爷爷奶奶的。爹说，对，还有爷爷奶奶的。其实，还没等放上糖，高志就趁娘用簸箕簸去沙土的时候伸手抓了一粒填进嘴里，结果在嘴里还没顾上嚼就被烫得吐出来。娘说，看你那馋样，就像八辈子没吃过。爹说，我看看，烫着没。高志眼不离簸箕摇罢头又伸手麻利地抓了一粒，这次学乖了，先是用嘴吹吹，再放进嘴里，咯嘣一声，手就再也不停。等娘簸净土把豆子倒在用高粱的长莛子缉的馍盘子里撒上糖，高志虽然还想吃，可手已慢了下来。娘又说，再吃就撑破你的肚皮了。爹就笑笑把他拉开说，明天再吃，明天再吃，咱洗手睡觉去。

等第二天一早从床上爬起来，娘正用木锨端着锅底灰在院子里圈灰囤，边圈边不停地说，二月二，龙抬头，大仓小囤满地流，又流金又流银，流得满院好兆头，福禄寿喜全都有……

不一会儿，院子里两个大大的灰囤就圈好了，对着大门，还用灰画了登上囤的梯子。放下锨，娘又回屋抓了麦、玉米、高粱秫黍先放到灰囤中事先挖的小坑里，又撒到囤外。高志问，娘，这不是浪费吗？娘说，不是浪费，这叫祈愿。高志又问啥是祈愿？娘说，问你爹去。急着要赶往城里上班的爹说，祈愿就是祈求这一年五谷丰登家业兴旺。

高志听完，转身向屋里跑，先是双手捧了糖豆给在锅屋里烧锅的奶奶，又捧了跑向屋后给正在用铁锨整地的爷爷，回来又抓了踮起脚放进娘嘴里。娘含在嘴里抱着他就亲了一口。

早饭罢，爷爷又带着他去剃龙头。高志自然又想起上一年爷爷教他的"二月二，剃龙头，剃了龙头有出息"，当时守着糖豆盘子不愿离开的高志一听，就答应了，走在路上，高志问，有出息是不是去城里? 爷爷告诉他当然是。高志兴趣又来了，是不是剃完龙头就去城里逛庙会? 爷爷笑着说，上城里是有出息，不只是逛庙会，还要做比逛庙会强得多的事。高志又问，那又是啥? 爷爷说，做个读书人，修身齐家治国平天下。高志说，这就是爹常说的光宗耀祖吧? 爷爷说，光宗耀祖只是一个方面，最主要的是读书能长大本事，能为世人做更多的好事，就像留侯张良帮助高祖刘邦打天下，留下"运筹帷幄之中，决胜千里之外"的一世英名。高志说，剃完头，爷爷就带我去吧。爷爷说，现在不行。高志问，为啥不行? 爷爷说，你太小，我太老。高志说，我人小志气大，您人老见识多。爷爷笑着说，你现在能走到城里吗? 高志说，走不动了，爷爷可以背着我，回来再让爹背着我。爷爷又笑着说，要是爷爷走不动了呢? 高志挠挠头说，那，那，就再等几年吧，我长大了就能背着爷爷上城里。

又过了一年，高志就跟着爹进了城，二月二，爹在店里值班，先生一大早就教他和玉玉对唱：

（女）二月二，

（男）龙抬头，

（合）龙不抬头我抬头。

（女）一抬头，

（男）风雨顺；

（女）二抬头，

（男）又丰收；

（女）三抬头，

（男）大囤满来小囤流；

（女）四抬头，

（男）福禄来；

（女）五抬头，

（男）寿喜有；

（女）六抬头，

（男）烦恼溜了霉运走；

（女）七抬头，

（男）运当头；

（女）八抬头，

（男）文武高；

（女）九抬头，

（男）壮志酬；

（女）十抬头，

（合）步步顺达争上游。

一遍唱完，两人轮换角色再来，直到玉玉娘喊，快来吃饭，快来吃饭，吃罢饭，咱去龙兴寺逛会去。两人就兴冲冲手拉手奔餐厅而去。

后来到了龙兴寺学堂，高志又听慧觉讲，二月二为啥说龙抬头，得从天文上的日星象二十八宿说起。高志问，啥是二十八宿？慧觉道，先说宿，宿是居住的意思，二十八宿就是二十八个居住的地方，远古的人将黄道附近的星象划分为二十八组，表示日月星辰在天空中的位置，俗称二十八宿。高志又问，啥又是黄道？慧觉说，咱站在地上看到太阳移动的路线就叫黄道。高志又问，月亮在天上走的路线叫啥道？慧觉说，叫白道。高志说，请师父再接着刚才的讲。慧觉道，二十八宿按照四方划，就有了我们常讲的东苍龙、西白虎、南朱雀、北玄武四象，每一方又有七个宿，东方的七个宿是角、亢、氐、房、心、尾、箕，这七宿构成一龙形，就称它为东方苍龙，其中角代表龙角、亢代表龙喉、氐代表龙爪、房代表龙胸、心代表龙心、尾和箕代表龙尾。冬天时，这苍龙七宿都隐没在地下，直到二月二这天，太阳落下时，角宿就从东方地平线上出现，此时苍龙的整个身子还隐在地下，所以就有了角宿初露、苍龙抬头的说法。高志又问，为啥这天还要祈愿这一年风调雨顺五谷丰登呢？慧觉道，龙抬头日在仲春卯月初，卯在五行属木，在八卦图中卦象为震，震为龙，所以在周易乾卦爻辞里就有"九二：见龙在田"，说明龙已在地表崭露头角，为生发之大象，而此时又恰值二十四节气中的雨水、惊蛰间，龙抬头就标志着，雨水增多，阳气生发，万物生机盎然由此开始，自古以来，人们就将龙抬头日作为一年之初祈愿风调雨顺、龙显神威、驱攘邪灾、纳祥转运的好日子。你想想，龙威一显，风能不调、雨能不顺吗？风雨一顺，百谷能不丰吗？百谷一丰，仓能不满、囤能不流吗？仓满囤流了，天下百姓的日子能不好过吗？百姓的日子一好过，咱龙兴寺的香火能不旺吗？香火一旺，留侯的封地能不兴吗？所以你先生把旺寺兴城作为己任，你们作为他的学生，虽不能作为左膀右臂力助他这前无古人之举，也应当趁机会潜心好学以酬壮志，不负先生殷殷之望。

按先生前一天的吩咐，高志和同学们天一亮就起了床，把寺里寺外清扫了一遍，慧觉才让四个徒儿招呼来寺的百名外地僧人进龙兴殿诵晨经。高志见众僧已各就各位，又马不停蹄，兵分两路，一路由张豹带着去积香房帮忙备办僧人早餐，一路则自己领着，在寺院里的香炉两侧布置祭拜所需。等张谦父子领着张家一帮管事的到了，高志已摆好香案，插稳香烛，琴房的所有古筝已悉数搬来在东侧排好。张谦环顾一周，点了点头，又让高志带着他的手下去帮一帮在门外戏台忙着的人。

高志领命来到寺门外，戏台上的标语条幅已挂好，一看就知道是先生"集王羲之兰亭之神韵、呈唐颜筋柳骨之大成、兼苏轼丰腴跌宕、米芾俊迈豪放之风骨于一体"的行楷，横幅是"恭贺留城龙兴寺二月二庙会开幕"，两侧分别是"瑞满乾坤""祥盈庙会"，高志禁不住胸中浩气涌荡，总想让清风明月剑在台上来一次山呼海啸的展现，可戏台幕布四合，除了忙前忙后的张氏族人和他们几个同学，再无他人，再抬眼看向南北，所有的摊子才拉开铺位，只有庙门前的吃摊已有了勾人的香味，可眼下不能近前解馋，还有好多事要做。又见戏台前无事可做，就一挥手，让同学们都回寺里。才转身，突听有人叫他，猛转身见一位向自己走来的俊后生有些眼熟，但又记不起是谁，愣怔间，那后生已到了跟前，宝宝哥，不认识我了？我是瑞麟。高志立即兴奋起来，看着比自己高了一头的瑞麟道，麟麟弟，想死我了，帅得我都认不出来了。瑞麟道，哥也变了，要不是刚才姐指给我，我哪敢认你？高志赶紧四下里瞅瞅，玉玉妹呢？瑞麟答，回家了。说着从怀里掏出个纸包说，给，这是姐让我捎来的糖豆。高志接过，见同学们都在看他，就说，这是先生让家里人给我们的，你们先回去，等会儿，我就分给大家。瑞麟见高志的同学都进了寺里，就笑笑说，哥，几年不见，越来越会做事了。高志说，惭愧，请原谅，我得时时维护舅舅的威望。瑞麟说，真难为哥了。高志说，这话可不能说，要不是舅舅待我这么好，我能在寺里学堂吗？我一辈子都不能忘记的。瑞麟说，哥，说这话就客气了，咱可不能生分了。高志说，那当然，谁分也分不开咱们。瑞麟回头望了望山脚下路边一个摆摊的，就对高志说，哥，你先在这儿等等我。没等高志答应，瑞麟就跑了过去，回来又把一个大包给了高志。高志问，这是啥？瑞麟说，刚才那点糖豆，你回去能分过来？见高志不愿接，又说，买都买了，快拿着，我跟你回寺里，看还有没有可做的。

已初一刻，随着张斌一声嘹亮的"祭拜现在开始，鸣炮奏乐"，戏台的唢呐手闻令而起，锣鼓齐鸣，鞭炮也紧跟着炸响，供桌上鲜果一字排开，高高耸起的两只硕大的烛火如炬，紧挨着的香炉里紫烟升腾，整个龙兴寺呈现出一派隆重、肃穆、祥和的气象。鼓乐一停，着一身紫红的张谦开始致辞。

诸位贤达来宾、乡亲父老：

大家上午好！

时值庚子年戊寅丁酉龙兴寺庙会之际，留城张氏与世交刘氏、殷氏等众多乡贤亲朋，在此举行祭拜大典。于此之际，吾谨代表张氏、刘氏、殷氏等留城众家族向莅临的诸位来宾和父老乡亲表示热烈的欢迎！向为本次庙会筹办慷慨解囊、献策献力的留城商会、周边贤达、佛界高僧及众亲好友表示真诚的感谢！

吾祖张良，自年少即有报国安民之志。面对拥有强弩铁骑却不顾民间疾苦只求自己享乐的秦王，在重金雇杀于博浪沙失败后，即使隐姓埋名十年飘零于下邳，仍行侠仗义，不忘赤志。自在此遇见高祖刘邦，便携黄石公所授《太公兵法》尽心辅佐灭秦剪楚南征北战。汉家江山建立后，虽被称为"汉初三杰"，却不居功享受荣华富贵，而"以百姓心为心"，重生轻利，隐于留城，与贤仁微子相伴，安抚一方百姓，为后世子孙积福厚德。千百年来，一直为世人称颂。

然吾等后世子孙，却没能延续殷氏留国、张氏留侯及为县制时千八百年的繁华兴盛，以致城堞尽摧、灾难纷至，屡被黄水所困，幸今政通人和四海升平，又沐浩荡皇恩修复城墙、建龙兴寺，为留城的进一步复兴发展打下了坚实的基础，呈现了前所未有的好兆头、好前景。

"乔木亭亭倚盖苍，栉风沐雨自担当。"愿吾辈能借本届庙会盛大开幕之机，进一步提振志气，以祖德为德，以祖业为业，以兴城旺寺为己任，不待扬鞭频催马，自能勠力多躬

行，协力共建吾等赖以生存的家园，争取早日实现既定的目
标，让昔日留城的繁华重现，不辜负祖先，不愧对全城，继
而造福后世子孙。

经久不息的掌声被张斌以手示停，就开始行隆重的祭拜大礼。
张谦在前领祭，刘伯通、殷贤泽随其后，留城众姓家族代表分三列
依次后延到大门外。张斌顺眼望去，别说挤不进寺内的男女，就连
对面摆摊的也一时丢下生意踩着高板凳伸着头往寺里看。还有寺外
湖边高高的树杈上，不知啥时，也站满了人。禁不住心里感叹，多
年没见过这阵势了，难道说，这是我族和留城的又一轮兴盛吗？再
慢慢收回目光，见着一身喜红的高志站在古筝中间，正气定神闲在
洞箫前指地瞟着他，他立即明白自己走了神，赶紧挺起身瞅着高
志向下一摆手，洞箫领起的张氏十八剑客古筝，又响起张良的《思
念》。对面的百僧也在慧觉的带领下和着乐曲的节奏，木鱼清亮、经
声悠扬，随着香炉上正旺的紫烟先是腾腾而起，随之又四面八方氤
氲，张谦在音乐声中缓缓领叩三十二拜。

与高志着装一样的十八剑客，分成三排，随着身后高志时而低
沉、时而高昂的箫声，一俯一仰、一勾一抹、一托一撮、一刮一按，
俨然官家的乐坊圣手，再加上陡起的滑、按交替，或扎桩或悬腕长
摇、快速扫摇，更像是子房摆开的千军万马，壮观得让一个个看客
凝神屏息。张斌开始出神，汉以来有关张良的传说随之一一涌上心
头，继而留城的前生今世也在眼前一一浮现，如张谦弟在刚才致辞
中所言，多少风云激荡，多少风雨兼程，多少潮起潮落，又多少激
流中的横槊拦挡、挥剑冲锋勇往直前，随之又收帐隐于一隅，观日
冉冉，听水潺潺，继而长歌一曲，长声一叹，万民共仰，千载同怀，
此乃留城之幸，张氏万千子孙之荣也。然世事难料，瞬息又千灾万
难反复涌来，赖以生息之地，四面楚歌，危机四伏，日渐凋敝荒芜，

我辈虽分头竭力而为，然凭个人意志，又何时能重现留城往日的繁华呢？此时的朗朗晴空应该是一个很好的兆头吧？

祭拜还在进行，张谦领祭所行的是三十二拜之礼，是近年来留城祭祀的最高规格。在留城一带的民间祭祀中，假若谁在祭祀安排上，呈现出场面隆重浩大、祭品丰盈等特点，尤其是祭拜之礼数多、时间长，那就是对天地、祖先、父母、神明或最值得尊敬的人献的大礼，由此也可以看出行礼者的虔诚敬畏之心。在张斌看来，张谦所行的三十二拜，不论是节奏快慢把握、动作细节展示都恰到好处，无疑是本次祭祀中最可圈可点、受关注之处。甚至说，有不少人，就是奔着稀见的三十二拜，又是张家族长张谦领祭，才携家带口或结伴成群风风火火从几十里外赶来的。记忆中，这么多年，只有龙兴寺落成典礼时，曾祖父领做了一次，尽管当时他和张谦年龄不大，连本地祭祀中常行的三揖九叩和二十四拜都还没拿捏清，可一听说行三十二拜大礼，也像全城人事先听说一样，颇感好奇。就是置身祭拜队伍中，张斌还打算把三十二拜的走向记下来，可后来随着膝盖下麻木之后又刺骨入髓的疼痛，再加上距离有点远，前面的长辈又都人高马大遮挡了他的视线，不仅没再坚持把注意力用在履行完自己的打算上，还心里直埋怨一直被格外敬重的曾祖父太古板，不会体谅后边跟跪的人，如果能体谅，即使不能删繁就简，也会三下五除二蜻蜓点水意思一下了事，所以祭拜结束让跟前的刘伯通扶起时，对三十二拜的记忆，除了随着前面人一起一伏重复的作揖、下跪、叩头等几个动作，其他祭拜过程至今想起都是一团迷雾。直到这次庙会与张谦谈起祭拜细节，才知道当时张谦不仅记下来了，还结合先天八卦图中的九个方位，运用传统家用剪刀的结构，把三十二拜分解得头头是道。张斌万分震惊地听完问，你咋知道那么多？张谦说是他根据《易经》自己瞎琢磨的，还说，尽管所琢磨的，在现有的资料上没有记载和依据可考，最起码是对本地世代所传祭拜之礼的一种解构尝试。张斌问，能具体说说吗？张谦说，其实三十二拜之礼数，是从佛教中的三十二相得到的启示。张斌问，啥是三十二相？张谦说，听慧觉讲，是佛陀所具有的三十二种庄严的德相，在佛陀海誓五百大愿成佛的时候，他曾经以各种面孔来教导、启发众生努力向善。张斌问，这又与祭拜有何关系？张谦说，我们祭祀祖先、求神拜佛，不仅是通过祭拜远追受祭者的恩德，表达我们的感恩和孝思，向受祭者祈求福佑，还要以身给后世人示范，让后人把这种传统美德更好地传承下去，所以就取了三十二，让站立、作揖、下跪、叩首、移步、上香等几个基本动作，在传统家用剪刀所呈现的先天八卦图里"乾、兑、离、震、巽、坎、艮、坤"和"中"所在的位置进行演绎。张斌又问，剪刀上也有先天八卦图方位吗？张谦说，《易经》里讲，世上万物都有先天八卦图方位，只是有的明显、有的隐晦，就看你如何找、如何用，找对了就识破天机、洞悉人生、发现世上万事万物不断演进的规律和奥妙，用对了就能规避差错、逢凶化吉、少走弯路、提高成功的可能，你应该也知道。张斌说，可我不知道剪刀的先天八卦方位在哪里。张谦说，剪刀由两片刀刃组成，上为阳，下为阴，阴阳通过剪刀轴相合，剪刀把最底部为乾、轴为中，刃尖为坤位，三揖九叩之礼从乾位开始，先作一揖，四叩头，起身上步至中一顿，继而移步坤位弓身叩头、上香、祭酒，退回到乾位，再作一揖四叩头、站起、再揖，即毕。张斌说，原来是这样，那三十二拜呢？张谦说，先说二十四拜。张斌说，我看又如何解。张谦说，剪刀打开，原来的中轴线，底为乾、中为中，上为坤，左右叉开的刀把底部、刃尖和两片刀刃把柄后延伸分别弧形外拐内扣的顶点，右为兑、离、震，左为巽、坎、艮，二十四拜分三条路线相继从乾、兑、巽位开始，中路由乾过中位到坤弓身叩头、上香、祭酒后，退至震位，经中位到兑，然后从兑开始，经离、中位到坤弓身叩头、上香、祭酒，此谓阳路；阳路上香后，由坤退转艮位、经中回到巽位，随后过坎、中位向坤进行阴路弓身叩头、上香、祭酒毕，经中位退至乾位，再拜后结束，其中作为各线路始拜点的乾、兑、巽要各叩头三个，每次进香时所经中位也要叩头三个，最后退到乾位还要叩头三个，再加上三次上香所叩，共三八二十四个，即为二十四拜。张斌说，经你这样一解，不仅清晰好记，还真有了八卦图的味道。张谦说，本身就是。张斌又问，三十二呢？张谦说，三十二拜是在二十四拜的基础上，在阳、阴路上行进时，离、坎位各增加了三个叩头，作为起止点的乾位，不是分别叩头三个而是四个，这样多出的八个叩头，就正合了三十二拜之数。张斌说，听你这样一说，本以为多复杂的祭拜也不觉得复杂难记了，可始终不明白，行祭拜之礼为啥走剪刀形呢？张谦瞅了瞅张斌说，以愚弟的理解，原因有三个，一个是世代人一直延续着这种说法，二是世事多艰，即使祭拜，也如慧觉所言，念一发动，移步如冰上走、刃上行，稍有差池就会酿错，即显不恭，又何言敬畏？剪为对口双刃，更可警醒。三是剪刀之形明显体现了先天八卦图的阴阳相合，其功用，看似剪开一切，其实不然，比如人生命的终止，虽然让先祖和后世子孙阴阳相隔，但在精神层面，尽管过去好多年，甚至时间更久，世人一直通过祭祀的形式维系着血脉亲情，并把先祖生前没能了却的心愿，以不同的形式成为我们今生及至以后几代人的努力目标，在不断的努力中，先祖仁慈的恩德、过人的智慧也不断发扬光大、流传久远，这就像我们进行剪刀形祭拜，一揖一跪一叩一拜，看似单独完成，整个过程却连续不断。同时也像剪刀，虽然两片锋刃各自独立，但如果不以阴阳形式有机组合，就很难体现它独特的作用，这就是我们常说的实体与精神的融合，这就是剪不断理还乱的道理。当然，别说三十二拜，就是二十四拜，各地有各地的拜法，各人有各人的见解，我只是妄言乱解，不可全听，不可全信，更不可谬传。

在张斌看来，尽管张谦所说是个人的理解，还有点牵强，可仔细一想，就是这样。也许是自己的意志力不强，才在诸如祭拜之类的事上不如张谦表现得执着、用心，总是得过且过，所以，在这次祭祀中，他推却了张谦让他领祭的安排，并与张谦互换，既免了跪拜之苦，又可趁机居高临下、没有遮挡地把三十二拜看个一清二楚。在他的眼中，祭拜的整个过程，张谦都是一脸肃穆，其一举一动，如行拳习剑，干净利索，有板有眼，清清楚楚，不仅仪态端庄、沉着稳重，还让人看出他对祖先的虔诚和延续祖业重现繁华的坚定，自然也让人会想到他为此所做的一切努力。看着这位被称作弟弟的同龄人，还直为他惋惜不止，如果不是当时科考中的乱象让张谦父子死了心，就凭张谦的学识和做事为人的能力，混个一官半职是很有把握的，可如今世道，谁又能左右呢？更何况现在的留城，自龙兴寺兴建起就免了税赋，早已不入官方的法眼，成了自生自灭的荒凉小镇。也尽管因为生意，他张斌常常在县衙和周边与官方打打交道，那也仅仅是生意而已，且做生意对于官方来说，自从明朝开国就不提倡，如果不是银子先行，谁又会把他放在眼里呢？其他，更不被那些所谓的体面人理睬，稍微有涵养的，也至多提一提张良，再夸一夸，如是而已。当然，他也明白，打交道就是做生意，各取所需，互相利用，利用完，满足所需，也就各奔前程。说实在的，这么多年，他也算看明白了，命里只有八合米，走遍天下不满升，人生不是强求的事。可话又说回来，人不论混到哪个位置，也都是为了让自己的生活更美好，既然自己能在这小小留城混得衣食无忧，又何必腆着笑脸往不相干的人前凑呢？偏于一隅，像陶潜、王维一样建构自己的桃花源，又何尝不能快乐一生？所以，筹备这次龙兴寺庙会时，当张谦让他请请县城或周边有身份的人来给壮壮脸时，他告诉张谦说请不来，实际上他压根儿都没想请那些人，更何况自正月十二日淮徐兵备副使郭光复擒了逆党孟化鲸起，沛城戒严，真要来了，一接一送，再加好吃好喝了又拿走价值不菲的礼品，那又得浪费多少银子呢？如今的生意是好做的吗？不如我们自娱自乐，自娱自乐又有何不好呢？本来就是小地方的民间活动。

高志的洞箫再一次高亢起来，没想到这孩子经张谦的调教竟然如此出类拔萃，别的且不说，就说这《思念》，能吹奏得如此深情，每一个音符都像小鸟一样从洞箫中扑扑棱棱出来，就像有了灵魂，直勾在场者每一个人的心。这也正是《思念》的精髓所在，如果不是这样，当年张良祖洞箫一响，项羽的百万雄兵何以如摧枯拉朽大势速去？若论起来，这《思念》其实就是后人记载的《楚歌》，若根据《杏庄太音补遗》琴谱中的记载，这曲子并没有多长，可反复吹奏，就有了千回百转的效果。如果按照万历十七年杨抡撰辑的《真传正宗琴谱》，这高志现在应该是进入了第四段。张斌也仍然清楚记得，这段在古琴谱里所填的词是"愈闻愈惨令人闻知，展转踌躇，余音嘹亮也，满疆宇。天意欲忘予，韩侯妙计，播楚歌，送入那西楚王之耳。初非是画楼中，戍鼓之声，又非是牛背间，短笛之音。只此这牢笼，不必用刀兵。英雄听，心胆惊，席卷势，笛腔中。堪嗟他百胜威，到此成空，天禄永终"。杨抡的填词虽然记录的是西楚霸王从不可一世到衰败落幕的一生，从另一方面讲，又何尝不是张良祖一生的辉煌呢？身为张良祖后人能不荣幸吗？作为张良祖的后人，若不能延续张良祖留下的祖业并进一步发扬光大，又怎能对得起张良祖和一代代前赴后继的先人呢？

张氏十八剑客的古筝在高志洞箫的带动下，一个个沉浸在乐曲之中，且不说他们弹奏技法的娴熟，单是那专注的神情就格外让人喜欢。特别是张豹，这个平常让他恨铁不成钢的孩子，没想到才搬到寺里几日就像变了个人，别的且不说，只看这孩子呈现的气质就不同以往，随着乐曲的行进，一勾一抹再一托，其心里对乐曲的理解秋毫毕现，随后的一撮一刮再一按，其胸中吐纳的昂扬之气也随之展示得淋漓尽致，这不仅让他看到了少年时的自己，更看到了张谦那时的影子。如果早让他住到寺里，他绝对会比现在更出色。可世事又能有多少如果重来呢？如果能重来，汉高祖能得天下吗？如果能重来，张良祖能遇到黄石公吗？即使能得到黄石公的兵法，又能遇到汉高祖吗？不能遇到汉高祖，要是遇到项羽又会怎样呢？即使项羽在张良祖的帮助下得了天下，自己又能全身而退到这留城吗？就是能到这留城，留城会有今天这个样子吗？我辈又会如何呢？历史容不得假设，就像杨抡在最后一段的填词，"不渡乌江果天乎，天心渡汉不渡楚"。历史走到今天，长江依然浩荡无恙，九曲黄河虽几经改道，也依然是滚滚东流。但愿我儿能顺应时代潮流有更好的发展，更愿留城能经吾辈之手再一次凤凰涅槃重现繁华盛境。

祭拜结束，张谦又领着众人，凭着九步台阶上了云台，又自动单列成一队进入龙兴殿，自东而西绕高祖与张良塑像瞻仰一圈，等重回到院里，高志已和同学们把书桌重新一字排开，桌上笔墨纸砚一应摆齐。张氏十八剑客依座位顺序面东而立，专等张斌一声令下，高志侧立一旁以备同学之需。按照张谦事先安排，接下来就是张氏十八剑客的即兴书写展示。

张谦、刘伯通、殷贤泽面对十八剑客刚站定，张豹等像是接到了无声命令，齐刷刷执笔在手。张斌才说完书题不限、内容自拟，十八剑客即龙飞凤舞起来，围观的再一次争相近前，高志赶紧在同学们身后不停地来回走动，让靠得太近的后让，以防影响同学们的发挥。才从南头走到北头转身，猛感觉有股浓郁的桂花香气不容回避地钻进鼻孔，紧接着，就有个纸包被塞到了手里，顺势一看，是张豹二姐正瞅着他，脸上就腾地燥热起来，赶紧四下看看，见没人注意，迅速把纸包藏在襟下，可包有点大，又边走边悄悄拿出来，用另一只手偷偷捏捏，弄清里面是糖豆，随后就认定是捎给张豹的，便坦然地拿在手里走到张豹身后，打算等张豹写完就给他。

张豹写的是褚遂良正楷，一笔一画，骨骼外耀，字形周正，明眼人一看就是临帖《伊阙佛龛碑》的痕迹，虽显生硬，但也峻整，不失褚遂良之风韵。随后暗生感慨，记得前些时候，张豹只顺口说了褚遂良，没想到私下里真习了褚体，若不是他说，他高志也不会颇感好奇地抽出时间去先生书房找了褚遂良的字帖看，如若不看，今天又怎能识了张豹的字？可见人之所好及禀性，不是任何规矩或其他就能约束的。但也有时候，别人的一句无意的话，却能督促自己丰富阅历和见识，真是一点不假。他还打算把今天的这个感触，也像先生一样，记在自己的随感录上。

张豹还没停笔，其他同学的字早已在张谦、刘伯通、殷贤泽等人手中传来传去，并频频点头称赞。张斌在一旁也跟着传看点头，但他看过一幅就瞅一眼还写着的张豹，瞅一眼，额上陡起的皱纹就多一道、深一道。当所有人的目光都聚集在张豹正写的笔尖上，张斌的脸唰一下就白了，先是像个木偶，继而怒上眉头，但这么多人，真要发了怒，更显得他没脸面，便又暗暗收起怒火，像大家一样静静地等待。

高志见张豹搁下笔，就把纸包塞到他手里，转身又端了他的字到张谦面前。张谦接过眼猛一亮，随即瞅向张豹，见张豹被他瞅得不知所以，又赶紧转头瞅着张斌，见张斌正凝声止息地望着他，他就向张斌竖了竖大拇指，见张斌脸上绽开，又低下头再看，可字已被刘伯通抢了过去，与殷贤泽一起各扯着两个角看起来，边看边像鸡啄食一样不停点头，点着头，嘴里还直夸好，引得周围的人向他们挤过来。

高志后悔刚才没能先欣赏一下，就踮起脚伸着脖子也去看，遗憾的是还没看到，就被人挤到了一边。心想，反正能看到，往常，先生总是把同学中写得好的评点后就传给大家看，只不过有个先后而已，索性又强按住好奇心后退两步，让跟上来的人尽管去围拢。可最后退过来的脚刚站稳，就听后边哎哟一声，心猛一惊，赶紧把踩了人的脚一提，随之转脸一看是二小姐，又慌起来，对不起，都是我的错，伤得咋样，要不要去看大夫？二小姐笑笑说，不当紧，豹子写的啥？到底咋样？高志说，肯定好，不然先生能夸吗？二小姐说，你刚才不是站在豹子身后吗？高志说，很对不起，只是眼随着字走，并没看全内容。二小姐问，字写得咋样？高志答，再没有先前的浮飘和穷于应付。二小姐又问，你看漂亮吗？高志又答，当然漂亮。说完心里又一惊，立马又捂住嘴。二小姐一愣，咋了，咬着舌头了？高志赶紧又拿开手说，没。二小姐笑笑说，没咬，你捂啥嘴。高志我我了两声，见同学们还一字并排站着，特别是张豹，纹丝不动，一脸肃穆，往日的喜形于色再无迹可寻，就对二小姐说，你快去张豹跟前，别在这儿让人再碰着。二小姐又笑笑，我就那么不经碰吗？说完就向张豹挤过去。

高志见拥挤过来的人越来越多，又见瑞麟在张谦、刘伯通、殷贤泽、张斌等周围不停地挡开拥上来的人，可前边刚挡住，身后又拥了过来，或者说，那些想往前面靠近的见不能，又挤着迂回到了后面凑上来，瑞麟又赶紧挡开，如是三番，不仅没有挡住，相反，还眼看着被人挤了出来。高志不敢懈怠，赶紧使出全身的力气一边拨开众人往里挤，一边大声喊，别挤别挤，闪开闪开，听先生讲评。正一脸春花烂漫的张斌听到高志的叫喊，立马想起自己的角色，也对众人说，乡亲们别挤别挤，快闪开闪开。他这一喊比高志管用，人就像潮水一样哗一下退回了原处。

张谦见众人都静下来，就对刘伯通说，刘老板请评点吧。刘伯通干咳了一声说，诸位父老乡亲，大家好！逢龙兴寺二月二庙会祭祀大典之际，张氏十八剑客继正月十五展示了武功之后，今又让我辈有幸欣赏了他们的文功，我是杀猪开店的，虽也识得几个斗大的常用字，可学问比不得张谦、张斌兄弟，承蒙他们抬举，我对十八剑客的字也说道两句，刚才挨个看了他们写的字，字写得黑不说，一笔一画，都像我的杀猪刀一样棱角分明，锋利得很。特别是这位张豹公子，听说之前以习王羲之见长，可这次不仅字体与众剑客不同，以唐太宗身边"一支笔"著称的褚遂良的正楷彰显其本色，笔法自然，字字求工，内容更是跟众剑客书录古今名家写留城之诗作不一样，而是触景生情另作新题，且有佳句更有深意，就像我肉摊上的五花肉，肥瘦有度，看着中意，赏之有味，颇具褚登善书法之神韵、李太白诗仙之遗风。

掌声骤然响起，刘伯通只好停下，等静下来又说，下面我给大家读一读张豹公子的大作，《庚子二月二龙兴寺庙会有感》：

> 二月留城气象新，龙兴庙会吸引人。
> 驿道新柳迎远客，漕运古槐邀近邻。
> 更喜寺里香火盛，且看穿梭往来频。
> 携手天地同勠力，曾经繁华必胜今。

掌声又起，且由近及远，又由远及近。如此反复，刘伯通双手几次叫停方止。他干咳一声又说，特别是最后的"携手天地同勠力，曾经繁华必胜今"，不仅是我辈多年的希望，更是我们留城人共同的心愿，为了留城繁华重现，敬请大家以此作为勉励，再次振作，共赴所愿。

刘伯通拱手退后，殷贤泽又跨前一步说，伯通所说极是，但从留城今天的境况，真要达到所愿，不是一朝一夕能做到的，也许会经过几代人同心致力。所以，我们要有章有法地做好延续的铺垫，说白了，就是注重人才的培养。在这方面，咱们留城张家做得最好，如今文武双全的张家十八剑客就是最好的证明，敬请我们留城所有家族以张家为榜样，从自我开始，从现在开始，为留城的繁华重现好上加好，做出自己的努力，做出更大的贡献。

掌声罢，有人提出，也让别姓的孩子到龙兴寺来学习。殷贤泽说，大家的心情，我们都理解，我们也正在商议此事，会尽快给大家一个明确的答复，寺门外的戏就要开场了，请大家快去看戏吧。

第九章

　　热热闹闹的庙会过后，寺里一切恢复如常。但寺里有了不小的变化，最明显的是人多了，具体地说是僧人比以往多出了二三十，这还不说，沛城南的观音寺、丰县中阳里的永宁寺、鱼台县城东南的明觉寺、滕县城郊的清泉寺、薛城河边的奚公庙、胡陵城的胡陵寺、广戚城内的美姬庙等众多周边寺庙的僧人相继前来，甚至徐州云龙山的山长还亲自联络附近的兴化禅寺、子房祠等所派代表乘船同赴龙兴寺，要么送来寺里日常所需，要么切磋佛理，要么一起举行法事，有的云游僧人索性来了就不走了。这对寺里来说，是个好兆头，慧觉师父又有了往年当住持的感觉，虽然步履依然不急不慢，说话依然低徐和善，可不急不慢中彰显着长者风度，低徐和善中透着官家威严。为进一步做好人事管理，他把来的人一分为四，智能带着的紧随着，并负责龙兴殿的守护和一应祭拜、晨咏暮诵之礼，智恒领着的负担起伙房的事务、智广伙着他的手下每日定时清扫寺内门外，整理寮房，分给智深的人就跟着张谦跑腿采办寺里所需，并负责内外联络，再来的，就根据所能，分插到四人的手下。

按理，张谦没必要再像以前那样忙，可以专心教授，但在高志看来，他比以前更忙，有时早课上完，就带着智深几个出了寺，有时以为这天他不会来学堂了，临近晚课结束时，又突然走到他们跟前，还有时，一两天不见他的影子，所有的安排只通过智深传话给高志，让高志按照他的布置维持，甚至有的功课，高志就直接在学堂里讲了起来，这样的时候一多，同学们就私下里称他高先生。一开始听到这个称呼，高志很反感，说，可不能这样，我跟大家一样都是来学习的，只不过有些内容，我提前自学了，就趁着机会把所学与大家分享，千万别这样称呼我。可说归说，同学们依然如此，他也就懒得再推辞。再后来，同学们见他不仅不推辞了，还感觉他真一本正经地当起了先生。

最初是张豹发现的。张豹自庙会上被刘伯通夸了之后，几年来从没因为学业凌驾于同学之上的他，虽说一改往日的乱说乱动，却在功课上有点翘尾巴，时不时在同学中摆出唯我独尊的派头，同学们怯于他的家庭身份不便当面说他，可高志虽然也不敢在同学面前直接说他，却用了另一种形式。庙会后开学的第三天晚课时，按要求是慢练那套清风明月剑，才练了一遍，张豹见张谦有事被智深请了出去，就收剑与身边的张胜与张珏又聊起了庙会上的书写展示，才说了两句就一下跳到刘伯通的讲话，两人立刻明白张豹的意思，但没有阻止，更不好离开，直到高志催促，张豹还兴致勃勃滔滔不绝。高志见自己的话没起作用，就顺坡下驴，让大家自由练习，累了的就暂时歇歇。同学们听了仍像往常一样，或独自提剑，或三三两两凑一起在寺院里练起来。可等到快结束了，张豹仍没完没了。高志远远地看了一眼，没阻止他，却把张胜和张珏叫走了，并提醒他俩今晚别忘了值勤。两人一听，连招呼也没打，就离开了张豹。仍然兴奋不已的张豹见突然没了听众，赶紧闭嘴，提剑直奔寝室，走到高志跟前故意撞了一下，好在高志有防备，张豹刚一触着身子，就顺势一闪，差点让张豹摔了个跟头。高志见他控制住了自己要跌倒的身子，也没上前去扶，只是后面追过去一句，小心点，别摔倒了。张豹当即站住，转头瞅了高志一眼，又回头走了。高志收拾好上了自己的铺，见张豹眼瞅着屋顶一动也不动，就趁着还没到熄灯时间，把他叫起来，问，心里又想啥呢？张豹答，没想啥。高志又问，没想啥咋闷着？张豹说，这不是马上要熄灯了吗？我在准备尽快入睡。高志说，那你快睡吧。张豹疑惑地看着躺下的高志，问，你是不是有啥话要跟我说？高志说，也没啥，你快睡吧。张豹一把拉起高志说，你也太不讲究，把我叫起来，你自己倒又躺下了。高志坐正说，以为你睡不着，就想说说你家货店采购员的事。张豹一惊，他们是不是又私下里生了啥幺蛾子？快告诉我。高志说，看你都想哪去了。张豹说，你别磨蹭，快说。高志说，听我爹说，你家货店办采购的晚上行船要是睡不着，就互相提问一些天南地北稀奇古怪的问题让别人答，答上来的，就有权提别的问题，谁要是答不上来，就伸出手让提问者打一下，被打的也可以向别人提问，如此你来我往，心中的烦恼就不知不觉忘得一干二净。张豹说，这办法好，他们都提些啥？快说给我听听。高志说，天文地理，经史百家，日常所用，包罗万象，有的虽然日常，一经提问，貌似平常却刁钻得让人无以应答，如果船上再有顺便搭乘的南来北往的客商，不仅热闹，内容更丰富。张豹说，看你磨蹭的，说几个我听听，看我能不能答上来。高志笑笑说，咱先说好，你要是答不上来，就得按刚才说的规矩办。张豹说，行。高志说，称东西的为啥叫秤？秤上的星有啥寓意？张豹一愣，这个这个……睡在最里面的张平远远地说，我知道。高志说，愿闻高见。张豹欠起身子转向张平，就听到，秤字从禾从平，禾指五谷，平意为压下去，二者联合起来就是表示五谷的重量，这是秤的本义，转义就是称量物品的器具。相传，秤为范蠡所制，为体现买卖公开公平，融入周易八卦和星象，把北斗七星、南斗六星和福、禄、寿三星共计十六颗星嵌于秤杆，每星为一两，以银白或金黄之色隐喻心地纯正。张豹转身又瞅着高志，高志说，回答正确，你是不是受罚？张豹伸出手，高志在张豹左手心轻轻蹭了一下，见寝室里同学都静下来，有的裹着被子肘撑着枕头向这边看，有的仰躺着把头偏过来，还有的索性披着被子盘腿坐起，就对张平说，按我刚才说的规矩，该你提问了。张豹阻止说，我受了罚也该我提。高志说，胜者为先。张豹说，他家是修秤的，自然知道。张平说，你家是用秤的，更应该知道。张豹又转向张平说，我……不跟你抬杠，你快提，别耽误时间。张平转向大家说，我提个大家天天都用的。张豹又催促道，直接说，别像说书的，一张嘴先卖关子。张平说，急的是你，平常最磨蹭的也是你。张豹一听火就起来了，高志今天让我在同学面前不自在，也就罢了，你张平比高志还直接，直戳我软肋不说，还当着这么多同学的面，真是吃了豹子胆了，便腾地坐起。还没等张豹开口，高志就把他一把按下，低声说，你要不想玩就睡觉，别搅了大家的兴致，回头对张平说，快说你的，少废话。张平说，就是再饥，也得等我把锅烧开，就是急等着店开张，也得等我把定盘星做好，把秤砣给你配上。跟前的张泰拍了下张平说，那也不能让你开闸放水，你却让不相干的杂草、烂树叶子先冒出来。张平一扭膀，又拂掉张泰的手说，一边去，别碰我。张泰说，哟，老鼠骑在猫背上，胆子真够肥的。张平说，咋了？学堂是大家的学堂，又不是哪一个人的，难道就不兴我说话？张泰说，兴你说，也不能像吃了火药。张平说，我提个建议，以后，别人说不能乱插话。张泰说，插话也得一分为二地看，如果人家插得对，就不能当成驴肝肺，更不能像被辞退的茶馆伙计一样，哪壶不开提哪壶。张平又瞅着张泰说，揭人家短、暴露人家隐私，是我先开的头吗？那也不能只许州官放火不许百姓点灯，何况又不是州官，特的什么殊？高志一把没按住，张豹又腾地站起，指着张平说，我说你家是修秤的，是揭你家短吗？天下修秤的人家多了，难道这手艺是让你家见不得人的隐私吗？世上百工本无高低之分，也无贵贱之别，都是凭自己的能力养家糊口，能有人帮是缘分，没人帮是本分，你我是多年同窗，我借机会给你家手艺扬名，给你家店里揽生意，你不感恩也罢了，却恩将仇报，是同学之为吗？假若你满心里看不上这份手艺、瞧不起靠这份手艺吃饭的人，算我吃饱了撑的没事干，我真诚向你道歉，今后我家店里就是再缺秤，就是不能开店了，也不迈进你家的门槛。如果你家还靠着这个行当活命，你必须给我道歉。张平也腾地站起，也指着张豹道，俗话说，杀人不过头点地，何必诛心巧舌如簧？人也常讲，为人做事，话不说满，气不要太盛，事不要做绝，话说满了容易让人闻出别的味来，气太盛了断的是自己的肠，事做绝了更是给自己挖坑，不论你刚才的话是不是为我家手艺揽生意，还是有别的目的，大家早就听出来，也不论我家靠不靠这手艺养家，我都饿死不低头，冻死迎风站，假若你不在乎同为张家兄弟这根血脉，从此咱一别两宽，即使还必须相处在同一屋檐下，咱也互不牵连，你行你的阳关道，我走我的独木桥，如果你还真正在乎这份同学情，那就请先放下你的盛气凌人，在相互尊重的前提下，求同存异，友好交往，共同维护这份难得的情义。张豹见同学们又把眼光转到他的脸上，就说，不论我张豹有多少这样那样的不对，也不论我在你的心中是一个啥样的人，我都有自己的底线，一句话，我在乎张家这根血脉，我在乎同学这份情义，为了这血脉、这情义，即使我心胸再狭窄，我不泄私愤，即使我心里再阴暗，也会分清场合，把握住说话遣词用字的分寸，绝不能像市井里的虚假小民说话，乍一听很在理，还有义气，可让人一琢磨，句句夹枪带棒，还枪枪有刺棒棒带血。张泰听到这，见张平又要说，就使劲向下拉张平的手，可张平不理会，不但挣脱了他的手，还用右膝向外顶他，他身子就势向后一仰麻利开闪，随即左腿一收，同时右腿向前一个横扫，然后一个鹞子翻身把张平腾空带起，接着两臂一伸，像两手握着他的一对护手钩，把平仰着下落的张平接住，迅速对折后，一手揽腰，一手托着腿，搂进怀里，并在张平耳边说了句别动，又慢慢放在床铺上，然后面向怒目瞪着他的张平说声贤兄见谅，就转身对张豹说，你也请坐下。见张豹傻了样看着他慢慢坐定，又对大家说，虽然咱们同窗共读这么多年，可能大家还不知道我家是干啥的，今晚，我就凑这个机会告诉大家。我家虽在城里住着，我爹却一直在沟北村种地，那个村像沟南一样，都是老实巴交本分的庄稼人，自知道我爹在城里住，就格外高看一眼，别说有了红白事，就是谁家里吵个架，也请我爹去说和，所以，我受了爹的影响，虽然平常总是不声不响，可一见到斗嘴的就爱狗拿耗子多管闲事，我也明知道自己麦秆儿当秤没斤没两，还是打铁的不用锤硬充能，刚才两位同学的言来语去，大家都听到了，至于谁对谁错，放一边，我只想说，既然我们是同学，不论何时何地何事，都要表现得有同学的样子、读书人的风范，特别是说话，要有儒家的温暖、墨家的炽热，不能像道家那样清冷、法家那样严酷。高志听到这，手一拍道，说得对。霎时，寝室里掌声如雷。大家见张豹两手快节奏地拍着拍着又举起来拍，也相继跟着举起来。张泰看见，立即做了个停的手势，随后向外一指，又在闭上的嘴边竖了根手指。见大家立即止住，张泰又看了高志一眼说，今晚高志是想给咱解闷找乐的，咱不能拂了他的好意，更不能趁机会对门吹笛子斗气，如果还想继续就接着，假若没了情趣，就吹灯睡觉。张豹说，还能没情趣？刚才都是我的错，咱们继续，建议张泰主持，高志评判。大家掌声又起。张豹压住说，张平你开始。张平说了句我忘了要说啥，就要睡下，张泰又一把将他拽起，笑着说，我刚被封了官，你就不给面子是不？是不是还想再感受一下我鹞子翻身的祖传绝技？快起来，你要不说，你就是三九天的冰凌，我以后再不会理你。高志说，张平你快说，你要是不说，我们就是再继续也没了乐趣。张豹说，同学亲，三辈子亲，本就是一家人，那就是亲上加亲，就是偶尔磕磕牙，也是增进血脉亲情，纵是有天大的情绪，也不能让情绪影响了咱们的快乐。

张平不好再使性子，就说，其实，我也不是你们想象的那样，心像针眼大、胸比城门小，平常最看不惯谁时时显摆、事事逞强，假若你真比任何人都有背景，你就不必跟我们在一起，应该到皇宫里的大本堂或文华殿里读书去，既然去不了，就跟我们一样是庶民，是庶民就是进城也得先耐住性子，让守城的盘问清来历，不然，你进得了城吗？进不了城，你还显摆啥？转脸又问张泰，你说是不是。张泰答非所问地说，你的开场白，还是有点长，快抓紧，不然，慧觉师父再差人来催熄灯，咱这一会子就是瞎子点灯白熬油、狗咬猪尿泡空欢喜、守着公鸡下蛋白搭工夫。张平听到这扑哧一声笑了，笑完指着张泰说，索性也别让我提问了，光听你说，再大的烦恼也都没了。张泰说，你这不是秃子头上的虱子明摆着让我犯规丢人吗？别磨蹭，抓紧说，再不说就让张豹说，他现在腔下裤子着火，正烧着屁股燎着心呢。张平笑一收又说，我可不管这么多，这是我赢得的权利，哪能让？都听仔细，听错答错了，受罚可就怨不得我了。说到这儿，抬眼斜了下张豹，咽口唾沫说，吃饭用的筷子以前为何叫箸？出自哪里？张豹瞅了一圈，见没人回应，就举手说，这个我知道，箸改为筷子，出自当朝陆容的《菽园杂记》，书中云，吴中的船民最忌讳船"住"，更怕船"蛀"，船一停住就没有生意，被虫蛀漏了水更麻烦，为图吉利，就反其道叫"快子"，"快子"在当地是用竹子的，就给快加了竹字头，从此传开。张平又问，筷子长度多少？张豹答，七寸六分。张平紧跟一句，为什么是这个长度？为什么一头圆一头方，为何是两根，寓意又是啥？张豹一时愣住，随后又举手说，我有话说。高志问，你有啥话说？张豹说，按一开始定的规矩，没说可以连着提问，既然我答对了首问，他就不应该继续问。高志说，道理是这样，可你当时又接着回答了张平的连问，这也说明，你先是放弃了自己的权利，又默许了张平的继续，现在答不出来了，又找后账，你是破规在先，不罚你就不错了。张豹说，张泰不立即制止也罢了，你不站出来有点说不过去。高志问，你抢答这么快，给我时间了吗？你不要再争，到此为止。张平说，要是不让连问，我收回。高志说，既然已经这样，就这样下去，直到再不想连问，可只要连问，又能继续，其间答对、答错都不奖不罚，只罚连问中最后一个答错的，这是规则的后续补充，怨我一开始没想周全，谁要有意见，能改进的，我们采纳，不合理的，请保留。张泰说，高志说的，不赞成的请举手。高志见没有举手的，就说，张平刚才的连问，谁知道？没想到话音一落，都竞相举起了手。高志说，那就按床铺顺序开始，说不对或说不全的就下一个自动接上补充。睡在门旁的张维说，七寸六分，代表人有七情六欲，提醒大家就是吃饭也要学会节制欲望。张平说，还没回答完呢。张添见张维低下头不再说，就道，张维节制欲望把握得好，我来继续。张平说，别磨蹭。张添说，现在又嫌我磨蹭了。张泰说，张添你也应该学会节制。张添说，圆为天，方为地，时刻告诉大家做人要顶天立地。张平又说，还有呢？张添又道，筷子之所以是两根，一是为了使用更方便，二是咱国人崇尚太极、阴阳之道，太极为一，阴阳是二，一分为二，是说世上万物都是由正反两面组成，合二为一，就是阴阳完美结合。张平说，还是没回答完整。张添说，我还没说完。张平说，你继续。张添说，筷子有两根就是二，对应于《周易》中的明八卦里的"兑"卦，就是"口"，筷子身直，长对应"巽"卦，是"入"，意思是说，只有两根互相配合才能让食物更方便进入嘴里。张平又瞅着张第问，手拿筷子有啥讲究？张第一愣，像没看见也没听见，把头转向屋中间横梁下吊着的油灯，见灯有些暗，就下了地，趿拉着鞋到张豹跟前，又向上一指，张豹马上明白，就把身子挪了挪，张第正要上来，高志说，还是我来吧。张第仰着头，两臂伸着，随时防备高志前探的身子万一把持不住掉下来，直到高志用梁上备着的针把灯挑亮稳稳坐在床上才收回。等张第回到床铺，见张平还在瞅他，又像没看见，转脸悄声问张力，咋还没人回答？张力向张平一努嘴，看不见？等你呢。张第说，又没指定，他等我干啥？张力说，高志不说挨着来吗？张第说，高志并没限定非回答不可，我没兴趣。说完头一低，伸手拿起鞋，把刚才踩倒的鞋帮一只一只扶正又放下。这时就听张泰说，谁知道？张力坐起来说，我来回答。张平说，请讲。张力就把左手举起来，摆成拿筷子的姿势，又用右手食指指着，慢声慢语地说，手拿筷子，拇指、食指在上，无名指、小指在下，中指居中，是为天地人三才之象。张豹听了就竖起大拇指说，有其父必有其子，不愧家里有在咱祠堂当先生的。张平瞅了张豹一眼，没理睬，又看着张欣问，如何使用？从阴阳上看，又说明啥？张欣说，使用时一根主动，主动者为阳，从动者为阴，此为两仪之象。才说到这儿，张豹又对张欣说，你是不是受了你家济世堂里抓药的伙计感染？张欣问，咋了？张豹说，你以后说话，不能像那伙计，总是人家问一句就答一句，你应该把你所知道的，一口气全说出来，他张平还连着问吗？可没等张欣回答，张平说，不是张欣没连着说，是我为了活跃气氛故意这样问，你是不是没捞到问心里痒痒？张豹说，我问不问倒没啥，只是觉得，整个晚上就你一个人唱独角戏，有点太单调，不如同一个问题，咱快刀斩乱麻，好换别的，气氛更活跃。张平说，我听你的，还是听张泰、高志的？你最好别乱插话，马上就轮到你，要是答不上来，连违规加乱插话一并罚。张豹又要说，被高志按下，就听张平又说，下一个请听仔细，从哪本书里能知道筷子很早就有了。张升说，《礼记》里《曲礼》中说"羹之有菜者用梜",这可以证明,筷子很早就有了。张豹听了,又低声对高志说,张升爹是隆庆元年的老秀才,晚年得子,即使现在吃了上顿没下顿,还对张升寄予了很大的希望。高志点点头,又指指张平,没想到被张平发现,张平就转向高志说,你身为评判官,要以身作则,不能在下面瞎叽咕。高志两手一拱说,鄙人明白,你请继续。张平又面向张珉问,使用筷子有哪些讲究?张珉还没张嘴,就听张第说,这个我来回答。张平说,现在又不装听不见了?张第说,不论我如何表现,都是我的权利,你就是不让回答也不行。张平说,轮到你时,你不说,你哪儿还有啥权利?张第说,这个你说了不算。张平又要说,张泰又按按张平说,就让他说,形式多样,气氛更活跃,大家更高兴。张第问,让不让?张泰笑笑说,高志刚暗示我了,给你个机会,你快说,哪天我去你家店里买碗筷,可不能又摆置你的臭鞋,爱理不理。张第说,随时恭候。张泰说,开个玩笑,你麻利点儿。张第说,使用筷子吃饭时,饭没上来,不能用筷子敲桌、敲碗,也不能用嘴叼筷子,这是乞丐所为,是故意让家运败落;有长辈在,不能先动筷子夹菜,先动即为不敬上;夹菜时要先夹靠近自己的,不能拿着筷子满桌子寻自己喜欢的,不能把盘子翻得底朝天,不能把爱吃的菜全都夹到自己跟前,这会让同桌人反感。张豹说,之所以上更多的菜,就是为了让大家都有选择,既然这不能那又不能,那还费那么多事干啥?不如弄个大锅菜,一人盛一碗多省事?张平说,上的菜多,并不是让你一个人全霸占,是让大家更有挑选的空间,更重要的是,通过吃饭,也能看出一个人的修为。张豹说,这又与个人修为扯上哪门子关系?张平说,谁吃饭时有这方面的毛病,就是个人修为有了问题,必须深思。见张豹嘴一闭低下了头,又说,还有哪些忌讳?张豹又猛地抬起头,瞅了瞅左右,小声问高志,还有忌讳?啥忌讳?高志说,你先听他们说。话音刚落,张珉说,是不是该轮到我了?张平说,轮到你了。张珉说，既然轮到了，咱不能不自觉，不能不该说时乱插话。张豹立即瞅了过去，由于动作有点大，高志拍拍他，转身又对张珉说，你快说。张珉说，使用筷子的忌讳，实际上就是做人的忌讳，如果人的修为不行，他手里的筷子就不行。张泰说，你不能倒背手放风筝扯得太远。张珉说，筷子就是在菜盘子里翻，也只能从上往下，由下往上翻会招人嫌。见张豹头一低，又马上抬起问，还有啥？张命说，就是翻到爱吃的，也不能像夹细粉一样，连扯带拽让菜汤滴得满桌子都是，万一再溅到邻近的人身上，人家烦不烦？张豹点点头说，确实也是，还有吗？高志说，关于使用筷子的忌讳应该还有，大家不妨把自己知道的都说出来，省得张平总在这一个问题上浪费口舌。张平说，我不怕浪费。高志说，你不怕浪费，油灯怕，咱要在有限的时间里让大家知道得更多。张平手一拱，对不起，我知道了，下面谁再提我也不提了。高志说，你误会我的意思了。张平说，我没误会，整晚上就我问，也累了，该歇歇了，给大家腾机会。高志说，你要是这样，请自便，我们继续。张泰瞅着张往说，该你了也不爽快点儿，是不是又在问张胜家店里还收不收苇席？我可告诉你，他家不收了，又跟隔壁原来卖床上用品的张凯家合伙开云锦裁缝店了，留城最出名的裁缝张学爹，也从瑞祥布庄跳槽过来加盟，龙王爷搬家，这下子都厉害了。张往笑笑说，我还能不知道？晚饭时，我就听他们三个商量，等开业那天，不能光让高志带着咱十八剑客去助兴，还要请你爹去主持庆典呢。张泰说，那是大人们的事，咱说也是白说，快进行咱的。张往说，说起使用筷子的忌讳，就是摆放，里面的道道就不少。张豹问，有啥道道？张往说，用前，筷子要整齐摆放在饭碗右侧，用完，必须整齐地纵向摆放在饭碗中间，且小头在前，不仅让人看着舒心，更能体现出一个人的家教。张胜说，用一双长短不齐的筷子不吉利。张豹问，为啥？张珏答，只有棺材板才长短不齐，所以人们就对死了的人说成是有了"三长两短"。张豹说，大晚上的，咱不说这种话。张学说，就是说也无妨，世上很多事，只有知道了它的忌讳，才能避免忌讳带来的危害。张士说，吃饭时不能用筷子指着人家，那是对人家的不尊重。张凯说，把筷子颠倒用，就是乾坤颠倒，这样的人往往黑白不分、是非不清。张泰说，用过的筷子不能横着放，严重了可能会招来杀身之祸。张豹一惊，能这么严重？张平问，你知道吴中四才子吗？张豹答，知道。张平又问，其中是不是有个独以诗歌名满士林的徐祯卿？他曾写过一本《翦胜野闻》，里面写了一个叫唐肃的，就是因为筷子横放，被放逐边境，没几天就丢了性命，要是有兴趣，你可找来看看。张豹说，还真没听说过，哪天我问问，哪里有这书。张学说，我有，在张珉那里，等哪天他看完你拿去。张珉见张豹瞅着他，就说，里面大都是本朝初年掌故，我也刚看了有关唐肃的那篇，确实挺惨。张豹说，真没想到，只因为筷子就能这样。张平说，不仅仅是吃饭时使用筷子的规矩多忌讳多，就是与吃饭有关的其他物件的摆放、使用，甚至衣食住行、言谈举止等都有这样那样的讲究，谁要是不当回事，轻则坏了自己的名声，重了，破了自家的风水不说，其他就说不清了。张泰说，有的也并不是像你说的那么严重，可是，既然老祖宗传下了这些规矩，自然有它的道理，我们不妨该守就守，不然，唐肃的遭遇还会出现。张豹感叹道，单单筷子就这么多，遗憾的是，我都不知道，更不要说世上万事万物。张泰说，你在家里特殊惯了，家里人也就懒得告诉你，你哪里又能知道？不过，既然现在知道了，那就得慎重起来，当然了，不仅仅是用筷子的规矩，以后走出学堂，那就不是在家里。高志说，不仅仅是张豹，由于我们各自生活在不同的环境中，触及的也不同，再说了，一个人的经见毕竟有限，更何况我们年龄尚小，成天在的学堂又相对封闭，当然不能全知道，如果大家喜欢这种形式，我就跟慧觉师父说一下，咱们以后每天睡觉前就坚持半个时辰，把通过各种途径得到的知识和见闻，以提问的方式呈现给大家，我们就可以学到功课以外的更多知识。时候不早了，大家快准备睡觉吧。

高志见张豹不动弹，推了下，不理，就让他看一幅字，说，这是我临的你那天写的字体，你给指教指教。张豹接过一瞅，又立即愣住。

> 尧帝置国，汉初封邑，秀山丽水竞翠。又崇文尚武，供皇祖于内。叹黄泛、淤塞运道，龙舟帆远，县制已废。至如今，破围救园，人心向瑞。
>
> 众贤善举，聚吉祥、祈佑富贵。恰龙头节临，重启旧例，百姓欣慰。雅士贾商争至，所及处、笑语鼎沸。逛春风十里，不如留城赶会。

片刻，张豹又转脸问高志，这变了调的《扬州慢·留城》也是你写的？高志说，当时你们写时，我就有了，可没处可写，后来就补录了下来。张豹问，你写的确实比我的好，字更不用说，谢谢你高志，我知道你今晚的用意了，快睡吧。

过后几天，张豹收敛了很多，可没几天，他又活泛起来。

这天上午第二炷香是写字课，按张谦安排，高志让同学们写王羲之《书论》的第二章启心篇，如果高志说完就让大家写便没了后来的事，可高志布置完却说了一通与本堂课无关的话，他先说师傅领进门修行靠个人时，大家都以为是泛泛之谈，没必要警告大家，还说先生不在时要自觉遵守学堂纪律，自主习练，不能随便做做，可当正翻着启心篇的张豹一听到"即使自认为有过人之处也不可作为夸耀的资本，更不能骄傲自大，仍要知道天外有天、人外有人、强中自有强中手"这句，心里就不舒服，肚里牢骚就盛起来，说你是个先生，你还真把自己当先生说教起我们了，说教也罢了，还话里有话地言有所指，灭他人锐气，显自己威风，也太猖狂了吧？但又不好直接怒怼，又想到前几天大家聚在一起说筷子，不少同学，特别是张平借筷子对自己一而再再而三地旁敲侧击，若不是当时考虑到影响同学们的情绪，早就像以前接二连三地发起火来，尽管他们所指出的，在他张豹身上确实存在，可这又是他们该说的吗？谁又给他们的胆子？就举手站起来说，高先生，我可以提个要求吗？高志一愣，说，咱们都是同学，我哪是什么高先生？你有啥就直接说。张豹笑笑说，这启心篇里有句"每作一横画如列阵之排云，每作一戈如百钧之弩发"，可不可以给我讲讲？张豹说完，本以为高志也不懂，也像他们一样，因初次接触，也只是囫囵吞枣照样子描画而已，可高志不仅讲了这两句，还连带着把整篇讲了，听得大家一个个大睁着两眼看他。等高志讲完，缓过神来的张豹问，让你讲这两句，你咋竹筒倒起豆子来了？是不是先生提前给你讲过了？高志说，先生没给我讲。张豹又问，你又是咋知道的？高志说，我从跟大家一起拿到这《书论》的那天晚上，就开始认真读了，碰到自己不明白的，就翻学堂存书，还抽空向慧觉师父讨教。当然，我说的，只是自己的心得，大家权作参考，不对的地方，请指正。张豹说，我感觉你说的很有道理，你是不是为了给我们讲才下功夫的？高志说，学问是靠自我修行的，不是用来卖弄的，如果大家需要，谁都可以把自己学习所得向大家分享。

这时，掌声突然从学堂外响起来，同学们闻声看过去，张谦从门外走进来说，高志说得很对，做学问就要有这种精神和胸怀，如果你对任何学问都浅尝辄止人云亦云，不想另辟蹊径独自深究，或是一瓶子不满半瓶子晃荡，你在学业上就不会有什么建树，也永远成不了大器，无论此后做什么，更不会有什么大的发展。

张豹听了，如鲠在喉，很明显，这话是说给他听的。这之前，他不会想到，早课没上完就匆匆离开的张谦能在这时候乍然而至，难道这是两人为敲打他联合演的一出双簧戏吗？

张豹因为内心纠结于此，张谦后来的话就没入心，如果他听了，肯定不会再有这种想法，即使有，也应该想到，就是两人演双簧，就是同学们毫不客气地指出他这样或那样的缺点，都是督促他百尺竿头更进一步。当然，这是后来高志对他说的。暂且放下不提，咱还是说现在。

张谦说，人的一生很短暂，别以为你现在是少年郎，有大把大把的光阴，又有这么优越的学习环境和条件，如果不知道珍惜，不能顺着自己的兴趣勤奋好学更进一步，不仅学而无成，总有一天你还会蓦然发现自己已步入暮年，你这一生剩下的日子已不多了，可还有好多要做的事没有做，若如此，必将抱憾终生。他还说，一个真正的好学上进者，无论风云如何变幻、环境如何变化，都会按照自己既定的奋斗目标，默默争取，既不为已知扬扬自得，也不为某些方面强于别人而趾高气扬沾沾自喜，而是做出更多的努力，像滔滔江河不舍昼夜排浪前行。

午饭后，张豹走进龙兴殿。慧觉正打坐，眼也没抬，问，小施主是不是又纠结了？张豹一愣，师父咋知道？慧觉说，我听出来的。张豹又是一惊，我走进来并没有说什么。慧觉道，你的脚步声已告诉我。张豹愕然，我的脚步声已告诉您？慧觉又道，你的眉梢也告诉我。张豹又愕然，我的眉梢也告诉您？慧觉说，众声褒扬好荣光，被断张狂心不爽，是不是小施主？张豹面呈赧色，偏一侧对着慧觉盘腿坐好说，请师父再给点化。

慧觉开眼看了看张豹，竖右掌斜身说了句阿弥陀佛，摆正身子道，又好多天没来这里了吧？张豹抬眼，点点头。慧觉问，又好多天没写《心经》了吧？张豹没答，慢慢低下了头。慧觉说，身远的时候，差不多天天来，身近了，心就忽略了，我佛不计较，你却学

168

会计较了。张豹没动。慧觉又说，计较本不是什么坏事，可若不怀好意地计较，问题就严重了。小施主，你在听我的话吗？张豹说，请师父再继续点化。慧觉道，双簧在戏台上那是精彩的一出，可在尘世上却不能恭维，假若把别人用心良苦的教化歪曲为双簧，并心怀纠结，淤积于内，说你不道德那是言轻了，往重里说，到头来毁的是你自己的前程。小施主，你懂我的话了吗？张豹猛地打了个寒战。慧觉问，小施主，你冷吗？张豹赶紧答，谢谢师父关心，我不冷。慧觉说，那就是心动了。张豹立刻睁大眼睛，望着师父问，您看，我还有救吗？慧觉说，没有你说的那么严重，人小心大，也毕竟是少年心态，一时意气用事，我佛明白。张豹问，可以给排解吗？慧觉问，你愿意吗？张豹赶紧右手抚心，我愿意。慧觉说，你站起来，围着金身正走三圈反走三圈，每一圈到我跟前，就说一句你心里想说的话。

张豹腾地站起身，慧觉说，准备好了吗？张豹说，好了。慧觉说，那就开始吧。

张豹正走了第一圈到慧觉跟前，说，龙兴殿巍巍我祖高。

走完第二圈，道，小辈颤颤怎敢瞧。

第三圈又道，遥想当年金戈马，愧为留侯孙不肖。

张豹说完，转身反走，又到了慧觉跟前，见慧觉不看他，就说，翻来覆去多思量。

又一圈说，瞻前顾后少卖巧。

最后一圈走到慧觉跟前，感觉心里的淤结没了踪影，心情感到前所没有的舒畅，就没停步，边向殿外走，边说，吾今日向光明行，文武双全勤报效。

张豹走到殿前台阶，从一块乌云中挣脱出的太阳把光全向他倾洒过来，不仅明亮，更柔和温暖，先是站着感受了一下，接着就靠着左侧的栏杆坐在了台阶上。院内一片静寂，漫过香炉顶部向外看过去，在院外并排着的树此时也像自己一样在静静地享受着阳光的照拂，没有一点想动的意思，枝梢尽管还没有含苞放叶，可绿意已很明显地在树冠氤氲漫溢，不久，一座座翠峰必会盎然起来，那翠峰间也必定有群鸟鸣唱着环绕其中，阳光真好，春天真好，此时真好。正沉醉中，忽然有风声带着哨音从身后奔自己而来，正要转头看是咋回事，一道亮光从头上穿过，顺着那亮光仔细看过去，又见那亮光变成了一根铁管旋转着向上奔太阳飞去。此时阳光更显明亮，在阳光的照射下，那铁管光耀五彩且分万道，把自己罩在里面。他搞不清这铁管好端端在殿里被供着，怎能眨眼间就飞了出来？万一这铁管就此飞走再不见踪影或是落地损坏了，此时又只有自己一人在，肯定脱不了干系，就立刻像先生当初闻声腾空而起追那铁管一样，飞身而起，没想到自己平常笨粗的身子如轻燕，真的飞离了地面，待飞到香炉顶，又学着先生借着香炉雨搭的反作用，直奔那铁管而去。眼看手要触及铁管，可那铁管当啷一声，两把剑又从铁管里飞出，先是像两只同出巢穴的小鸟，各自分飞了片刻，又互相缠绕着竖着的铁管旋转，绽放的光芒让张豹再也无法靠近，张豹只好一个跟头翻下，又借着香炉雨搭的缓冲稳稳地落到地上。再看那铁管不再旋转，却横在空中，对着龙兴殿响起了《思念》，随着这乐曲，还有吟诵很清晰地传进他的耳朵。

相逢不识对方谁，闻言方知梦中人。多少梦中多少事，多少期盼风敲门。多少风中又入梦，多少梦里难成真。人醒梦碎雨漂萍，萍漂四方难落根。忽然马蹄声渐近，疑似梦中悄入神。原来痴心也开花，春山秋水泪狂奔。

张豹不知道这吟诵是从哪里传来，更不知这吟诵又是何意。多年之后，当张豹晚饭后散步，在沛县老衙旁边又听到留城说书的李瞎子后人吟诵时，就打岔问他这吟诵的出处时，李瞎子的后人说，是当年留城张家族长张谦的得意门生高志随感录里记的，这诗句，不仅记录了他个人一生的遭际，发出了一种别样的人生感慨，还暗合了刘伯温生前给留城的惊天预言，如今果然应验，所以大家一听到这诗句，都把它称作《赋留城》。随即又听李瞎子后人说，且不论世人对高志的随感录解得如何，名的是不是对景，可这一带民间文人雅士中竟然有人即兴弹唱起来却是真的。张豹自然不听他的瞎侃神吹，可此时却猛然想起，有好多年没有高志的音信了。当然，这又是后话。

再看那双剑围着铁管不停旋转，不仅形成的光环把铁管罩在里面，连太阳也在，且和着太阳的光芒一起，把龙兴殿照得像又镀了层金色。霎时，龙兴殿金碧辉煌，连院墙周围的树，也给镶了一道道金边。

一曲终了，那铁管又随着剑旋转起来，且越来越低，眼看要双双落到香炉雨搭之上，张豹心立刻悬了起来，正想再次腾空去接住，没想到两剑自动进了铁管，那铁管便借着剑的冲力直向龙兴殿飞去。张豹立即转身向龙兴殿跑去，等到了平常供着铁管的地方，见那铁管还像原来那样放着，看不出丝毫曾飞出去的迹象。慧觉仍在打坐，眼闭着，似有隐隐鼾声飘向他，再看慧觉身后的慧能及手下几个，一样盘腿闭目。难道是做梦吗？肯定不是。那又是咋回事呢？张豹默默出了龙兴殿，却遇见张谦快步向殿里走来，看见他，问，你不午休，又到龙兴殿做什么？张豹"我……"之后还没说出来，张谦又问，刚才又是你在动那铁管吗？张豹立即说，不是我动的。张谦又探头瞅瞅慧觉师徒，收回身子说，不是你又是谁呢？我在山上就看见那铁管在空中飞，你还腾空去追。张豹说，确实不是我动的，我也不知道它是咋跑出来的。张谦又紧问一句，你在殿里都干了啥？张豹一一道明，张谦又瞅了一眼供着的铁管对张豹说，你刚才是不是在学我上次那样？张豹说，我见那铁管飞起来才想起您那次，本也想学您，可没能抓住。张谦说，这是祖宗在考验你，你通过这次是不是也发现了自己的差距？张豹说，是，可我没想到自己也能腾空而起。张谦说，只要你好好练功，今后，你还会发现更多。张豹说，今后，我一定好好练功，决不再一瓶不满半瓶晃荡。

高志在龙兴殿的台阶上把正睡的张豹叫醒，问，你咋睡在这里？张豹揉揉眼左右看看说，我也不知咋睡在了这里。高志问，你饭后不是进龙兴殿了吗？张豹说，进了，跟慧觉师父聊了聊就出来了，出来就不知道咋在这儿睡着了。高志说，快起来回学堂吧，下午的课又要开始了。

张豹迷迷糊糊跟着高志下了台阶又拐向学堂，走着走着就慢了下来。急步前行的高志突然感觉张豹没有跟上来，就急转身，见落在后面的张豹慢腾腾的像两腿上绑了大石块，每前行一步都很费力，这哪里是走，简直是挪，就是挪，也十分艰难。如此挪下去，别说课前，就是到天黑也不一定到学堂。是在殿外睡着了经了风受了凉，还是坐的时间长腿麻木了，或者是又在想着什么？富贵人家孩子的身子骨都娇气，也许兼而有之，就没打搅，想等他挪到跟前问清楚再说，哪想到，那张豹挪得越来越慢，看情形，根本不是腿上绑了大石块，一定是身后有无数双看不见的手在拖住他，一步三停不说，每前进一步都是费了九牛二虎之力拼命挣脱的结果，有时，一步还没迈出，又退回去，不仅退一步，还连着退好几步，努力站定后，又像是经了千年万年的力量积蓄后，又向前抬起了腿，那抬起的腿却没有随即落下，而是悬着，既像积蓄的力量还不能完全摆脱后面的拖拽，又像是才摆脱了拖拽的腿在寻找落脚的地方，迟迟疑疑又不知经了多少个春秋轮回日出日落脚才落下，可另一条腿又不动了，好像又与拖拽开始了新一轮僵持，替他心急的高志就差没伸手把他抬起的腿一把拉过来。眼看上课的时间就要到了，透过敞开的学堂门，远远见张维左手指着他们，头向他后面的同学偏着，像在说着什么。眨眼工夫，就见他身后的几个同学凑到一起，顺着他的手指向外看。再也沉不住气的高志正想伸手拉张豹，可手还没触及，张豹突然猛一转身，直往龙兴殿狂奔而去。高志赶紧猛追。

张豹进了龙兴殿，拨开正在供桌前清理的智能，伸手拿了铁管就想出门，但被智能挡住，张豹哪还顾这么多，两人就你推我挡到了殿外。追上来的高志见两人在云台上围着龙兴殿不可开交，唯恐弄坏了铁管，围着转了几圈也偎不上去，正急得不知咋办，就见那铁管飞上了天空，且快速地旋转起来，张豹、智能一愣，张豹便拨开智能纵身腾空，可只蹦了有一尺多高，又落下来，只一愣，随即先瞅瞅自己的两腿，又看看自己的两臂，然后抬头看起铁管来。铁管旋转得越来越高，超过了龙兴殿龙脊，又继续升腾，眼看望不见了，又停止旋转直往下落，张豹正要伸手准备接住，就见高志一个剑步踏上就近的云台栏杆，脚尖一点，腾空而起，直向铁管飞去。刚触到铁管，谁知那铁管中的剑像离弦的箭猛地弹出，高志不但不去追，还悠闲地吹起铁管来。《思念》一响，两剑竟调转方向旋转着向高志靠过来，等剑靠近，高志就吹着《思念》徐徐下落，剑又围着高志旋转着紧跟下来。高志脚刚触地，《思念》骤停，高志才移开铁管，两剑就立即停止旋转自动进入。高志握着铁管在胸前挽了个剑花，就向张豹走过来。张豹以为是把铁管交给他，疑惑着还没伸手，高志却擦肩而过，赶紧转身，却见张谦不知啥时站在了他身后不远的地方，再顺眼四下一看，在学堂正准备上课的同学和从寺内各个方向纷纷围过来的僧人，有的噌噌上了云台，有的站在院子里仰着头向云台上看。不用说，一定是铁管的旋转之声和高志的吹奏把他们招引了过来，立即感到自己这次是罪过大了，庙会上的荣光霎时烟消云散，脸上腾地热了起来，肯定要被责罚。再看张谦，张谦接过铁管，用袖口拂拭了一遍，就直奔龙兴殿而去，连一眼也没看他。张豹随着高志、智能到了龙兴殿，却惊奇地发现慧觉竟然还像跟他说话时那样，盘腿闭目，只是双手合十，嘴里不出声地念着什么，就愣在了原地。高志转身出了龙兴殿，没多时，所有同学和刚才衣着不整的僧人都穿了礼服来到了院内的香炉前。同学们自动三人并排向后顺延，众僧则一个个按先前排定的位置盘坐在同学们两侧。智能一见马上意识到自己应该做什么，立即到慧觉后面靠北墙的拐角橱子里取出备用的供果摆在供桌上。等铁管重新安放仪式进行完，见张谦退出龙兴殿一个急转，随即大步流星匆匆出了寺。高志一扬手，所有的同学就三三两两一起去了学堂。

走在最后的张豹扯住前面的高志问，先生啥时候来的又去了哪里？高志答，铁管飞起时来的，铁管安放好又去了该去的地方。张豹愣住，你咋也和慧觉一样了？高志说，我咋又和慧觉一样了？先生视铁管比命都重要，一辈辈就这样传承着尽心守护着，铁管一动，自然心里有了感应，能不到吗？铁管归位了，能不接着再忙该忙的去吗？张豹说，我动铁管时，要是先生在留城或更远的地方，他也能立刻赶到吗？高志说，凡事，特别是这祖传宝物，先生都是有先知先觉的，知道铁管会被人动，他能走远吗？张豹说，既然有先知先觉，为啥不在铁管被动之前就制止呢？高志说，提前制止，能发现动铁管者真正的动机吗？能让你感悟到你应该得到的感悟吗？张豹惊奇地问，我得到了啥感悟？高志说，你应该问你自己。张豹说，我不知道。高志说，你会觉悟的。张豹说，我没发现自己觉悟到了啥。高志说，你慢慢会觉悟的。张豹说，你又卖啥关子？直接告诉我不就完了。高志道，你刚才正随我去学堂，为啥突然转身去了龙兴殿又动那铁管呢？张豹说，我想知道那铁管里到底是啥。高志问，咋又想知道铁管里是啥了？张豹答，我刚才好像在梦里梦见那铁管飞了起来，我腾空追那铁管时，发现那铁管像刚才一样飞出了两把剑，我想证实一下，我的梦是不是真的。高志问，你证实了吗？张豹答，我证实了铁管中确实有剑。高志又问，还证实了啥？张豹答，还证实了……高志又问，你还证实了啥？张豹低下头说，我的功夫还确实不行，要是行，也像你一样会飞起来了。高志揽着张豹的后腰说，你也会的，只是你刚才没有发挥好。张豹又是一惊，你咋知道？高志答，你的能力我相信，但功亏在一个字上。张豹猛抬起头，哪个字？高志说，你自己想想，你想到了，就是悟到了，悟到了，你的功夫也就又见长了，快回学堂吧，同学们都在等我们。

高志走进学堂，见同学们都瞅着他，他说，今天下午的三炷香，按照先生的安排，第一炷香抄《心经》，第二炷香弹《思念》，第三炷香慢练清风明月剑。张豹一听，又猛然想到午饭后慧觉问他的话，难道这接二连三相关联的事发生都是我没坚持抄录《心经》的缘故？可慧觉、张谦、高志的行动为啥又这样出奇地一致呢？是不是高志所谓的先觉先知让他们提前有了对付他张豹的默契？那也不能因此连带所有同学吧？也可能不是这样，纯粹只是课程的安排，就打断高志问，为啥又抄《心经》？高志说，身之所动，皆心之所想，要使动之中规中矩，必须不断涵养自己的内心，若能让自己的内心入定了，你会发现，之前所学都会如虎添翼，先生让我们定时抄写《心经》，就是夯实这方面的功夫。张豹问，为啥又弹《思念》？高志说，只有思念才能铭记，只有铭记才能立足当下面向前程。张豹又问，那套清风明月剑法，不是让我们练得炉火纯青风生水起了吗？高志说，这只是你个人认为，别说我们没有这感觉，就是先生，他也从没说这剑法已练到你说的这地步，他常告诉我，这剑法奥妙无穷，每练一遍都有新的感悟新的收获，我们之所以不间断地练习，就是为了不间断地悟，悟每一个招式中更深的内涵和之外的可能。张豹说，就是再练，我们每个人的所悟也会不一样。高志说，之所以悟的不一样，从表面说是与我们每个人的差异有关，这也是我们之中悟有深浅的原因所在，其实这套剑法最初设定的上乘境界是一致的，谁达不到，就是谁的功夫没到，谁有了超越，就说明悟到了更高的层次，这才是先生所说的自己真正拥有。张豹说，话说千遍总归一句话，就是让这套剑法真正被自己所拥有。高志说，对，像每一种技艺一样，习练它的最高境界，就是要练到自己拥有，要想真正拥有，就必须以练促悟，出神入化，在化中加强，在化中求变，在化中彰显自己，方得上乘。说完回到自己的座位，又说，这三炷香的功课，均是自习，至于遍数，不作具体要求，请同学们珍惜现在，自尊自重自律。

眨眼，三炷香功课结束，张豹又把学堂后墙上的字换成：书到用时方恨少，事非经过不知难。傲字如病当尽弃，勤学苦练得上乘。高志看了，嘴角一笑又马上收回，其他同学却连看都没看，径直出了学堂去了香积房用饭。

第十章

听说小黄山上在施工，高志从庙会开始就再没去过。虽说晚上可以在寺里找个僻静处练，可心里一直放不下瑞玉。到现在，高志还是想不明白，庙会那么热闹，咋就不见她来寺里呢？是有事耽搁了，还是哪个地方做得没让她满意故意躲着呢？

这天晚练课一结束，见张谦没有急着出门，还去了龙兴殿，知道他一时三刻不会离开，就提剑对在殿外候着的智深说，要是先生问起我，就说我去练剑了。见智深说了声好，就快步出了寺门。

好多天没出寺了，门外的湖上像铺了一层碎银泛着光，抬头看天，透过湖边近前的一棵大柳树，一轮上弦月在天上挂着，就想起了"月上柳梢头，人约黄昏后"的美好，可他并没有跟玉玉约定，到现在还拿不准玉玉今晚会不会到山上去。心里揣着疑问顺着驿道过了山，见玉玉家住的地方被月光洒下的清辉薄雾一样笼罩着，寂静无比，连灯光也没有，是不是玉玉已歇息了？如果是往常，玉玉这时应该在山上，或是刚练完正走在下山的道上，要是今晚这样，他一定会碰见玉玉。可能碰见玉玉吗？

拐向山道，高志加快了步子，到了山腰，没见到玉玉，心里一沉，又继续往上爬。到了平常练功的地方，不仅没见到人，连他和先生平整的那一块地儿也不见了，取而代之的是比以前更宽的一大片，南北看看，向山脊两边的拓展是用石头从坡上垒起来的。再向里走，平展的地面上一边放着木料，一边摞着青砖。顺着一摞摞码得整齐的砖再往里，偏北侧有一排已打好的石基，石基上有的已砌了砖，看来这就是瑞麟在庙会上告诉他的新建学堂了。要是他们也能搬上来，在这山上读书习武，真是再好不过。别的且不说，单单是住上像北面部城一样的砖砌屋又有多少人能比得上？转遍留城，谁又见过清一色砖墙屋呢？假若能在这里生活一辈子，就是此后能中个状元封个官又如何？可现在的状元又是那么容易中的吗？不中也罢，要是能跟玉玉在这山上生活一辈子，此生何憾？

可没见到玉玉，高志再也无心练功，索性头枕着扣在一起的双手仰躺在石基上幸福地遐想。朦胧中，鞭炮齐鸣，还有唢呐在百鸟朝凤，更有穿着嫁衣的玉玉洋溢着娇羞的笑容向自己走过来，他迎上去挽起她的手进了洞房。红烛摇曳中，他们在绫罗帐里翻云覆雨，缠绵了又缠绵，如胶似漆，不能分开，古今多少相关诗词佳句蜂拥环绕，凤吟燕鸣，琵琶谐和，及至娇喘体乏，再看身下所拥，立时毛发直竖，玉玉不见了，二小姐张丽正一双杏眼笑看着身上的他，他腾地翻身坐起，左右瞅瞅，意识到只是一梦，就放下心来，可马上又感觉下身凉凉的，隐隐中还有一股异味从那里泛上来，立即决定赶紧回寺清理洗换。

匆匆到了下山的道口，却碰上玉玉，禁不住心里咯噔一下，离开心里确实不情愿，留下又身上不舒服。正左右为难不好决断，玉玉问，刚到就这么急着下山，是不是哪里的二小姐又给你送糖豆来了？高志说，哪有什么二小姐送糖豆？玉玉又说，那就是哪家的莺莺小姐半夜里给书生高郎留了后门，让你去西厢会。高志说，你能不能别寒碜我？玉玉又说，这不是，那又不是，我咋一来你就急着走呢？高志说，我我我，哪知道今晚你会来？玉玉说，你不知道今晚我会来，是知道谁今晚会来这里呢？是不是扑了个空，没了兴致，就遗憾着灰溜溜下山呢？高志说，你你你……玉玉又道，我我我你你你啥？是不是我说你心里去了？高志道，玉玉，好妹妹，你别挖苦我行不行？玉玉说，我是挖苦吗？难道我说的不是真的吗？高志说，说句真心话，我确实在等人，等的不是别人而是你。玉玉说，等我？我值得你等吗？要是等我，我还没到，你咋又急着走了？高志说，我我我，我发誓。玉玉说，心里没有，发誓又有啥用？高志噌地拔出剑对着自己胸膛说，我这就把心挖出来让你看。玉玉夺过剑说，我胆小，你可别吓唬我。高志说，那你让我咋样？玉玉说，我能让你咋样呢？真要等就不会下山。高志忽然又想到身下的不适，可又难以开口，就说，以往这时候，你早就来了，见你还没来，我就……玉玉说，真要有心，就应该一直等下去，直等到山无陵、江水竭、冬雷震震、夏雨雪、天地合。高志说，对不起，玉玉，都是我的错，我应该一直等下去。玉玉说，真要想等，这么多天早就来了。高志说，这段时间舅舅一直忙，顾不上照管学堂，我不敢离开，可自从庙会上没见到你，心里一直悬着。玉玉说，既然心里一直悬着，咋就不来这里让心落地？都成高先生了，那能耐谁还能比？还能再把我看在眼里？我又没让你故意踩上一脚，也不会在你跟前撒着娇哎哟。高志说，都是碰巧了。玉玉说，好事都是碰巧才成的，你是不是做梦都在想好事呢？高志听了又想到刚才山上的一梦，说，玉玉妹妹，难得见面，咱能不能好好说话？玉玉说，高先生请指教，啥样才是好好说话？高志立即意识到自己又把话说错了，赶紧说，对不起玉玉妹妹，我又把话说错了，请原谅。玉玉说，话由心生，你没有错，你心里就是这样想的。高志说，我心里要是不想，今天晚练后，我一见舅舅不会离开寺里，能赶紧提剑来这里？玉玉说，提剑来干什么？有了新欢灭旧人？高志说，本以为你在。玉玉说，我要是早来，不早就成了你剑下鬼？高志说，你不在，也无心练了，又恐怕在这儿时间长了舅舅找不到着急，哪想才走到这儿，你就来了。玉玉说，我来又不是见你的，我是恐怕到山上来的贼把盖学堂的材料偷走了。高志说，孔圣人到过的地方，路不拾遗，夜不闭户，哪有什么贼人？玉玉说，我在山上练完刚到家门口，就听见有脚步声上了山，以为是贼，就想赶紧回山上看看，可又一想，真要是贼，既然上去了还得回来，等贼一下山，我就逮个人赃俱在，这不，就迎上来了。高志笑笑说，你一定刚听到山上有动静，还一定清楚是我上山，还知道我不会一时半刻就下山，才故意拖延到现在来的，只是没想到，我因没见到你，心里像丢了魂，再也无心待在山上，就下来了。玉玉说，高先生很多时候的判断不是很对，这次更是不沾边，假若真是你说的这样，要是我，真要有心，就一直等下去，为啥还要下山呢？高志笑一收，我……玉玉说，我啥我？真要是因为没见到才无心待在山上，要是我，我就得问问自己，问问自己到山上是来干啥的，与其回去让心悬着，不如就在这儿等下去，既然没有这个执念，那你说的一切都是假的，既然是假的，就是见了也没意思，还是要走就走吧，没必要演戏给我看，我也不稀罕巧舌如簧、台上一出台下又一出的演戏人。说完就转身，高志一把拉住她说，千错万错都是我的错行不行？等到山上，任你咋样罚我都行。玉玉猛地甩开说，我再也不想见到你这没良心的。高志见玉玉没停步，就说，你要是走，我也跟着你走，你到哪儿我就跟到哪儿，就是到天边，我也一直随着。玉玉猛地停住，转脸瞅着高志说，难得高先生有如此执念，就是明知道是假，我也感动。

再次走到新建的学堂处，高志怕玉玉被脚下放的东西绊倒，就一直牵着玉玉的手没敢松。玉玉问，还练不练？高志说，你看山上到处放的，哪还能练？玉玉说，不练，你到山上来干啥？高志说，不是好长时间没见了吗？就不能在一起说说话？见玉玉没接话，拉着玉玉到他刚才睡的石基旁，用另一只袖口把石基擦了擦，又说，咱就坐这儿行不行？玉玉坐下，见高志也要挨着她坐，就挡住说，你不能坐，你是来练的，无论拳剑还是其他，必须练一遍我看看，看看你这段时间有长进没有，要是没长进，就是一心两用在别的地方了，再也不理你。高志说，先坐坐再练不行吗？玉玉腾地站起说，你要不练，我这就回，七尺男儿，哪能这么不知轻重？高志赶紧按下玉玉说，对不起，都是我的错，又让你生气了，我这就练还不行吗？玉玉说，别磨蹭，快练。高志转脸来回瞅瞅说，到处都没有插脚的地方，咋练？练啥？玉玉说，只要想，哪里都可以，要是不想，哪里都不可以。高志说，我……我还是想先坐坐再……玉玉腾地站起，说，那好！你坐吧，我回去。说完，抬腿就走。高志又一把拉住说，我练我练，好多天没见了，哪能这么快就回？玉玉停下说，练就抓紧，少废话。高志说，我练清风明月剑行不？玉玉说，行，就在这石基上慢练。高志瞅了瞅，尽管石基高出地平面，可内部已填充，就选了片还没放砖的，又用脚用力踩了踩感觉挺实在，就对玉玉说，咱俩一起练吧，你在前，我随着你，不离不弃。玉玉说，还是当了先生的，不但嘴更会说，脑子还好用。

　　两人练完，月亮已在山背坡的树丛间徘徊。高志正要坐，玉玉一把拉住说，刚练完别坐，坐了气血淤滞在腰下对身体不好。高志说，年纪轻轻，哪有这么多不好？玉玉说，不听话是不？高志连忙说，听话听话，都怪我，都怪我。玉玉说，说你多少次，你咋还这样？高志说，不这样，再也不这样。玉玉说，一个男子汉，要有男子汉的气概。高志说，那当然，也只是偶尔在你面前这样。玉玉问，在那个活宝面前也不这样？高志说，你是说张豹吧？玉玉答，还有谁？高志说，哪还有谁，也就是张豹，可以前这样，现在早就不这样了。玉玉说，当先生了呗。高志说，你可别再先生先生挂在嘴上，先生是乱叫的吗？就我这点本事，比舅舅差远了，我只是替舅舅做点事，人家这样叫，我都不好意思，你再这样跟着闹，我就要找个地缝钻进去。玉玉说，人谦虚没傲气，本质是好的，但要看在啥场合，有时候，就不能太谦虚，太谦虚了，人家就说你假了，特别是男人，本真应该第一，无论能力如何，就是明知自己不行，也要在该担当时担当，在担当中成长，在成长中担当。高志说，你说得极是，就凭这，你也是我的先生。玉玉说，我不是一直是你的先生吗？高志说，不断修正我的言行，不断督促我长进，当然是，一直是，以后更是。玉玉说，以后可说不定，如今人，一长了本事就乱了方寸，忘了本，还爱攀高枝。高志举起右手说，我发誓。玉玉说，我不要你发誓，我看你行动。高志说，我一定用行动告诉你。玉玉说，是不是这话也对别人说过？高志说，哪有什么别人，我心里梦里都是你。玉玉说，一定是坏书偷看多了。高志说，哪有啥坏书偷看？确实是心里咋想就咋说。玉玉说，天不早了，咱下山吧。

高志瞅瞅月亮，还在树丛间，又想起了玉玉没来时，自己在石基上躺着的情形，就说，你还没告诉我这些天都在忙啥，为啥没去赶庙会。玉玉说，我就是有空去，你有空陪我吗？高志说，就是没空，也能见上一面吧？玉玉说，你不知道我天天那个忙。高志又问，你到底在忙啥？玉玉说，你以后会知道的，还是抓紧回吧。高志看着玉玉仍旧没动，说，我想……玉玉问，你想啥？高志感觉喉头总是吞咽不止，整个身子也绷得紧紧的，又说，我想，我想，我想……玉玉说，你到底想什么？高志又吞咽了一次说，我想咱在这儿再坐坐。玉玉转身就走，甩给他一句说，你想坐就坐吧，我得回了。

高志听了，身子哗一声像决口的堤坝，又松了下来。

高志第二天晚练后再到山上，玉玉已早早等在了那里，打了招呼，就想看看这一天新学堂的工程进展。可来回转了一圈，与昨晚相比并没有多少改变，就问玉玉今天咋没有大变化？玉玉说，人更少了。高志站住问，啥是人更少了？

　　玉玉面向留城，顿了顿说，你可能还不知道。高志心猛地一提，没等玉玉再继续，就急忙问，又出啥事了？一整天都没见到舅舅，也没见到智深来传话，你快说，到底出啥事了？玉玉说，看你急的，哪出啥事了？留城来干活的人都外出逃荒了。高志问，活干得好好的，逃啥荒？玉玉说，春荒，也就是饥荒。高志问，在这儿干活难道还缺吃的吗？玉玉说，在这儿干活当然不会缺吃的，可干活的家里人有饥荒。高志说，前几年这灾那灾那么多，也没听说闹过饥荒。玉玉说，你还是不知道。高志问，不知道啥？玉玉说，每年这时候都闹饥荒，我爹先是凭自己力量救济城里那些吃不上饭的，后来感觉就是自己一家都不吃不喝也救不了全城的人，就发动城里的大户，总算将就着让全城人挺到了收麦，再后来就成立了救急会，平常分头宣传收纳救急银两和物资，每年夏秋两季兑换成粮食囤积起来，到了来年春荒，就提前带着几个主事的，把所存粮食按人头分下去，然后把能做活的带出来在城里的公益事上以劳换粮。出来干活的，见分的粮食够家里老小吃的，自己在外干活又饿不着肚子，还能维持到麦收，又免了外出讨饭之苦，很乐意这样。可今年不同了，元宵节时，留城其他姓的大户见张家的十八剑客如此风光，就想让张家把别的姓的孩子也收进龙兴寺，可龙兴寺没有多余房子，即使有空着的，还想着为准备招纳的僧人留着，就合计在山上新建，后来就按照我爹的建议，不仅在山上建学堂，还建议城里人家把家搬到山前去，也就是俺家现住的这一片，一来能躲避以后的水灾，二来孩子上学也方便。可由于规划太多，花费远超最初的打算，原留着备荒的粮食就挪出一部分变换了些建筑材料，自然来山上以工代劳的人家应分的渡春荒口粮就比往年少了，尽管爹一直在想办法补充，仍不能满足报饥荒人家的需求，于是，在这儿干活的见不能再挨下去，便丢下活带着全家外出了，人走得一多，这工程就慢了下来。

高志转身看着砌了三尺不到的墙说，这一慢下来，完工就不知是啥时候。玉玉说，谁说不是呢？高志问，舅舅哪儿去了？听娘说，这段时间正筹划着卖城里的老宅院先抵上挪用，昨晚听说有了买家，今天一大早就去了。高志说，千百年的老宅子，可惜了。玉玉说，空着也是空着，爹说，不能搁着东西饿死人，留着不如先救急，等条件好了，再想办法赎回来。高志猛然想到在那里住着的爹娘和弟妹，就说，不知我爹娘现在哪里住，明天得抽空去城里问问。玉玉说，你爹一听说要卖宅院，就急着要搬回老家去，我爹不让，说等找到买主再搬也不迟。高志问，那买主是哪里的？玉玉答，是张豹爹在沛城找下的。高志问，谁？玉玉说，张豹大姐的婆家，款是张豹爹代转来的，宅院也先让张豹家给代管着。高志问，我爹娘呢？玉玉说，还在那儿住着。高志说，人家愿意？玉玉说，张豹爹给了银子，就让人把店里备的货放里面了，说是让你家看守着，以住代酬。高志问，我爹答应了？玉玉说，如今给人家打工，人家说啥是啥，能不答应吗？高志问，是不是明天就会多来人干活？玉玉说，没来得及走出去的都让爹拦下了，又把银子变换的粮食分了，明天肯定上山的人多。高志长出了一口气，这样一来，工程就快了。玉玉说，我就更累了。高志问，你累啥？玉玉说，做的饭多了，能不累吗？高志说，原来你给干活的人做饭？玉玉说，我爹恐怕请人做饭付工钱，就让我给娘打下手，自庙会那天起，一天也没闲着，你个没良心的也不来帮帮我。高志说，我哪知道这些？你咋不让瑞麟到寺里告诉我？玉玉说，学堂一摊子全靠你，瑞麟也忙得脚不沾地，所有备料，都是智深跟着爹买好，他负责拉上山的，拉完料，还得陪着爷爷指挥施工。高志说，老太爷那么大年纪也跟着忙，能受得了这累？玉玉说，不能受也得受，爷爷说，建学堂是让留城复兴的百年大计，有钱出钱，有力出力，再说了，留城本来就是张家的封地，俺家又是长房的长房，不带好头能行吗？高志说，城里那些跟着管事的呢？玉玉说，各人有各人的一摊子事，顾不上，建学堂又是爹分内的事，我们一家不老少一起上，还能靠谁？高志说，如今春闲，家里又没有多少事干，在这儿忙还能省家里的口粮。玉玉说，你可别这样说，我们全家都是尽义务，干活的灶是山上开的，有专人监管记录明细，我们都是侍候完干活的，再回家吃。

高志一愣，抬眼留城，似有灯光明灭，再看寺里，只有龙兴殿辉煌着，又看漕河，运货的船队掌着灯顺水行过，溅起的水声传到这静寂的山上格外响，就说，白天，我们只知道眼前的美好，可又有几个知道，在这深深的夜里，还有船队在为满足大家的需求奔忙着？云山苍苍，江水泱泱，先生之风，山高水长。玉玉问，这是范文正公《严先生祠堂记》里的吧？你说这干啥？高志说，突然想起，就情不自禁脱口而出，怪不得舅舅在留城德高望重。玉玉说，希望你将来也这样。高志说，先生之德，景行行止，高山仰止，一辈子也赶不上，只能尽力而为。玉玉说，长江后浪推前浪，应该有所超越，才是你高志，不然就辜负人了。高志一惊，辜负谁了？玉玉说，伊人。高志问，哪个伊人？玉玉说，在水一方的那个伊人。

高志仰头看了看头上的月亮，然后又顺着透过近前树缝隙射过来的一缕月光收回眼，没想到这缕月光从他和玉玉中间穿了过去，就看着玉玉说，倘若这光是你说的那水，即使千里万里宽阔，我唯愿此生尽力到达彼岸，满足你说的那个伊人所有的期望，并与之相守相伴终生。玉玉说，难得如此深情，倘若那个伊人心有感应，我真是羡慕她的福气。高志说，也只愿伊人如你一样近在眼前，从此不离不弃，携手百年。

玉玉瞅着高志不再言语，透过薄纱一样透明的月光，高志那张棱角分明的脸，尤其是他那双专注的眼睛，就像小时候，那是多么让人喜欢，没想到才几年，像是眨眼间，那个稚气可爱的小男孩已成了眼前俊朗的帅小伙，可毕竟未及弱冠，正是发愤苦读好学上进的好时光，如此儿女情长，实不应该，如若顺风扬旗，引他坠入痴男怨女的风月之海，他此生就毁掉了，自己也会落下千古骂名。就深呼了一口气说，你是不是中毒太深了？高志说，如果你是这毒，我情愿深浸其中。玉玉说，我明天就告诉爹，你在学堂背着他没学好。高志说，我咋没学好？玉玉说，你小小年纪不思进取，现成的正人君子的书不读，像市井里不务正业的混混一样专嗜那些上不得台面的风尘野史别传。高志一怔，随即说，玉玉可别，我是情有所钟，见了你才身不由己。玉玉说，那更得告诉爹，不仅读了坏书，还专拿里面那些乱七八糟的词句蛊惑我。高志又一怔，说，玉玉，对不起，都是我的错，你千万千万别告诉舅舅，我以后再也不说了。玉玉笑笑说，该说时再说，但现在不是说这些的时候。高志说，对对对，现在不是说这些的时候。玉玉收起笑说，那就开始练功吧。高志问，练啥？玉玉说，你以为该练啥就练啥。高志说，那就还在这屋框子里练那套清风明月吧。玉玉说，不，去后花园，那里相对平坦。高志说，还想跟你一起慢慢练。玉玉边走边笑笑说，行，但必须心无旁骛，再像昨晚心里生坏主意，我就再也不理你。高志说，我哪敢生什么坏主意？可能是男人青春期的一种自然生理反应。玉玉问，何谓青春期？高志答，就是指我们这个年龄。玉玉又问，出自哪里？高志又答，"青春"一词最先见于刘向《楚辞·大招》中"青春受谢，白日昭只"这句，王逸注之曰"青，东方春位，其色青也"。玉玉说，他们只是指春季，后来的文人墨客如杜甫的"白日放歌须纵酒，青春作伴好还乡"等也是这个意思，并没有指代人的生理阶段。高志说，是王维赋予的。玉玉说，何以见得？高志说，他的《洛阳女儿行》一出，特别是"狂夫富贵在青春，意气骄奢剧季伦"这句，从此"青春"一词就逐渐失去了原来的意思，再如《文选》中西晋潘尼《赠陆机出为吴王郎中令诗》的"予涉素秋，子登青春"，《文苑英华》北齐颜之推《神仙诗》的"红颜恃容色，青春矜盛年"，还有苏轼《同曾元恕游龙山吕穆仲不至》中"青春不觉老朱颜，强半销磨簿领间"，本朝初刘基的《风入松》词里"但道青春未谢，不知芳径苔深"……玉玉听到这里，不禁心喜，没想到高志这几年在学堂还真学了不少，但见他还在滔滔不绝，就立即打断说，你也不过是拾前人牙慧，有什么可值得卖弄的？高志戛然而止，说，你不是让我说明出处吗？玉玉说，我让你说明出处也应适可而止，纵是年至青春，风华正茂，也应懂得自我控制，纵观古今，谁人不青春，谁人青春不昂扬，真正的高明者，不仅收放自如，还更知道珍惜，把聪明和大好的光阴用在正道上。

第三天晚饭刚过，晚练课还没开始，张谦就让高志回留城。高志问，让我去做啥？张谦说，不做啥，你爹让我捎话给你，让你回家去一趟。张谦见高志犹豫着，就说，今晚我在学堂，你放心走你的，能回就回，不能回，就守着爹娘过一夜，明早来。高志不好再打愣，抬脚就出了寺门。出了寺门，向山上看看，又慢下来，才慢了两三步，又加快脚步奔留城而去。

进了门，大妹翠翠看见，笑着叫了声哥，转身就向屋里跑，边跑边喊，爹，娘，我哥回来了，我哥回来了。高志随后跟进屋，见爹抱着弟弟，娘在收拾碗筷。便先走到娘跟前，叫了声娘，就伸手帮娘，娘挡住说，你吃了吗？高志说，吃了。娘说，吃了，就跟你爹说话去，这可不是你干的。高志就瞅着爹叫一声，又接过弟弟抱着，本以为弟弟会见他生，会哭闹着不跟他，没想到弟弟到了他怀里，不仅两只手在他脸上胡乱摸，小嘴还乐呵呵地流着口水对他笑，惹得翠翠笑着喊娘，娘，娘，你快看弟弟，快看他哥儿俩亲的。娘放下手里的一摞碗，用围裙擦着手笑着说，亲哥儿俩哪有不亲的？谁又知，才说到这，小小的高愿好像听懂了娘的话，眼虽转向了娘，胳膊却搂着高志的脖子不算，脸还贴在高志的脸上，笑出的口水，就顺着高志的脸往下流。娘赶紧走过去，用围裙擦了口水说，快跟娘吧，让哥哥歇歇好跟爹说话。高志听了，就把高愿给了娘，高愿不高兴了，哇地哭起来。娘赶紧哄着，等不哭了，就对爹说，你看多大的孩子就知道亲了。爹笑笑没答话，又出起了神，像是有啥心思。高志说，您让我来有啥事快说，我还得回去呢。爹好像没听见，娘就催促着说，孩子还有事，你快说。高志爹说，按说这年纪有点小，正是用功的时候，不该提，可……高志娘打断说，你就别绕弯了，索性直来直去说吧，咱儿啥不懂，愿意就提，不愿意就推了，还能咋着？大不了咱回墓前村种咱的地去。高志又瞅翠翠，翠翠笑着说，有人给你说媳妇了。高志立马想到玉玉，心里就活泛起来，可又不好意思接话，就瞅瞅娘又看着爹。

屋里一阵静寂，外面却起了风。虽然是春天了，可这开春的风只要刮起来也是挺冷的，这时候玉玉是不是已去山上等他了，她冷不冷，会不会像她说的那样一直等到见到他？一想到玉玉，又想到信是张谦捎给他的，他心里就腾地热了起来，真没想到会这么快。就问，爹，您有啥话就说，只要认为好，您做主就是了，不要跟我说。爹说，你这段时间见过玉玉没有？高志答，见过。爹又问，她还像以前对你那样吗？高志又答，比以前还好。爹就瞅着娘说，看来，还是推了吧，不能把孩子拆散了。娘说，人家是大户，有身份的人，在城里又管着这么多大事，门不当户不对的，能瞧得上咱家？爹说，这也不是门不当户不对吗？娘说，一码归一码，人家看中的是咱孩子，又不是咱的家。爹说，他要不是看中咱的孩子，能从小就揽到跟前给养到现在？多大的情分才能这样？两个孩子又从小一起长大，咱不能没良心，更不能生拆了他们。娘说，问题是她家没提出来，她家就先提出来了，还有那么多好处。爹说，再多的好处咱先放一边，得看孩子是不是愿意。娘说，那你还啰唆啥？孩子在你面前，你直接告诉他。高志说，爹，您就干脆直接说，那女方是哪家的。爹瞅了高志一眼，又瞅着娘，嘴张了张又闭上。高志说，您要不说，我就回去了，那边还有好多事呢。

爹瞅了高志一眼，挠挠头，又翻眼皮瞅着娘，见高志娘不说话，又瞅着高志。高志说，您要不说，我可就真回了。爹放下手，脸一正说，好你个贼羔子，长本事了，敢拿话逼你爹，身上皮又痒痒了是不？翠翠说，爹，哥哪敢呢。爹又对着翠翠眼一竖，不用你多嘴撩舌，一个丫头家，这种事也是你听的吗？该干啥干啥去。翠翠就绷嘴瞅娘，娘说，看你厉害的，闺女说的是实情，你又吆喝她干啥？外面刮着风，你又让她到哪里去？这会儿又不让她给你拿这拿那了。爹说，你看你把他们一个一个给惯的，再过几年，那还得了？娘说，再过多少年，你也是他们的爹，当爹的说话做事不干脆，一家人也只能跟着你活受罪。高志说，娘，你少说几句，让爹快说。转脸又对爹说，您还是快说吧。爹说，你看你来家一回心急火燎的，像锅底里掏把火，还以为我多稀罕你。娘说，你看你，孩子十天半月来家一趟，净扯不中用的，还是快说正事吧，要是再拖延，拖到天黑风大回去，路上再有个好歹，我可跟你没完。爹说，你看你，还说我扯得远，你不但扯得远，还不着边际，咱孩子身子那个皮实，就是天再黑再冷又咋啦？男人经不了这点，以后又咋领家过日子？想当年，咱家没搬这里来，我两头来回跑，哪天不是月黑风高？有时还下大雨飘大雪上大冻，不是照样身强力壮？娘说，越说你越能了，你是景阳冈上打死过老虎的武松、风雪山神庙的林冲行了吧？别啰唆，抓紧说正事。高志说，爹的威风，我打小就记着呢，也听爷爷，还有先生，都常向我夸您，您先说正事，等哪天没事了，我专来听您说。

爹听了笑着对娘说，你看你这儿子，小嘴叭叭的多会说，小时候逢上人场，辘辘碌碌都压不出个响屁来。娘说，你看你，越说你能，你越蹬鼻子上脸，你到底说不说？还让孩子回不回？爹干笑一声说，你看你当着孩子面说的啥话，不就是他经常不在家，想趁机会多跟他拉呱拉呱嘛。娘说，想多拉呱另择日子，以后也有的是时间，咋能专借这火烧眉毛的时候？你看这是能耽搁的时候吗？人家不是还急等着回话吗？你到底是说还是不说，要是不说，我这就立马让孩子回去，你明天一早就去给人家回话。爹说，你别叨唠行不行？你就不能等我合计好咋给儿子说合适再叨唠？娘说，原来你还没想好咋跟儿子说，那你捎信让儿子快马加鞭赶回来干啥？你现在就告诉我，你到底合计好没有，要是没合计好，就先让儿子回去，等你合计好再让他来。爹说，我这就说还不行吗？高志说，爹就快说吧。爹低头略一顿，说，你可听好了，别过后怨我没说仔细。高志说，行，我听仔细，你快说吧。

爹坐正身子，清了清嗓子说，刘伯通昨晚喝过汤到咱家来，说要给你当大媒，我一听就高兴了，就问他那女方是哪家的，他说，你先别问是哪家的，你先告诉我，愿不愿让我提。你想，这种好事，这世上哪有往外推人家的？我就赶紧，你说吧，只要合适，反正俺这穷家破院的，没啥值得显摆拿架的，能进这家门，就是看得起咱。他听了，就说了。娘打断说，你别啰唆这么多，就直接说，女方是谁，咋来咋去，三言两语就完了。爹瞪着娘说，我不把咋来咋去说清楚，儿子能听明白吗？你能不插话吗？高志说，爹，您拣紧要的说。爹又说，女方是张老爷他二小姐。高志问，哪个张老爷？爹说，有几个张老爷？就是盛府的张会长，咱给人家打工，他不计较咱家庭，托人来说，我也见过那二小姐，人长得挺标致，性子又好，人家说了，不计较咱家穷家富，就是相中你了，你看行不行，要行，我就回话。高志说，不合适吧？爹说，天下哪又能找到

190
留城吟

这样的亲事？有啥不合适的？高志说，一是人家是大户，咱呢……爹打断说，人家说了不计较。高志说，您听我说完。娘说，你听儿子说完。爹说，你接着摆你的一二三四。高志说，二是二小姐年龄大。爹说，女大三，抱金砖，我打听过了，大不到两岁，不算大，再说了，大了知道过日子，再好不过。高志说，三是我年龄小，正在学堂用功，提亲有点太早了。爹说，这个也不是理由，按咱这里老规矩，有的比你还小都娶亲抱孩子了，要不是你现在在学堂里，又是读书的那块料，我早就让人给你说亲了，你看你娘从早到晚在家里忙的，你又常年不在家，多亏有你大妹帮着，不然你娘能忙过来吗？早就该给你娘找个能独当一面的帮手了。停了停，爹又说，人家也说了，成了亲，人家也不耽误你，你原来做啥还做啥。

高志低头想了想，突然抬起头说，爹，娘，我知道二老对我好，可您想过玉玉一家吗？人家可是咱家的大恩人呢。爹说，他们家要是知道，我想一定不会有意见，还会赞成这是门好亲，咱与他家的关系会亲上加亲。高志问，咋跟玉玉家是亲上加亲呢？爹说，咱留城，谁不知兴盛是一家？你跟二小姐成了亲，也就跟玉玉家是亲戚了，不是亲上加亲吗？高志说，您说的这些我都知道，咱也不说他俩家平常关系如何，我只说玉玉，玉玉和我从小一起长大，现在，我们还是天天在一起练功，我要是跟二小姐成了亲，玉玉今后咋办？爹说，我也想到过这一层，可玉玉家并不见得能看上咱家。高志问，您咋知道？爹说，她家要是能看上你，咋不让人来提亲呢？高志问，您看上人家没有？爹说，咱看上又有啥用？门不当户不对的，咱能高攀上吗？高志说，就凭玉玉家待咱，要是嫌弃咱家，人家会从小把我揽过去管吃管住管读书吗？天下还能找到第二个像玉玉家一样高看咱家的吗？您既然能看得上人家，为啥不托人去玉玉家说呢？爹说，你说的这些，我也想过。高志说，既然想过，为啥不赶紧做呢？爹说，这之前，我也一直认为你年龄小，想等你学有所成再提亲事把握会更大，哪想到刘伯通突然到家来打我个措手不及呢？高志说，看来，您还真有点为难了。爹说，不为难，我能捎信让你回家吗？你也掂量掂量这事咋办好？高志说，这事看起来难，其实也容易，就看您是咋想。爹问，啥咋想？高志说，您要同意，就跟人家说，要是不同意，就推辞掉。爹说，要是像你说得这样轻巧，我还让你来？高志说，那我问您，您同意吗？爹一愣，我……高志又说，您就告诉我您心里到底是咋想的。爹说，说实在的，如果不讲玉玉一家，这门亲事是再好不过。高志说，您别牵扯这么多。爹说，论咱的条件，能成这门亲事，确实好，听说，多少大户托人上门求亲都没成，没想你小子能遇上这七仙女下凡找上门来的好事。可要是同意吧，又恐对不起玉玉。话又说回来，玉玉对你是不是有意还得两说。要是不同意吧，玉玉再看不上咱家，你哪里还能碰上这做梦都想不到的好事？你说呢？高志说，要我说，很简单，明天就跟刘伯通回话说不同意。爹说，这么直来直去，人家面子上往哪儿搁且不说，咱可是在人家门下讨饭吃。高志说，那您就说，孩子小，想让他在学业上多用用功，不想提这么早。爹说，人家话都说在前头了，不耽误你，再说了，就是你同意，也不会立马就把亲事办了。高志说，您也别想这么多，您只要这话一说，人家就马上明白咱不同意。爹说，我还咋在人家店里干下去？咱家更在这里住不成了。高志说，大不了回墓前村种地去，咱家多少辈守着墓也没听说有饿死的。爹说，真要推了这门亲事，我也决不会再在这儿待下去。高志说，那就这样了，您明天给人家回话吧。爹说，咱可说好，你要是再攀不上玉玉，那可是过了这村就没有这店了，后悔就来不及了。高志说，就是攀不上玉玉，我也不后悔。爹说，我没听说人家二小姐咋得罪你了，也没看出人家二小姐有哪样配不上你。高志说，啥也没有，就是我心里有玉玉。爹说，有你这话，我知道该咋办了，你快回去吧。高志说，就是推了，也不一定把家搬回去，可以先租了住下，跟玉玉爹商量商量，看能不能在山南他家附近盖两间房住过去，以后弟弟上学也方便。爹说，要是推了这门亲事，咱还能在这城里住下去？就是想往山南搬，也得先搬回墓前村。

第十一章

　　高志赶到寺里，张谦正要出门。张谦问，回来了？高志答，回来了，先生。张谦又问，家里有啥事吗？高志又答，没啥事，就是让我回家看看。张谦说，没事就好，快回去睡觉吧。高志说，天还不太晚，我拿了剑再去山上练练。张谦说，山上今天放的东西太多太乱，也没有能施展开的地方，今晚就别去了。高志说，能练不能练一回事，去不去是另一回事，先生不是常教导我贵在坚持吗？张谦拍拍高志的肩笑笑说，好，可别太晚。高志也笑笑说，不会太晚。张谦说，那你快去吧。高志转身就走，走了两步，猛一停，回头又问张谦，先生这么晚了，还要忙啥去？要不要我跟着去？张谦说，不忙啥，我回家。高志又走到张谦跟前说，我有个事想跟您说一下。张谦问，啥事？你说。高志说，听说山上建学堂的人手少，我们一个个都不小了，要是不在学堂，在家早就能独当一面了，离工地这么近，我们学堂每天的功课调整一下。张谦问，咋调整？高志说，半天在学堂，半天在山上。张谦又问，到山上干啥？高志说，帮着干些力所能及的活，一是让大家长长力气也是一种练功，二是感受一下劳动的滋味，从另一方面更会促进大家在学堂好好学习，三是从中见识到学堂里学不到的本领，也是一种知识储备。先生不是常说嘛，艺多不压身，先生还告诉过我们，人的一生，不能增加生命的长度，但要尽量通过丰富的阅历增加生命的宽度，丰富内心，以便在今后的突发事件中游刃有余。张谦说，你这个建议好是好，我得先征求他们家长的意见，万一在山上出了啥意外好交代。高志说，真要能参与建学堂，对于我们，也是一种至高无上的荣幸。张谦说，你说得对，但也没必要天天上山，等我跟他们家长通个气，也跟瑞麟说一声，山上要是有需要你们能帮的，就让他捎信告诉你。

　　见张谦出了门，高志提了剑就往山上走。玉玉此时是不是还在山上呢？尽管距离不远，他还是心急如焚，脚下呼呼生风像踩了哪吒的风火轮，更像小时候在留城听李瞎子说的周瑜星夜往家赶、萧何月下追韩信、关云长千里走单骑……可才到山脚下，就立即停了下来。要是玉玉问为啥这么晚才来呢，要不要跟她说回家了呢，要不要跟她如实说出家里要给他说亲的事呢，要是说了，玉玉又是啥反应呢，从此，玉玉还会再见他吗？高志不敢再想下去，可不上山也不是办法，无论早晚，总要面对玉玉的质问。那就先瞒下吧，如果爹能把今晚的事处理好，这事在他和玉玉以后的生活中就像没发生一样忽略不计。可爹能处理好吗，这事能不被传出去吗，传出去能瞒住玉玉吗？高志心里像黄山湖里突然起了大风扑腾不停。可总是停在山下也不是办法，再耽搁，玉玉即使不知道这事也会生气，也不能总以寺里抽不开身为理由。是福是祸躲不过，是好是歹也总要面对。

　　高志快步到了山上没见到玉玉，却碰见了正要下山的瑞麟。瑞麟问，你咋才来，我姐刚下山。高志说，我回家了，刚回就来了。瑞麟笑笑说，回家一定有好事吧？可否让我高兴高兴？高志说，哪有啥好事？就是回家看看。瑞麟说，那你就瞒着自己偷着乐吧。高志问，不烦就是万福了，哪有这么多能让自己偷着乐的？瑞麟说，人逢喜事精神爽，你不说，我可要说了哈。高志一愣，随即又笑道，你从小就会这样诈我，我不上你的当，你要以为有啥，你就说，我也听听。瑞麟说，你要不说，要是我说对了，就不给你瞒着了，要是我姐再知道了这事，那就要你命了。高志又是一惊，立即又笑着说，你是越来越会诈我了，反正我没有事，再诈也没有。瑞麟说，但愿没有，那我可也下山了，你就自己在这里好好想想，如何解决，如何解决得更没有纰漏。说完，瑞麟就侧擦着高志的身向下走。高志一把拉住说，好兄弟，你别走，好长时间没能在一起聊聊了，我想跟你说说话。瑞麟笑笑转回身直向里走。

建学堂拓展的一大块平地，除了盖屋用的地方，到处放着东西，真像先生说的，还真没有能施展开的地方。两人在一堆作屋面横梁的木料边坐下，高志问，咱兄弟不说外气话，你咋知道我要到山上来？瑞麟说，我早就知道，原先是我和我姐在山上练的，我们练完，就是你和我爹在山上练，自从有一天晚上我跟爹去了城里，我娘又发现你和我姐在山上练，娘就让我在家跟着她练了，我爹也很少到山上来了。高志腾地站起，瑞麟扯了他一把，他又坐下说，谢谢你瑞麟，谢谢你们一家对我的好。瑞麟说，我们一家一直看好你，一直没把你当外人待，也但愿你别把我家当外人，这么多年，你也应该能知道。高志低下头顿了顿说，对不起，瑞麟，都是我的错，我对不起你，更对不起你们全家对我的好，更对不起舅舅对我的尽心培养，我的努力没能达到舅舅的期望。瑞麟说，你的努力，我们都看在眼里，你也别太谦虚和自责，我爹到家一闲下来就夸你如何如何，总之一句话，都对你满怀信心。高志说，谢谢你瑞麟，很是对不住，我刚才虽对你说了假话，可也不是故意隐瞒什么，只是想，等把这事处理妥当了再详细告诉你。瑞麟说，我理解你，只是开开玩笑，并没有非让你说出来不可，可我建议你一定要处理好今晚的事，千万别大范围扩散，扩散出去，对你不是太有利。高志说，我还没说，你知道我要说啥，你就这么严重地警告我？瑞麟笑笑说，你是让我说出来，还是你自己说出来？高志说，我以为你不知道，所以想尽快在小范围内解决了，既然你知道了，我就直接告诉你，对于刘伯通做的这个媒，我不同意，家里人也不同意，我们已做出决定，明天回复刘伯通后，我爹就把店里的活辞了，先搬回老家再从长计议。瑞麟说，至于你们家如何对待，我，还有我们全家没有任何权利左右，我只是从咱哥儿俩私下的情分建议你，一定要多方考虑权衡利弊，最起码不能再从你这里扩大知情范围，更不能让我姐知道。高志说，我不知道她听说这事后有啥想法，可无论她咋样想，我都不想告诉她这事，也不想让舅舅知道。瑞麟笑笑说，我爹知道。高志又腾地站起，瑞麟又扯一把让他坐下说，最初，是让我爹做媒的，我爹说不合适，也忙，他们才找的刘伯通。刘伯通其实也不想，可情面上不好推，就硬着头皮接了。高志问，你是咋知道这些的？瑞麟答，智深一直跟姑父打交道，他告诉我的。高志又是一惊，他没告诉别人吧？瑞麟说，他说没有，我也一再警告他到此为止，不可再让任何人知道，相信他不会再说出去。高志说，如果你姐哪天知道了，我会向她解释。瑞麟说，如果这事的处理真像你说的这样，就是我姐知道也不会怪罪你。高志说，谢谢你瑞麟，但愿如此。

悄悄回到寺里，除了龙兴殿的夜明烛，一切都安静下来。高志借着月光踮起脚摸到自己的铺，发现张豹的铺空着，一愣，转身又轻轻出了寝室，院内所有角落都找遍也没见着张豹，正纳闷，出来小解的智能问，深更半夜，你不睡觉，到处跑啥？高志问，见张豹没有？智能说，他没说到哪儿去，又能哪里去？高志说，所以我就在院里到处找。智能说，晚练后还在龙兴殿跟师父说了会儿话，说回去睡觉就离开了，会不会在茅厕里呢？高志说，还不好说，我刚才咋就忘了呢？智能说，你在这儿等着，我顺便看看。

没多长时间，高志见智能和张豹一前一后走过来，走到他跟前，智能一指说，我给你找到了。高志一拱手，说，谢谢师父。转脸问张豹，你咋在里面蹲这么长时间？张豹说，在床上等你，等到你平常回来的时间还不见你，感觉渴了，就喝了点凉水，没想到凉水一到肚里就不安生了，翻腾得实在忍不住了，我便去茅厕蹲着，就一直到现在，腿都麻木得站不起来了，要不是智能扶着，说不定就倒在茅坑里了。高志问，现在肚里舒服没有？张豹答，好多了。高志说，那就抓紧回屋睡吧。说完就扶着张豹往前走。张豹慢腾腾走着问，你回家咋这么晚才来？高志答，早回来了，又出去练了练。张豹说，你也太用功了。高志说，习惯了，反正在屋里也睡不着。张豹说，你一出去，我也睡不着，索性从明天开始，咱一块儿出去练。高志说，我一人习惯了，你就在院里找个地方练吧，先生也不允许你们十八剑客晚上出寺，特别是你。张豹说，能像你多好，想到哪儿就到哪儿。高志说，除了这练功，其他时间，我也不是能随便的。张豹说，我也想有这么个自由出入的时间。高志说，你从小时候晚上都没出过家门，在寺里都是例外了，千万不能再给先生添心思。张豹说，我知道，所以没有随便，你以后也尽量按时回，别让我太担心。高志说，谢谢你，有你这话我知足了。张豹说，每次回家，我二姐总是对我说，不能光想着让高志照顾你，也要学会关心关心高志，高志聪明好学，各方面表现都好，要是家庭条件好，会更有前途。高志一愣，说，谢谢二小姐的关心，你再回家一定告诉她，请二小姐放心，我会照顾好自己的，也一定会更努力，尽量争取有个好的前程，我不需要少爷您照顾。张豹说，你又少爷长少爷短了吧？我说你多少次了，咱们是同学，不能按在家里那么称呼。高志说，同学面前不可，但没有同学在，我还得按规矩来，不能错了章程让人家笑话。张豹说，哪有这么多规矩、章程？你以后直呼我名就行了，别那么麻烦。高志说，更不可以。张豹说，按现在说，你是先生，是可以直呼学生名字的。高志说，别人乱讲就乱讲了，少爷就别取笑我了。张豹说，我看你够当先生的料。高志说，我再强调一遍，我和你们一样都是来学习的，我只是按照先生的吩咐给大家传话，不可以说我是先生，先生都是有本事的人，我没有当先生的本事。张豹说，你不要再谦虚了。高志说，我不是谦虚。张豹说，凭你的能力，就这样发展下去，叫你先生都委屈你了，你会有更好的发展。高志说，谁又不想将来有更好的发展呢？先生曾告诉我们，除了自己在学业上努力，还要在其他方面争取，我学业上都没做好，其他方面更没有指望，所以我现在只有一个心，先把自己的做好。张豹说，你这样，我们何尝又不是这样呢？如果有那么一天，你一举成名，被封了官掌了印，你直呼我们这些人的名字又有何不可？高志说，忘本是一个人最没有修养的表现，无论我将来到了啥位置，我都要记住自己是从哪里来，根在哪里，又是哪些人把我推举到现在的位置，所以对于你们，仍要保持原来的称呼，如果你们都有了发达的名位，我更会按你们新的称呼称谓你们。张豹说，难得你的心，如果我们私下里有了别的关系，你也一样可以直呼我名的。高志一口气提到嗓子眼，猛然就想到二小姐，难道张豹也知道了？他真要知道了我的态度和最后的结果，他又会咋看我呢？可又不能直接问，就说，又能有啥关系呢？张豹说，我只是有个感觉，具体还说不清。高志松了口气说，你是多想了，也别乱说了，赶紧睡觉去。张豹走了几步，立即转身向茅厕跑去，边跑边说，又不舒服了，你先去睡吧。

看样子是月亮落下去了，寺院里越来越暗，如果不是龙兴殿透出的光辉映着，院里会更黑。突然有两道豆粒大的黄光从大门东的院墙上射过来，立即又噌地上了门楼屋脊。高志见那两个光点向前慢慢移动，到了门楼西头，又噌地跳到院墙上继续向西，才动了两下，突然跳到地上，直向高志跑来，到了高志一丈开外，稍停，又绕过高志，向茅厕方向小心翼翼走去，才走到门前，突然又噌地上了墙没了踪影，与此同时，一个庞然大物从茅厕里出来一站，就向这边走来。高志头皮一麻，立即释然，迎上去说，咋样？还有啥感觉？张豹说，肚子感觉空了，可有点痛。高志说，痛好办，你把左手给我。张豹伸给他左手，高志在他拇指和食指中间刚一使劲，张豹哎哟一声，高志赶紧松开问，咋了？张豹说，你捏得这么疼，还酸。高志说，你不是肚疼吗？这个地方就能治。张豹说，这个地方是啥穴位。高志说，合谷穴，几乎身上所有的不舒服都能调节，只要感觉哪里不舒服，上下按住这里，燃半支香的工夫就能有效，只是有点酸疼。张豹又伸过手来说，你快再给按按。

　　高志按得渐渐用力，张豹随着力道的加重，口吸冷气的声音越来越大，等感觉有点撑不住了，就想挣脱，可高志的手指像把虎钳夹得那个紧，动了几次都没挣脱。没挣脱，就咬着牙不再挣，可高志的手却松开了。张豹用右手抚搓了几下，一顿，说，奇了，肚子真不疼了。高志说，那就赶紧睡觉去，以后可不能再喝冷水了。张豹问，要是再疼呢？高志说，要是再疼，你就自己按按。张豹说，我能按对地方吗？高志说，男左女右，左手大拇指第一节垂直向下所指的地方就是。张豹试了试，一用力，还真有了高志按住的感觉，就笑着说，没想到你还有这手艺。高志说，先生和慧觉师父都会，还不仅仅会这一个穴位疗法。张豹道，你是不是也都会？高志说，我比他们差远了。张豹说，不得了，不知道的，还以为你只是再平常不过了，没想到你会这么多。高志说，先生告诉我，像我们这些识文又习武的，就应该先熟悉自己的身体，不仅包括四肢骨骼五官内脏分布，还要记住身上经络及穴位作用，于己，稍感不适就能自我调理，对外，可以帮助他人缓解痛苦，危急时刻能一招制敌。张豹问，先生为啥不教我们？高志说，均在教程之内，只是还没到时候。张豹说，你咋会的？高志说，我以前见他们这样，感到好奇，先是看他们做，后又找机会问，一来二去，就知道了点。生活中处处有学问，只要你是有心人，不但会发现，还能触类旁通。张豹问，你是不是还有其他绝活没露出来？高志说，哪有啥绝活？就是这方面，我也只是知道点毛皮，没你说的这么神奇，也更不必大惊小怪，其实，每一个人都有他的过人之处，只不过人家平常不声张罢了。张豹说，看来，今后还真不能以貌取人。高志说，是，大千世界，无奇不有，从眼前走过的每一个人，哪怕是个要饭的，你都不要轻视，更不要在人前逞能，弄不巧，过火了，就惹了麻烦，给人家留下笑柄，后悔莫及。张豹说，孔圣人的"三人行，必有我师焉"是不是也说的是这个道理？高志说，也可以这样理解，但孔圣人的这话，不仅仅于此。张豹说，你今后可得好好教我。高志说，别人的帮助虽然重要，最主要靠自己的努力。张豹突然站住，我二姐也常这样对我说，你们是不是经常见面？高志又一惊，赶紧说，哪有的事？千万别瞎讲。张豹问，那为啥你俩说的同出一辙？高志感觉身上在不断地冒汗，慌忙答，只是我们对世事有了共同的感触。张豹笑说，既然我们，还共同，你就别此地无银了。高志急了，我是说，我和你二姐在不同的生活经历中对世事有了一样的理解，你可不能乱猜疑。张豹愣了愣说，我又没说你和她咋了，你急啥？高志说，我急你没影的事胡乱说。张豹见已快到寝室，又一把把高志拉到远处说，我前几天回家，听说在给二姐找相公，还听说不论家里贫富，只要好学上进能文能武，莫非……高志猛地甩掉张豹的手说，你再这样疑神疑鬼瞎胡说，再不理你。说完转身就走。张豹又一把拉住说，我看你俩挺般配的，过两天再回家，我就……高志一把捂住张豹的嘴说，这是啥地方，你能乱说吗？张豹拉开高志的手说，那怕啥？都睡着了，谁又能听见？高志说，院子里说话，隔墙有耳，万一传出去，让你姐知道，不撕烂你的嘴，哪有你这样当兄弟的？天不早了，赶快去睡觉。

一觉醒来，高志睁眼往屋里看看，见同学们都在穿衣起床，就腾地坐起，三下五除二下了铺。张豹还没醒，高志就用手晃晃他，仍不睁眼，再晃晃，只听哼了一声，又没了动静。高志见穿着衣服下床的同学都在往这里看，想大声叫醒他，又觉大清早咋咋呼呼不太好，何况又是佛家圣地、清净之所禁止喧哗，作为读书人，特别又是先生不在时的管理者，更应该带头以身作则遵规守矩，就一手捏住他的鼻子，一手用力地拍他肩膀，才拍了两下，张豹挣脱醒了，见是高志在让他起床，左右看看，见铺都空了，便仰身坐起，双手揉揉眼就摸起衣服穿起来，才伸了一只胳膊还没到袖口，听屋里笑起来，赶紧睁眼一看，错把夹裤当成了夹袄，不好意思地调换罢，又对着身后说，笑啥笑，没见过？笑声戛然而止。等张豹穿戴齐，屋里再没了其他人。

高志洗漱完，到了早练的地方，同学们也陆续走过来，并按原定的位置站好，见张豹迟迟没到，相邻的就交头接耳叽咕了一阵又放声地笑起来，等听到身后的脚步声转头见张豹远远地向这边一溜小跑过来，又立马闭嘴。

张豹在既定的位置站定，高志说，今早练桩功。张豹问，站桩、走桩还是化桩。高志答，站桩。张豹又问，站桩还分几种呢，是只练其一，还是交替循环？高志说，只练无极站桩。张豹说，没意思。高志严肃地说，又来了，先生早就教导我们，拳没行，先站桩，站桩是行拳的根基，只有根深才能叶茂，只有桩功练到一定的火候，才能使阴阳相调、内气充盈，以不变应万变，最终达到天地人合一的境界。张豹说，这些我也知道，但也不能死板地光练这个，且不说学拳之初先练的是这个，就是这段时间也没换样，就像吃肉，我也知道肉能壮身，可天天吃顿顿吃行吗？应该换换口味。高志说，正因为你热衷换口味，这桩功你才没坚持。张豹说，谁说没坚持？高志说，你不用问别人，先问问自己。张豹说，我一直记着冬练三九夏练三伏晨昏三叩首早晚一炉香，还有拳不离手曲不离口，每天不论站、走、化，我都从无极开始、浑圆、开合、升降、缠丝等一一习练一遍。高志问，站的要义是啥？张豹答，形意合一成丹田之气。高志问，行的作用是啥？张豹答，发挥丹田气产生缠丝之力。高志问，化呢？张豹答，化就是把桩练有效地运用到实战中去，这时身体的表现是无论坐卧行走无时无刻不处于桩的状态。高志说，很好，但愿不是失街亭的马谡只是纸上谈兵。张豹说，纸上谈兵没错，只要不止于纸上谈兵，不是说要教梅花桩吗，为啥没有动静了？高志说，谁说没有动静了？我们一直在做准备。张豹说，天天练这站桩就是在做准备？高志说，我们现在练的目的就是进一步深厚脚下抓力、腿部撑力和腾跃能力，尤其是后者，不是一朝一日能提升的，所以要先加强练，你以为你不需要加强吗？张豹一愣，立即想到自己腾跃想追铁管的事，就凭当时一提气刚离地的能力，连梅花桩都上不去，又咋在高高的桩上练呢？想到这，脸腾地一热，但也不想就此作罢，说，既然这样，还不抓紧？高志听话中底气不足，便不再与他多费口舌，就说，大家跟我一起来。

于是虚领顶劲、含胸拔背、沉肩坠肘、气沉丹田……还不到一炷学时香，高志见同学们个个头上有一缕似有似无的氤氲之气袅袅升腾，尤其张豹，整个身子像个蒸笼，脸部还有汗珠滚落，知道大家今天比昨天有了进步，最起码一个个进入了状态还有了明显的成效，就收回眼继续。直到有脚步声从寺门向这边传来，并在他身边停下，他才微微睁开眼，见课时香已着完，就领着收了势，然后就随智深到一边听他叽咕了几句，又走回来，对同学们说，歇歇收拾一下抓紧去吃饭。张豹掏出手巾上上下下里里外外擦完汗问，又有啥急事要我们去做。高志说，实地演练。张豹又问，去哪儿？练啥？高志说，饭后你就知道了。说完径直去了香积房。

高志吃完出来没看到张豹，正要问，见张豹从寝室方向慢腾腾走过来，就招招手，见张豹慢走变成了小跑，又迎了上去，碰面时，高志问，干啥去了？张豹答，换里面的湿衣服去了。高志说，别再磨蹭，快吃饭去。

同学们一起来到山下，瑞麟走过来对高志说，没办法，今天干活的多，砖供不上，只好劳烦你们帮帮忙。高志看了看前后挨着的五辆大马车说，少爷别客气，养兵千日，用兵一时，这建学堂更是我们这些直接受益者应该做的。瑞麟问，你看咋往山上搬？高志问，以前你们是咋搬的？瑞麟说，就是每人根据体力搬几块一趟趟往上送。高志又望望山，说，这山道有十丈吧。瑞麟说，有。高志说，如果也像你们以前那样搬，一上午都搬不完。瑞麟问，你说咋办？高志反问道，你还有别的事吗？瑞麟说，你们在这儿忙，我能离开吗？高志说，你去山上接应，我在下面往上送。高志见瑞麟还不动，就说，抓紧吧。瑞麟不好再耽搁就上了山。高志转身对同学们说，咱按座位顺序顺山道一字均匀排开，张豹随我在下面，一起练击鼓传花功，但今天没有鼓，我动作的节奏就是鼓，花就是眼前这些砖，全传到山上是不是要看我们的能耐？张豹说，这办法好是好，就担心排在山腰的能不能站稳。高志说，这就是桩的化用，要凭真功夫，你早上还不情愿练，谁感觉不行提前说。高志见没有提出的，就又说，咱先按我说的传，但传、接要稳，要准，要利索，注意安全，谁要是撑不住了，也提出来，我跟谁换。张豹说，闲话少说，咱们开始吧。高志说，好，开始。

最初，他们一块一块地抛传，你接了抛给我，我接了传给你，感觉很好玩，没多长时间，一车砖就传完了，换马车时，高志又说了一句，用腰。同学们自然明白，一试，传的速度就快起来，远远看去，就像顺着山道竖着的一排鞭杆，砖一来，鞭杆在一俯一仰间，带着鞭绳亮着呼哨就传递到了山上。随着速度的加快，只看到砖带出的弧线，像浪涛一样，一个接着一个不停地向上。先是五个赶车的看呆了，接着不远处忙着盖房的也停下手里的活伸长脖子透过树丛缝隙往这边看。高志见给他递砖的三人愣在原地，也不招呼，就自己在马车上摸了砖往上传。正传着传着，就听瑞麟对身边的道，看啥看，没看见砖都把我围起来了吗？还不快把砖往远处放。

正在山上背风处给娘锅下烧火的玉玉听见赶紧往锅底填满柴火，也站起来看瑞麟，就见瑞麟磨着身子把接了的砖往身后扔，从左至右，又从右到左，如此反复，一刻不停，散落的砖形成的半个圈眼看到了瑞麟的腰部，再顺着山往下看，脸上的笑就绽开了，绽开了又喊正在锅里翻菜的娘说，快看快看，娘您快看。娘扬起脖子顺着玉玉的手指看过去，笑着说，可见你爹这几年功夫没白费，连搬砖都像玩把戏一样。玉玉说，你再看那高志。娘见高志在马车前，眼往后连看也不看，两手飞快地把砖轮换着向身后抛出去，那砖像长了眼，一块接一块地往张豹手里送，只是站在斜坡上的张豹有点慌，好在还能应付。玉玉说，不看他飞砖，只说他能想出这一招就算爹从小没看错他。娘瞟了玉玉一眼说，也没少挨你的欺负。玉玉笑着说，我那是欺负吗？我是帮爹管教他，要不是我，爹天天那个忙，他高志能成现在这样吗？娘笑着说，一个闺女家，说这话也不知害羞。玉玉说，那又咋啦？一起长大，又不是外人。娘说，我也知道不是外人，我还知道俺闺女本事大，但不能只沉浸在过去，还要面向未来。玉玉说，俺心中有数。娘笑笑说，光心中有数不行。玉玉说，不信，等着瞧。娘说，别自以为稳打稳、把里攥，后悔药难吃。

第十二章

又到了旬末回家的日子。

这天结束了下午第三炷香的课，同学们归心似箭般跑回寝室，把要带回家的东西一包就各自上了路。张豹没让人来接却让高志跟他一起回城，高志推辞说，你先走，我还有事。送走张豹，高志开始收拾自己的东西。

自从那天回了家，至今家里啥情况再没有人告诉他，他这几天一直在想，全家人是仍在留城住着，还是回了墓前村，如果他回家又到哪里去？每晚到山上，除了跟玉玉一起练功，根本不敢多言，更不敢问玉玉，唯恐一张嘴就把家里给他说亲的事抖搂出来，真要是不自觉抖搂出来，他就是浑身是嘴也挡不住玉玉的借题发挥，更何况，这之前，他还从没在玉玉面前隐瞒过什么，每次一见面，都兴奋地把自己知道的事一点不落地全说出来，尽管知道有些事，玉玉不感兴趣，也没必要说，说时还唯恐说不仔细，担心玉玉听不明白，因此激动得嘴直打别扭，一别扭，要说的更说不清，脸就急得一阵儿红一阵儿白，连玉玉都替他担心，可每每此时，玉玉尽管替他担心，可总喜欢看着他兴趣盎然的口吃样，有时还故意逗他继续说，又没想这一逗，他索性想到啥就说啥，就差没把肝花肠子也倒出来。玉玉照样不阻拦，还总是说，你慢慢讲，别累着。没想到他一听玉玉这样劝他，他更来了兴致，也总是上气不接下气地说，不累不累，说话哪能累着？要是让玉玉娘碰见，玉玉娘就眼一瞪说，玉玉，你有完没完？他哪辈子欠你的？玉玉就笑笑说，他就这辈子欠我的，他说的可有趣了，我就喜欢。玉玉娘说，喜欢，也不能总让他说，真要累着咋办？玉玉一听转脸就对他说，太太让你歇歇，你就歇歇吧。正在兴头上的他就咯噔把嘴闭上，眼也不眨地直瞅着太太。玉玉娘一见他挺委屈的可怜样，就蹲下身一把将他揽到怀里说，我的乖乖儿，太太不是不让宝宝说，是怕宝宝累着。他就说，谢谢太太，宝宝不累，宝宝就喜欢给大小姐说话。直到来了龙兴寺，他有时想起他小时的情景，也认为自己可笑，可从没有埋怨过自己那时话多，相反还总怀恋那时能有那么多时间跟玉玉在一起，尽兴地说那么多想说的话，如果时光可以重来，他还真愿意再回去。可时光哪又能回去呢？他只能盼望每一次重逢，珍惜每一次在山上见面的幸福时刻，尽管玉玉近来好拿庙会上与二小姐的事夹枪带棒，可他知道玉玉的心。每当玉玉说起时，有时言语太刻薄太尖锐，甚至刻薄得让他简直无法忍受，尖锐得直扎心窝，他不但不计较，还总感觉玉玉的话越刻薄、越尖锐越是对他好，他听了越是舒服受用，因此这种舒服和受用相较于痛来说，那又简直胜于挠痒痒，试想，自己的痒能被人挠着，那可是多么幸福的事！有时候，他真想就这样幸福其中，直至千年万年，可理智又提醒他，过多地幸福于这种搔痒，那就是对玉玉无中生有变本加厉指责的默认，于是，关键时刻，他就一边享受一边又极力把玉玉引向不让他痒的话题，可防不胜防，每当正暗喜自己的引导成功之时，玉玉偏来个回马枪让他猝不及防难以挡驾，如此一而再再而三，他极力遮挡之后更小心翼翼。尤其是刘伯通说媒的事一出来，他每次下山回寺的路上，又盼着遇上瑞麟或是先生，盼着瑞麟或先生能给他提供他想知道的信息，可也是出了奇，这几天，不仅没见到他们爷儿俩，就是每天给他传话的智深也是说了一天的功课安排就匆匆而去。于是，他又把希望寄托在隔个一两天就来给张豹送吃穿、拿换洗的张永，可这想法也只是一闪现，立刻又马上否定，罢罢罢，这段时间，在没有弄清家里情况之前，张豹家的人还是少接触，别说想办法不见，就是无意碰上都觉得尴尬。有一次，还真与张永迎面碰上，可不知是张永也知道了刘伯通提媒的事，还是忙着招呼在他身后走过来的张豹，明明是眼碰着了，张永不但没了以往一见就亲热地笑着招呼，还脸冷得像三伏天突然遭遇了三九凛冽的西北风，紧绷得像铁板，这可是从没有过的表现，就是迎接张豹比跟他打招呼重要，见了他也得有所表示吧？哪怕迎面点下头也行，可人家却没有，毫无疑问是知道了说媒的事。知道就知道吧，反正晚知道还不如早知道，早知道就早了了他心中的结，就早让他再无牵绊地专注于自己的事。从此，张豹家再有人来寺里，高志不但不敢问，还每逢远远看见就躲开，再不像以前帮着接了拿回去。如今再想这事，心却猛地一抖，要是当时张永根本不知道刘伯通提媒的事，纯粹是为了张豹顾不上其他呢？误解了张永也就罢了，要是张豹感觉出自己不同以往的变化又会咋想呢？如果家里真拒绝了刘伯通，也应该想办法让他知道吧？如果真把家搬回了墓前村，更应该让他早知道，不然他再像以前回城里不是自找难看吗？要是迎面正好碰上张豹家人，尤其是每天都要到自家店里转悠的二小姐，又咋面对呢？人家要是当面问起来，又拿啥话支应开呢？尽管这几天他也绞尽脑汁想其他途径，可每到再也想不出别的办法，挂念家的心就更强烈，特别是同学们一个个都回家的这时候。可强烈也没用，回吧，又不知回哪里去，不回吧，寺里又停了他们学堂的伙，饿一顿还可，要是饿上一天，再坚持每天规定的练功，那可受不了。不知如何是好的高志，收拾好自己的东西，就仰躺在自己的被子上。

不知不觉到了晚饭时间。高志不好出门，就蒙上被睡起来。才迷糊着，被子被突然掀开，高志睁眼一看是智能。高志问，智能师父来干啥的？智能笑笑说，来查铺的，见这里鼓囊老高还一起一伏地动，以为是外面跑来的大狸猫把撕咬被子的老鼠按在了被窝里，就奔过来了，没想到是你，你咋没回家？高志也笑笑说，前几天已回过家了，正好有点事就不想回了。智能说，不想回就去吃饭，小小年纪饿着肚子也睡不着。高志说，我不饿，只是有点累，趁着静就早睡了。智能一把拉起他说，虽然有规定，也不差你这一口。高志挣脱说，我真不饿，师父快去吃吧。智能说，不给面子，我让师父来请你。高志腾地下了床说，谢谢师父，我真不饿，歇一会儿，我还上山呢。智能说，山上是不是有好吃的？高志说，天这么晚了，山上早就收工了，锅也熄火了，哪有啥好吃的，就是有，也没我的份，我有别的事，师父快请吧。智能没办法，就走了出去。

重新躺下，又听到门响，高志又赶紧坐起来，见是瑞麟，问，你咋来了？瑞麟说，猜着你没走，刚才碰上智能，果然证实，赶紧跟我去吃饭。高志说，我不饿，就是累，想先睡。瑞麟说，你要不起来跟我走，我让我姐来。高志说，千万别。瑞麟说，那就赶快去香积房，慧觉师父让你去。高志说，我可不能在寺里吃，他们的定量也紧巴。瑞麟说，你跟我回家，我有话跟你说。高志犹豫地说，你你你没告诉大小姐吧？瑞麟笑笑说，你就那么怕她？高志说，不是怕，我是恐她知道那事会不高兴。瑞麟说，你看我姐是那小肚鸡肠的人吗？一家有女百家求，才俊儿郎万女相，人之常情，更何况在这事上，你做的又没有对不起她，她要是知道高兴都来不及，难道还会责怪你？高志说，你还是不了解她。瑞麟说，她是我姐，我能不了解？高志说，你不懂里面的事。瑞麟说，我哪里又不懂？高志说，她要是知道，当然不会怪罪我，可她会埋怨刘伯通多管闲事。瑞麟说，那是人家求他，又不是他自愿去做媒的。高志说，明知道我跟你们家的关系，他刘伯通不是故意制造矛盾吗？瑞麟说，看来你是在寺里把书读呆了，外面小孩子都知道，成人之好，是积德行善的事，既然有人求着，何乐而不为？再说了，人家也不知道你心里有没有人。你也是，既然心里有，为啥不让你家里找人来说呢？高志说，我我我……瑞麟说，我啥我？机会都是像你这样犹犹豫豫错过的。高志说，我一直以为自己年龄尚小，还不到谈婚论嫁的时候，谁知道刘伯通会没事找事呢。瑞麟说，你以为你年龄小，这是因为你在学堂读书，要是不读书，你试试？你家里早就给你请媒人了，说不定娃都抱上了。高志说，你可别乱说，我以为不到，谁请也不同意。瑞麟说，那好，我回去告诉我姐，就说高志认为年龄小，还不同意让人说亲。高志说，你你你。瑞麟笑笑说，别你你你我我我了，赶紧起来，跟我回家，你要是不去，可别后悔。

高志跟在瑞麟后面出了寺门又停下来，说，我还是回我家看看吧，还不知家里啥样了。瑞麟说，你知道你家现在哪里吗？高志一愣，你是不是说我家真搬到墓前村了？瑞麟说，你是不是还在心存侥幸呢？高志说，我能存啥侥幸？瑞麟说，你心里应该很清楚吧？如果是这样，你也没必要去我家了，你想去哪儿就去哪儿吧。瑞麟说完就走，高志一把扯住他说，好兄弟，快告诉我，我家到底在哪里？瑞麟问，你到底想在哪里？高志又一愣，我我，我想在墓前村？瑞麟又问，这是真心话吗？高志立即举起右手，我发誓……瑞麟笑笑说，你别发誓了，我告诉你，你家还在留城原住处。高志紧跟一句问，你是说我家没搬？难道我爹答应刘伯通……那不行，我得回去找我爹去。说完，转身就走。瑞麟拉住他说，你去留城，我也不拦你，今天不去我家，你可别怨我没来叫你。说完，也转身就走。高志又拉住说，少爷、少爷……瑞麟说，又这样称呼了吧？高志连忙改口，好兄弟，好兄弟，求你了，求你了，行不？见瑞麟还是不答话，又说，你就别拐弯抹角让我为难了，我都不知道如何是好了，请赶快直截了当地告诉我原委吧。瑞麟一甩手说，原委是你造成的，我哪又知道，说完又走。高志又两手拉住说，既然这样，我哪也不去了，我回寺里，你也别管我了。说完手一松，转身大步流星直往寺里走。

瑞麟见高志越走越远，就追上一句说，你要是再往前走，你就永远别进我家的门。高志咯噔停下，急转过来，又小跑着到瑞麟跟前，对不起，都是我的错，好兄弟，你现在让我去哪儿我就去哪儿。瑞麟说，不是我让你去哪儿你就去哪儿，而是你该去哪儿就去哪儿，我也不是强制你，我只是刻意提醒你，你也可以不听。高志说，兄弟的话，我听，咱这就去你家。说完就朝瑞麟家走去。

两人刚到了山南，见玉玉从家拐上驿道，高志就像接到了无声命令，赶紧止步不动了。瑞麟瞅瞅停下发愣的高志，又望望向这边走过来的玉玉笑笑也停下来。玉玉走到跟前，对瑞麟说，你笑啥笑？瑞麟仍笑着说，大小姐大驾光临，我能不高兴吗？玉玉说，你就这点能耐，让你请个人，你就磨蹭到现在？瑞麟赶紧收住笑说，这这这……玉玉又说，这啥这？你还有功了是不？瑞麟瞅了高志一眼没再说话就低下了头。高志说，对不起小姐，都怪我，是我耽误了，不能怪少爷。玉玉说，哟嗬，你还挺有能耐，替人揽错就这么好？我一听你这样我就气不打一处来，以前说过你多少遍，别这样别这样，你咋没有记性呢？高志说，这次确实怪我。玉玉说，我知道怪你，你身份高、地位尊、身子贵、架子大，请不动。高志说，我可没你说的这样，只是有点事耽搁了。玉玉说，啥事比请你来家还重要？是不是哪家的金枝玉叶看中你了，你想跳龙门攀高枝？高志一惊，怕她知道，还真知道了，瞅了瑞麟一眼，瑞麟摇摇头。玉玉逮住说，你摇啥头，你俩在给我打啥哑谜？瑞麟又摇摇头，玉玉说，你头是拨浪鼓吗？瑞麟低下头捂着嘴忍不住笑说，姐，我一听你说话比看戏都精彩。玉玉说，精彩吗？瑞麟抬起头笑着说，精彩极了。玉玉说，你说精彩没有用，人家高先生是上过高等学堂见过大世面的，书读得多，手下还有十八剑客，你能比得上吗？所以人家全当耳旁风了。高志也笑笑说，哪里话？大小姐的话我一直都很重视。玉玉说，你就这样重视的？一听说你没回家，就让瑞麟请你，你看到啥时候了？就不怕人家急躁吗？高志说，对不起，小姐，都怪我。玉玉一听又气上心头，你就不能不这样说吗？高志说，对不起，我也不知道为啥，总是不听使唤。玉玉扑哧笑出声，立即又收住说，一个男子汉，咋能没点阳刚之气呢？瑞麟说，高志哥不仅阳刚，还聪明得很，你没见那山上飞砖，那阵势，也只有他带着十八剑客能摆出来，又让咱省了多少力，谁又能有这本事？玉玉说，这还算本事？要是真有本事，就一个人抛上去还自动全码整齐，领了这么多人，扔得满山都是，不是后来又腾出空归拢到盖屋的地方，山上连插脚的空都没有。瑞麟说，高志哥又不是孙悟空，你不能对他要求太高。玉玉说，没有高要求，就没有上进心，没有上进心，又哪有好前程？一切都是奢望。高志说，小姐你放心，我一定会按照你的要求再努力争取。瑞麟说，你看高志哥对你多尊重。玉玉眼一瞪说，我不需要这样低声下气的尊重。

三人一起到了家，玉玉娘笑着迎上来说，高志来了，快进屋吃饭，饭都热了两回了。玉玉说，高先生架子大，难请。娘说，我看俺高志好着呢，根本不是你说的那个样，也就你总是找碴儿欺负他。瑞麟说，娘说对了，刚才姐在外面，那简直是刀枪剑戟十八般兵器无所不用，要不是我也替高志哥推来挡去，高志哥是真惨了，连带着我也跟着受的那个罪，简直没法说。娘脸一正瞪着玉玉说，我就知道你出去这么长时间没回来，肯定又欺负俺高志了，果然如此。

玉玉笑笑说，娘都把他当心头肉了，打死我也不敢，您不能任由麟麟瞎说，您问问他，我欺负他了吗？高志赶紧笑笑说，没有没有，玉玉小姐好着呢。说完见玉玉脸一红，立马明白，感觉脸也腾地热起来，又说，瑞麟弟也好着呢。玉玉又扑哧笑出声来，高先生快屋里请吧，别站在院里充好人了，要是再在院里站着，马上又会说先生好着呢，太太好着呢，老太爷老太太也好着呢个没完没了了。娘说，就你嘴里没他一句好，我看俺高志不是充，本来人就好，谁好谁不好，他心里跟明镜一样，不但分得清、看得准，还说话做事拿捏得更有分寸，根本不需要你故意旁敲侧击正话反说刺激他，你看他是需要刺激的人吗？多灵清的孩子，多有主见的孩子，以后别再让我看见你有意刁难他，就是我听说，也不会轻饶了你。瑞麟说，还是娘英明，为防高志哥再受委屈，您现在必须趁机对我姐依家规、用重典、下猛药，狠狠煞煞她的威风、减减她的厉色、改改她的脾气，不能再让她嚣张，千万不能等以后，高志哥，你说是不是？高志向瑞麟摇摇头，又赶紧对太太说，太太千万别听少爷的，少爷是给您开玩笑的，玉玉小姐对我好着呢，您一家都对我好着呢，我心里都记着呢，我们全家都记着呢，您可千万别替我担心，玉玉小姐不管咋样对我，都是刀子嘴菩萨心，就是让我偶尔感觉一点不舒服，其实心里知道都是对我好，我都理解，我都高兴，我都快乐，我喜欢她对待我的任何方式，千万不能依什么家规、用什么重典、下什么猛药，千万不能因为我让玉玉小姐受一丁点委屈。瑞麟笑笑对娘说，听见了吗？四个千万，意思明摆着，就是我姐再过分，哪怕把高志折磨得再让我们看着可怜，人家高志也情愿，您以后再也别操这份闲心，我就是跟着沾了再大的光，您也装看不见就算了。太太脸一正说，那也不能任着她的性，先快都给我进屋吃饭。

高志和瑞麟洗手进屋刚坐下，娘和玉玉端了热腾腾的饭菜就进来了。玉玉放下菜碗，又把馍递给高志说，高先生快吃，吃完还有别的事。高志接过馍，见是喧腾腾的白面卷子，就咬了一大口，咽下问，啥事？说完又咬第二口。玉玉说，你不是饿鬼托生的吧？高志张着嘴愣住了，眼睛也睁得大大的直瞅着玉玉。玉玉说，又没人跟你抢，你吃那么大口干啥？就不怕噎着你。瑞麟瞅了眼高志又看着玉玉说，姐，你也管得太宽了，咬个馍口大口小你也管。玉玉说，就你话多，再好的饭也堵不住你的嘴。瑞麟就对高志说，哥，听到没有，我今天可是沾了你的光，不然哪能吃这么好的饭？高志就瞅着玉玉说，谢谢小姐。玉玉眼一瞪，你就不能不小姐小姐的叫？我听着头皮都发麻，以后不许，快吃饭，慢慢吃。瑞麟扑哧一声把饭吃呛了，偏头咳嗽完说，姐，快吃饭，慢慢吃，你这命令没法让人执行。玉玉说，咋就没法执行？前句是说该吃饭就吃饭，不能让别的事耽误，后句是说吃饭要细嚼慢咽，你理解能力差，还话多，吃呛了不？你就不能不说话？高志就对瑞麟说，对不起，都怪我，你别再替我说话，小心再呛着。玉玉说，又来了，哪门子事又都怪你？吃饭不让人家说话，你还说话？早就告诉你，吃饭别说话，说话能把舌头咽肚里。高志就不再说。瑞麟笑笑说，姐，人家吃饭，你也别说话，要是话多了舌头掉出来，让人家当菜吃了咋办？玉玉脸一正，说，好你个瑞麟，两天不捶你，你就借风行船漂散板了，你快告诉我，你哪里皮痒痒？我连带着刚才的添油加醋告黑状、煽风点火出坏点子一并算。瑞麟笑笑指着高志的后背说，这里。玉玉说，好，我给你捶捶。在一旁一直笑着的娘赶忙拉住说，你个玉玉，话多手也不闲着，快一边待着去，让高志快吃饭。

高志吃罢饭，瑞麟问，你还去不去留城？高志瞅了玉玉一眼，见玉玉两手一拢鬓发到耳后，接着就偏头往外看，便对瑞麟说，要是需要我帮忙就去，不然，我就到山上转转，看看学堂盖得咋样了，顺便再练练功。瑞麟起身笑笑又问，有没有让我给你家里捎的话？高志说，就说我这次不回家了。瑞麟说，这话还要捎？玉玉突然转过脸来说，这话咋不要捎？你不捎，家里人就不知道他在哪里，你捎了，家里人就安心了，又累不着你，咋这么多话？瑞麟笑笑说，你看你说的，像给你捎话似的。玉玉说，皮又痒痒了。瑞麟说，皮不痒，就是心里痒痒。玉玉说，心痒我也会治，你到我跟前来。进来收拾碗筷的娘说，麟麟，不听她的，快去找你爹吧，没事让他早回家。瑞麟瞅了高志一眼就跑了出去。玉玉问，不治心痒痒了？瑞麟边跑边说，我一看见高志哥就不痒痒了。玉玉追上去一句说，让你胡说，等你回来我再跟你算总账。

　　高志把玉玉娘收拾的碗筷送到锅屋，回来说，少爷又没说啥，你给他算啥总账？玉玉说，你在学堂把书都念呆了，啥都听不出来，就废话多，快上你的山吧。高志说，你不去？玉玉对着锅屋说，你个大男人，我跟你上啥的山？说完，又狠狠地剜了高志一眼。高志立马醒悟，赶紧说，对不起小姐，都怪我，又把话说错了。玉玉脸一正说，说你嘴欠，你真欠，你就不能不这样说？高志说，对不起，我习惯了，下次不这样说了小姐。玉玉说，看来还真得给你治一治。高志说，咋治？玉玉说，你过来。高志走到跟前说，你治吧。玉玉扬起巴掌又放下说，快上你的山吧。说完一使眼色，高志就走了出去，到了锅屋门前说，太太，谢谢您的盛情款待，给您添麻烦了，我到山上转转去了。玉玉娘笑笑说，头一次听你跟我客气。高志说，以前不懂事，现在大了不能再不懂事。玉玉娘说，你这一懂事就客气，一客气倒显得见外了，不像一家人了。高志说，一直就是一家人。玉玉从堂屋里追上一句说，高先生长能耐了，话是越来越会说了。娘伸头对玉玉说，还别说，我就喜欢听俺高志说这话。转脸又对高志说，不忙时就常来，不想在寺里吃，就来家里，我给你做可口的。高志说，太太这么忙，不敢让您太劳累。娘说，你来，我喜欢，我乐意。玉玉说，娘，你可别太偏心眼。娘笑笑说，我从来不偏，都一样待。玉玉说，一样待就是偏了。娘说，我咋没觉着，就你没良心。高志说，小姐是跟太太开玩笑的。玉玉说，又小姐小姐的了？你咋一点记性没有呢？高志说，对不起小姐，我保证以后一定改。玉玉说，别保证了，快去上你的山吧。

高志从玉玉家出了门拐上驿道，远远看见瑞麟从龙兴寺的方向匆匆而来，就赶紧迎了上去，到了跟前，还没开口，瑞麟一把拉了他转身就走。高志甩开瑞麟的手停下问，你领我到哪儿去？我还要上山呢。瑞麟又伸手拉起他说，十万火急，你今天就别去了，抓紧跟我走。高志边走边问，到底出啥事了？又让我去哪里？瑞麟说，先回寺里，其他路上说。到了寺门前，高志向后一转头见玉玉已从家里出来，心就急起来，可急也没用，又不好意思招呼，就向后扬起右胳膊随着瑞麟进了寺。

跟着瑞麟和智深拿了所有同学的剑和礼服走上回城的道，高志才知道留城出现了鼠疫，城北已有几个得了黑死病在西北的乱葬岗子烧了。高志一惊，烧了？瑞麟说，这种病传染，还按老规矩。高志问，既然传染，我们还去？瑞麟答，这次疫情一出现，按照我爹的建议，立即成立了全城疫防总部，按照群防群控的策略，举全城之力，实施全城定时定员定查，对发现感染的，实行患者集中、郎中集中、资源集中、救治集中，不断加大防控力度，有效阻断疫情的扩散和蔓延，坚决防止二度感染。现全城被烧的这几个是外出讨荒回来死在路上的，没进城就让挡了，如今全城所有人，除配合疫情防控的，一律居家封门，内防扩散，外防输入，遗憾的是城里在家的男人太少，留在城里的，识字的挨家登记最近十日内外出的，然后配合城里医馆、药堂的郎中就近检查，一旦发现发热发冷咳嗽吐血、脖子腋窝腹股沟肿大的居家给药封门，严重的就集聚到城南谷场隔离医治。不识字的都在做全城消毒，人手不够，就让我跟你们一起把守各城门外出入的路口，严禁城内外出入。高志说，养兵千日用兵一时，应该。瑞麟说，按说，这种有危险的事，族里最初是不愿意让你们冒险的，可确实再抽不出人。高志说，在学堂的这些人不仅是张家的希望，也是留城的未来，要是留城人都因疫情没了，还要我们做什么？你这么小都参与了，我们更不能置身事外，其他同学都在哪儿？瑞麟说，他们从寺里一到城南就被拦下了，按以前的防疫程序，先是让守在路口的郎中挨个给把了脉做了检查，喝了智觉根据张仲景先辈的《伤寒杂病论》私配的秘方"解毒保命汤"，正等着你来好一起分头值守。高志说，早知道，我也回城了。智深说，都怪我，先生让我到寺里传话给你们，我却忙忘了。高志问，先生在哪里？智深答，在麦场一边指挥人搭建临时病房，一边接待周边来支援的郎中。高志问，是官派的吗？智深答，哪里有官派的？高志说，疫发地所属官府应该派员临场应对。智深说，按理是这样，咱也第一时间报到了县衙，县衙回复说，这种散点疫发各地都有，基本上是自己解决，再说衙里要做的事太多，都比留城重要。瑞麟说，自留城被水围后，本就是免税区，官家就更不过问了，很明显让咱自生自灭。高志问，既然这样，又是谁派的郎中呢？瑞麟说，没想到，这事会传这么快，周边的一听像听说匪贼来了，立刻炸了窝，能跑的，比兔子还快，不能离家的就赶紧闭了户封了门，再不外出走动，可郎中就不同了，自古就以救死扶伤为天职，还说"岂曰无衣？与子同袍"，不仅人来了，所需的药材也带来了。高志说，闲言少叙，咱还是抓紧赶路。

还没到城南，远远地就见整个留城四周起了狼烟，不仅城门楼的两侧、城中心高高的瞭望台、城墙上的角楼，反正所见之处，都有浓烟腾空，眨眼的工夫，那烟先是向城中心集聚，接着就向城外四溢，随即就闻到浓浓的苍术味。高志明白，这是用焚烧苍术来净化空气，看来留城真的已如临大敌。

到了谷场南，见依路边偏左搭了间人字形草庵子，草庵子前横着三尺高的土堆，张维和张添用纯白绢纱围着口鼻一左一右站在路边，高志打了招呼才知是在把守路口，张维还告诉他，先生让先按学堂座次，四个城门外都已派了值守。高志问，守城门就行了？咋还在城外设卡？张维说，为确保万一，设两道，城门还是原来的人守。高志说，很抱歉，我来晚了。张添说，你快别客气了，赶紧去谷场，其他同学都在等着你安排。

走进谷场，不仅有更浓的苍术焚烧味，谷场四周还用秫秸箔围了起来，谷场正中面东的入口处高高地并排耸起了六间靛蓝色油毡裹起来的宽敞木板房，从北依次为防疫总部、医用收发、值班休息、隔离登记、检查诊治和病房管理，帐篷后面就是一排排一丈间隔的人字形草庵子，草庵子里打着地铺，铺上铺着张往家捐的芦苇席，铺上用品尽是张万家瑞祥布庄提供。周围空着的地面上撒了厚厚的一层用于消毒的石灰粉，远远看去，像是才下了一场雪。再向城里的路上看，路上也是白茫茫望不到头。还听说，张命家的肉盒子、张珏家的十里香、刘伯通家的把子肉分别包了入册所有工作人员的早中晚饭，张胜、张凯两家合开的云锦裁缝店给每个医务和守卡的配了两件便于替换的束袖带帽长衫，医务墨绿，守卡靛蓝，张学爹正带着人加紧缝制，张添家也向全城发出话来，入冬窖藏的萝卜白菜，谁家需要，就只管说，由张维爹领人送。张斌见大家自愿把自己店里东西往总部送，就对殷贤泽说，你负责记录一下，等疫情控制后，商会照价陆续付清。

高志先是被瑞麟引着做了全身检查，喝了满满一大碗用于预防的"解毒保命汤"才走到同学们中间，见没去值岗的同学个个披挂整齐，就先点了人数，发现张豹不在，就问，同学们互相瞅瞅没人回答，就瞅瑞麟，瑞麟就把他拉到一边悄声说，我去找你，见他被张永叫走了，到现在还没回来，是不是他娘不让？高志打了个停的手势说，我知道了，先生还有啥安排？瑞麟说，有。然后就一五一十细细说完。高志听罢立即转身到同学跟前说，张豹临时有点事，马上回来，下面听我转告先生的安排，包括瑞麟，咱们五人一组，分白班和夜班，白班两人，夜班三人，一人随时应差，轮流互换，发现来往者一律劝返，若有特殊情况，相机果断处理，如有违者，应差者立即直传防疫总部。高志说到这，换了口气，又说，值班结束或再轮值时都要先到这里做检查、喝"解毒保命汤"，确保轮值、撤岗身上都不带病毒，凡不值班的原则上不得回家，皆应在总部候命。可疫情突发，这里没有条件供同学们休息，本可回寺，一来一去耽误时间，还是按总部统一部署，不轮值的都回家，应急锣声一响，声落即到。轮值期间，咱学堂人员饮食均由智恒负责派送。高志顿了顿又说，轮值从今晚开始，张往、张胜、张学乾门外接替张维、张添，张豹、张珏和我坎门外接替张第、张力、张万、张士、张凯坤门外接替张欣、张升，张泰、张平、张瑞麟离门接替张珉、张命，每天白班辰初、晚班戌初交接，谁若临时有事可提前要求替换，不得有误。若没有别的意见，就立即出发。

坎门外的卡口在码头，高志路过张豹家大门，正碰上张永，就说，告诉你家少爷，他今晚值夜班，地点在码头，我们先去了。张永把高志拉到一边悄声说，俺家夫人担心把守路口太危险，不想让少爷去，少爷不同意，被夫人锁在了房内，二小姐见拧不过夫人，就暗中派人传话给了老爷，老爷听说后，已赶回家，正与夫人交涉。高志说，我知道了。

也就一刻钟时间，张豹匆匆到了码头，换好衣服，对高志说，你俩去歇着，我守。高志说，得两人守，你今晚应差，先睡下，有事再叫你。张豹不同意，说，本就来晚了，不能再特殊。高志就对张珏说，你去睡，三更时你接替他。张珏说，你呢？高志说，我白天再睡。

二更响罢，正与高志天南地北聊着的张豹打起了哈欠，高志说，你要是实在撑不住，就坐在长凳上打个盹，真要有动静，我叫你。张豹说，再不能违规，我原地来回走动走动就行。高志说，来回走动作用也不大，你要确实不想打盹，就把清风明月剑慢舞一遍。张豹说，这办法好，一举两得。

正舞着，运河里有了响动，由北往南越来越近。高志让张豹赶紧停下。张豹收了势，提剑到了河边，对正要靠岸的船上人说，这里不能停，抓紧离开。船上人说，少爷，我是张财，咱家从京城采购回来了。张豹低声对高志说，俺家采购的船。被惊醒的张珏走到跟前说，非常时期，那也不能进城。张豹说，船上还有满满的货。高志对张豹说，你让他们先在船上等着，我去总部请示先生。张珏说，我是应差，得我去。高志说，天这么黑，你又没走过夜路，还是我去。

高志从总部回来，对张豹说，先生已派人去你家跟老爷说好了，船上人都在船上过夜，明天下船到总部做了检查没发现染疫再回家隔离。张豹把话传给张财，张财说，船上还有个发高烧的，必须下船看郎中，不然就耽误了。张豹问，谁？张财答，半路上跟船回家的张辉。张豹转脸问张珏，你爹去哪儿了？张珏说，去欢城了，姑父有病，他去看望。张豹说，记得那次作古城诗，我问你咋对啮桑古城那么了解，你说你姑家就在附近，你不就一个姑吗？张珏说，上个月搬到欢城，像你家一样开店。回头又对高志说，你看咋办？高志说，你们俩守着，我叫人来把你爹带到总部，那里有值夜的郎中。说完转身就走，却被人拉住，高志借着船上的灯光一看是张谦，问，先生您咋来了？张谦说，我不放心你们在这里，来看看。高志说，张珏爹在船上病了。张谦说，我带他去指挥部。张豹对张谦说，要是他染上疫就麻烦了。张谦说，染上疫也是条命，得及时看郎中。张珏说，先生，还是让我送过去吧。张谦说，咱们都做了防护，别担心。

没想到卯时三刻下起了雨，三人交接完又跑到总部做了检查，雨不但没停，反而大起来。张谦说，等雨停，再各自回家，不得半道折弯瞎遛，到家后更不能满城乱窜，一定要好好休息，确保接班后精神饱满不误事。才说完，张珏不顾雨正直脖子倒就往隔离带跑，高志看见一把拉住说，你不知道隔离地带不能探望？张珏说，我不放心。高志说，我打听过了，你爹只是一般的感冒，已用了药，也做了预防，按规定观察几天就可以回家。张珏说，我先回家说一声。说完就又要往雨里冲。高志又一把拽回来，也不在这一会儿，权当你爹还没从欢城回来。张豹说，就是回到家，最好也别说，免得家里人担心。高志见张珏不再硬往雨里闯，回头又对让雨隔阻的同学们说，就是再困，也都要按先生说的做，就是身子不怕淋，身上的衣服也不怕吗？要是淋透了，另一身还没赶做出来，这样的天气，到接班时能晾干吗？其实，也不在于衣服能不能晾干，而在于是不是按先生的话做了，连这点时间都不想等，谁又能相信你回去能按规矩执行？真要你的执意妄为影响了全城抗疫，你就是全城的罪人，留下的也是千古骂名。瑞麟接道，"有事如无事时镇定，可以销局中之危"，敬请诸位学兄遵之慎之。

　　张豹见大家不再说话，静观雨势，就见那雨不仅越来越大，还风摆着摇曳，谁又知正摇着摇着，突然咔嚓一声不远处的天空炸了个响雷，张豹一哆嗦，随即反应过来，心想，这雨真是奇了怪了，别说打雷，还从没见过春天下这么大的雨，可如今的事咋又好说呢，比如这鼠疫，事先没有预兆，说来就来，还让全城人如临大敌，好在防疫总部所置简易房都采取了挡雨措施，周围事先也进行了排水处理，尽管雨大，不仅室内没有漏雨迹象，地面上更不见明显的积水，再看周围其他同学，个个默不作声，一脸肃穆地看雨，就问瑞麟，你刚才说的出自哪里？瑞麟答：是陈眉公继儒之言。张豹问，陈眉公是谁？瑞麟又答，松江府华亭人，据说现居小昆山，学识广博，工诗善文，喜书能画，当今少有。张豹又问，有没有著作行世？你刚才说的又出自哪里？瑞麟又答，惭愧，这个不知，我只是道听途说而已。张豹说，没想到你小小年纪经见这么多，还顺口用了恰切得很，就是道听途说也应知道一二，不妨让我们长长见识。瑞麟说，平常只是乱跑瞎忙，偶尔路过逮住一句，没想到就记下了，还班门弄斧、关公面前舞大刀，确实不知天高地厚让大家见笑了。跟前挨着的高志笑笑说，将门出虎子，少爷就别谦虚了，你虽不在学堂，谁又不知你比我们在学堂知道的还多？不妨窗户闪点缝亮一亮，让我们见识见识。瑞麟说，就是把门大开了，也只是空皮囊而已，全留城谁又不知你们学堂里的一个个才高八斗学富五车？别说有幸跟你们在一起，就是偶尔碰一下，也能沾得满身书味儿，不知道的，还以为我是读书人，可我自己知道斗大的字没识几个，真是白长这么大，浪费了那么多饭菜。高志笑笑说，没想到少爷还有如此好口才，难得听少爷口灿莲花舌绽春蕾，咱闲言少叙，就请瑞麟少爷赏个脸吧。瑞麟说，对于陈眉公，我确实知道不多。张豹说，知道多少就说多少，权当让我们长见识。瑞麟摇摇头笑笑说，你们这些在学堂的，连说话都文绉绉的，让人一看就是正经读书人气派。张豹两手一拱说，惭愧，惭愧，请贤弟言归正传，言归正传。瑞麟脸一正说，我刚才学舌，是陈眉公经年在书房窗前所思所想所记中的一句，虽没见有书刊行，可其言早已广流民间，这句前，还有一句，"无事如有事时提防，可以弭意外之变"，像这样的话，特别是在读书人间流传的还有很多，再比如，"花繁柳密处，拨得开，才是手段；风狂雨急时，立得定，方见脚跟"，析理透彻，入木三分，蕴含的处世哲思集儒释道于一体，言简意深，最能醒世。高志说，听说当今还有不少像他一样的人，比如有个号小窗、名叫吴从先的，平日博览群书醉心著述，也有好多自语佳句行世，颇有影响。张豹一惊，同在学堂，我咋没听说？瑞麟说，人所经见，不仅在学堂，而在于心，心之所衷，衷之所至，自然广博丰厚。高志说，行万里路，胜读万卷书，大家不妨把这次防疫值守当作另一种游学，多留心平常我们在学堂学不到、书上看不到的知识，就像紫阳先生《春日》诗所说，只要有心，也是一种难得的修为。

不知不觉大雨已停，同学们纷纷往家跑，总部人员也相继各就各位。高志为了照顾张豹，直等到天上只飘着似有似无的雨丝，两人才回。到了十字路口，见二小姐翡翠色披风里袭一身粉荷色软缎窄袖长裙、打着把透亮的并蒂花开绢伞正望着他们，赶紧对张豹说，二小姐来接你，我先回吧。二小姐说，你别走。高志心里一紧立马站住，是不是要兴师问罪呢？问就问吧，反正死猪不怕开水烫。二小姐到了跟前，对高志说，你就别回家了，我们家有空房。张豹一听，赶紧说，对对对，你弟弟小，万一哭闹会影响你，你就在这边吧，权当是住在学堂里，醒了，再带我练练剑。高志说，这不好吧，规定不让串门。张豹说，本来我们就是一家。高志说，谢谢少爷高看，我都好多天没回家了。张豹说，说你多少次，别少爷长少爷短地称呼，你咋这么世故呢？高志说，对不起少爷，可现在不是在学堂。张豹说，那好，既然你这样称呼我，那就得听我的，快跟我一起走，等睡醒，你也可回去看看。二小姐说，这是老爷安排的。高志简直想不通，爹都让人把话说明白了，咋还这样呢？难道说爹没回绝刘伯通？还是爹把意思说明白了，刘伯通忙得忘了回话？可这样的大事，刘伯通能忘吗？爹能不赶紧讲清楚吗？还是二小姐……可不管怎样，很明显，不能再直接拒绝，就说，谢谢老爷。张豹说，又不是外人，你客气啥？二小姐说，你放心吧，已让张永到店里跟姑父说过了。高志一愣，二小姐又说，你忘了我们是表兄妹？高志猛然醒悟，随之心里一沉，想起了"表兄妹结婚亲上加亲"的俗语，既然连这层关系都扯上了，看来，要么爹的回话有问题，要么就是二小姐不知内情，也许人家大人大量不计较，就说，不是店都让关门了吗？我爹咋还在店里干啥？二小姐说，门是关了，店得有人守着，要随时应付防疫所需。高志突然一转身，我还是回家吧。张豹厉声说，好你个高志，连老爷的话都不听。高志心里一震，身子就定在了原地。二小姐说，别磨蹭了，老爷知道会生气的。

高志一觉醒来，隐隐有一股熟悉的香味在周身缭绕，猛然想起这是兰花，随即就想起二小姐，再闻闻盖的被子也有，又闻闻睡前二小姐让张永给的睡衣也是，立马腾地坐起，再仔细一看，红绸被面上不仅四角有喜鹊登枝图案、富贵呈祥字样，更有繁茂的兰花在绽放，透过掩紧的粉红蚊帐看过去，窗前梳妆台镶着镜子的木格子里也全是雕刻的朵朵兰花，随着层层的兰花往上看，梳妆台顶板上放着的一个白色花盆里也是兰花，再往上就是白白的墙和洁净油亮的屋顶，还是头一次见到装饰这么精致的房间，难道是二小姐的闺房吗？这样一想，心就立刻慌了，还自责当时走进这屋时因为困乏没顾上仔细看，随后就摇摇头，下床走到外室，敞亮的两大通间，像卧室一样，清一色红木家具，迎门的墙上挂着赵孟坚的《墨兰图》，很明显是放大的仿画，画下靠墙一张八仙桌，桌上是景德镇青花瓷茶具，桌两边各放一把圈椅，东间正中放着一张宽大的书桌，桌上笔砚齐全，与书桌相配的虽还是同样的圈椅，可这圈椅有一指厚的绣着兰花的红绸坐垫。背靠的整面墙全是书架，书架里满满腾腾全是书，正对书桌的偏上位置，也许是赏读者因匆忙离去只把《易安词》插个书角，书便向外倾斜着，高志伸手扶正放齐，再向左一看，距书架三尺的北墙边安置着一个落地大花瓶，葱茏的兰草间有一粗壮桂树，茂盛的桂树高枝上有一喜鹊翘尾正对着他鸣叫着，高志走过去比了一下，体量比他还高出一头。转身又向窗，见一枝正放的红梅，从书架三寸处的黑陶罐里，凭着花凳，漫过窗下的古筝伸向窗口的阳光，窗外是一丛凤尾竹，其中一杆已隐隐上挺，不禁想起李日华的《紫桃轩杂缀》，这里虽不尽如其所述，也是一个不错的读书地方，随之感叹，以后若能有这样一间，也不枉此生，可这又是谁的书房呢？

正想着，张豹走了进来，随后二小姐也跟了过来。就说，谢谢少爷，给我安排这么好的休息地方。张豹摆摆手说，你可别谢我，要谢就谢我二姐。二小姐说，也别谢我，是老爷的主意。高志说，请二小姐和少爷代我转达对老爷的感谢，感谢老爷把他的书房让我享用。张豹说，这可不是老爷的书房，原本是给我准备的，后来俺娘舍不得让我一个人在后花园住，以离她太远为由，就挨着她的卧室一侧又新盖了一处，二姐见闲置着可惜就占下了，龙头节过后，重新收拾了，不仅收拾得比她的闺房还雅致，一直喜欢的桂花也改成了兰，房里一应物品都成了兰的天下，平常连我都不让随便进，没想到你一来，她没了易安词的婉约，却比苏轼的豪放还慷慨，此时，让人禁不住想起李日华的"懊恨幽兰强主张，开花不与我商量"。二小姐脸一红，随即对张豹说，你个没良心的，哪次又没让你来？来了就乱翻，翻了还不物归原处。张豹说，你也不要在我跟前张狂，等你选定女婿嫁出去，我就再把这里要回来，再不让你进。高志没等二小姐怒怼，正色对张豹说，你真是白在学堂这么多年，哪能这样不尊重二小姐？以前说给你的话，难道都忘干净了？随后又对二小姐说，光看这房里的摆设，就知道二小姐是位情趣高雅的人，与以往所见，简直判若两人。张豹说，我二姐平常看起来简单直白与一般女孩子没啥两样，其实骨子里透着高贵藏着巧，别看我二姐没像我们一样在学堂读过书，棋琴书画还有剑术不仅样样不比我们差，还都有独到之处。高志突然转身，这墙上的画一定是二小姐的手笔吧？张豹说，当然。高志说，如果不注意那枚爱兰人的兰花印章，几可乱真，没想到二小姐功力到了如此地步。二小姐说，你眼真尖，我那落款还真没人发现。张豹问，快告诉我，在哪里？二小姐说，就知道不分场合乱咋呼，自己找去。张豹笑笑说，我找，你们继续。高志说，依二小姐对兰的痴爱，二小姐比被称为梅兰竹菊"四爱"君子中的王羲之还甚。二小姐说，言差了，咋能跟他比？再说了，古往今来，爱兰的人多了，更各有千秋，就像赏识一个人，一般人不过尔尔，一旦看准，我会极尽所有穷其一生，就是因此被厌恶了，也甘愿像陆游在《兰》中所写"当门任君锄"。高志稍一愣忙说，以二小姐的超凡脱俗，能被赏识的该是多么幸运，更何况才貌无双，哪个狂徒敢如此大胆妄为？张豹说，快来看，我找到了，是不是这里？高志转脸道，正是。又问张豹，窗下的筝可是二小姐用的？张豹答，是，尤其一曲《高山流水》，在留城，我再没见过还有比她弹得更好的。高志说，有机会一定欣赏，还有剑术，也一并讨教。转脸四顾，说，剑在哪里？张豹说，原在这里，自见了你舞的清风明月，她一有空就练习，剑就拿到闺房里了，要不要去看看她那把兰花绕指柔？高志瞅了眼二小姐吞吞吐吐地说，不，不不，那可不是我去的地方。张豹说，想看也能去，是不是二姐？二小姐说，只要愿意，你随便。高志立即说，不不不，有机会碰到二小姐展示再欣赏吧。二小姐说，哪有这么多弯弯绕，要去快去。张豹问，去哪里？张永匆匆进来说，快去吃午饭，太太让我催你们赶紧过去。

　　走进待客的餐厅，望着满满的一桌子菜，张豹像高志一样怔住了。张豹问二姐，不是封城了吗？哪来的贵客？二小姐摇摇头说，不知道。又问进来的娘，谁来了？娘说，你说谁来了？张豹说，我知道还问？娘说，不是你带来的吗？张豹立刻明白，说，高志又不是外人，没必要做这么多菜。娘说，这么多年在学堂照顾你，又是头一次在家里吃饭，我还嫌少呢。高志连忙说，太太太客气了，疫情当前，请太太不要为我浪费。二小姐说，学堂里清汤寡水的，权当补补身子了，快坐下吃，吃了好再接着睡，晚上还要值夜呢。张豹说，对对对，高志快吃，吃完咱练练剑，早上没练，现在手都痒痒了。张豹娘说，闲言少叙，吃是正经，再耽搁就凉了。说完拉了二小姐就走。二小姐说，高志又不是外人，我也在这里吃，顺便照顾一下他俩。

高志从没吃过这么多又这么好的菜。别说不知道菜名，就是这之前，也根本就没见过，又招架不住二小姐的连让带夹，碗里擦得像山一样高，确实不能再擦了，二小姐又催着高志赶快吃，高志不敢辜负盛情，不停地狼吞虎咽，感觉饱了，又不能夹回去，也舍不得浪费，只好硬着头皮再吃。张豹见高志的速度慢下来，又表现出十分为难的样子，就对高志说，你也不要硬撑，能吃多少就吃多少，吃饱了就把筷子放下，剩就剩下。二小姐一听，立即对张豹正色道，哪有你这样劝饭的？张豹说，高志从没拒过人，你这样无休止地劝下去，他吃饭就成了受罪，身上再瘦，也一顿吃不成胖子。高志赶紧阻止两人道，谢谢小姐、少爷，我吃好了。二小姐瞥了一眼张豹，对高志说，吃好了，也别动，再喝点汤送送，别噎了食。张豹说，高志，我都有点羡慕你。二小姐转脸又对着张豹说，别没良心，你从小到现在，要不是我，你能吃这么壮？张豹说，你这一提，我想起来就生气，要不是你总是恐怕我吃不饱，我能吃这么胖？身材也一定像高志一样好。张豹见高志捂住嘴笑，又说，你笑啥笑，有啥好笑的？高志说，你姐弟俩斗嘴真有趣。张豹说，有趣，你以后就在这儿一直住下。高志一愣，又想起刘伯通说媒的事，赶紧摇摇头，说，我我我……张豹说，我啥我，用行动说话。二小姐瞅着又发起愣的高志，扑哧一声笑着说，我看你俩说话更有趣，简直是一对活宝。张豹说，我看你俩才是一对天造地设的活宝。高志见二小姐脸腾地又红起来，就站起来说，我趁这机会去家里看看。二小姐也赶忙站起，阻止道，那可不能去。高志问，为啥？二小姐说，你们上午睡觉的时候全城又下了死命令，就是值班的，除了值班时间，任何人也不得随便走动，姑父也捎话来了，说，让你安心在这儿好好待着，家里不用你担心。再说了，刚吃过饭，哪能急着跑？张豹瞅了眼二小姐也站起来说，二姐说的是真的，你索性啥顾虑也别有，安心在这里住下，就像在学堂里，权当再好好陪着我。二小姐说，豹弟早就说过，一会儿也离不开你，每次学堂回来像丢了魂，一到回学堂时间，又精神起来。张豹说，二姐说得对，这辈子，我是看准你了，走，去心怡阁喝茶去。二小姐一愣，问，心怡阁在哪儿呢？张豹说，给你书房起的名，哪天抽空让高志写了，等疫情过去，让张永拿到城东宝艺斋裱了再给你镶到门上。

第十三章

　　再回到学堂，天已渐渐热起来，麦苗不仅趁机会挺出高高的身材，还秀出长长的穗子，龙兴寺又被绿围起来，脱去棉夹衣换上单衣的同学们，还惊奇地发现高志变了，不但身子像寺墙内去年才栽的一圈水杉高出了一截，脸上再不像以前又黄又瘦，像才洗了澡面目红润清爽可人，更像泡在蜜罐里好长时间才走出来，既油亮发光又甜蜜得让人总想靠近。张维禁不住发出"山中才几日，世上已千年"的感叹。张添说，"举觞白眼望青天，皎如玉树临风前"。张第说，"萧萧肃肃，爽朗清举"，风姿独秀。张力说，"有匪君子，如切如磋，如琢如磨"。张欣说，风流倜傥，貌若潘安。张升说，明眸皓齿，面如冠玉，胜于宋玉。张珉说，山有扶苏，隰有荷华，郑有子都，留有高志……张豹听着同学们竞相夸赞高志，脸上止不住地笑，但心里一直控制着自己不插话。可高志听不下去了，制止道，同学们是夸我还是羞我呢？张命说，当然是夸你。张往说，不仅是夸，更是羡慕。张胜说，何止是羡慕？唯愿今生能有一次你这样的脱胎换骨。高志说，只要我们继续朝着既定的目标发愤努力，相信大家都会有一切向好的那一天。顿了顿又说，只是敝人惭愧。张豹一愣，收住笑，转脸瞅着高志，高志像没看见，说，大疫之中，同学们起早贪黑风里雨里不辞辛苦，身心遭到极度摧残，我却有了另一种变化。张学说，高学长此言差矣，应该可喜可贺才对。高志心一惊，赶紧按住脸上猛蹿起的红，说，何喜之有，贺从何来？张士说，本来，人之身体明显长高、发胖等，在我们这个年龄，都有这个经历，只是有的来得早、有的晚而已，有的因为遭遇坎坷终生都没有这种变化，你却在如此灾难面前格外彰显，就像"梅花香自苦寒来""烈火焚烧若等闲"，岂不可喜？从另一方面说，你的身体之所以能经受住如此考验，一是受益于你的父母，二是得益于你平时就强于我们的练功表现，岂不可贺？张凯说，确实可喜可贺。张泰说，从高志的变化，我们应该得到一个启示。张平问，啥启示？张泰说，先天和外界的因素固然重要，更重要的是我们自己后天的发展，只要我们以后按照先生的教导，再结合自身情况，合理地扬长补短，不断全面强化，我们不仅能抵挡任何风浪，还会在风浪中不断自我超越，也会有冷锅里长热豆、穷窝里出俊鸟样的变化。高志道，张泰说得极是，先生之所以建议把我们集中在学堂里，就是注重大家后天的养成，希望大家珍惜这难得的学习机会，牢记修身齐家治国平天下的教诲，立志学有所成，为父母争气，为家族争光，为留城的繁华重现贡献力量。张谦走过来揽着张泰和张平说，高志说得对，我期待着大家的奋发有为，更盼望着这一切的尽快到来。随后的慧觉师父转脸面北，合掌躬身朗声说，阿弥陀佛。大家听了，也随着张谦一起对着龙兴殿直呼，阿弥陀佛。礼毕，张谦环视一周说，张学和张万在张珏家帮忙还没回来，大家抓紧按先前的分工，先跟着师父们把龙兴殿所需准备停当，然后再把寝室和学堂收拾干净，等明天的公祭之后，还有好多事等着我们去做，争取尽快复课。

张谦走后，高志立即把人分成四组，张维、张添、张第、张力协助智能清洗公祭器具，张欣、张升、张珉、张命配合智广清扫寺院，张往、张胜、张士、张凯负责清洁寝室，张泰、张平和高志、张豹一起清理学堂。

　　张豹在和高志去厨房抬水擦课桌时一路总是笑，从厨房回来，高志问张豹笑啥，张豹说，我想笑。高志说，那也得有个原因。张豹说，笑我想笑。高志说，问我想问。张豹说，同学们见面夸你，感觉如何？高志蓦然醒悟，说，谢谢你张豹，我的变化都是你给的。张豹说，应该谢我二姐。高志说，如果我跟你不是同学，咋能有这种福分？张豹说，同学只是一个方面，最主要是我二姐赏识你。高志抬水的手猛一颤，走在前面的张豹立刻转脸看，问，咋啦？高志答，没咋啦。随后又说，谢谢二小姐的赏识。张豹回头继续前行，接道，光说不行，要拿出行动来。高志的手又猛一颤，张豹感觉到没再转脸，又说，其实行动也不是谁说的，那都是心里的事，我也只是说说而已，你也别放在心上。高志说，二小姐对我的好，我能不记着吗？请你放心，有机会，我一定会让你看到我的表现。张豹说，其实，我不需要你的表现，我二姐也不需要你的报答，她是一个心直口快的人，她的善良也不是一般自显清高和含蓄的才艺女子所能及的，像一团火，既然呈现，就纵情所向，有时，我也恼火她的这种任性，尽管我常以让她分外生气的语言制止她，可事后，我又总是内心无比地惭愧。高志说，像你们家的条件，二小姐应该有个人照料她的生活。张豹说，我家虽然也使唤用人，但我爹从不允许给个人指定，他说，让人服侍的孩子长不大，只有自己长大将来才能顶风冒雨有所建树，当然，我是个例外，是我娘的溺爱，让爹架不住她的软磨硬缠才默许。可私下里，爹曾严厉警告张永对我要有分寸，一旦发现越规就从重责罚，所以自大姐出嫁后，二姐就成了掌管，爹不在时，家里、店里一应事务都由她吩咐。高志说，二小姐的能力，这段时间，我是亲眼所见，无不佩服，你也应该跟着学学，等二小姐出嫁，还能再给你掌家吗？张豹说，我也在尽力学，可我二姐对我不放心，总是说，以后找婆家也不像大姐那样外嫁，要找就在留城找，帮着我理家。高志手又一颤，又听张豹说，可如今的留城里，托人给我二姐说媒的不少，却没有一个让她格外满意的，我不知道谁才能有这个福气。高志说，有这个福气的人也一定是位各方面条件都优秀的人，譬如容貌才华、家庭条件都应该和二小姐门当户对，不然，二小姐多亏？张豹说，我二姐说了，只要人好，家庭条件不必考虑，再说了，好的生活都是自己凭能力创造的，但愿我二姐能心如所愿。高志说，吉人自有天相，善者定成善果，不必强求，也不必特意设限，天涯何处无芳草，不为乌云遮望眼，更不被眼前的虚幻所迷惑。张豹说，何为虚幻，何为迷惑？有时自以为心中明了又有了别的执念，却偏偏中了"当局者迷，旁观者清"的圈套，一旦错失良机，世上谁又不知道后悔药难吃？高志说，你也请不必多虑，慧觉师父曾说，我佛慈悲，我祖英明，必会助我等逢凶化吉再造机缘。张豹说，可有些事，福都是自享的，孽也是自作的，谁也助不了你，就像俗话说的，这都是命，谁也抗拒不了。高志说，既如你所言，那就顺从自然，何必杞人忧天？张豹猛地停下，对着高志说，其实，人的命都是掌握在自己手里的，稍有闪失，命就有了另一种转向。高志笑笑说，既然如此，人才有了执念，谁的执念不是船上的舵，谁的舵又不是时刻把握在自己手里，谁又不是让自己的命一切向好？张豹说，可往往是，自以为聪明，却反被聪明误。高志瞅着张豹顿了顿说，记得苏轼的《题西林壁》吗？张豹说，记得。高志见到了学堂，就放下抬水的棍，笑笑又说，里面是不是有句"横看成岭侧成峰"？张豹也笑笑说，记得梅尧臣的《鲁山山行》吗？里面也有一句"好峰随处改，幽径独行迷"。说完提起水桶进了学堂。

公祭是张珏伯父张光提出来的。张光是家族理事会的，他对张谦说，今春的这场疫发，尽管通过我们的努力，没有让疫情扩散到其他地方，可却让留城失去了一百多人，如今一切恢复正常，我等不能让这些人被一把火烧掉又草草掩埋了事，应该公祭一下，既是对逝者的追念，对家属的安慰，也体现我们这些管事者的仁爱之心。张谦很理解张光的心情，毕竟张珏父张辉正值旺年，又在留城餐饮业享有盛誉，如果不是病情隐得深发现晚，急着回家后，又忙着饭庄大意了，哪会命丧疫间？就对张光说，张兄的建议很对，我们马上召开理事会听听其他人的意见，再具体商量一下。没想到这事一定，随即在全城传开，刘氏、殷氏等也积极响应，考虑到疫情刚得到有效控制，全城日常生活才渐渐恢复，个别重症患者还在临设的防疫总部做最后巩固治疗，本着尽量避免群聚密接感染，就分别召集逝者家属代表在各自家族祠庙举行简单仪式，张家的公祭便定在了龙兴寺。

公祭这天，高志按照张谦的吩咐在寺门前划定了出入的线路，让智广安排手下两人一组分别守在出入口，随后又早早来到寺门外东侧临时搭起的疫检帐篷里，配合结束了早课唱诵的慧觉师父检查入寺人众。按既定分工，高志查验来人所持入寺证，登记在册，慧觉师父亲自逐个把脉，智能领着他的紧随，看着通过检查的喝下一碗"解毒保命汤"，再让其按指定路线入寺。如此按部就班，就是入寺高峰时也忙而不乱。临近结束，高志见无人接续，就低头翻看册上还有谁没到，正翻着，一张写着"盛府张斌"的入寺证伸到眼前，赶紧腾地站起双手接过，又说了声"老爷好"，缓缓弓身时，却见被拜者旁边一偏，心里立马咯噔一下，难道是拜错了，就迅速收了身，抬眼一看，不禁一惊，眼前一身素衣脸上蒙着白绢纱的不是张斌，又是谁呢，还这么眼熟？远远站在一边的张永说，老爷临时有事，让二小姐替代。循声望过去又赶紧把眼转回的高志，瞅着眼含着笑的二小姐先是一愣，随后又说，对不起，没想到二小姐会来。二小姐说，没规定只许男的参加吧？高志说完"没规定"，就弓着腰在册上张斌名下方悬腕写了"之女张丽代"，然后放下笔站直身子伸出手，向慧觉师父处一引，说，二小姐请。等二不姐喝了"解毒保命汤"进了寺，才收回目光的高志坐下就想，就是老爷有事不能参加，二小姐也不必替代。可公祭完才知道，二小姐不仅仅是替代，还有其他原因。当然这是后话，暂且不提。

公祭开始，高志依然像每次祭祀一样，吹着箫管领着"张家十八剑客"用古筝演奏张良祖的《思念》。在忧伤低沉的乐曲中，众人男左女右按三尺距分列在殿外，张谦先是领祭，随后简要总结了这次抗疫情况，对这次在疫发中逝去的族人表示深深的痛悼，对抗疫中做出贡献的族人表示衷心的感谢，尤其肯定了学堂孩子们小小年纪冒着风险日夜坚持守卡，号召张家的其他孩子都要以他们为榜样，自觉勤奋好学，文武兼修，危难之中敢于担当，为全城平安出力，为留城复兴献智。同时宣布将与留城别的姓氏一起铭碑记述这次抗疫，并把自己所撰碑文公之于众，先请族人审改，然后再请城里名望议定。

公祭一结束，高志和张豹一起走出龙兴殿，智广迎上来对高志说，盛府张永在寺门外候见。高志一愣，瞅着张豹对智广说，你不会听错吧？张永应该找的是张豹才对。智广说，人家说了，找的就是你。高志立刻明白是谁要见自己了，怪不得公祭期间，总觉得有一双眼睛通过龙兴殿幕帷向自己看过来，可又不便明说，就扯了把张豹说，咱俩还是一起去吧。张豹挣脱说，又不要见我，我去不方便。说完就回了学堂。

高志顺着出寺的路线走出门，四下寻找，见来参加公祭的人早已散去，就瞅身后的智广，智广向东一指，高志远远看见张永在去留城的拐弯处向他招手，他走过去，张永迎上来递给他一个纸球转身驾了车就回。高志望着车走得没影了才打开纸条，上面写着让他晚上戌初二刻在老衙杂货店门前见，虽然没有落款，可他一看字迹就知道是谁了，就满心里不想去，见面的时间那么晚，又是在他爹值夜班的店门前，万一再让每晚到留城转悠的张谦发现，那就不好了。可不去，情理上又说不过去，毕竟人家待自己不薄，可又有啥事非要晚上在那里见面呢？随手把纸条装进兜里，觉得不妥，就拧成纸蛋丢在路边草棵里，又觉不好，立即又拾起来慢慢展开，折了两下就一点点撕碎撒在湖里，见碎片在水里徘徊，赶紧搬起一块二三十斤重的石头使劲砸向水面，只听"嗵"的一声响罢，又见那碎片一拨又一拨地向湖心荡去，才放心离开。到了寺门，智广问他砸的是不是鱼，高志说是，很大的一条四鼻鲤鱼，很遗憾没砸中，让它跑了。智广说，我去看看，看还能不能再砸着。高志说，你一个出家人能杀生吗？智广笑笑说，不敢，我跟你闹着玩的。高志说，你要是敢，我这就告诉慧觉师父。智广说，你要敢，我再不让你晚上出寺门。高志心一惊，立刻笑笑说，我也是跟你开玩笑的，出家人守诫靠的是自觉，是不是？智广也笑笑说，当然是，我也只是说说而已，平常走路连蚂蚁都不敢踩，更别说条四鼻大鲤鱼了，你晚上有事尽管出，我不会拦着你。高志向智广一合十，身一弓说，阿弥陀佛。声音拉得那个长，不仅让智广感到吃惊，让高志也感觉分外别扭。别扭就别扭吧，只要方便晚上出行，再别扭也得别扭。

回到学堂，张豹像没事一样给他打了个招呼，又与其他同学聊起天来，这又让高志别扭起来，要是平常，张豹的好奇心早就跟着腚打破砂锅问到底了。是不是张豹早就知道，或者是他一手策划？不可能！那又是咋样一回事呢？

高志懵懵懂懂到晚饭后，就趁着不上晚课早早出了门，以免到时被其他事绊着走不开。智广问咋这么早就出去，高志说回趟家。

智广说，才从城里回来就这么快想家了？高志说，有别的事。智广说，还是公祭后张永给你传的信吧？高志说，他告诉你了？智广说，他当时就说有个纸条要给你，还非要亲自给。高志说，他没让你看？智广说，别说我，就是他，谁又认得上面写的是啥？再说了，他让看，或我要看，都是不地道的，咱不能做那些不地道的事。高志说，没啥大不了，只是必须回去而已。智广说，不打搅了，快去快回吧，别再等到半夜三更让我起来给你开门。高志说，你放心吧，就是再晚，也不会麻烦你。

哪想到，才说完，迎面碰上张永，张永又给了张纸条，高志打开一看，见面取消，时间另约。

高志不想立刻回寺，也不想上山，眼望着留城，却有一种莫名其妙的失落。手里攥着纸条，总感觉有一种熟悉的兰香通过纸条从手指缝里往外透，往外透，源源不断，芬芳，热烈。这时才知道，自接到张永的第一个纸条时，虽然一直在全力以赴地用理智抵触，其实内心深处确实有一种向往奔赴的快感，不仅愈加怀恋盛府后花园"心怡阁"的生活，更对二小姐有一种拂之不去的依依不舍。一动如柳的身，一见就笑的脸，一启如桃红的唇，一扬如春山的眉，尤其那一双说小不小、说大不大如新月的杏眼，清澈，明亮，柔美，亲切。每有对望，就赶紧躲开，恐让看出他的排斥，又渴望她的眼别离开，总像一束春光不停地照耀着，如一只温馨的手掌不停地轻抚着。他不知道这是一种虚伪还是一种贪婪，或者是身体对于异性暗生的一种本能骚动。在盛府，每当值班回来，他都在问自己，既然心有玉玉，就不该接受二小姐的热情，难道心有所属就不能结交别的异性吗？不愿做夫妻，也不能处朋友吗？人家热脸相迎，咱不能总给人个冷眼吧？在人家的一亩三分地里，只要"容止可观、进退有度"，不失一个在学堂多年的学子形象，又有何不可？有时又想，万一让玉玉知道，他不仅在张豹家吃住，还与二小姐相处得山环水绕，玉玉必定会恼他，再一甩手离他而去，那可不行，可又咋办呢？如此犹犹豫豫，不能果断，难道真是特殊时期抹不开张豹一家情面的别无选择，还是贪图在盛府优越的生活环境和二小姐无所顾忌的细心照顾？如此不停地问来问去，最后只好以照顾张豹、帮着练剑为由心安理得地为自己解脱。现在想来，其他所有的因由都是借口，满心里就是想跟二小姐多相处，有时这种想，比跟玉玉在一起时还强烈，如果玉玉是块暖玉，看着有亲人般的舒心温暖，那二小姐就是火，他一想起，身就发热，心就沸腾，甚至想置身其中，情愿被燃烧。尽管他有时也认为对不起玉玉，可非常状况下，一直自认为自控力很强的他，却任由平原走马随景放眼，特别是在盛府住下半个月后的一天晚上，因为白天太累，吃饭时趁二小姐被娘叫去说事，张豹就以"饮酒能解乏"硬劝，他耐不住就喝起了酒，等一觉醒来，天已透亮，唯恐接班晚了，就腾地从床上坐起，见二小姐在床前站着，一问才知道他和张豹酒都喝多了，张豹被娘陪了一夜，他被二小姐陪了一夜。二小姐还趁机嗔怒地埋怨道，以前又没喝过酒，咋就贪起了杯？还醉得东倒西歪不知今夕何夕，多亏老爷晚上在指挥部值班不知道，不然，最起码张豹脱不掉一顿好揍。他听了，瞬间被酒撑起的胆像泄了气的猪水泡，赶紧道歉说，对不起二小姐，都是我的错，没管好自己，更没能照顾好少爷。二小姐亲昵地替他整了整衣襟说，他一到家，只要老爷不在，就是下了山的猴子，谁也管不了，哪又是你的错？我还担心你受了他的影响，也变了呢。他说，二小姐请放心，我不但不会受他的影响，还会尽量让他改掉坏习惯。二小姐笑笑说，我就知道你会是好样的。他听后一激动，猛然想起夜里还做了梦，梦见与二小姐疯狂地做起了夫妻的事，尽管只是个梦，他不仅像残雪渐融，一点点解除了对二小姐的心理戒备和排斥，相反更亲近了一层。

转身向远处的湖边寻了块石头坐下，再次展开纸条，感觉纸条上透出的兰香格外强烈，并且冲淡了满湖飘来的荷香，也尽管这时亭亭玉立的荷也露出尖尖角，可怎比得了湖边妖娆的柳、心怡阁妩媚的兰？想到这儿，又腾地站起，随后又慢慢坐下，既然取消又另约，必定不便相见，就是自己心急火燎地去了也没用。她为啥取消呢？啥时候能再见面呢？约我又有何事呢？一连串的问题就像湖风中在水面漂浮的草左右不能自已。他又想起一次值夜班回来，才进盛府门，张豹就回屋睡觉，他也直奔心怡阁，才进后花园，忽听有舞剑的声音传来，顺声看去，却见剑响处，周边高高的红梅、海棠，还有正挂果的桃杏，枝摇叶动，如被人使了魔法，忽而左忽而右，有涛声如千军万马奔袭，忽而昂头静立有鸟跳跃着在上面纵情鸣唱，忽而又俯首轻颤暗香频送。等他好奇地悄悄走近，才见是二小姐一身粉红在舞清风明月剑，一招一式清晰流畅功力自现，张豹远远不能比，也不逊于玉玉。正呆愣时，二小姐却收了势，进了心怡阁，恐二小姐不便，没敢跟进去，这时突然发现，困意早就无影无踪，还无比精神，并有了也想舞剑的冲动，但感觉不好，就仍躲在花丛中，一边听心怡阁的动静，一边慢慢在心中练起清风明月来，没等练完，心怡阁又有歌声随古筝飘出，他又立即明白是二小姐的自度曲《兰》：

倚身闺阁枉凭栏，剑叶风动花姿颤，满眼云霓暗香围。沉醉。园里城外两洞天。

芳华有期期何时，欣逢才俊青眼看，心怡阁里韵相连。知否？字短情长琴未眠。

韵里含韵韵默默，乐中取乐乐呵呵，芭蕉雨紧更漏残。祈愿。良宵共度不夜欢。

这是前天晚上三人在心怡阁兴起时，二小姐的即兴口占。因为下了一天雨，码头无人上岸，他和张豹、张珏互相补足了觉，下班饭后，张豹见雨不仅停了，还有满天星，屋里院外的灯光在雨后枝叶凝住的水珠反射下朦胧得如梦似幻，就提议让他把清风明月剑再带着练练，谁知，才练完，骤雨伴雷又起，躲进心怡阁，雨又忽慢忽急没有再停的样子，张豹就提议自选一种喜欢的花卉成吟，体不拘，韵不限，但后者必须用前者的最后一个字开头，还必须能弹能唱，说完还问谁先开始。他就说让二小姐先作，二小姐一愣，说，咱谁也别让、别争，谁提出谁先来，做个样子，带个头彩，我殿后，先长长见识。张豹说，恭敬不如从命，随后挺挺身子扯扯衣襟作了《牡丹》：

> 百花丛里王中王，国色天香夜未央。
> 众星捧月仰头望，亦富亦贵亦朗朗。

二小姐笑笑说，一般般。转脸又对他说，该你了。
他启齿笑笑，随后笑一收，就声情并茂起来：

> 朗容朗貌，亭亭立立立立。花开花落，清清香香溢溢。
> 从来秀之天然神自媚，粉黛不施即倾城，所谓佳人怎比你？
> 一见忘情，念之如饴。
> 年去年来又相思，聚聚散散，魂牵是伊。几经枯荣，芳
> 心如鹃，纵堞危墙摧，疫至灾频，梦里梦外依旧啼。希春风
> 又度，期许有倚。

张豹录完，啪一拍桌子，说，好。立即又说，只是我有两问，请先告诉我，你用的词牌是啥？他说，留城吟。张豹一愣，咋没听

说过这个？他说，即兴自创。张豹又问，所吟何花？二小姐说，你连这都没听明白，还胡乱问，就该再罚你一首。张豹一拱手对二姐说，惭愧，本就不才，又走了神，倘若准备好了，你现在就开始，真要作的是一派胡言乱语，我就陪你一起受罚。二小姐说，比不了高志，难道还比不上你的信口开河？你先给我记好了。二小姐说完，起身到了古筝前，自弹自唱起来。弹唱罢，张豹手握着笔还呆着不动。二小姐走过来见桌上的纸没有一字，就问，你咋没给记下？张豹我我了两声，说，对不起，你琴声一响，我就好奇起来，不仅耳朵听着心里还想，窗前坐着的，啥时候才女李易安又托生到咱盛府的心怡阁了。二小姐说，连记录的本事都没有，你以为用这种话来糊弄我，就不罚你了？高志恐姐弟俩吵起来，张豹再像以前无所顾忌地用话伤了二小姐，搅了雅兴，就拿起张豹手中的笔，也不坐，一字一句把二小姐的弹唱写了下来。

二小姐爱不释手地看完，激动地说，谢谢你高志，真没想到，你能一字不漏，字还写得这样好！他说，二小姐过奖了，少爷要不是沉浸在你的弹唱中，他的一手王羲之行楷更耐看。二小姐说，我不是过奖，是满心里佩服，更谢谢你为了照顾我好接续，故意把"期许无敌"改成"期许有倚"，只是这一改，让你这首《留城吟》减了色。张豹见高志脸一红低下了头，就问二小姐，你咋知道？二小姐说，我见他把"许"字拉长了音还稍稍打了个愣。张豹说，我咋没感觉到呢？二小姐说，你还有脸说？真是白在学堂这么多年，真不知道你在那儿都学了些啥，学问没见长，人也木得只长个子了。张豹说，谁说我只长个子？我也可以自创首留城吟。二小姐笑笑说，难得，且速速吟来，张豹挺挺身又清清嗓子，看着二小姐说，你且听好了：

倚帘凭窗，静静寂寂寂寂。园里廊外，枝摇叶动鸟无

迹。自古才俊仗剑远，品顾如我薄气息。纵是咫尺，亦天
涯，无奈城外锣声急。

燕去燕来眼迷离，回眸一瞥也自嬉。怎奈嬉少愁多空怅
然，妆懒琴默睡无意。时时刻刻，刻刻时时，心怨难齿，锦
书难诉，锦书难寄。

他听完一愣，没想到张豹也会填词，就笑着想对二小姐夸夸张
豹，却见二小姐一脸肃穆，又赶紧转脸瞅着张豹，张豹就说，我的
这首《无题》是触景生情，也可叫《有心》，初次染指，请两位圣手
多多指正。见二小姐仍瞅着张豹没言语，他就说，请二小姐评点评
点，如此信手拈来，是不是错怪少爷了？见二小姐还是不答话，又
说，这也说明少爷在学堂不仅挺用功，还更有灵性，别看他好跟你
斗嘴，其实心里处处为你着想。二小姐说，你不说我还不生气，今
晚不就是一起胡诌几句消遣吗？以为我是个女子，又大字识不了一
秤盘子，你们两个就合起伙来欺负我，你看看你们还有大丈夫样子
吗？张豹笑笑说，本以为贵小姐只是长于经营善于理家，棋琴书画
只是锦上添花，没想到作诗填词也自成一格，让人刮目相看，如此
聪慧，就是借了天王老爷的胆谁也不敢。二小姐乍然一笑，说，就
是合起伙来欺负我，我也不计较，我还希望你们两个以后也这样合
起伙来欺负我，只要你们快乐，我无所谓。心怡阁霎时静寂，只有
雨声。

如此诸多的琐琐碎碎，此时被接二连三地翻腾出来。湖风轻拂，
水波微起，荷香频送，他的心却在翻江倒海，不能自抑。突然想起
李清照的《如梦令·常记溪亭日暮》，反复默诵罢，不禁讶然笑出声，
又摇摇头。

感觉时候不早了，正想起身，忽听瑞麟从身后问，这么晚了，
你坐在这里干啥？他心里一抖，赶紧把纸条握在手里，立即站起身，

说，刚送个人，顺便在这里坐坐。瑞麟说，是盛府的张永吧？他心又猛地一紧，说，他来给张豹送东西，寺里现在管得严，不便进，我送出门，见湖内荷色氤氲，荷香频送，一想好多日子没到湖边来了，就顺便看看。瑞麟说，以为你上山了，没想到你被这里的荷又迷住了，可不能处处见色起心啊。他一愣，就见瑞麟笑笑说，开个玩笑，别当真，要不要这就回去？他说，这就回，请。说完，一抬头，却见先生在路上正面向他们站着，身子又像遭遇上三九的凛冽猛烈地颤了一下，立即背过手把纸条撕碎，趁着瑞麟和先生相继转过身，又一扬手撒到路过的一处茂密的苇丛中。

第十四章

移步山前，天光已经有了暗影，可新建的学堂那一片还是能看得分明，不仅青砖黛瓦的学堂已建好，连院墙也竖了起来，飞檐翘翘的门楼，比龙兴寺的还高大。

这之前在留城，一次碰到瑞麟，只听他说疫情期间，山上工程不但没停，还从寺南边驿庙等周边村子请了不少能工巧匠，所有人都吃住在山上，实行封闭管理。等隔三岔五再碰到，高志问起山上进度，瑞麟说，比以前快多了。又碰上，不等问，瑞麟就欣喜地说，学堂加宽、加长，分了前后院，可以收更多的人在这里上学。高志问，人多了，上山的路是不是也变一变？瑞麟说，忘了告诉你，上山的路改到了学堂前，正对大门修筑了宽一丈的九级台阶，九步一级，每三级又依山势左右各跨一个九尺见方的平台，上下清一色利国驿运来的石雕护栏，不仅好看，更壮观。高志说，既然连上山的路都改得这么气派，索性一不做二不休建个书院多大气？瑞麟说，我也有这样的想法，只是心里没有个现成的样子，你认为建个啥样的呢？高志想了想说，记得在舅舅的随感录里看过，应该在形成自己特色的同时，集历代著名书院之大成。瑞麟说，你意思是说我爹他心中早就有谋划。高志说，舅舅要是没有想法，他能积极促成吗？瑞麟说，你再细说说你心中的书院又是啥样的。高志说，所建书院，除多置学堂、斋舍等学子生活、活动区外，得像岳麓书院，教授、讲学外，具备藏书、祭祀类集会功能，像白鹿洞书院广植花木造亭台，还有自己颇具象征意义的吉祥物，像应天书院有自己与时俱进的价值取向，像嵩阳书院广引各路名家，有自己得天独厚的师资，等等，最好在整体布局上，不刻意把山顶扫平，应依据周边山势，以多进院落为主，又不囿于庭院式建构，在现已形成的中轴线上，前连、后伸、两侧外挂，并用亭台轩榭自然映衬、小径曲廊巧妙勾连，就像一篇自鸣得意的精致之作，字字珠玑、句句经典，恣意汪洋中，依然保持传统章法，但在秉承传统中，又独具风格，并与小黄山、龙兴寺甚至留城融为一体。瑞麟说，好，我一定把你的建议传给理事会。后来再见面，瑞麟还是没等问就兴致勃勃地说，你的建议，理事会采纳了，但介于当前条件，只能在现有的基础上作了局部调整，并把没能呈现的，结合时局进行了适当的变通，今后再逐步变为现实。高志兴奋地说，真是太好了，我做梦都想在一个具有留城文化底蕴、名家云集，学者影从、环境典雅的书院里。瑞麟脸一正又说，形之于书院一直在努力争取，名之为书院是不可能了。高志兴奋一收，问，为啥？瑞麟答，爹告诉我，自嘉靖十六年以来，特别是当朝官府以"倡其邪学""群聚徒党"为由一直禁毁书院，所以，曾在这一带被称为济宁以南、徐州以北文化高地的沽头精舍和仰圣书院，自漕运管理工部迁往夏镇，再也没有了王鏊诗中"今日东西阛阓起，月明两岸读书声"的盛况，存续约五十年的两书院已在两年前彻底废圮，因此，咱山上所建，向官家申请建设时，也是再三申明，目的不是讲学，而是广收学生。高志说，既然

留城吟

这样，咱就没必要在命名上自毁。瑞麟说，谁又说不是？不过，等建好，你看了就会知道，确实不凡，有些地方，与周边的云龙山书院、尼山书院、泰山书院也有可比之处。

拾级而上，翠色掩映的大门楼正中，"龙兴学堂"四个斗大鎏金颜体格外醒目，不用问，这是先生手笔。再看两边对联"碧翠一屏山水相依生秀色，寒窗十载卷书常伴长精神"，也必定是先生所撰。进了敞开的大门，门内一条连接三进弄堂的石板过道就格外醒目，漫过道两旁三排人字形对峙的峰阵依次看去，不仅正房，连东西厢房及后院也一应齐备。站在后花园中的"观吾亭"上，透过高高的树干缝隙，极目远望，朦朦胧胧中，龙兴寺、留城及周边村寨尽收眼底，运河如一条巨龙腾跃着蜿蜒而来，不时有船队喧嚣着水声迤逦而下，禁不住再次回味起亭上的对联"形于眼中磅礴能成气象，身在亭外吐纳皆是华章"。

重新回到前院，再回头看，俨然一处大户人家的深宅大院，比先生曾经说的离此不远毁于嘉靖四十四年水灾的仰圣书院和沽头精舍要好得多，且又在山中密林，远离嘈杂，每天能在这里研文习武修为精进，真是再好不过。何不沿袭古人之风雅，给新建学堂即兴赋文一篇呢？于是灵感骤至，文思泉涌不能自已。

> 留国故都，子房封地。泗水旧道，漕运新河。河依东西，山屏南北。前享彭祖之寿，后福儒圣之泽。左携滕薛，右挽丰沛。界两县靠一城，掩密林友周村。且寺傍、湖滨、桥邻、山耸，佑我新学，此乃龙兴处之大观矣。

> 昔自尧封九子于此立国，微子以仁救商，虽终成憾事，却得成王受封、孔子盛赞、百姓爱戴，更有臣主一逢山河陡变，仁杰同辉德贤昭然，于是风生水起，云锦星灿，才俊辈出，群雄争至，可谓举杏坛之帜、集百家之慧、立学教化决

決千载之功。

今幸百废又兴，纵千灾百厄频发、财力捉襟见肘难筹，仍举众之智勉力兴学。斩棘移石，凿山开道，房舍屋宇集优创建，亭台廊榭应景巧设，逐志追梦，情怀厚植，图新图强，魅力彰显，以求群贤广聚、学子俱往。钟灵毓秀，满园皆百花争艳；人杰地灵，盛景尽子孙可享。

故虽布衣，壮志如日月高悬。学不厌书，书不厌读，读不厌思，思不厌精。每有新知，如获至宝。稍有懈怠，必自诫自警：学业不成，豆蔻芳华，晨昏不能丢松；壮志未酬，时光飞梭，春夏怎敢放纵？纵天资不聪，效孙敬苏秦之勇能补拙；学业落后，取车胤孙康之智可超越。亦常以古仁人之心自勉自励，仗剑无路，恰子房巧遇，得书一卷，成初汉三杰；兴学有方，效仲尼执着，数十百篇，惠千秋万代。呜呼，置身其中，心怀旷远，凯长歌使人生添色；谱绝唱为家国增辉。

时虽日暮，春风浩荡，四野既合，明月即升。更盼蟾宫嫦娥玉兔共舞，日月推演，姹紫嫣红，蓓蕾绽放。遂歌曰：

春日朗朗风浩浩，龙兴之处说龙兴。
河湖山寺同托衬，轩榭亭台共辉清。
坛上滔滔江月照，灯下默默柳溪行。
凌云壮志生胆魄，万丈豪情曲动听。

才吟罢，突然从东墙上下来一个蒙面的黑衣人，不禁一愣，正猜测此人是谁因何而来，那人却腾空一个跟头翻下，飞剑向他俯冲过来。不容多想，急忙后跳闪开，又见黑衣人一个后翻，向西墙双脚一蹬，面对他又直刺过来，眼看又到跟前，剑突然反转，一个海底捞月到右脚，他又连忙后躲，才站稳，那剑带着凛冽的寒光闪电样跟进上撩，尖又直逼胸部。他一提气上了东墙，黑衣人不仅上了墙，没容他喘息，又挥着剑左撩右撩竖劈横斩，他连连后退，又上了前庭东厢房屋脊，黑衣人不但不放过，还用上了清风明月剑里的崖上连环、怒云压顶、疾风带雨、霜寒雪冷……眼看又到了屋脊尽头，黑衣人突然用剑俯身低扫，随即闪电般收剑腾空飞起双脚，很明显要把他踹下去。高志感觉不好，侧身跳开又一晃躲过，唯恐黑衣人收不住脚掉下去，正想伸手拉住，没想黑衣人动作比他还快，就在他一晃的刹那，剑又向他喉部刺过来，他立即偏身一缩，纵身向下一扑，顺势一个后翻，接着云步上走，到了西厢房屋脊。本以为黑衣人不会再跟过来。哪又想到，他前脚刚站稳，人家又到了眼前，剑又啸叫着劈过来，赶紧后躲，眼看着又退到了屋脊南端，转身又跳到西院墙，向南快走了几步猛转身，见黑衣人又紧随而来，剑又要刺到身上，可再向前就是院墙的西南拐角楼，角楼门封着，无疑到了角楼就到了死胡同，就一提气上了角楼，又一个跟头翻上了大门楼顶，正想着黑衣人如此步步紧逼、招招连环、剑剑取命是就此跳下去回寺，还是继续看看黑衣人到底想干啥。却见黑衣人比他还利索，没通过角楼，就直接从西墙腾云驾雾般上来了。书院还没开，他不想在大门楼上与黑衣人纠缠，万一脚下一不小心触动了脊上的瓦，再掉落几块，修起来麻烦不说，也不吉利，就又一个跟头翻下来。

等高志在院里站稳，黑衣人也一个跟头翻下来，高志让开一步说，玉玉，开啥的玩笑。黑衣人一愣，拉开面纱，瞪着眼对着高志怒斥道，谁跟你开玩笑，我恨不得现在就杀了你个没良心的。说着剑又刺过来，高志侧身一偏，用手中的剑按住，说，哪里又得罪你了？玉玉说，你心里明白。高志说，我，我不明白。玉玉说，那也是装不明白。高志说，请明示。玉玉说，昨天哪儿去了？高志说，在寺里。玉玉说，晚饭后呢？高志说，在，在湖边。玉玉说，真在湖边？高志说，舅舅和瑞麟可以做证。玉玉说，他们在城里那么忙，哪有闲心来给你做证？高志说，他们从城里回来路过看见，瑞麟还叫了我，然后就一起回了寺。玉玉问，回寺里又做了啥？高志说，舅舅跟慧觉师父说了组织大家帮助农户抗旱的事，还说了寺后面的麦田只要能抗了旱，再配上秋后的收成，就能保证寺里一年的口粮，不能眼看到手的东西没了。玉玉又问，慧觉师父咋说？高志答，慧觉师父说，无论咋办得保证收成，不能躲过疫情，躲不过旱灾，再生了粮荒。我就趁机说，我们学堂里的也跟着一起抗旱。玉玉问，爹同意了吗？高志说，舅舅让这两天暂时不开课，全力配合慧觉师父。玉玉说，同意完是不是就出了寺回家了。高志说，舅舅是带着瑞麟一起回家了。玉玉说，他们回家，你不来山上又去了哪里？是不是又找个惬意处继续回味在留城掉进福窝的美好？高志说，天天为了防疫值守跑酸了腿，吃喝有时都顾不上，哪还有啥福窝享？玉玉说，没有福窝，有个妖精围着，不是福窝胜似福窝。高志说，哪，哪有这事？玉玉说，没有这事，也没有掉进福窝，是交了桃花运，海棠丛里桃花红，心怡阁里笑春风，绮丽冠绝温庭筠，怎比唐寅醉中成，是不是有乐不思蜀的感觉呢？一定至今还回味不尽。高志一愣，说，疫凶如虎，随时都有丧命的风险，哪还有心思乐，就是有，也不如跟你在一起，就是有，也比不上你的好，此生遇上你是我最大的乐，今世碰着你是我最好的命。玉玉说，我再好能在留城天天陪着吗？我再好能看住你的身，也能拴住你的心吗？高志说，我的心，我的心……玉玉说，你说，你说，继续说下去。高志噌地拔出剑，剑花一挽，对着自己的胸膛说，我这就剜出来给你看。玉玉一惊，随即厉声说，你马上给我放下。高志说，我不放，这就给你看。玉玉说，你不放是不？高志说，不放。玉玉提起剑往脖子上一横说，你要再不放，我先死给你看。高志大惊，赶紧扔掉剑，说，对不起玉玉，都是我的错，都是我的错，我以后再也不这样了，再也不这样了。玉玉收了剑说，我只是开个玩笑，你倒当真了。高志说，你的话，我啥时候都当真。玉玉说，当真也行，但一个男人的命不是自己的，可以慷慨向死，但不能毙于自己的剑下。高志说，明白。玉玉又说，男儿立世当自强，我们女人也是，命就是再不金贵，也不会为不值得的人而殉情。高志说，你刚才又是为何。玉玉说，我是为这个刚建起的学堂。高志疑惑地说，学堂？玉玉说，爹为了建这个学堂，为了让留城的孩子们都有上学的地方，爹自承接了爷爷的职责，先是带着你们在龙兴寺以尝试过渡，接着就以带着你练功为由，感受这里的环境，为了尽快建成，爹一直四处协调、筹资，就是在这两个多月，他一边带着大家一丝不乱地做好防控，一边又继续号召周边散居的有名望的张家亲友，为学堂捐资出力，多亏徐州白云寺倾囊而出，利国驿大黄山石材店鼎力相助，才有了现在的模样。高志说，真没想到舅舅能把这两件事同时做得这样好。玉玉说，爹昨天晚上还说起你。高志心一紧，问，说我啥？玉玉说，他这么多年，一直把你当作这个学堂的未来，还说你对这个学堂的未来设想有眼光、有气魄，可才过了一天，你就这样，真要因我有个好歹，我咋跟爹交代？高志低下头说，对不起玉玉，对不起舅舅，这都是我的错，我太让你们失望了。玉玉说，咱不说以前怎样，也不说你这两个月在留城咋样，更不说你以后对我如何，只要你按照爹指定的方向去努力，我啥都不在乎。高志一愣，立即说，从今以后，你和学堂都是我的命。玉玉说，你有这份心，更好。高志说，我当然有这份心，不仅现在，以后一直。玉玉上下睄了睄高志说，我不听保证，只看行动。高志胸一挺说，绝对言行一致。玉玉笑笑说，通过刚才一试，感觉你这段时间不仅功夫没丢，各方面都有不小的变化，眼看学堂要启用了，爹说，要做的事还有很多，你可得好好表现，最起码要把寺里学堂替他料理好，别让他太分心。顿了顿，玉玉又说，其实爹也明白，如今留城再大的事都不如学堂的事重要，可眼前的留城岌岌可危，很多事要是不及时处理，一旦留城没了，皮之不存，毛将焉附？学堂何存？高志说，这个我懂，你放心，我一定会竭尽全力。玉玉说，既然知道，刚才还要憋熊？以后再也不许这样。高志说，你也更不许这样，一开始就把我吓得不轻，后来又……玉玉说，以后不规规矩矩的，比刚才还更厉害。高志说，我当然知道你的功夫，想置我于死地，也就像捏碎个小坷垃头一样。玉玉说，知道就行，以后再让我发现你做了不该做的，有你好看。高志笑笑说，再不会了。玉玉笑笑，突然笑一收，说，刚才，我狠招紧逼，你为何不出手，我又没出声，你咋知道是我？高志说，我我我……玉玉说，又吞吞吐吐了吧。高志说，我先是闻到了兰花的香味，又见你使了清风明月剑法。玉玉说，闻了兰花、使了清风明月又如何？高志说，舅舅曾告诉我，清风明月不仅仅是一套剑法，它的精髓是和则融、怼即伤，更何况，我们俩的剑是舅舅同时让人给打造的，还分雌雄。玉玉又说，那也不能闻到兰花香就认为是我？女孩子用兰花油的多了，城里那个让你神魂颠倒的妖精，以前一直用桂花，最近又突然用起了兰花。高志说，刚才我闻到的兰花里有你的味道，你的味道已深入到我的骨头里，不管啥时候，我都能分辨得清。玉玉愣了愣说，难得你有这份心，我值了。

直到下了山，玉玉再说了啥，高志都不记得了，只记得山上学堂的上空悬着圆圆的月亮，并且月亮一直望着他们笑，笑着笑着就隐到了树丛里。

像一夜之间，通往留城的道上都起了厚厚的沙土。人走在上面不仅鞋窠里灌满了土，荡起长长的狼烟不说，还以为是走在二月二炒糖豆的热锅里，脚被烫得不敢前伸。可不敢前伸也不行，道两旁的庄稼叶子翻卷着直往下耷拉，透过庄稼空隙往下看，地上纵横交错着裂开一道道闪电样的缝，再不浇水，一春的期望就没了。高志带着同学随着寺里师父像谁下了无声的命令，一律走在路边的草棵里，有的两人合伙抬着桶，有的端着各式各样的盆，从黄山湖里往寺后的麦地浇水。

寺后的这块百亩田地是官家专划的，目的是以田养寺。划定时，因为靠着运河，高低不平，张谦接管后先是带人进行了平整，接着在地中间由南至北开了条水渠，然后每亩一方，每丈打了一个田埂，每三丈开一条中沟，确保涝能排、旱能引水灌溉。可这次前所未有的大旱，不仅旱了田，还让河的水位骤降，事先备的渠没了用处，只能人工浇。为尽快缓解旱情，慧觉师父号召寺里人不论年纪大小人人参与抗旱，实行管理责任制，依着田埂平均分开，并让高志写好名字，夹在插有各自所分管地块旁的芦苇秆子上，规定每天太阳落时查验进度。落实浇水工具时，发现水桶不够，就立即派智恒带人到留城去买，得知留城缺货，又让连夜分三路到沛县、薛城、利国驿各采购十副。水桶买来，又倡议大家自由结合，能挑则挑，不能挑就两人抬，不能抬就用寺里的水盆端。

一天下来，进展并不顺利，尽管所有人都很卖力，但浇到地上的水，眨眼就哧溜一声没了，像被小孩子尿了的床，只留下片似有似无的湿印子。倒是每个人身上的汗特别明显，浑身湿透不说，脸上总是擦不完，还总往眼里流，一流到眼里，眼又立马疼起来，就赶紧用衣襟抹，衣襟抹的次数一多，不仅眼圈红了，还火辣辣疼得睁不开眼，可睁不开眼也得继续，完不成任务，慧觉师父那里不好交代不说，一起浇水的也会笑话自己没用。有的就私下里埋怨，说，明明运河里的水近，偏让从黄山湖里弄水。话传到慧觉师父那里，晚饭时，慧觉师父就告诉大家，官家有规定，为不影响航运，旱时，严禁取运河之水浇地，违者斩。那些发牢骚的一听，赶紧缩下头噤了声。

按说，张谦跟慧觉师父商量浇寺田麦子的那天晚上，就决定第二天开始行动，可第二天一大早，县衙里就有快马来告诉刚到留城安排抗旱的张谦，一是安排人就近把留城周边的湖打通，让水流入运河，不能让运河在留城段断航，二就是严禁取运河水灌溉。官家的话就是命令，好在留城周边近几年才形成的大大小小的湖都与运河连着，只要安排人疏通疏通就行，可人人都在忙自己家的抗旱还嫌人手不够，有的不但不愿出工，还说官家根本不顾留城人死活，抗疫时没见人来支援，要抗旱了又不让就近取水不说，还让把湖里水往运河放。张谦说，抗疫时官家没来人，主要是咱为了防止扩散封闭消息，现在抗旱保运河水位，咱留城人就是再难，也要维护张留侯顾全大局的好名声，决不能让南来北往的船只在咱这一带搁浅。说完散了人群，就到了龙兴寺，迅速召集学堂全体学生和寺里壮年僧人带着铁锹开赴留城周边各个湖连通运河处，直到天快黑时才疏通一遍，正想带人回寺，偏又碰上来察看的县衙人，张谦不敢怠慢，就让高志带着大家离开，又带着来人挨个去察看。来人见各个湖的水你挤我拥地奔运河而去，才放心跟着张谦走进留城十里香。

　　累了一天的高志见浇水抗旱的效果不大，就不顾疲乏找到正准备晚上打坐的慧觉师父，说，本就迟了一天，再这样下去，麦田的旱情不会得到缓解，相反还会错过麦田抗旱的最佳时机。慧觉问，你是不是有更好的办法？高志说，您一定见过水沟里打堰逮鱼吧。慧觉笑笑说，不但见过，小时候最喜欢在秋冬的水沟里打堰逮鱼，两头一截，水浅用盆泼，水深就用绳绑一只桶，两人合伙各拽着一边的绳子，一松把水桶灌满，然后一拉紧，桶里水就泼到堰外面去了，不仅省劲还速度快。高志也笑笑说，既然这样，咱是不是也用这法子浇麦子呢？慧觉一愣，说，你是说，先让人挖条沟把麦田里的水渠伸到黄山湖边，然后再沿着湖挖条沟打高堰，用桶泼，就是湖里水位低了也不怕，大不了把绑桶的绳子加长，两边的人再多用点力气。高志说，是。慧觉师父说，这法子行是行，省了来回跑路的时间，还避免了水在路上浪费掉，可这样买的桶闲下了、这么多人也闲下来了不说，单凭一只桶，就是白天黑夜连轴转，又能啥时浇一遍？真要等个十天半月，连麦秸都能当柴烧了。高志说，咱可以沿湖打得长长的，让更多的人用上桶，再排着班定时交换，既能换着干、轮流歇，最主要的是能让水源源不断地流到田里去，不仅浇得透，还浇得快。慧觉一拍大腿说，你这招高。高志道，再说了，麦子长到这个时候，只适合用跑马水，让水漫过就行，真要水浇得过量，旱情是解了，麦子即使不被淹死也会被泡倒，哪还谈啥收成。慧觉说，对对对，是这个道理，我可白吃这么多年粮食，连这个也糊涂了。高志说，师父不糊涂，您是把全部精力用在了保佑大家的大事上，哪还顾上这样的俗事？慧觉腾地站起说，闲话少说，抗旱当紧，咱马上按你说的行动。随后又命令智能分头通知寺里壮年的僧人，趁晚上掌着灯挖沟打堰。

跟着忙了大半夜的高志，清早起来出了寺，见一条新挖的沟，从寺田水渠南端绕过寺院东墙外，横穿过去留城的驿道，与湖北岸才打好的长龙一样的堰渠连接起来，年长的僧人正用绳绑着水桶，水桶绑好，又在从水桶两边伸出的两根绳子末端各系了一个三寸长能手握住的小木棍，高志走过来问，系这小木棍干啥？慧觉师父说，泼水时间长防勒疼手。高志笑笑说，看来还是慧觉师父想得周到。

早饭一罢，高志就跟着慧觉师父带着智能、智恒、智广，按事先分好的人，两两结合，一字排开，一声令下，众桶齐发，集聚在沟里的水欢快地向麦田流去。

在留城跟着张谦忙了一夜的瑞麟，太阳没落时回家，远远听到水声，就好奇地顺着水声加快脚步，等到了寺门前一问，才知是给寺后麦田浇水。沿着湖岸曲曲弯弯向东南，见众桶把水泼到堰下沟里形成的或高或低的错落弧线，像一道道彩虹，格外壮观。哪见过这阵势？细一打听，就折转身跑回家，拉了娘和瑞玉站在龙兴桥上抬头看过去。瑞玉问，这是谁出的主意？瑞麟说，哪还有谁？瑞玉紧跟一声说，到底是谁？瑞麟答，只有高志能想出这办法，还记不记得前些时候往山上运砖，总是与众不同，妙招迭出。娘说，这孩子，不得了，一看就是将来能做大事的人。瑞玉说，也不见得。瑞麟一愣，笑笑说，可别这山望着那山高，更别口是心非，别以为把里攥，再不抓紧，稍有大意，煮熟的鸭子也能飞到别人那里。瑞玉脸一寒，飞就飞，有啥值得的？说完，转脸就回。娘回头追上一句说，别嘴硬，真要飞了，有你哭天抹泪的时候。

万没想到，芒种头一天，麦子还没开镰，半夜里乒乒乓乓突然下起了雹子，刚从城里回来睡下的张谦腾地爬起，出去一看，所幸像一阵急雨，半颗烟的工夫就停了，天明带着瑞麟四处看看，有惊无险，雹子是擦着龙兴寺西南角，由东南向西北而去。

趁着麦收后的一场透雨种好秋庄稼，学堂的课又正常开了起来。每天的学习内容除按照以往张谦的设置，这段时间增设了《淮南子》《传习录》，每天各用一课时香，重点内容依然由张谦主讲，如果张谦不是太忙，则按课程安排上课，假若有急事，那就把要讲的内容调整到一早一晚，确实抽不出身，就让高志领着先自学或者代讲，遇到都解决不了的问题，张谦再专门抽出时间解决。可大多的时候，还是由高志代讲，既然代讲，高志自然要提前学习，不懂之处，就顺便向慧觉师父讨教，慧觉师父搞不明白的，要么瞅准张谦在寺里的机会见缝插针，要么就自己查阅张谦的存书，因为这，高志不仅把所设课程早早学完，还带二连三涉及了《呻吟语》《小窗自纪》和《小窗幽记》手抄本等当朝传颂一时的名作佳篇，认为好的篇章，就抄录了在同学中传阅。一时间，同学们像在高志的带领下走进了无边无垠的旷野，欣赏到一处处闻所未闻的风景，学习劲头十分高涨，每当旬末回家，就分别通过自己家人的关系淘来《六韬》《三略》《素书》《菜根谭》《长短经》等宝贝样拿出手抄本在同学中交流。有一次，张豹把智深不知从哪里弄来的《剪灯新话》给高志看，还直呼大开眼界。可高志接过一看书名，立马合上，然后严厉地在张豹的兴头上狠狠地泼起冷水，说，不仅像这样的书不能看，有些书看了也不能说，万一传出去让官家知道怪罪下来，不仅给自己带来灾，还会给学堂或者家里招来祸。张豹一听赶紧把嘴捂上。趁机，一天晚上在寝室里把说给张豹的话告诫给全体同学。同学们从此再不人前乱说，但阅尽百家的风气一直在学堂里如腊月的梅香频送不止。

考虑到山上龙兴学堂内的各种设施还没有配备齐，再加上刚盖好的房子湿气重，照张谦的话说，让房子过个夏天散散味出出汗，等到入秋再搬迁。可高志依然每天坚持上山，练完功就与玉玉坐在屋里灯下或朗月下谈天说地，说兴奋了，玉玉就故意用话刁难高志，高志明知，不但不放在心上，还有时手脚不老实，三下两下，玉玉就顺着他，真要得寸进尺，玉玉就眉一横把他推得远远的，确实不像话，有一次就啪的一声打掉他的手说，再不老实，就剁了你的狗爪子。见高志还没收手，就立即冷气逼人严厉地说，你看你还像个读书人吗？如此志气，鬼才相信你会是这学堂的将来。高志听了立马正了身，赶紧说，对不起玉玉，都是我的错，都是我的错，我今后一定改、一定改。玉玉说，改，我看你是嘴上改，心里从没改过，哪天再去城里，就向姑父、姑母告你的状。高志说，千万别，我爹能揍死我。玉玉说，怕挨揍就放老实点，不然，还没到去留城告状，身上就挨上了。高志说，你是说告诉舅舅吧，那更使不得，我求你了小姐，我改了还不行吗？玉玉说，也不用告诉爹，一样有人能让你服服帖帖。高志问，谁？玉玉说，远在天边。说完笑笑又说，真不知道你在城里防疫那么短的时间就变成这样，你到底是跟谁学的这些臭毛病？又是哪个狐狸精迷惑的你？等瑞麟哪天闲了，我得让他打听打听，一旦发现，别说那纠缠你的狐狸精，连你也别想有好日子过。高志一愣，身子的热腾腾像突然遭遇了强劲的西北风，哗一下退得没了踪影。玉玉见他规矩得没了声，就说，是不是在学堂里偷偷看了坏书？高志又一个寒战，就想到前些日没收张豹的《剪灯新话》，立即断定，自己这些天在玉玉身上的不老实，一定是它的作用。玉玉见高志不答话，就说，不回答就是默认。高志一听，连忙说，没没没，哪有啥坏书可看？玉玉又点着头说，你意思是想看坏书找不到，好好好，回家我就告诉爹，说你趁他不在学堂，带头不学好。高志一听又急起来，别别别。玉玉又厉声道，到底看没看、想没想？高志说，没看，也没想。玉玉说，哪天趁爹再去寺里，顺便让他叫慧觉师父派人查查，真要发现，就把你撵出学堂，败坏学风的再不许进。高志恐怕玉玉说到做到，要是真让慧觉发现再让他手下人传出去，那就严重了，就照实说了学堂的事，当然没提及《剪灯新话》，还决定回寺就把这本书烧掉。玉玉听了，不但没有厉声，还兴奋地说，触类旁通，遍阅古今，这种治学态度值得肯定，这种为学精神也值得发扬，但得有个度，还得学会甄别，去粗取精，为我所用，更不能浅尝辄止、一曝十寒，一个男人，无论何时，不但有学养，还要有格局，《呻吟语》里有"慎独"的说法，你也要切记，不得妄为。高志也兴奋起来说，一定，一定珍记小姐的教导。玉玉停了停说，我很向往《小窗幽记》手抄本里描述的生活。高志一愣，说，确实，我现在就希望过上那样的日子。玉玉说，那样的日子，表面上看着是平常，可平常中有着一般人享受不到的高雅情趣，这种高雅情趣不是唾手可得的，必须通过自己的打拼才能得到，不通过自己的努力，只妄想着天上掉馅饼，那是不可能的，就是有可能，不是自己努力所得，就是享受了也不见得多幸福，相反，还会让人看不起。高志说，我一定加倍努力。玉玉说，加倍努力，也不仅仅是过上那书里的生活，要努力过上比书上更好的，只有超越

256
留城吟

才会进步，只有不断进步，才不枉此生。高志说，我一定努力超越。玉玉说，"世间至贵，莫如人品，与天地参，与古人友，帝王且为之屈，天下不易其守"，真正的努力超越是建立在高尚的品行之上的，没有这个作基础，一切都是妄谈妄为，哪天，我还得去留城，查一查你在留城的那些日子，是不是学了坏，乱了心，移了情，干了哪些对不起我的事。高志一惊，大气再不敢出。临回，玉玉又告诉高志，听说最近留城私下里在风传一本叫《剪灯新话》的书，有的人看了就心里长了毛，总想着破了孔圣人传下的规矩，像里面《联芳楼记》写的那样，妄想着脚踩两只船，做那些令人不齿的事，你回去在学堂查一查有没有这本书，要是有，赶紧收了烧了，真要看了还梦想着学里面的，那就是还没出学堂就先瞎了心，以后还能得啥好？趁早绝了念想。

高志听了，哪还敢搭话，只点了下头就一阵风跑了。

回到寺里，见寝室里同学们还都在看着书，就催促大家赶紧睡，慧觉师父已经让智恒来提醒，说咱学堂晚上的灯亮得时间太长，如此耗费灯油，再不节省，就告诉先生。同学们一听立即睡下，可张豹像没听见。高志走到跟前说，你也抓紧睡吧。见张豹一不应声也没动，高志就推了一下，还是照旧不误，就把书夺了过来，一看是《牡丹亭》，就说，你咋又看这种书？张豹说，我咋又不能看这种书？这种书咋啦？又有啥不能看的？高志说，看也能看，就看你咋看，如果只一味沉浸在这里面，就不必，也不可取。张豹说，我只是欣赏他的文才，佩服他遣词用字用情的笔法，行文浓艳华美奇巧纤细的风格，情节离奇跌宕曲折多变的建构，脍炙人口的唱词所呈现出久经淘洗仍闪耀着光芒的艺术水准，描人状物形象鲜明并赋予深刻文化内涵的高超，有何不可吗？再说了，你不是说可以根据喜好博览群书增加阅历吗？咋又变卦了？高志说，我没变卦，只是建议根据兴趣涉及得有个度，任意放纵自己不仅会适得其反，还会影响身体健康。张豹腾地坐起，又下了床说，我的身体棒着呢。说完就向外走。高志问，这么晚了，你又去哪儿？张豹说，越说你是先生，你越是先生了，我上个茅厕还不行吗？高志不再说话，就趁大家没注意从枕底席下把《剪灯新话》揣在了怀里，跟了出去。见张豹拐进了茅厕，就一提气上了茅厕旁边的墙，把怀里的书卷成筒如匕首投进院墙外的粪坑里。轻轻下来，又到原处等张豹。

　　回去路上，高志对张豹说，刚才我把智深给你的书投粪坑了。张豹说，不会让明天来淘粪的发现吧？高志说，一夜就浸得面目全非了。张豹说，我以为你早就处理掉，没想到还留着。高志说，要不是收你的，还能等到这时候？你就这么害怕？张豹说，晚饭时，我听慧觉师父安排智能在寺里查这本书，就想趁机会问你，真要让他查到了，我爹知道，又揍不轻我。高志说，你怕挨揍还看？张豹说，我当时也不知那家伙给的是这东西，早知道不但不看，更不接，你是不是看了？你要是看了也全当瞧稀奇，饱了眼福就罢了，可别再梦想着跟着里面的学。高志一惊，赶紧说，你看我是那样的人吗？张豹说，我就知道你不会学，更不会把这书说出去。高志说，你也不准说。张豹说，那当然，我带到寺里，也只有你知道。高志说，另外，我疫情防控期间住盛府的事你也别说。张豹站住问，是不是你听人家说啥了？高志说，只是提醒你，并没听人家说啥。张豹又向前走了几步，猛地停下，又拽着高志到离寝室更远的角落说，不论你听没听人家说了啥，哪天见了张永，我也得问问他，问问他是不是在外面胡呲了，真要是胡呲了啥，那一定是他的嘴发痒痒了，我该用鞋底管管他了。高志说，没必要搞得这么严重。张豹说，这是我家的事，你不必过问。高志说，人家鞍前马后那样小心地侍奉你，不能对人家太薄情。张豹说，这也不是薄不薄情的事，是规矩，也是做人最起码的道理。说完，又停步说，你快告诉我，是不是听谁说了啥。高志扯了下张豹说，别想得那么多，快回去睡觉。张豹甩开高志的手说，你直接告诉我，要是有人说了，是不是会影响你？高志说，就是影响了又如何？张豹说，要是影响到了你，也就影响到了我。高志说，一个顶天立地的男人，"识其一，不知其二，治其内，而不治其外"，纵有"群谤"，也应该"以古人为契友，以天地为知己"，若如此，"任他千诬万毁何妨"？张豹说，我也知道"妄言不说，言满天下无口过"，既如此，你为何还要提醒我？高志说，主要是担心"树摇叶落"中被摇的树是指向谁。张豹说，既然先儒阳明公教导我们"三不管"，那就别问这么多。高志顿了顿说，我是担心会对二小姐有影响。张豹说，有这么严重？那不行，"防民之口，甚于防川；川壅而溃，伤人必多"，你必须告诉我，你是不是在哪里听谁说了，都说了啥，你要是不说，我哪天也得问问张永，如果是他的嘴在外面发了贱，他就是自作自受，如果不是他，我也要让他仔细打听，到底是谁在败坏我家的名誉，一旦查清，定不轻饶不说，我还要问责张永，为啥这重要的事不第一时间告诉我？为啥不把这关乎我家名誉的话第一时间悄悄按下？高志说，"人抖福薄，嘴松命夭""舟覆乃见善游"，不要小题大做，更不要乱耍威风，无论涉及到谁，警告警告可以，不必责难，何况他也没你说的那个能耐。

　　一夜无眠。高志早上起来，带着大家把该做的功课做完，就去了饭堂。出了饭堂的门，远远看见瑞麟从大门外向东走，就三步并作两步追了上去，问，少爷这么早又去哪里？瑞麟说，还能去哪里？爹让去留城。高志问，是不是又有啥急事？瑞麟答，急倒不急，只是麻烦。高志问，啥事能麻烦着你？瑞麟说，快别架我了，再呼扇呼扇就散板了。高志说，你快去吧，我不耽误了。瑞麟站着没动，瞅着高志说，你是不是有事？高志说，我能有啥事？从饭堂出来看见你走过，猛然想起咱俩有好多天没见了，就过来招呼一声。瑞麟说，不仅仅是招呼吧？你一定有事要对我说。高志说，没有没有，你快忙你的。说完转身就回。瑞麟一把拉住他说，是不是信不过我？临时改主意不说了？高志一甩胳膊，哪有信过信不过一说？更没有啥要改主意的事，快忙你的去吧。瑞麟说，你要不说，我今天就不去留城了，天大的事，我都丢一边去。高志说，你是学了《易经》，还是精通了伯温太史令的象纬之学有了能卜先知的本领？瑞麟说，不用卜，你脸上摆着呢，快说吧。高志说，我在留城防疫的那段日子，谁在家里提起我没有？瑞麟笑笑说，是不是我姐昨晚又向你发难了？高志说，没有，你只告诉我有没有。瑞麟说，抗疫结束回到家，娘提起过你，说一直为你担心，我就忽然想起那时候在留城碰见张永的事。高志问，碰见张永咋了？是不是他说啥了？瑞麟说，当时，我见他胳肢窝里夹着块裱好的匾额，发现上面的"心怡阁"三个字面熟，就问是谁写的，才知道你一直住在盛府的后花园里，每天值班回去，就与张豹姐弟俩吟诗作对舞剑弹唱，兴之所至，还给你住的房子题了匾，便把所知一五一十地说给了娘，恰又被走过来的玉玉姐听见，她当时还笑着夸你本事越来越大了，当了先生不算，还能给人题字了。高志说，原来如此。

第十五章

天有些阴，路上没有一丝风。出了寺门，拐向去留城的大道，高志不仅感觉闷得慌，还满心里别扭。

张豹见他落在后面，就催促道，天不早了，赶紧点。见高志不说话，还心不在焉，眼瞅着路面，像是怕踩着了蚂蚁，又道，早上起来就跟你说，捎信让张永来接咱们，你偏不愿意，如今又磨磨蹭蹭，要是再磨蹭，大太阳一出来，不仅仅是热，还要淌大汗。

高志依然不吭声，抬头看看前面的路，又漫过龙兴寺往山上看，见山上覆盖的绿荫上积聚着浓浓的雾，又袅袅而起变成云，乌压压一波波奔自己而来，再向留城方向横漫而去。时不时太阳又从云缝隙露出脸来，霎时金光万道，路两旁才一尺多高的玉米地转眼被镀上一层光，瞬间又对着自己万箭齐射。正苦于招架，太阳又不见了，天上的云又一阵紧似一阵从头上压过去，又压过去，如是反复，搞得他心里乱七八糟，再不想前行半步，还生了立即回寺的念头。可任务在身，时间又紧，临行，先生强调必须高质量。其实要求再高，对高志来说，虽有难度，总有应对的办法，况且又有张豹配合，也正因为有张豹，此时才生出了进退两难的心。可张豹却没有他的心事重重。张豹现在像只刚出笼的鸟，正"人逢喜事精神爽"，腾跳着"即从巴峡穿巫峡，便下襄阳向洛阳"，脚下云步急行，手也不闲着，才抚过身边伸到路上的玉米叶，又赶着掐片豆叶，先是捏着长长的叶柄，像举着旗迎着行走带起的风招展几下，又突然停下，然后摆架势，像在湖面投掷瓦片一样，贴着豆棵顶部形成的平面往豆地深处旋转，所到之处，那些秀出平面的豆棵顶部立即纷纷被斩首。高志先是一惊，不知道张豹啥时练成这等功夫，也好奇地拂去心中杂乱打算试一试，可才把豆叶拿在手上，见张豹也好奇地瞅他，就随手丢掉，加快步子。张豹见高志跟上来，又与其并着肩向留城赶。

两人默默走了一段，张豹问，你是不是有心事？高志瞥了他一下，说，没。张豹说，没心事，平常总是让我跟不上你，这次咋落在我后面？高志说，快走你的路，没有这么多咋。张豹又问，刚才你咋不把豆叶抛出去？高志说，我哪有你的功夫？还是头一次发现，有机会教教我。张豹说，这是家传，不让外露，今天不知咋兴奋的，就在你面前丢丑了。高志说，你这家传本事了得，不是你丢丑，是让我大开了眼界，没想到你藏得这么深。张豹说，不是藏，这是家规，你可得替我保密，要是让我爹知道，我得脱层皮。高志说，没想到你家家规这么厉害。张豹说，平常时候看着没什么，一旦非常时期，你才会深切感受到，当然了，这样的非常时期不是太多。高志说，真没想到。张豹说，没有规矩不成方圆，家规是一个家不断走向鼎盛的最起码的保证。高志笑笑说，看来像我这样的平常人家，都是没有家规才破落到现在地步。张豹说，也不尽然。随后又说，其实每个家庭都有家规，只是家规内容的取向不同，有的只为着吃穿，有的只为了名利，有的只为权势，有的却指向了生活的更有品位，当然好的家规，跟实施的力度也有很大的关系，实施不好，形同虚设，良好的家风也就不能形成，所以就有了千差万别的家境、五彩斑斓的人生。高志说，一直以为生长在富贵大户人家的孩子只知道享受没有思想，没想到你竟然有如此识见，看来你是秀外慧中。张豹说，你比我更优秀。高志说，我哪能跟你比？本就平常，又人前好显摆，如若再不夹起尾巴重新做人，定会被当作出头鸟遭人唾弃。张豹立马停住，盯着高志的脸瞅了瞅，问，你是不是遇到不顺心的事？高志答，没。张豹说，从没见过你像今天这样。高志说，本就如此，只是你没注意罢了，快走吧，好多事还在等着我们。

依照张谦昨天晚课结束时的安排，今年暑期的访学不再像以往统一到一个地方，趁着这一个月，配合家谱续修理事会，把年前就开始着手整理的家谱资料进行最后一次补充完善。按分工，学堂十八剑客作为书记员，各跟着理事会的一名成员，到每人在今年正月十四晚所吟的古城一带寻找流散的本支张氏宗亲。高志作为外姓，本不必参与，介于留城张氏家族庞大，张豹一人揽不过来，权作帮忙。当时听完分工，张豹就高兴地对高志说，咱们又能单独在一起了。高志也附和说，荣幸之至。张豹说，到时，你还住我家，心怡阁就是咱俩的作坊。高志听了，心中立刻陡增起一种难掩的兴奋，还隐隐有一种说不出道不明的期待。可这兴奋和期待也只是一闪念，又赶紧摇摇头说，不能再给你家添麻烦。张豹说，有啥麻烦的？就是有麻烦，也是我给你添麻烦，不能让你白麻烦，不要推辞，就这么定了。高志瞅着张豹的兴奋，不忍再扫他的兴。他又想到了自家的窘况。家谱要翻来覆去誊誊抄抄的内容肯定多，家里住的地方那么小，连放张桌子的空都没有，且才几个月的弟弟因为奶水不够好饿得哭闹，很难肃静下来，真要推却，哪里又找个合适的地方呢？可真要住到盛府，玉玉又会咋样对待他呢？

矛盾重重的高志当晚在山上一见到玉玉，就试探着把去留城的事说出来，可还没敢说张豹的决定，玉玉就笑着说，多好的差使呀，又能进福窝享受了。高志一听，哪还敢再提张豹的决定和自己的担心？玉玉见高志愣着不接话，又问，是不是张豹这次没邀请你去他家心怡阁住？高志说，就是邀请也不去。玉玉说，那么好的地方为啥不去？你家地方小又吵，抄抄写写能方便？高志说，我正想让你拿主意呢。玉玉说，让我拿主意，也只一个，就是张豹不邀请，你也要主动请求去心怡阁，不仅条件好，还有红袖添香，整理家谱累了，还能邀月吟诗弹筝作对，多风雅的事？高志说，真心让你拿主意，你又取笑我。玉玉说，你堂堂高先生，我哪里敢？高志腾地站起，抬脚就走。玉玉问，你哪里去？高志也不停步，明天还得早起，我得回寺了。玉玉说，一让你去留城，你就这么来精神了，还心急得等不及了。高志说，我哪又心急了？舅舅让去，我能怠慢吗？玉玉说，还让你每天练完功再下山呢，你今晚练了吗？高志咯噔停下，又赶紧回来。玉玉说，咋又回来了，还是这就去你的福窝吧。高志不再吭声，垂着头默默站着。玉玉说，本事一大，脾气也大了。高志说，我哪敢。玉玉说，你的行动已告诉我，还说不敢。高志说，对不起，都是我的错。玉玉说，以后不许你再说这几个字。高志说，一定不再说。玉玉说，也不让我给你拿主意了？高志说，不必了。玉玉说，是不必再见我了，还是自己有了主意不必让我拿了？高志说，我有主意了。玉玉厉声问，啥主意？快告诉我。高志说，我，我……玉玉说，又吞吞吐吐了是不？就不能把头抬起来？高志赶紧抬起头又挺起身子，正要说，这时从寺里传来熄灯的梆子声，立刻脑中一闪，说，我打算每天回寺里，所有抄写都在学堂里进行。说完，嚓一声拔出剑就练起来。玉玉也跟着拔出剑，说，今晚不能快，要慢。高志也不答话，随声缓下节奏。一遍练完，玉玉说，每天回寺，也得到山上来，到了留城要时刻记住，啥人该见，啥人不该多交往，我可有千里眼顺风耳，别怪我发现不客气。

走到留城南的谷场，疫情时的搭建早已拆除，场周边内侧与以前一样，堆起了一个个底座或方或圆高矮不一的麦草垛，如果不是路西侧立着的一通青石碑上记载着春发的鼠疫，过路人很难想到这里曾是留城人设立的防疫总部。

两人到了这块新立不久的碑前，见上面依然是张谦书丹的碑文，从左至右，由上而下，字朗劲足一气呵成。

留城鼠疫防控纪

万历庚子春，留患鼠疫，一时间，染者过千，猝卒者过百，民骇惧，纷闭户，道无闲走，举城空巷。且水患多年，汪汪之水如虎狼围城垂涎而恃，又春荒、旱灾、冰雹相挟，覆城之危如芒刺在背，众心难宁。幸皇恩浩荡，留侯风范犹存，为内防感染、外防输入扩散殃及他处，志者、勇者、众族长者急于大义，一马当先，集聚智慧，精心筹谋，冒险巡查，风雨无畏；医者、商者、百工能者尽显仁心，妙手除病，倾囊而出，勉力而为，随时响应。更有周邻村镇闻声而动，献物捐资，鼎力逆行，连夜兼程，皆曰："山川异域，风月同天""岂曰无衣？与子同裳"！两月余，疫除城安。留城人方感而叹之：众志成城向险行，幸而有君民无恙。因此记之，以告后世。

万历庚子岁春四月十有九日

两人正看着，张永在背后道，少爷回来了，咋没提前让人说一声，我好去接。张豹转过身，上下瞅了瞅他，说，你没事瞎跑啥？张永说，我哪敢瞎跑？二小姐让我给杂货点高掌柜传个话，回家时走到十字路口，远远看见您，就赶紧迎过来。张豹问，哪里来的高

265

第十五章

掌柜？张永瞅了眼高志说，就是高志他爹，二小姐才封的。张豹瞅了一眼高志说，早就听老爷说该重用，咋说是二小姐封的呢？张永说，都传说是二小姐封的。张豹厉声说，大胆，混账东西，谁传的？快告诉我，一定撕烂他的嘴。张永头一低，对不起少爷，前日按老爷吩咐在城东办事，从店前经过，只听门前聚着一群人叽叽喳喳，就听到这一句，因为走得急，没顾上近前弄清。张豹咬着牙恨恨地说，我最恨谁背后乱叽咕人家，你现在给我听仔细，高掌柜是老爷封的，二小姐只是代宣布，如若再有人这样说，不用报告，直接掌嘴。张永仍低着头应道，记下了，少爷。张豹说，你以后，再不该说就说、不该传就传，让我知道，打不死你也得让你脱层皮，快去吧，我们还有要事得办，就不回家了，告诉二小姐差人把心怡阁收拾好，回去我好用。张永说，是不是还让高志去住？张豹大怒，抬手照嘴重重给了张永一巴掌，说，不长记性的混账东西，这是你该问的话吗？我们才到，谁又告诉你的？说完又要打，被高志挡住。张豹不好再动手，毕竟张永跟了自己多年，说话本就有啥说啥，从不掖着藏着，论起来又是同龄侄子辈，从来都是服服帖帖，如果不是张永的话勾起了高志那天晚上的问，还直接关系到二姐的声誉，就是向高志作了承诺，也不会在高志面前耍主子威风，就顺坡下驴，准备让张永回去，等哪天也像往常一样抽机会给他点东西抚慰抚慰，可好有眼色的张永，这回不知是脑子进了水，还是被驴踢了，又说，我以为应该是，就多嘴了。张豹一听火气又起，撩开高志一边左右开弓，一边嘴里还恨恨地说，我叫你多嘴，我叫你多嘴，我叫你多嘴……高志见张永瘦削的脸上先是黄，接着红手印子铺天盖地不断叠起，赶紧从后腰把张豹抱住又一转，说，他也只是顺嘴说出心中所想而已，你哪能动这么大的气？转脸再看张永，虽仍低着头，可脸已红肿如猪肝，像刚掀锅的发面馍放着光，似有热气渗出来又氤氲着荡开。就说，表侄子，快回去吧。张豹见张永像没听见，又眼一瞪，赶紧给我滚。张永一哆嗦，立即转身。

见张永小跑着渐渐走远，就对高志说，这家伙是不是欠揍？高志说，不是欠揍，是对你一心不二地忠诚，以后还是对他和气点。张豹说，和气？给他个好脸能上天，你没听见他的话？咱还没告诉他，他就自作聪明起来，要是不治他，避着我们还不知添油加醋编派啥呢。高志说，咱又没做啥见不得人的事，他能编派啥？像他这样的人，自然也有这样那样的坏毛病，既然在你们大户人家做服侍跑腿，也是为了他们自己的生活，可能力有大小，不分贵贱，就是被世俗低看，也有自尊，尊重他们也是在尊重自己。张豹一愣，瞅着高志没说话。高志说，你慢慢就会明白，咱们还是抓紧去祠堂吧，别让他们等急了。张豹回头又瞅了瞅碑，说，碑文这样好，就不再欣赏欣赏？高志说，以后有的是时间。说完起身就走。

张豹跟在高志身后到了十字路口，扭头见二姐从家里匆匆向这边走过来，就停住。高志走了几步，感觉张豹没跟上来，转脸顺着张豹的眼神看过去，见二小姐一身粉红像一片云霞朝他们妖娆地飘过来，且不说那袅娜的身段，单就那俊美的脸就堪比西子，乍一瞟，比作黄山湖的粉荷有点俗，说面若凝脂有点太书生气，再一看，简直就是新雪轻点了正妍的梅红，灿着晶莹呈着喜色，心就紧张起来，脑子里也一片混乱，眼看要到跟前，慌得搜肠刮肚准备招呼的话，可任凭咋搜咋刮都没搜刮到感觉合适的，急得连自己都能感觉到脸上拧成了一个又一个疙瘩，如一只呆鸟愣在原地，嘴里只有不停的吞咽之声。

张豹问，二姐哪里去，这么慌张？二小姐扫了高志一眼，对着张豹说，听张永说你们来城里了，恐他学话丢三落四，就赶过来想问个仔细。张豹见张永也从后面向这边赶，就高了声说，你可别小瞧张永，他不仅不会丢三落四，还会把你想不到的都能想到，哪还用担心？二小姐说，要是万一话传漏了，不就耽误你们的大事了吗？张豹说，没有啥大不了的，帮着祠堂续家谱抄抄记记，只是又要在家里住一个月。二小姐说，看看，张永把你们住的时间长短漏了吧？张豹说，不是他漏了，是我没说。二小姐说，长有长谋划，短有短打算，应该说，幸好我赶过来，回去给你们好好张罗。张豹看了眼高志回头说，又不是没在家住过，你不要太张罗，是不是高志？高志说，是是是，二小姐不要太操心，我……张永打断说，请放心，不会让二小姐太操心。二小姐瞅了张永一眼说，需要你，我自然会叫你，你快去忙你的。张永说，我现在最主要的是随时听二小姐使唤。张豹瞅了瞅张永说，张永如今是越来越会说话了，相信张永也会做得更出色。转脸又对二小姐说，二姐，时候不早了，我们得抓紧去祠堂报到。二小姐瞅了高志一眼，对张豹说，天一黑，赶紧回，别让家里人挂心。张豹说，二姐放心吧。

祠堂在兴府东百步外，与紧邻的现已成为张氏蒙学堂的原张良庙一样，是一座北方典型的三进式四合院落。远远看去，一样的方砖起墙、灰色小瓦覆顶，一样的飞檐翘脊画梁雕栋，在周围错落的以土墙草屋为主的民房中格外突出。高志来城里后，经常跟着玉玉以叫张谦回家吃饭为由到这里转悠。两人一到，就像约好似的，先展开手臂，一左一右，分别围着大门两旁枝杈相连又耸入云天的罗汉松搂抱着转一圈，再亲一亲拱卫的石狮子，又抬头看看悬挂的留侯祠匾额和门两边的"帐中决千里辅国安邦垂青史，松下伴万户耕读传家续华章"，然后并着肩站在迎门的影壁墙前，看影壁墙中蓝蓝天空上高悬的福、寿、康、宁红灯笼，正艳的粗壮红梅枝上喜鹊鸣唱，用手轻抚一下底部修剪得方方正正的万年青，便转身拐进垂花门，顺着院正中的青石板路，穿过面阔九间的群宴厅，步入中院。若是听见大堂屋里正议事，就踮起脚尖通过窗户看两边耳房的张良事迹展和祖传物品如家谱等陈列。若是看完还没见张谦忙完，就到后罩房设置的供待客专用的食宿屋里瞅瞅。要是还没结束，干脆围着院里的抄手游廊转一圈，再转到大堂屋门前。假如见张谦还在不停地说着，就对门站着，用眼直瞅着张谦，趁张谦瞅他的时机，用两手做个吃饭的动作，随后两人就在院里玩起来。有时碰上张豹跟着二小姐也来叫张斌，张豹就会问高志，你又不是张家人，咋能来这里？快出去。二小姐就阻止道，来这里的都与张家有关，不能这样没有礼貌。玉玉就说，没礼貌也罢了，还这么不通情理。张豹眼一瞪，我咋又不通情理了？玉玉说，他是张家的外甥，是客，连待客之道都不懂，羞做张家人，滚一边去。高志赶紧说，对不起小姐、少爷，都是我的错，你俩别吵，我这就出去。说完就向外走。玉玉立即高声说，你给我站住。二小姐伸手拉住说，你别走，都是我弟没规矩。玉玉上前拉住高志的另一只手用力一扯说，咱到堂屋门口台阶上去坐着等。高志就顺从地跟了过去。玉玉走了两步，回头对二小姐说，丽丽姐，你回家让大爷好好教训教训他。张豹说，我这就告诉大叔，让大叔好好教导教导你。玉玉再不理。如今想来，那时候很多看似幼稚之极的事，悄悄抖落岁月浮尘，都值得思索。

到了大门前，瑞麟二话不说，拉了两人就往里走。张豹被拽得前脚赶不上后脚，连着栽了好几个跟头，多亏高志手疾眼快扶住，不然早磕掉几颗大牙。等进了中院，张豹见瑞麟不但不松手，还加快了步伐就忍受不了，使劲一甩手，说，失火了还是抢媳妇去？说完见瑞麟不答话也不停步，再一看高志也紧紧随着不回头，就一愣，这才发现张谦和张斌并排着站在门前的台阶上看着他，连忙小跑着跟上去。张斌见张豹低着头，就问高志，咋来这么晚？是不是豹子耽误的？高志说，对不起老爷，不是少爷，都是我的错。张谦说，先不说这些，按照分工，你俩抓紧跟着瑞麟去，纠错查漏补缺，先城里，再外围，能查尽查，能纠尽纠，能补尽补，确保每家必到，无缺无误。张斌说，豹子，你听好了，本来是你的活，瑞麟、高志只是协助你，你可不要让人家反客为主，自己却置身事外。高志说，放心吧老爷，少爷现在可比以前强多了，在学堂，好多事，都能独当一面，还相当出色。张斌说，但愿如此。

出了祠堂，张豹停下问，咋不给咱派家谱理事会的人？高志推着张豹边走边说，瑞麟早就是了，自启动家谱续修，他一直跟着忙前忙后，城里城外他又熟，咱可缺不了他。张豹听了，就对瑞麟说，原以为你只是给我们带个路做个伴。瑞麟说，豹子哥说对了，我就是个给你们带路做伴的，理事会安排我，一是人手少分不过来让我应个差，二是趁机让我向你们学学，你可得多指教。高志说，你们都别谦虚了，咱齐心协力把分工做好才是正经。

由于张氏家族在留城一带人口众多分布又广，再加上多年来陆续奔着张良从外地迁来定居的旁系张氏也很繁杂，致使每次续谱都工程巨大，好在家谱理事会的都是本支系有威望、有文化的热心人，家族观念根深蒂固，又都认为支脉越多越说明家族人丁兴旺，毕竟三十年才进行一次，能参与，都觉得是十分荣耀的事，就是再苦再累也都坚持做好，所以每当续谱结束看到新印的家谱比原来又厚了不少，心里都有说不出的兴奋。可这次续谱正赶上百年不遇的各种天灾频至，人口虽比以前更盛，但为了生活外迁的也不少，这就给本次续谱增加了难度。按说，各支系分管人员在前期已做了大量工作，这最后一次校对，本该由各支系分管人员负责，可张谦以为一个人总是在一件事上翻来覆去容易精力不济，往往最熟悉的又最是差错频出的，如此将错就错，人人如此，修成的谱就成了家族的遗憾，传出去，也会成为外姓的笑话。为慎重起见，张谦就让学堂的十八剑客参与，实行换人上门纠错，做好最后的扫尾工作，不给续谱留遗憾，同时也为下一次续谱培养新人做好接力。依着高志他们三人的打算，集中跑上三五天就可以，平常，大半天都能把整个留城里里外外旮旮旯旯转一遍，哪还能用上一个月？顺便还能把留城的大街小巷好好转转，如果可能，剩余时间就可以趁机去留城以外的地方看看，比如去沛城、戚城、沽头城等地方，逛逛当地的名胜古迹，尝尝那里的传统小吃，既增加见识又饱口福，张豹还承诺，一切花销他都包了。如此美好的谋划怎不令人兴奋地向往呢？一天跑下来，张豹牢骚就来了，说，这一家一家的跑就跑了，累就累了，可有些人家，好像故意给咱使绊子，好不容易七拐八弯走到了，又不知道啥时候搬哪儿去了，等你千辛万苦地再找到，他又搬到别处去了，就是没再搬，偏又不在家，还得再来第二甚至第三、第四趟，你们看看咱折腾一天才跑了多少？这样的进度，别说三五天，就是一个月跑完都难，哪还能腾出时间去别处？高志说，凡事，牢骚太盛只是徒增烦恼，不利于我们把事情做好，真要像游山玩水走马观花一样容易还让我们参与？张豹说，这修谱本就不是我们做的事，我们正是读书用功的年龄，有这时间不如多看看功课以外的书，或者访访周围有名望的老拳师学几招。高志说，你要知道，我们学堂是有组织的，就是外出也是先生事先根据我们学业的需要规划好的，不是想去哪儿就去哪儿，再说了，让我们参与，一是认为我们能胜任，二是我们腿脚快精力充沛，有利于把续谱的事情做得更好更快，最主要的是提高我们协同合作的能力，这是磨炼我们耐力的最好机会，也是对我们的一种考验，可不能一开始就打退堂鼓。瑞麟说，续谱是家族凝聚人心的一种方式，通过我们多方奔走，本来断了音信的宗亲就联系上了，原先关系疏远的又拉近了，一直就挺熟悉的就更亲了，还能看到各种人家的生活，体验到他们生活的艰辛和快乐，更能增强我们与人打交道的能力。张豹说，那好吧，权作在学堂上课了。高志说，这就是上课，从另一方面说，也正如先生所言，是一种别开生面的游学，其中好多东西都是我们课堂上学不到的，我们一定要珍惜这次机会，一句话，只能尽力做好，不能有任何侥幸，更不能甩手不干临阵脱逃。

如此你一句我一句又到了十字路口，瑞麟说，我还得去祠堂说一下咱们今天的进展情况，就不多奉陪了。高志说，你快去忙你的，我和张豹回去一定把咱们今天跑的好好整理出来。张豹说，一定会保质保量，请兄弟放一百个心，也请千万别把我顺嘴发的几句牢骚放在心上，更不要把这个也回复了。瑞麟笑笑说，是不是怕大爷知道教训你？张豹也笑笑说，是有点担心，兄弟可得上天言好事。瑞麟又笑笑说，豹哥放心好了，我保证把你一天的表现添油加醋往好里说。张豹胸一挺说，那就请兄弟放言无忌吧，反正我也是久经沙场了。瑞麟收住笑说，时候不早了，不给哥开玩笑了，就此别过吧。说完抬腿走了几步，猛停下转脸问高志，你去哪儿？高志答，我去寺里。瑞麟说，好多天没回家了，就不回去看看？高志说，家里乱糟糟的，咋整理？瑞麟说，寺里可没给你安排饭。高志说，我自己解决。瑞麟说，你自己咋解决？要不，等我一会儿，跟我回家。张豹向瑞麟一摆手说，兄弟别操这个心了，他是帮我的忙，我请他吃饭。瑞麟说，疫情刚过，最好别在外面吃。高志说，我谁也不跟，这就回。说完，转身就走。

　　第二天一早，没到约定的时间，高志就到了事先说好的张亮家门前。张亮是张珏的叔父，他们是二十年前从七山脚下也就是原来的啮桑古城举家迁来的。曾听张珏说，那年五月的一场雹子把眼看到嘴里的麦子给打了个精光，没法生存，先是辗转到沛县城里想靠祖传的厨艺开个小吃店生存，可小吃店开了没两月便再也不能继续，就直奔留城来了。因为张珏爷爷手里有份家谱，到留城的那天晚上就在张良庙被张谦的爹收留了，不仅在城北头给安了家，靠着坤门里对着"闻香止步"开了风味小吃店，还就近在城门外划了六亩祠堂地租给他们耕种，没想到店一开，生意就火爆起来，照张珏爷爷的话说，是托了族人的福，沾了"闻香止步"的光，随后就接受殷贤泽的建议把店名改成"十里香"，又让张谦在大门两旁拟写了对联

"味道可口入院即坐两碗仍添不算多，香气袭人出门又回三杯再进还嫌少"，从此"十里香"就在留城首屈一指。尽管张谦爹后来在收藏的总谱上没有查到他们能归依的支脉，可张珏爷爷手里那本谱序中说得很明白，且之前像他们一样奔过来的不少，也就不再细究，毕竟都是张良祖之后，在外面混不下去了再回来也是正常。所以这次续谱，张谦十分重视把他们这一支也收入，并多次申明，续家谱不仅只注重新生人口，更要增补又发现的本族以前外移支系，对外移要做到能收尽收、能详尽详。在这次续谱最初，张珏大爷张光就以新成立的续谱理事会成员和本支脉负责人身份，前往啮桑古城一带，由于张珏爹疫中新丧饭馆缺了主要掌管，身为家中老大的他只是匆匆在那里几日就回来了，等发现有严重缺漏便到了扫尾阶段，所以就把生意全托给张亮，带着张珏再次前往。

按照昨天三人商定，又事先给张亮留了话，打算今天重点查对新拟谱中错漏。可到了约定时间，不但张豹没来，瑞麟也没见踪影，又恐张亮在家等急了，就敲了门，见到开门迎接的张亮，客套罢，正要进去，就听到大妹叫他哥的声音，循声望去，透过还没散尽的薄薄晨烟，远远地看见翠翠向他走过来，他就停下敲门的手，面向翠翠来处站住。平常没怎么注意，没想到大妹已出落成了大姑娘，一身浅绿薄裙，简直像她的名字一样，如刚放叶的柳枝，悠悠地向他摆过来，不仅春光乍现，衬得那张虽没有二小姐那样白、却有瑞玉一样端庄的小圆脸更是耐看，特别是一笑起来，像抹了浅浅胭脂的腮上，一对迷人小酒窝会说话不说，连带着一双云黛样的柳叶眉下，两汪秋水般的俊眼更显纯净亲切。如果不认识的人看见，还以为是哪个大户人家的小姐姐逛街呢。高志就笑着对走到跟前的翠翠说，今天咋打扮得这么漂亮？翠翠委屈地噘起嘴说，人家天天这样，只是你这当哥哥的从没放在眼里。高志又笑笑说，都怪我，好妹妹，你咋来这里了？翠翠说，瑞麟去寺里找你，看门的说你早就来城里了，又让智深给你捎话，智深就告诉了咱爹，爹就让我来了。高志说，兜了一大圈，你还没告诉我瑞麟找我干啥呢。翠翠说，瑞麟让告诉你，他今天不能陪你们了。高志问，为啥？翠翠答，徐州云龙书院的山长今天上午带着赠品要来看龙兴学堂，他得跟着跑前跑后。高志说，我知道了，你快回家吧，以后别再瑞麟瑞麟地叫，瑞麟是你叫的吗？让人家听见多不好？翠翠说，我一直这样叫，又有啥不好的？高志说，你难道不知道从过了年，称呼都改了？翠翠问，改成啥了？高志说，瑞麟呼少爷，他爹称老爷，他爷尊为太爷。翠翠说，这个我知道，只是在庙里学堂常碰面，又年龄差不多，就直呼了。高志问，你去学堂做啥？封城一开禁，学堂开了个半天女学生识字班，每天下午，瑞麟就去学堂给上课，不仅教认教写，还教舞剑，他见我也会清风明月剑，就好奇地问我谁教的，我说是你，他从此不仅不再让我喊他先生，还让我在他有事离开的时候带着大家练。高志说，妹妹也当先生了。翠翠说，哥不能笑话我。高志说，哥哪能笑话你？以后好好珍惜能去学堂的机会。翠翠边点头边把一个嫩绿色手绢裹着的笼布包打开，说，哥快吃了垫垫。高志见是两张白面烙馍还卷了炒鸡蛋，正是小时候最爱吃的，嘴动了动，又推过去说，我在寺里吃过了，你快拿回去让咱弟弟吃吧。翠翠说，智深说你没开饭就来了。高志说，我到城里就在刘伯通肉摊子对过张命家的肉盒子店吃过了。翠翠说，就是真吃过了，也撑不着，真要拿回去，娘又得嚷我不会办事。一旁站着的张亮说，你妹拿都拿来了，就别推让了，要不，我先带你去千里香，等你吃饱喝足，咱再办正事。高志一口回绝。翠翠见高志不情愿地接过，又说，等晌午饭时就回家，我让咱娘做你最喜欢吃的。张亮对翠翠说，晌午饭就别让你娘操心了，理事会有规定，到谁家碰上饭时就在谁家解决，在俺家更方便，我就去饭馆端，反正都是现成的。高志对翠翠一扬手，说，快回去帮咱娘看弟弟吧，我要忙的太多，不能再耽误了。

高志说完跟着张亮走进了院子里靠西墙的葡萄架下。张亮让进屋，高志说，别客气了，在这圆石桌上就行，能坐能记又凉快还亮堂。张亮不好再让，就从屋里拿出由他保管的他们家老谱，便开始一页页逐字逐句查对，及至日上三竿张永进来告知，张豹昨夜肚子受了凉不能来了。高志问，严重吗？张永说，肚子疼得下不了床，还总是去茅厕，你就多劳吧。高志说，让他抓紧请先生。张永说，已请过先生用过药了。高志说，身体要紧，让他好好养着，别担心这边，我得空再去看看他。

张永一离开，高志就心里感到好笑，没想到他这个外姓帮忙的成了主将，主将就主将吧，不管咋说得把分工的活做好，不然，理事会怪罪下来，三个人脸面上都不好看。好在要查对的人家虽不熟悉，但顺着三问两问也就找到了。不知不觉，太阳又西沉下去，高志便带着一天的记录回转。还没到十字路口，就犹豫起来，是去盛府还是回家呢？可又一想，要是进了盛府，不管张豹病得如何，万一被留下，就不好再脱身，要是再让玉玉知道，玉玉肯定饶不了他，要是回家，娘见了必定又会问他吃得好睡得好吗，还得尽着家里所有给他做吃的，本来家里条件就不好，弟弟又小，营养一直是个问题，可不能再给家里添负担，再说了，早上刚见过大妹，也没说家里有啥事，就是娘知道来城里了也不会怪罪，不回也罢。哪想才如此定下，就被张永截住，说少爷有事请你到家里去。高志一愣，说，啥事请在这里说。张永说，少爷没告诉我。高志说，没告诉你说明事不急，那就明天再说，我得把今天查对的连夜整理出来，必须马上回寺。张永说，就是事不急，也该去望望少爷的病，又不是不知道，还同学这么多年处得又那么好，就不怕少爷嫌你不懂情理？要是再怪罪下来，高掌柜的饭碗……高志说，我爹是凭能力吃饭，他真要因此做下这样的事，在他家别说当掌柜，就是打个短工也没啥意思。边说边加快步伐，张永见拦不住，说了句我回少爷去，

275

第十五章

就跑走了。高志到了十字路口，见二小姐站着，一愣，步子就慢了下来，不管她站着干啥的，装着看不见低头走过去，别说对不住人家对自己的好，何况又无冤无仇，哪能不礼貌打个招呼？难道你打个招呼人家就把你留下了？就是被留住，那就顺便去看看张豹的病，然后寻个理由早早脱身，就是玉玉知道也说不了啥。先生也常教导，作为男人，特别是读书人，不论何时何地，都要进退有据、言行有节，不失儒雅，就招呼道，二小姐这么晚了在这里做啥？二小姐说，等个人。高志说，啥人还让二小姐等，让张永候着还不行？二小姐说，他有别的事，我正好也闲着，你不到家里来坐坐？高志说，谢谢二小姐，我还有事，得赶紧回寺。二小姐说，啥事这么急，连站一站的工夫都没有？高志不好再走，说，对不起二小姐，我确实必须立即回寺。二小姐说，我建议你，别张口回寺，闭口回寺，你又不是出家人，总这样说，是不是有点不合适？高志说，谢谢二小姐指教，改天一定再请教，我真得先回了。二小姐说，是寺里比盛府好，还是你看不上盛府的人，咋这么急？高志连忙说，不不不……是是是。张丽说，我听不懂你在说啥。高志说，不仅盛府比寺里好，人也都好，可今天查对出的问题太多，晚上要是赶不出来，明天再积压，如是再三，就不好交代了，请二小姐理解，也请二小姐原谅。二小姐说，再忙也得有吃饭的空，就不能吃了饭再走？高志说，谢谢二小姐，确实不能。二小姐说，真要不能，你要回就回吧。说完转身就走。

第十六章

　　高志回到寺里已是三更天。在大门值班的智广说，你咋才来，瑞麟都来三趟了。高志问，他来干啥？智广说，找你。高志问，找我？他有啥事找我？智广说，他没说有啥，只问你来了没有，前两次空着手听说你没来就回了，第三次，刚走，你要是再早来一袋烟的工夫，就能碰上。高志说，一定有事，我去他家问问。智广说，都这么晚了，听说他在山上忙了一天，肯定累了歇下了，要不是他临走给你留下个提篮，让我一定交给你，我也早歇下了。说完往桌上一指，又说，你拿回去看看里面装的啥，值得来来回回好几趟往这儿跑？高志一看是个用高粱莛子做的大元宝形篮子，掀开上面蒙着的笼布，中间放着个黑亮的陶罐，捏着盖钮一看里面是鸡蛋汤，还冒着热气，盖了盖子又看陶罐两边，一边是用厚笼布裹着的三个白馒头，另一边的盖碗里三条两寸多长的油煎咸草鱼，马上明白，这是玉玉让送的，禁不住惭愧起来，立即重新蒙好，对智广说，是给我送的晚饭，我在城里吃过了，留着你夜里吃吧。智广说，别别别，我晚上吃得饱饱的，又不是你这个年纪好饿，快拿走。

回到寝室，高志先是瞅着桌上的提篮挠挠头不知咋处理，留着明早吃，又恐汤馊了更对不起玉玉，接着就麻利地把盖碗里的油煎咸鱼放在盖子上，把汤倒在碗里唏哩呼噜喝起来。喝完，把收拾好的提篮挂在屋中间横梁钩子上，到寺内洗浴处把碗罐洗干净，就上了床。可躺在床上总是翻来覆去睡不着。

本来，高志与二小姐道别后，就应直接回寺，可一见二小姐转身后快步往家走，知道让二小姐失望了，立即醒悟自己做得太无情，要是再跟着去盛府又觉得不好，可不去，不仅把二小姐得罪了，更把张豹也得罪了，毕竟爹在人家的店里挣着全家老小的吃穿，就是凭能力也该谨言慎行给人家留个好印象，哪能在人家面前摆架子说硬气的话？况且寄身在张家的学堂里读书，虽不是盛府的恩施，可听说盛府管着的商会给学堂的年供是张氏中最多的。年供多，必定有话语权，要是人家不同意他这个外姓的进入，就是进了，他能在学堂这么顺当吗？高志想到这儿，转身就去了杂货店，可一见爹在柜台里忙这忙那，又转身回了家，正抱着弟弟在院里玩的翠翠一见，转脸就向屋里喊娘说，哥来了。话音刚落，就见娘穿着件褪了色的右衽浅交领的老蓝布褂子，袖子卷到胳膊弯上，掂着还滴着水的两手，笑着迎了出来，腰里还束着一条长及膝下的黑围裙，赶紧叫了声娘奔了过去。娘说，你不是忙得很吗，咋有空回家了？高志说，跟您商量点事。娘收住笑，把高志拉进屋里问，啥事？高志就把二小姐留他住盛府和张豹拉肚子的事一五一十地说了。娘一听说，看来二小姐对你是真有心了。高志问，您咋知道？娘说，这不明摆着吗？要不对你有心，一个女子咋会不知道顾忌，能在大路上拦着你回家？还有，她没事好到家里转转，总是姑长姑短叫得那个亲不说，一发现家里缺啥，再来不是自己带，就是让人送来了。说到这，向屋里指一圈，你看看，差不多都让她给换一遍了。然后又指着翠翠说，这不，前几天见翠翠没件像样的衣裳，就给了件好看的绿裙子，说是自己穿旧的不能穿了，等她走后，我一看，哪里是旧的？是新买的。高志说，早上我见了，翠翠穿着挺好看的。娘说，好看是好看，问题是她越这样，我和你爹心里越不好受，要是再请刘伯通去盛府，又恐对不起玉玉。高志说，我也正是考虑到玉玉，才不顺着她的意。娘说，你不顺着可以，少爷有病你不去看看说不过去，咱不能让人家说不懂情理。高志说，我这样想了才来问您。娘说，就这点事，你个大男人，又识文断字，还用来问我？直接去店里，让你爹给拿上点心去就行了。高志说，我去店里了，又离开了。娘问，咋回事？高志说，一是爹正忙着，当着别人面不好说这事，二是真要在店里拿，再被人误认为白拿，就让爹说不清了。娘说，我看你书读多了，哪这么多小心眼儿？咱家用的，都是从店里拿，有的直接让你爹带回来，即使没有现成的银子，也都一律记账，有了就还上，从没有白拿店里的，你想，要是你爹是那样的人，人家还用他？不送官，也早就撵走了。高志说，看来，还真是我想多了。娘说，男子汉行事，考虑细是对的，不干脆就不对了，世上好多事，就在你犹犹豫豫时，机会溜走了，人也给得罪了。高志听到这，就笑着说，娘，我发现，您天天围着锅台转真是亏了，不识字更亏了。娘也笑着说，你还别说，身为子房之后，就是不识字，也能记几句他老人家的话，娘要是像你有机会进学堂念个一年半载的书，说不定也会写诗填词能曲会画。高志竖起大拇指说，娘就是不进学堂，说话都快赶上王阳明了。娘说，快别笑话我了，王阳明可是当今的大圣人。高志说，再大的圣人，也比不了做爹娘的，爹娘都是儿女的圣人，是儿女们最值得敬重的人。娘笑笑说，你能有这心，我就知足了，闲话少说，快抓紧吃了饭去看望少爷。高志问，拿啥去？娘说，你别操这个心，我让翠翠去店里拿过来，你吃了饭就带过去，两不误。高志愣了愣说，还是改天再去吧。娘问，又咋了？高志说，刚才人家让去咱不去，这又自己去了，不是自讨没趣吗？娘说，你看看你，还记得樊哙的话吗？"大行不顾细谨"，人家大户人家看的是结果。

哪想到，高志提着六六大顺的点心到了盛府，正准备吃饭的张豹一听说他来了，立即吩咐张永快请，还亲自在身边加了把椅子，见刚坐下的二小姐站起身，就对二小姐说，麻烦二姐让厨房多加几个好吃的菜。二小姐没吱声就出了门。等二小姐再来到餐桌，见说着已吃过的高志硬被张豹揽着肩按在了座位上，挣扎着还要起身的高志一见二小姐到了，一愣，连忙站起，张了张嘴却没了话，张豹顺着他瞅过去，见二姐又换了件浅绿裙子，还补了妆，隐隐有兰香透过新上的六道菜频频传过来，就说，二姐，你这裙子好看，瞅着爽心。二小姐说，就你话多，再好的菜也堵不上你的嘴，肚子又不疼了？张豹说，高志一来，不疼了不说，心里高兴得都不知道自己是谁了。二小姐说，越说你话多你越说，是不是听你说话管饱咋着？菜都凉了，还不快让高志吃？张豹立即又把高志按下，拿起筷子让高志快吃。高志又站起身说，我确实在家吃过了。张豹把高志按下，指着桌上的菜说，在家吃过了，有取自盛唐张鷟编的《朝野佥载》一则逸闻用蟹肉牛肉，松花蛋拼的喜鹊登枝，源于白居易《问刘十九》中的绿醅酒焙嫩黄鸡君来好，感于战国时宋人命名的"相思树"故事写下"在天愿作比翼鸟，在地愿为连理枝"诗句做的乳鸽红烧闻香随喜吗？有根据唐时李谨言《水殿抛球曲》"侍宴黄昏晓未休，玉阶夜色月如流"用暮春起窖冬瓜和当天卯时网到的鲤鱼做的碧玉绣球，元时刘君锡杂剧《庞君士误放来生债》第四折《折桂令》"今日个乘彩凤十洲阆苑"用午时钓的黄鳝、龙虾清炖的跨凤乘龙，本朝高启《梅花九首》"雪满山中高士卧，月明林下美人来"用芹菜、百合、枸杞、银耳拼的百年好合吗？见高志不语，张豹又说，这是我家新来厨师的拿手菜，你要知道，他的菜谱里不只是像

"十里香"那样在"香"字上做足功夫吊食客的胃口，满足于酒囊饭袋填饱肚子，还让看似平常的饮食更具诗情画意，不信你尝尝，尝尝不会撑着你吧？高志说，我还得抓紧回去整理家谱。二小姐说，豹子现在病好了，等吃罢饭，让他整理。张豹说，对对对，我帮你整理。二小姐说，你还有脸说，是人家在帮你吧？张豹说，就你分得清楚，不论谁帮谁，今晚一起做，行了吧？二小姐说，那就快吃饭，吃完去心怡阁，里面都收拾好了。高志听了想，既然张豹答应给帮忙肯定快，等忙完再走也不迟，只要不在盛府住下，就是玉玉知道也没啥可说的。

哪又想到，张豹到了心怡阁，翻了翻带过来的续谱草稿，又突然哎哟一声，说，头痛。高志连忙问，好好的，咋又头痛了？张豹说，你别管我，我回屋躺一会儿，等不疼了再来跟你一起整理。转脸又对二姐说，你先替替我。高志见二小姐没推辞，又不好赶二小姐走，只好硬着头皮忙起来。二小姐念，他誊抄，誊一张，二小姐就拿一边晾着，再继续，等互相配合着忙了一阵子，二小姐给他递茶时，他才发现，不知二小姐啥时候又换了身粉红，又看了看自己身上的青衫，自然就想到书上写的才子佳人灯下的情景，心就不知不觉移出来，也不知多长时间，就听二小姐说，茶凉了，要不要再添点热的？高志一个激灵，这时才发现，自己的眼睛一直没离开二小姐，赶紧说，不不不，不必了，对不起二小姐，走神了。二小姐说，一定忙累了，快去里屋歇着吧，明天一早再继续。高志赶紧摇摇头说，不不不，不累，明天还有明天的，我还是赶完吧，只是耽误二小姐休息了。二小姐说，这话应该是我替豹子对你说。高志说，不不不，本来就是我俩的活，他既然身上不舒服，我不能替他不舒服，就该一人把活都担起来。二小姐说，难得你对豹子的好和在学堂对他的照顾。高志说，他也没少帮助我，还有你对我们家，真不知咋样谢谢你。二小姐说，姑家跟我家又有啥区别？你别跟我客气。

高志说，我是真心的。二小姐说，我也是真心的。四目相对，高志一愣，赶紧把目光移到整理的纸上，再不敢继续说。直到高志和二小姐一起整理完，都再没见张豹出现。高志问，要不要去看看少爷头痛好了没有？二小姐说，他这人一到家就撒起娇来，不是这里疼就是那里痒，别管他。高志说，既然这样，就不担心了。二小姐说，你先歇歇，我给你拿点夜点心解解乏。高志说，不不不，没必要，我还是赶紧回去吧。二小姐说，这么晚了，回哪儿去？高志说，回、回学堂。二小姐听了笑笑说，不说回寺了？高志低下头说，二小姐教导的是。二小姐说，不是我教导，是应该这样，你说对不对？高志说，对对对，我抓紧回吧，你好早休息。二小姐说，路上黑灯瞎火的，能让人放心吗？高志说，走惯了，没啥不放心的。二小姐说，你放心，豹子知道能放心吗？你好好歇歇，我去去就来。高志见二小姐出了门，心想，不能再耽搁，再耽搁，可就真走不了了，就随手在一张空白纸上写上"对不起二小姐，我回学堂了，再次感谢二小姐的周到照顾"，然后立即起身，顺着灯影到靠路的院墙下，一提气，见路上没人，又轻轻跳下，顺着乾坤路，奔龙兴寺而来。

他没想到二小姐对自己是那样好，特别是对家里，要不是娘说，他还一直认为每次回家看到的变化是爹的能耐。更声又起，高志仍是没有睡意，眼前一会儿是二小姐，一会儿是玉玉，他弄不清，两人哪一个更好，又问自己，假若让他必须从中选一个，他又咋选呢？如果选了其中的一个，另一个又会咋样呢？高志翻了个身，又翻了个身，感觉有尿意，又起身去茅厕，出来时却碰见智深。高志问，你咋还没睡？智深答，我正准备洗澡。高志说，洗澡咋到这里来？智深说，就不能先解决了内急？高志又问，你咋才洗澡？智深说，你看我天天忙的，跟着你们先生跑这儿跑那儿，哪天不是这个时间从城里回来？高志闻到智深嘴里的酒气，身上还有似有若无的兰香，笑笑说，你当着和尚不干和尚的事，还有酒喝，再忙也值。

智深说，碰巧了，晚上就沾了点，可不能乱说，我等洗完完完完再顺便漱、漱、漱漱口。高志笑笑说，是不是还干了别的不应该干的？智深一愣，然后笑笑说，就你会跟我瞎胡闹，我一直都是在规规矩矩跟着先生做事。高志说，若要人不知，除非己莫为，哪天我跟慧觉师父说说，不如让你还俗算了。

　　卯时刚过，高志就被瑞麟拽起来。瑞麟见高志起了床还迷糊着，就问，你昨晚啥时回来的？又啥时睡的？咋这么困？高志说，一言难尽。瑞麟说，有啥难尽的？我要是不来叫你，你是不是得睡到太阳晒煳了腚？高志说，这不还没到去城里的时间吗？听说你昨晚来了好几趟，是不是有事？我已准备等一起床就去家里找你。瑞麟说，多亏你想着，可真要等你到我家，别说黄花菜都凉了，我啥事都办不成了，你城里约好的人家，要是等你等急了生气出门忙去了，你不就白跑了？高志说，哪有你说的那么严重？你以为我心里真没数？只要到该起的时候，不用谁叫，就是再困，也会按时机灵醒。瑞麟说，以前相信你这话，可今早……高志见瑞麟摇摇头，问，今早咋啦？瑞麟瞅瞅高志，笑笑又摇摇头，说，今早，我不能说。高志说，你说了还能咋着？瑞麟说，真要说了，要是让人家听见，再传到我姐耳眼里，那还得了？高志一听更急了，就央求瑞麟说道，好少爷，别让我的心悬着行不行？你不知道我最怕你给悬着。瑞麟说，还是悬一会儿吧。高志问，为啥？瑞麟说，悬的时间长，就长记性，还少挨训。高志把床上收拾齐整说，你越说越玄乎了，你不说也罢，我不听了，看能把我的心悬成啥样。瑞麟又笑笑说，悬起来再风干，用大葱拌了，调个绿肥红瘦，多有诗意？既解了口馋，又享受了高品位的饮食文化，一举多得。高志听了一愣，这瑞麟咋知道这么快？瑞麟见高志不答话，就收了笑说，不能总是沉浸在回味中，你到底还听不听？高志就摇摇头说，不听了，坚决不听了。

瑞麟说，那好，我一会儿就说给我姐听，让她也感受感受你经见的别样的诗情画意，看她咋样称赞你。高志一听，猛然想起，这之前在山上玉玉对他说的"我可有千里眼顺风耳，别怪我不客气"，是不是自己在睡梦中把去盛府、又与二小姐在一起的事说了出来？想到这立马慌了，可他知道瑞麟的脾性，越让说越撑劲，就说，你要说就说，不说就算了，我又没做对不起小姐的事，她还能吃了我？瑞麟说，她要是知道，真能吃了你。高志一听心又慌了，可脸上仍像没事一样，又说，真要吃了我，就省心了，以后再也不惹她生气了。瑞麟说，难得。高志说，啥又难得，净说这些半语子话。瑞麟说，"还将旧时意，怜取眼前人"。高志立马变了个人，说，好，你小小年纪也看这种书，我得告诉舅舅去，看他咋犒劳你。瑞麟说，我也像你一样，只取我所取，有啥不可看的？我爹一直让涉猎百家去粗取精，爹真要知道，不但不罚还赏，你做下的事倒没有这个幸运，真要不听，我可真要去告诉我姐了。说完转身就走，高志一把拉住说，好少爷，求你了，请快告诉我。瑞麟说，我刚到你床前，你鼾声雷动，知道你昨天折腾累了，就想让你再睡一会儿，可刚有这想法，你雷声骤停，说起梦话来。瑞麟盯着高志顿了顿说，还是别说了，咱快走吧。高志紧紧拉住说，快告诉我，我梦中都说了啥？瑞麟说，你梦中对二小姐说，对不起二小姐，对不起二小姐，都是我的错，都是我的错。说到这儿，瑞麟见高志脸色陡变，就不敢再说，随即又推着高志说，你就说了这些，说完，又静静睡了，我就把你拽起来了，请放心，我不会告诉我姐的，咱还有事，不能再在这里说闲话了，你快去洗漱，洗漱完，快跟我走。高志问，啥事这么急？瑞麟道，你到时候就知道了。

高志洗漱完进了寝室，却见瑞麟不在，以为瑞麟趁他洗漱又去了别处，就把梁上提篮伸手取了下来，掀开蒙着的笼布，捏捏馒头还软和，又打开盖碗，煎咸鱼的香味立即冲进鼻子里，马上就感觉自己肚子咕咕叫起来，便顺手取出一个馒头就着煎咸鱼吃起来，才咬了一口，瑞麟进来赶紧给他夺下来，说，大清早的，哪能吃隔夜的凉东西，就不怕闹肚子？高志说，没事，习惯了。瑞麟说，习惯了也不行，要是让我姐知道，又得训我不会办事。高志说，你不说，她哪里知道？就是知道，也训不着你。瑞麟说，你不知道姐的臭脾气，你咋饿这么狠？昨晚回来没吃饭吧？高志说，昨晚在家里吃的，刚才见你不在，就想趁机把早饭打发了，省得误你事，你到底啥事？瑞麟说，你见到智深没有？高志说，昨夜见到的，比我回来得还晚，还满嘴酒气。瑞麟问，这假和尚。高志一愣，问，他地地道道的真和尚，你咋说他假和尚？瑞麟说，这家伙，你不知道。高志越听越不明白，急着问，你别问一句答半句，就不能竹筒倒豆子，不藏不掖利索点儿？我今天一大早让你把心悬两回了。瑞麟说，他自从跟着我爹跑腿，胆子就大了，有时单独去办事，办完事还顺带着瞎胡搞。高志说，他一个出家人，能瞎胡搞啥？瑞麟道，说无恶不作都亏不了他。高志说，看着人挺老实的。瑞麟说，爹也是看着他面相挺老实才用他的，哪想到他会这样。高志说，又玄乎了是不？瑞麟说，还玄乎，说了你连想都想不到，才几个月，又比咱大不了几岁，他就凭着会两下子，还识几个字，在城里结交了一伙狐朋狗友，挨着"十里香"租了个门面，开了个杂货店，让一个他八竿子都打不着的什么老表当掌柜，我爹让他买啥，他就让他的老表进啥货，除了满足我爹所需，还开霸王市，只要他的货没出完，周边谁家也别想卖，如此里外倒腾，他就悄悄在城西北角置了处宅院，规模仅次于兴盛两府，晚上经常在宅院里聚着喝酒，喝完酒，又借着酒劲盗花。高志问，盗啥花？一个和尚盗花有啥用？瑞麟说，图快活，你书真是白读了，连这也不懂？高志猛然想到《剪灯新话》，说，没想到他还是个色鬼。瑞麟说，私下里，大家都称他采花大盗。高志问，留城，弹丸之地，能有多少花让他采？瑞麟说，不仅留城，只要听说周边有好的就下手。高志问，他又能听谁说？难道还有老鸨给他牵线联络？瑞麟说，鸨婆给联络的，他哪能看得上？清一色未出阁的。高志问，他又咋能知道谁家有？瑞麟说，他那伙朋友啥人没有？又啥打听不到？高志说，就不怕人家告发？瑞麟说，先前只是糟蹋小户人家，出了事，让他那些朋友连唬带吓，唬吓不住，再给几个银子就没事了。再说了，小户人家，无依无靠，碰上这种事，又得了银子，谁还张扬，只能打掉牙往肚里咽。高志说，难道就没有一个敢说出去的？瑞麟说，真要张扬出去，被笑话的首先是你自己不说，今后闺女还嫁不嫁人？高志问，后来呢？后来，就不论谁家的了，碰上告发的，就两边使劲，一边烂招迭出把告发的人压住，一边又通过曲里拐弯的关系攀上县衙里负责这种事的，就无声无息了。高志又问，他弄这么大动静，难道真不会惊动上面的官府？瑞麟答，在如今的官府里，像这样的事还算大？更何况大堂上虽然悬挂着明镜高悬、公正廉明啥的，实际上是不告不纠黑白通吃，啥不是睁只眼闭只眼？不跟着直接参与就是当地百姓烧高香了。高志说，真是奇了怪了，这种事大都是夜里勾当，可寺里规定，智深每晚必须回寺，他白天又大都跟着舅舅，使的又是啥分身法？瑞麟道，他哪还用使啥分身法？高志问，不使分身法又如何做？瑞麟说，行行有道。高志问，他走的又是啥道？瑞麟说，听人讲，他那伙人分工很细，谁帮着打探踩点，谁替他通风报信，我爹让他去办的事，又有谁去代办，事后谁又为他收拾残局，都有明确指定缜密筹划，他平常不论走到哪里，暗中都有几个跟着的，一旦有机会，神不知鬼不觉，他就趁空当见缝插针做下了，哪还分白天黑夜？再说了，回寺早晚并没有限定他，如此一来，虽对他有限制却形同虚设，看似没时间，人家作起恶来还总绰绰有余。高志说，这还得了？舅舅知道吗？瑞麟说，我爹也是前几天才听说，要不是一摊子事支应不开，早就按寺规把他办了。高志说，祸害一日不除，百姓昼夜难安，夜长梦多，不能再等了。瑞麟向门外瞅瞅，又压低声音说，昨天送走云龙山长，就与慧觉师父说定了，今天就办他。高志说，你刚才问我见到他没有，是啥意思？瑞麟说，我刚才去寮房，没见到他。高志说，这又奇了怪了。瑞麟说，又去问慧觉师父，慧觉师父说昨晚他一上床就给捆了锁了。高志说，既然这样，你还问我？瑞麟说，问题是，我和慧觉师父到了锁他的屋子，人没了，后墙却有个大洞，一定是跑了。高志说，那还不去追？瑞麟说，慧觉师父已派人去了他开的店，并沿小路分赴出留城的道口、码头。高志说，下手早了，打草惊蛇了，在留城也不会找到他。瑞麟问，啥意思？你知道？高志说，他既然昨夜回来，就不知道今天要办他的事，后来又把他捆了锁了，既然跑了，他还会到寺里来？就是出不了留城，随便往庄稼地里一钻，找他就跟湖里捞针一样。瑞麟说，慧觉师父不是也求个稳妥吗？没想到……这不关咱的事，你快跟我走。说完拉了高志就向外跑。高志挣脱，又把篮子重新蒙好提上。

　　两人到了大门，正碰上张谦进来。张谦一脸严肃地说，你俩抓紧去吃饭，吃完饭各办各的事，不要走漏这里的任何消息。说完就快步直奔龙兴殿。高志转身，见慧觉师父正急步朝张谦迎过来。瑞麟说，你还有闲心回头？抓紧吧。高志却站定说，都这样了，哪还有心思去吃饭？瑞麟扯了高志说，别啰唆。高志甩开问，去哪里？瑞麟又拉着高志边走边说，你说能去哪儿？去城里下馆子，你愿意去吗？

　　到了路上，高志又挣脱说，你先告诉我，舅舅说的各办各的是啥事？瑞麟说，今天，我还得上山领着人把云龙书院赠送的物品归位，你还是跟张豹一起去查纠。高志听完，又把篮子掀开，把馒头和咸鱼一拿，给了瑞麟篮子说，时候不早了，我这就吃着上路，你快忙你的去。说完转身就跑。瑞麟又从后面揽腰抱住他说，你的事又不急，也不差这一时半刻，饭早就为你做好了。高志又要挣脱，就听智恒从门里赶来说，高志你别走，香积房饭好了，你快去吃。高志说，香积房没安排学堂的饭，这是规定，你可别因为我破规。智恒说，智广今天一大早就把你的事跟我说了，我报告了师父，师父答应一早一晚都有你的。瑞麟说，谢谢智恒师父，就从明天开始吧，他今天已有吃饭的地方了。说完又低声扒在高志耳朵边说，姐为了你四更就起来了，饭没做好，就把我从床上拉起来叫你，你要不去，能对得起她吗？高志硬掰开瑞麟的手说，哪天我跟小姐解释。回头又对智恒说，谢谢师父，我有急事，就不去香积房了。说完赶紧跑走了。

到了拐弯处，高志又向还站着的瑞麟摇摇手，才摇了两下，又立即站定，透过沿湖密柳缝隙，远远地见玉玉站在龙兴桥南正向他这边看。也就是眨眼的工夫，高志又猛转身，箭一样向留城射去。

直到同学们陆陆续续在规定的时间回到学堂，智深还一直没有音信。唯恐受连累，不仅没有报官，张谦和慧觉师父还把这事悄悄压了下来，并多次警告知道内情的一定要管严自己的嘴，真要说出去让官家知道，转相攀染，来个瓜蔓抄，遭殃的，一个也跑不了。说白了，就是留城遭遇的又一次浩劫，甚至是前所未有的灭顶之灾。

这期间，县内推行均丈邑地，清理丈量辖区所有田地，平均赋税。因留城连年遭遇水患，水漫连湖，又是免税区，没能波及。可这一带又像往年夏季一样，下了几场暴雨。有一次，连着下了三天三夜，加上通过运河漫来的上游暴涨之水，除高粱、秫黍、玉米等高秆作物，其余庄稼尽被水淹没，城内房舍进水严重，街能走船，巷口漂盆，所幸积水迟留，不久即散，经了水渍的庄稼，不但没有受到影响，反而长势喜人。城内外的百姓都说，老天爷长眼了，看着留城人太可怜，说不定好日子就要来了。不少躲灾外逃的听说后，又接二连三地回来。一时间，留城又恢复了往日的热闹。张氏家族续谱理事会的，又进行了一次补录，虽然增加了没有预料的辛苦，可看着新印制的家谱，又比上一次厚了不少，心里也着实为张家的人丁兴旺喜不自胜。根据高志的建议，新修的张氏家谱把年初以来留城发生的大事都记在了里面，尤其是城南的疫情防控碑记，一字不漏，全文照录。

因智深畏罪逃逸没能及时妥善处理，张谦在举行完家族颁谱大典仪式后，向家族理事会提交了辞去族长一职书。家族理事会不允，可耐不住张谦一再请求，还推荐张斌担任。没办法，理事会又派人征求张斌意见，张斌不同意，说自己没这个能耐不说，还说智深一事虽是家丑，若要以此族长易人，就是家丑外扬，万一再让官府知道，就是大难临头，张谦就是在智深一事上有责任，也只是察人不慎、用人不当，功大于过，应该继续留任。理事会把张斌的话转给张谦，还说，当前正是复兴留城的关键时候，别说没人接担子，就是有，也没有比他更合适的，希望张谦以留城复兴大局为重，负重继任，再立新功。张谦不好再推辞。

学堂正式开学的第一天，张谦利用晚修课时间召开了一次游学总结会，先是夸奖同学们在这次续谱中即使路远任重也都能尽职尽责，高质量完成了自己的任务，然后像往常一样，让大家讲一讲这次游学的感受和今后的打算。还像以往一样，同学们按座位号一一登台，高志负责记录。最让高志感兴趣的是同学们所到的地方，曾经的古城有的已沧桑得面目全非，再也寻不着史书上所记和世代的传说；有的早已覆于地下、水面无迹可寻；有的虽可寻，其上已衍变成了其他毫无关联的村庄，过往的繁华只留在周边老人们的口头感慨中；有的虽有其名，已异地迁建，既早已丧失了先前跃马拼杀你争我夺的关隘重地功能，也没有了闻者远来投奔、近者尽享上天所赐的人间福地的地位。张谦就建议大家功课之余广泛搜集资料，好好把自己眼中古城的前世今生写下来，学堂作为大家的游学所得集中刻印，和新续的家谱一起保存在祠堂里。同学们听完，一致叫好。可一谈起今后的打算，总结起来只一句话，就是走的地方越远，看到的东西越多，就越感到自己所学太少，曾经的豪言壮语、自以为是，就像幼时的牙牙学语，羞于再提，今后唯一要做的，就是真正伏下身来，好好用功，以求在学业上有更大的进步。张谦说，远游才知天地宽，爬山更感峰上寒，这与《礼记·学记》中的"学然后知不足"有异曲同工之妙，希望大家珍惜人生中的这段大好时光发愤苦读，以期学有所成，振兴祖业，不负众望。高志就趁机把在山上触景所拈的《龙兴学堂赋》吟诵给大家听。大家听完，都以为是即就章，纷纷称赞。张谦就让高志誊录好交给他，他让理事会议定后即拓碑立在山上。同时，张谦还告诉大家，等大家参加完秋后的乡试，就把学堂搬到山上去。同学们一听无不欢呼雀跃。

　　总结会一结束，高志就问张豹，你在台上只寥寥数语，还不顾前后，咋没有先前生龙活虎慷慨激昂的表现？张豹说，我不舒服。高志心一沉，问，又是哪里不舒服？要不要去城里请先生？张豹说，一会儿张永来，我就回城里，再请先生把把脉。高志一惊，你不在学堂住了？张豹说，我娘已让爹跟先生说了，这段时间，天天来回跑，在家把身体好好养养。高志说，是不是受那次肚子疼的影响，身体到现在还一直没恢复好？张豹说，也可以这样说。高志问，等恢复好了，是不是还来学堂住？张豹答，到时看情况再说。高志停了停，又瞅着张豹说，我发现你变了，跟以前大不一样了。张豹一愣，我变啥了？高志说，你自己知道。张豹说，我，我……你是不是在城里听人说了我啥？高志说，城里人都知道我跟你走得近，还那么好，谁敢在我跟前说你啥？张豹说，那就是你自己感觉而已，有时候感觉只是幻象，以幻象论人不可取，也不要取。高志说，但愿我只是幻象，你还是原来的你。张豹说，我依然是原来的我。高志说，那就不耽误你了，你快去大门外等吧。

张豹说完好，就向寺门外走。才走了几步，又回来对高志说，对不起高志，这个月让你辛苦了，本来是我的活，都让你做了。高志说，咱俩谁跟谁，别分太清。张豹说，咱俩的情分我知道，只是心里挺惭愧。高志说，没有啥可惭愧的，都是事情凑得巧，你只要不往外说，别人也不知道。张豹说，难道瑞麟也没跟着？高志说，自智深跑了，瑞麟就充当了他的角色，哪还有闲空跟着我？他还一直以为咱俩在一起呢。张豹说，智深真不是个东西，等哪天逮着他，我非拎刀子旋了他不可。高志又一愣，他是不是咋着你了？张豹一愣，说，他哪能咋着我？我是恨他身为佛家人不干佛家事，气自己以前咋没发现他是这种人。高志说，气亦伤身，你还没恢复好，不能因为他的过错影响了你的恢复，不值得。张豹说，因为他？你可别高看他了，那是对我最大的侮辱，我现在最内疚的是，这一个月没能按打算同你一起在俺家过。高志说，你可别这样，我能免了天天来回的奔波之苦多亏了你，更何况，我住的房也是你家的，还是你让腾的。张豹说，那是二姐的主意，可不是我。高志说，二小姐曾给我讲，是你嫌没能留住我心不安，才把挨着我爹娘住的东厢房收拾了的，这还不说，你还让二小姐隔三岔五来看看我，只要缺啥，都及时补上，我娘让我一定要记住你的好、你全家人的好。张豹说，这都是二姐强托之词，你可要知道她的心。高志一愣，点点头，然后说，你快去吧，别让张永在门口等急了。

第十七章

　　刘伯通再次撮合高志和二小姐的亲事是在八月十五前。可这次不是张豹家人出面，而是高志爹要求的，也没争取高志的意见。

　　自高志那晚从盛府不辞而别，二小姐总是频繁到高志家里去，去时也不空手，不是提两条才让人从湖里打的鲤鱼让高志娘清炖，就是端一大碗青虾或黄葛燕鱼来烧咸汤跟着喝，顺带还捎些莲蓬、菱角与翠翠一起煮了吃。每次来，高志娘比家里来亲戚都激动，总是对二小姐说，来就来呗，还带这么多稀罕东西，这得花多少银子呢？二小姐总是笑笑说，只要能让姑的奶水足起来，让小表弟胖起来，比花多少银子都更重要。饭罢，又把高志住过的东厢房里里外外收拾一遍，看看还缺啥，转眼又从外面带来换上。高志娘说，他一月又住不了几天，花那个银子干啥？二小姐说，他是读书人，书又读得好，将来必定有大前途，就是来了住一晚，也要让他住舒服。高志娘说，二小姐真是善人呢，我一定要让他一辈子记住你的好。二小姐说，姑可不能这样说，又不是外人，咱又有这个能力，不用可惜了。又过了一段日子，她又让人把西厢房腾出来收拾好，高志娘见跟东厢房一样收拾得亮亮堂堂，就问，谁又来这里住？二小姐说，翠翠大了，不能再跟您和姑父挤一个屋了。高志娘说，就是让她住，也住不了这么大的，这又得花多少银子？二小姐说，把红红妹接来，让她姊妹俩做伴。高志娘以为只是说说，没想到第二天她就和翠翠一起，跟着张永驾的车把红红从墓前村接来了。高志娘一见，赶紧到店里把高志爹拉到一边说了，高志娘见高志爹听了直搓手，就说，你搓手有啥用？快告诉我咋办？高志爹停下手说，啥咋办？既然二小姐做了，咱就别拂她的好意，今后，咱在店里更下力气做事。说完就把高志娘往家一推，又说，你快回去，帮着二小姐把翠翠红红安顿好，我早就想把红红接城里来了，没想到二小姐帮我做到前面去了。高志娘回到家，见二小姐正给红红换一件新买的粉红裙子，又激动得高声说，二小姐，你这是又做的啥？又让你花银子。二小姐笑笑问，姑，您看看红红穿着好看不好看？高志娘连瞅也没瞅，说，好看好看，二小姐买的衣裳哪能不好看？

　　每到旬末高志要回城的时候，二小姐总是前一天就把东厢房收拾一遍，开开窗，扫扫地，擦擦里面的桌椅，翠翠红红见了，也不闲着，总是跟着一起忙活。高志娘总是听到东厢房传来的嘻嘻哈哈的笑声，心里比抹了蜜还甜。等到要回来的那天，二小姐更是早早把买的一大堆鸡啦鱼啦肉啦送过来，帮着高志娘该烧的烧、该煮的煮、该炖的炖。可高志每每进门，见二小姐总是笑着看他，他也礼貌地笑笑点点头，招呼一声，然后拿了替换的衣裳对娘说，学堂还有事，必须回去忙，就不在家里住了。娘说，那也得吃了饭再走。高志说，来不及了，这就得回。二小姐说，咋没听豹子说？高志说，少爷这段时间身体还没恢复好，他不用忙。说完就走。二小姐就使眼色给姑，姑就把才做好的，用饭罐装的装，用干净的笼布包的包、裹的裹，催着翠翠赶着让高志带上。高志见了也不推，见样拿了吃着就走，剩下的又让翠翠拿回去。高志娘接过退回来的馍菜，就对二小姐说，你看这个熊羔子，咱一起忙里忙外，他就这样打发咱。二小姐就笑笑说，姑别在意，他肯定有事，学堂有饭，饿不着他。

再到旬末，二小姐依然提前来，高志一来也总是进了家拿了东西就走。如此一而再再而三，就进了八月。过了八月初一，初二午饭后，二小姐又来到高志家，与翠翠红红在西厢房玩耍了一会儿，见高志娘不忙，就让翠翠红红把高愿抱上出去玩，拉高志娘进屋坐了下来。高志娘问，二小姐要是有事就直接说，我一定不含糊，要是办不了，就让你姑父请人。二小姐笑笑说，也没啥，就是想跟姑一起坐坐。高志娘也笑笑说，能跟二小姐一起坐坐，是我的福，求之不得呢。二小姐两手抚着高志娘的一只手说，姑，我早就说过，都是一家人，对我别客气。高志娘一见二小姐对自己这样从没有的亲昵，激动得连连说，我不客气，不客气，我哪里又客气了？二小姐要是真有啥事就直接说，千万别窝着。二小姐说，我娘自从疫情过后，就以给大姐照顾孩子为名，三天两头往沛县跑，爹见她总是这样来回奔波，就在沛县置了处宅院，这一置不孬，娘更把家当过客店了。爹见娘把沛县当了家，也常以到沛县办事会友为名住在了那里，好在店有姑父帮守着，可我想跟娘说的话就没法说了，有时见娘来了，就想说说自己的事，可还没进入正题，娘一言半语把我支开，又去忙弟弟的事。高志娘说，二小姐，您要是不把我当外人，就跟我说吧。二小姐说，我要是把姑当外人，能经常来这里吗？高志娘说，那就把想说的告诉我。二小姐说，最近我总感觉身体软软的提不起神来。高志娘说，没去让先生看看？二小姐说，我一个姑娘家，咋好意思？高志娘说，要不，我这就陪你去。见二小姐没应声，总是瞅着她，又说，那就让你姑父请先生到你家，咱这就一起回盛府。二小姐说，没那么严重，不必了。高志娘看了看二小姐脸色，又悄悄地问，你身上那个正常吗？二小姐一愣，然后低下头说，都两个月没来了。高志娘掰着手指数了数，霍地站起，又赶紧坐下说，你告诉我，翠翠哥那次去你家看望少爷，你见他了吗？二小姐抬起头来说，咋能没见？一起吃了饭，豹子弟又头痛，我还帮他整理家谱快半夜才完。高志娘说，整理完了呢？二小姐低下头说，我出了心怡阁，他就跟着我进了我的屋。高志娘问，太太，老爷没在家？二小姐说，都在沛县呢。高志娘猛地站起，这个贼羔子，不得了，无法无天了呢。二小姐慌地把高志娘按下说，姑，别这样行不行？只告诉我咋办就行。高志娘愣了愣说，别的且不管，我只问二小姐，二小姐可要说心里话。二小姐抬起头来说，姑，你让我说啥？高志娘说，你对翠翠哥中意不中意？到了俺家，委屈不委屈？嫌不嫌俺家穷？二小姐说，中意，不委屈，更不嫌。高志娘说，二小姐可不要说违心的话，真要是勉强，我就不敢让你姑父做主了。二小姐坚定地说，姑，我说的都是真心话。高志娘说，有二小姐这话，我就知道咋做了。

　　送二小姐回了家，高志娘就去找了高志爹，告诉他，下了班早回家，有当紧事说。高志爹见高志娘神情从没有过的肃穆，就安排妥了店员，把高志娘拉到一边问，啥事这么急？高志娘把二小姐的话一五一十说了，高志爹一激灵打了个寒战，随后又搓起手来。高志娘见他总是搓来搓去不说话，就啪地打开他的手说，都火烧眉毛了，你还不改这臭毛病，倒给个话啊。高志爹停了手，咽了口唾沫说，下了班，我就去找刘伯通，让他找老爷太太说说去。高志娘问，就不问问儿子啥意见了？高志爹说，问啥问？自己不吱一声都做下了，还用问？高志娘说，也不考虑玉玉一家了？高志爹说，还有啥考虑的？真要再考虑这考虑那，不赶紧拿出咱的想法来，等裹不住了，老爷太太一恼，儿子不进大狱，也得脱层皮，咱也不能再在留城住。高志娘说，跟刘伯通说是说，可不能让二小姐丢人。高志爹说，你就以为我会这么憨熊吗？你快去码头鱼市买两条大鲤鱼来。

高志娘说，亲事成了，才给媒人买这个呢。高志爹说，又有先前的一段过节，只提了去，人家就明白了，得省多少口舌？

高志爹提了鲤鱼到了刘伯通家，刘伯通刚从墓前村买生猪回来，一见高志爹上门，马上明白，就说，我这就洗洗换件衣服去盛府，回来就给你回话，不过，等成了，你还得再买两条大的，这两条不算数。高志爹笑笑说，你放心，到时，我一定买两条从我家扯到你家那样大的。刘伯通笑笑说，开个玩笑，开个玩笑，可别当真。高志爹说，我可不是开玩笑，一定尽努力买两条最大的。可高志爹前脚刚到家，刘伯通后脚就跟进了门，说，张斌和太太都去沛县城里了，等他们回来再说吧。说完转身就走。高志爹哪容他回去？连拉带拽就去了十里香。

刘伯通还没见到张斌，给高志说媒的事就让瑞麟知道了。瑞麟不相信，就借着娘让买肉的机会去了刘伯通的肉摊子。肉称好付了银子，瑞麟见旁边没别人，就问刘伯通，刘叔最近是不是又给人做媒了？刘伯通一愣，笑笑说，是的，你是不是也请我做媒呢？瑞麟说，我学未成业未就，哪能提这事？刘伯通说，说亲趁早，要是有中意的，就直接告诉你刘叔，你刘叔保证马到成功。瑞麟笑笑说，看来刘叔这方面挺有把握。刘伯通说，那当然。瑞麟问，刘叔最近又给谁说成了？让我开开眼界长长见识。刘伯通说，不是你刘叔说大话，最近这个还没给女家说，就有了八九成，剩下的，若不出意外，也就是按咱留城规矩走走过场。瑞麟问，刘叔这么有能耐，这又是哪家的公子有了这等福气？刘伯通说，你认识。瑞麟笑笑说，刘叔还保密是不是？刘伯通说，这有啥保密的？龙兴寺学堂，你爹的得意门生高志。瑞麟笑一收，说，不会吧？上次你给提媒，他家都不同意，这才隔多少天？刘伯通说，你刘叔啥时骗过你？他爹要求的。瑞麟问，又是哪府的千金小姐呢？刘伯通说，还是原来那个，上次是女方家，这次是男方家，你说，能不成吗？瑞麟笑笑说，那也得刘叔从中多多费心。说完，提了肉就走。

瑞麟回到家，把刘伯通的话一给娘说，娘一哆嗦，差点把刀切在另一只手上。回身伸头向堂屋看看，见玉玉正给高志纳鞋底，就对瑞麟小声说，这事你可先别跟你姐说，等我让你爹打听清楚再说。

张谦晚上从留城回来，上床时，玉玉娘就把瑞麟的话说给了他，张谦略一愣说，这不是好事吗？既然他家人同意，咱还打听啥？玉玉娘说，咱家的这个咋办？张谦说，还能咋办？缘分这事，命中注定谁和谁，磨一百个圈还是谁，不是谁能强求得了的。玉玉娘说，你又不是不知道，听说，他家一直在暗使劲，特别是那个二丫头，天天打扮得跟妖精似的，还总往高志家跑，真要把高志勾引到手，就把咱家的这个闪下了。张谦说，闪下就说明跟咱没缘，咱再另找更好的，又不是找不到。玉玉娘说，要是咱家的这个不甘心呢？张谦说，不甘心又有啥法？咱不能明抢吧？那不成了留城的大笑话了？玉玉娘转身睡下，说，笑话不笑话我不管，从小看大的，让人家抢了去，你不问，我得问。张谦说，问也不能胡乱来。

第二天一早，张谦没吃饭就出了门，先是去了学堂，见高志正领着同学慢练清风明月剑，就站在一边看了一会儿，还没看完就出了寺，大步流星奔留城而去。到了留城十字路口，又碰上高志爹，高志爹看见连忙说，老爷早，这又是哪里去？张谦说，我到祠堂去，你上班这么早？高志爹说，是啊是啊，来了船货，我得找人卸船拉回来。张谦说，够辛苦的，快去忙吧。

到了祠堂，远远见张亮在门口来回走动，就紧几步到跟前，张亮一见是他，立即笑笑说，可把族长等着了。张谦笑笑说，有啥事就让你哥顺便捎个话，你店里生意那么忙，哪还要亲自跑来？张亮说，不是我的事，是你家的事。张谦一愣，我家的事？张亮瞅瞅理事会的人从院里进进出出，就把他拉到一边说，前两天，高志爹跟刘伯通一块儿在我那里喝酒，说起给高志做媒的事，你知不知道？张谦说，好事啊，哪家的？张亮说，就是刘伯通以前提的那个。张谦问，提的哪个？张亮摇摇头说，你光忙大事了，连这事都不知道。张谦说，高志爹请刘伯通做媒，又没请我，我知道不知道又咋啦？张亮急了，说，问题是……张谦见他吞吞吐吐，说，问题是啥？张亮说，问题是，听说高志与您家玉玉从小就在一块儿，又是大家都看好的一对金童玉女，趁着张斌没在家，您得想想办法。张谦笑笑说，谢谢兄弟的好意，我劝你还是别操这个心。张亮说，我，我不是为玉玉好吗？张谦说，好不好是她命中注定。张亮说，命中注定，也得主动争取，不争取，煮熟的鸭子也会飞了。张谦拍拍张亮的肩说，飞就飞吧，既然飞了就不是自己的，不是自己的，就是再折腾也是白费工夫，玉玉的事，我自有主张，兄弟的好意我心领了，就此谢过。说完，张谦一拱手，又说，理事会的人还等着，我们得商量收秋的事。说完就进了祠堂。张亮望着张谦的背影叹口气说，你看这人，咋就一点不把自己的事当事呢？

张亮哪里知道，张谦不当回事，玉玉娘已在他和张谦说话时，就由瑞麟陪着来了城里。到了城里，对瑞麟说，你忙你的别管我。说完，就直奔兴府。高志娘一见玉玉娘进门，先是一愣，就麻利地笑着迎上来，说，太太好，这是哪阵风把您给吹来了？玉玉娘笑着说，没有风，我就不能到你家来了？高志娘说，能能能，太太能来，可是俺家天大的福气呢，快请屋里坐。玉玉娘把手里提的一篮鸡蛋给高志娘，说，我来看看贝贝的奶水是不是还够吃。高志娘说，谢谢太太惦记，现在够了，还吃不了呢。玉玉娘说，那就更好了，在哪儿呢？快让我看看，又长胖了没有。高志娘就对着西厢房叫翠翠快把弟弟抱出来。话音刚落，翠翠就抱着弟弟出来了。玉玉娘接过两手抱着摇摇，说，还真比上次来胖多了，还俊多了，千真万确又一个小罗成。说完抱在怀里，又上下瞅瞅翠翠说，俺翠翠也越来漂亮了。翠翠羞得一低头，伏在娘背上。玉玉娘又说，俺翠翠真长大了，都知道害羞了，就住在西厢房吗？高志娘说，是的。玉玉娘进屋看看，说，哎哟，这房子收拾得真好看。又转脸看东厢房，见门关着，两边窗户重上了色，就走过去隔着窗格子往里看，又说，这又是谁住的？像要娶亲的新房样。高志娘说，是高志回来住。玉玉娘回头问，这都是你收拾的？高志娘说，不瞒太太说，这都是盛府二小姐收拾的。玉玉娘说，没想到这丫头真有心，能收拾这么亮堂，找下婆家了吗？见高志娘点点头又摇摇头，就问，不明白你的意思，到底找没找下呢？高志娘愣了愣说，不瞒太太，快要出嫁了。玉玉娘笑笑说，还真不知道，又是哪里的公子这么有福气？高志娘说，就是俺家大孩子。玉玉娘仍笑着说，好啊，多好的事，咋不早告诉我呢？高志娘说，还没定下，一旦定下，还能不告诉太太？玉玉娘笑一收说，前段时间，听说刘伯通给做媒，您家不说孩子小不让提吗？高志娘说，是有这么回事，可现在家里我忙不过来，缺人手，就又央求刘伯通提。玉玉娘问，都快成新郎了，咋没听高志说起过？高志娘说，他还不知道，都是我和他爹商量后决定的，如今就赌等着盛府那边的话了，只要那边一回话，再告诉他，然后把日子定下，太太就静等着吃大席喝喜酒了。玉玉娘说，原来还没定，没定，可别四处张扬，张扬出去，万一算路不打算路来，对谁都没好处，失了脸面都是小事。

高志到家已是晚饭过后，正准备上床的高志爹听见门响，开门一看，说，你咋来了？高志说，我就不能来？高志爹说，你个熊孩子，长本事了是不？咋跟我说话的？欠揍是不？才说到这儿，就听高志娘从里间说，是俺大儿来了吧？你们爷儿俩咋一碰面就顶牛？快让他进来。高志听到娘的话，擦着爹的身子就进了里屋。

高志娘问，这么晚来，吃了没？要是没吃，娘给你做去。高志爹说，都啥时候了还没吃？你一见他就问这句，他这么大的人了还能饿着？高志娘说，问问又咋了？要是孩子忙得还没顾上呢？就你多管闲事。回头又问高志，到底吃没吃？高志说，吃了。娘问，还没到旬末，咋来了？是不是有啥事？高志说，有事。娘说，有事就麻利地说。高志瞅瞅已睡了的弟弟说，咱到东厢房去。高志到门前，见爹没跟着，又转脸说，爹，您也过来。

到了东厢房，高志娘点了灯，高志转着头瞅了瞅，让爹娘坐下，说，听说家里又给我提媒说亲了。爹说，是，正准备等你回来告诉你。高志问，哪家的？爹说，还有哪家的？难道你还不知道？高志说，我知道还问？爹说，你不知道，咋这么晚还来家里问？高志娘拍拍高志爹的手说，你听我跟咱孩子说。高志说，娘，您快说。娘拢了拢头发说，都是自家人，我就不拐弯兜圈子了。高志说，娘，您快说，到底是哪家的？娘说，盛府的二小姐。高志腾地站起，说，前段时间，不是拒了吗，咋又提起来了？娘把高志按下说，以前是以前，现在是现在，孩子别急，听娘慢慢跟你说。高志说，娘您说。娘说，二小姐对你有意，不用我挑明，你也知道。高志说，她有意，难道我就对她有意？爹说，你对人家没意咋就……高志娘又拍拍高志爹的手，说，还是我跟咱孩子说。转脸对高志说，我问你，前段时间张豹少爷肚子疼，你还记得不？高志答，还能不记得？娘说，记得就好。高志说，娘别啰唆。娘说，我不啰唆，你当时晚上提着点心去了盛府看望他是不是？高志说，是，又咋啦？爹说，又咋啦？要没咋啦，家里能急着给你定？高志说，就因为我去了盛府就给我定？帮张家续家谱那段时间，我去的人家可多了，难道有闺女的人家都给我定？那我成啥了？爹说，你别给我打岔。高志娘又拍拍高志爹说，还是我跟咱孩子说。高志说，娘快说，到底咋回事？娘说，那晚到了盛府，又跟人家一起吃了饭对不对？高志答，对。爹说，在家吃过了，咋又吃，你有几个肚子？饿死鬼托生的？高志说，我说在家吃过了，他们硬让我坐在饭桌上，其实，我也只是动动筷子，并没有吃，就是再吃了又咋啦？爹瞪着眼说，咋啦？哼！说完把脸转到一边。娘说，饭后，你们又去了心怡阁对不对？高志道，对。娘说，刚到那里，少爷说头痛离开了，二小姐帮你整理当天查对的家谱是不是？高志说，是。娘说，整理完了呢？爹说，整理完还不赶紧回，你又做的啥？高志说，我哪又做啥了？爹说，没做啥，人家咋说你……做啥了？高志说，我真没做啥。爹说，没做啥？哼！娘说，二小姐说天晚了让你住下，你说回学堂，她又让你歇歇，就出去了是不是？高志说，是。娘说，你是不是也跟在人家后边出去了？高志说，是。娘又问，你去哪儿了？高志说，我……爹说，真没想到你会这样，就知道人家个女孩子不会冤枉你，何况又是这种事，哼！高志说，我不知道您说的啥。爹眼一瞪，还嘴硬！娘说，我挑明了吧，二小姐怀上了。高志一惊，怀上了？我又没咋样她，她怀上跟我又有啥关系？爹说，还说跟你没关系，哼！娘说，你仔细想想。高志说，我没啥可想的。娘说，你还是仔细想想。高志说，我真没啥可想的。娘说，防疫那阵子，你在盛府住一个月，也没跟二小姐在一起？高志说，我……爹说，看看，看看，那时候就把人家……哼！

　　高志不好再分辩，就又想起了喝酒的那晚，躺在床上，睡着睡着，不知咋回事，就跟一个漂亮女子在床上翻来覆去，他先是觉得身下是玉玉，后又以为不是，正想要挣脱，却被紧紧地搂住再次疯狂起来。疯狂完，他就醒了。醒来，见二小姐在床边站着，一愣。二小姐笑笑说，做梦了吧？他没答话。及至换班到码头想起夜里的事，暗自一回味，隐隐感觉身上有兰花的香气，偷偷摸了摸裆部，却没有以前在山上做梦与玉玉在一起后的那种冰冷湿黏，就以为被自己暖干了。身上的兰花味也一定是二小姐又用兰香熏了床。是不是那次不是做梦，而是趁着酒劲跟二小姐真的在一起了？

高志娘见儿子不说话，就说，事出了，二小姐也认了，可咱不能不认，真要不认，人家一个闺女家，还没出嫁，眼看就要挺起一个大肚子，以后咋见人？要是二小姐一时想不开，有个三长两短，盛府再不依不饶地追究起来，咱吃官司事小，落下的笑话，以后几辈子都有人记着，咱可丢不起这人，所以，我和你爹就趁着二小姐还没显怀，抓紧给你们操办了。高志说，玉玉咋办？爹眼又一瞪，你说玉玉咋办？就凭咱家的样子，你还想三妻四妾咋着？高志娘说，我知道你割舍不下，咱只能快刀斩乱麻，该舍的舍了。高志说，那就把玉玉一家都得罪了，还落了个忘恩负义。爹说，你心里要是早知道还有这几个字，还能这样？娘说，得罪就得罪吧，我也跟玉玉娘说了，这都是我和你爹做的主，真要有人指着咱家骂忘恩负义，就让他们骂去。再说了，当年玉玉爹让你跟着他用功，也不是打着旗号当女婿养的，如果明说了，咱要再这样那样，是咱的不是，既然没明说，你要是不在学堂，早就给你娶下了，就是现在在学堂，既然有了合适的，我和你爹也应该趁机会了桩心愿，至于娶谁、谁嫁，那都是命，命里没有，就是强求也无，怨不得咱。高志说，可玉玉把这意思跟我说了，他家里人也把这意思指给我了。爹说，既然这样，你咋不早说？高志说，您还没让我张嘴就……爹说，就是没等你张嘴，你自己应该有主心骨吧？高志说，我心里一直都是非玉玉不娶。爹说，非玉玉不娶，你还那个人家二小姐？人家能看上你，又不嫌咱这穷家破院的，就算你烧高香了，还好意思说非谁谁咋样咋样，你说你有啥资格这山望着那山高？高志说，我……爹说，我啥我？还说亏了你？娘说，我的儿唻，都这样了，你就别跟你爹针尖对麦芒了，就让你爹省省心，多想想下一步咋办吧。转脸又对高志爹说，孩儿他爹，你也别一句一句锥子样往咱儿心上戳了。高志爹说，你以为我愿意这样？高志娘说，不愿意这样就麻利停了，事出得突然，孩子一时转不过来，就让他慢慢转吧，再说了，这事就是摊在瑞麟少爷身上，玉玉娘也会像咱这样做，毕竟人家是见过世面的大户，虽然我没跟她明说，等她以后知道了内情，她一定会知道咱的难，哪会跟咱一般见识？高志问，您啥时候跟玉玉娘说的？娘答，就是今天早饭后，她来了咱家。高志说，原来是这样。娘问，她又咋了？高志说，上完晚课，我去山上练功，她在龙兴桥上碰到我，我才知道家里给我说媒的事，我就赶紧来了。娘说，事情都这样了，也就顾不了那么多，反正咱不能眼看着二小姐丢人再让外人看咱笑话吧？爹说，明天，要是不让你在学堂继续读，你就回来，日子咋样不是过？大不了，咱都回墓前村种地去。高志娘说，就你想的多。

第十八章

站在小黄山上，漫过佛光笼罩的龙兴寺，向留城望去，留城被热烈的红紧紧围着，像谁给系了一条鲜亮的红丝带，由西而北又向东绕了一大圈，在城南乾门的出口处打了个结，就迤逦着奔龙兴寺而来。瑞麟说，这是留城开始复兴的先兆。张豹却不认同瑞麟的看法，问他以为是啥，他只笑笑，再没说话。

可不管咋说，八月十五后的留城不仅只有中秋月饼的香，还有周围五彩田野的浓艳和芬芳。由远而近，基本上按照张谦麦收后播种的设计，过了龙兴寺北一箭之地，入眼的，先是大片豆的金、谷子的黄、玉米的黄绿相映，再就是高粱的大红大紫与热烈，一片片，一层层，苍苍茫茫绕城而来，氤氲着在高高的城墙掠过，最后就浓缩到留城中心高高耸起的瞭望台上。张谦感慨地说，自留地撤县并入沛境，特别是黄水北移屡侵留城这么多年，头一次看到留城这样的景观，这不仅是一种昭示，更是一种激励，激励着一次次在灾难面前倔强奋起的留城人，珍惜自己拥有的，再做更大的努力。张谦说完，就让瑞麟继续领着人装修龙兴学堂，然后就带着来山上帮忙的高志、张豹等十八剑客回了龙兴寺。

龙兴寺趁着龙兴学堂装修，也在节前进行了一次全面修整，该换新的换新，该油刷的油刷，地面全铺上了从大黄山送来的青石板，走在上面，再没有磕碰的感觉不说，所到之处，都满眼簇新，更显得庄重、大气、醒目，不知道的还以为又把龙兴寺重建了。

张谦到了学堂，仍然让高志按照新设的课程表继续学习，随后出了学堂。站在讲台上的高志，通过窗户，见张谦与碰面的慧觉师父聊了几句，又出了寺拐向留城方向，他知道，肯定又到城里组织秋收秋种去了。

高志在这节课继续领学《呻吟语》。《呻吟语》是外出游学回来学堂新设的，依着张谦最初打算，这本书以自学为主，课堂只选其中个别章节，让高志代讲，以促进同学们深入领悟。高志第一次代讲时，才说了"这书有的人称之为修身处世智慧精粹、安身立命哲学宝典"，张豹就站起来反对，说，此书作者吕坤一直在努力传播王阳明心学，可见与《传习录》同出一脉，既然王阳明已学，再学吕坤就是浪费时间，有这时间，不如到城里街巷酒市、会所转悠长见识。高志说，我们学习，不推崇谁，不鄙薄谁，既精读史上浪里淘沙所留经典，又观照当代为众人所瞩目称道的好文，达到涉阅百家为我所用的目的，以求在这些文质兼美、内涵丰富、丰饶人心作品的滋养下，形成高尚的操守，并以一个读书人的自觉，承担起传播经典、风化人心的职责，为人间存正气，为世人弘美德，为自身留清名，为后代做楷模，你的所谓长见识，大家如果有兴趣，也可以趋同，但必须有甄别，还要有度，更要守学堂的规矩。张豹不好再说，低头闭目，任着高志旁征博引滔滔不息。有时真打起了盹，啪一声头磕在桌子上，高志警示几次见无效，也就顺其自然，旬末回家碰上二小姐问起张豹在学堂的情况，他就实话实说，二小姐听了也很平静，先是说爹娘常住沛县很少回家，她也问不了，后就感叹，人生在世如何，都是自己的造化，就随他去吧。可这次讲卷四外篇御集里的《世运》，当高志读到"势之所在，天地圣人不能违也。势来时即摧之，未必遽坏；势去时即挽之，未必能回。然而圣人每与势忤，而不肯甘心从之者，人事宜然也"时，张豹却没有像往常打岔，直到这一课结束，他还念念不忘"世教不明，纪法陵替，使此辈成此等气习，谁之罪哉"和"一种不萌芽，六尘不缔构，何须度万众成罗汉三千？九边无夷狄，四海无奸雄，只宜销五兵铸金人十二"。

午饭后，高志把张豹叫到一边问他这段时间身体养得咋样了？张豹说，还行吧。高志说，可不可以回学堂住了？张豹瞅着高志顿了顿说，不可，我此后不想再在学堂住。高志问，为啥？张豹说，我得守家。高志又问，你守家？张豹说，我爹娘在沛县城里又开了个分店，因刚开张，八月十五都没来家过，家里就剩爷爷奶奶和二姐，我不放心。高志听了，这才知道，刘伯通再没回话的原因，还以为张豹爹娘又不同意了呢。可这不能问张豹，就说，你能有这样的担当，我还真没想到，不过，你到了学堂总是魂不守舍还常打瞌睡可不行。张豹说，有时确实睡得很晚，早上又得按时往学堂赶，我白天不打瞌睡，能撑得了吗？高志问，能不能告诉我，你每天晚上在家都干些啥？如果因为守家合不了眼，我可以回去跟你轮流。张豹说，不能再给你添累，学堂离不开你。高志说，长此下去，你身体就垮了。张豹说，这个你不用担心。高志说，你说我能不担心吗？张豹说，谢谢你高志，你这么忙，还有这个心。高志说，我们啥关系？我不能看着你这样下去。

院子里一时静了下来。天空澄明清澈，太阳并不热烈，可感觉像春天，照在身上暖洋洋的。张维饭时就嚷嚷，得好好睡个午觉，张珏笑着说再做个好梦，能像高志一样有福，其他同学就跟着哈哈笑起来。张豹当时没笑，见高志没有制止，便放下碗筷悄无声息地走了出去，高志一见也跟了出去。现在，没有一个进寝室的。除了他们两个，都坐在龙兴殿的台阶上打起了盹，有的还起了鼾声，安详而绵长。

张豹拉着高志进了寝室，又顿了顿，看着高志说，实话告诉你，我不在学堂住，守家只是一个方面，最主要是每天晚上与张永一起在留城转悠。高志一惊，问，你在留城转悠啥？张豹说，我在通过各种渠道打探智深的消息，不逮住他碎尸万段不罢休。高志又问，他不是跑了吗？张豹说，大家都知道他跑没影了，可他的店还在，总有一天，他还会露面。高志问，你就那么恨他？张豹说，留着他，还会祸害更多的人。高志问，你是从啥时候开始的？张豹说，从你那天晚上去家里看我的第二天就开始了。高志问，你不是说身体不舒服吗？张豹说，那只是个借口，我不想参与续家谱那些乱七八糟的事情。高志笑笑说，你一个借口不孬，害得我单枪匹马跑了一个月。张豹说，我知道，就是直接告诉你我不想参与，你也会一个人把咱俩的事做好。高志说，我不但做好，你当时要是说寻找智深的下落，我就是再累，也会陪着你。张豹说，那样动静就大了，智深更不会早出现。高志说，你总是到处打探他的消息，他那帮朋友能不告诉他吗？张豹说，我只是像花花公子一样游荡，从不直接打听他，要不是你今天问起来，谁也不会知道。另外，我告诉你，他那帮朋友，如今也都成了我的朋友。高志说，那你可要注意了，别逮不着虎，又引狼入了室。张豹听到这儿一愣，随机脸一寒，说，你就认为我这么没能耐吗？高志笑笑说，只是说说而已，反正你要好自为之，学业、逮虎两不误才行。张豹说，这个你放心，表面上看，我吊儿郎当，沾染上了他们那些人的习气，其实我心里有数。高志说，不过，关键时候，你也给我说一声，行动起来，毕竟两个比一个强。张豹笑笑说，那也不一定。

高志感觉张豹的笑不同寻常，至于哪里不同寻常又说不出，正努力想时，脑中突然一闪，他此刻最想知道，既然张豹那天不是肚子疼，晚上的头痛也肯定是装的，张豹出了心怡阁，是不是真去睡了呢？不睡，张豹又在做啥呢？还有，对于他和二小姐的事，张豹是真不知道还是故意给他俩提供在一起的机会呢？

整个下午，高志都在想这一连串的问题。幸亏，张谦课前到了寺里，先是与慧觉一起出了寺，没多时又一起回来，然后整个下午破例没按课程表上，而是让他们集中练清风明月剑，一会儿让快练，一会儿让慢练，一会儿让集体练，一会儿，又让一个个练给他看。等排到高志练时，却没让高志练，而是让高志从养心殿他的书房拿出箫吹奏《思念》，吹了一遍，不满意，说高志心有杂念魂不守舍。高志一愣，见同学们都在看他，便不顾一切，赶紧把脑子里的杂念扔到一边，又吹奏。张谦还不满意，又让再吹，仍不满意，就瞅着高志看了一会儿，说，你和张豹弄架古筝来，让张平弹。张平坐到古筝前，手一伸，娴熟得像变戏法，《思念》就在院里荡起来。张谦点点头，又让同学们继续练清风明月剑。集体练了一遍，张谦拿起箫站到张平后，示意同学们握着剑围着他俩面向外站一圈。霎时，寺院百声齐噤，静彻如夜，只有忽高忽低的箫声，如阵阵秋风扫荡，那些原栖息在各个角落的蚊蝇、蟋蟀、蚯蚓、蟑螂、蝼蛄、鼠类等越墙而遁，又见周边树上的鸟雀扑棱棱相继散得一个不剩，天空中不知从何处飘来的各色、各种形状的云，先还是好奇地往这里聚，转眼纷纷散开，不知又去了哪里。一时晴空朗朗如碧，再看上课时还悬在西天的太阳，不知啥时，也不见了。张谦就说，好，今天的课就上到这儿，晚上自由活动。说完，就与慧觉师父一起匆匆出了寺，不知又去了哪里。

高志饭罢还在想着他的心事，见智能慌慌张张进来，又扛着个鼓鼓囊囊的浅灰色大布袋急急忙忙往外走，懒得问，可身后的张豹看见，一把拉住问，去哪里？智能头也不回，抽脱被拉住的左手说了句"去城里，不得了了"，就小跑着出了寺。张珏偬上来，问张豹，智能说啥不得了了？张豹说，你不知道他？针眼小的事，跟前越有人问，他越会装腔作势，都能瞎嗷嗷得惊天动地，让人不仅信以为真，还紧张得比他还厉害，因为这，没少被慧觉师父训。张珏说，我看他神色不对。张豹说，他啥时候都苦瓜着个屄脸，绷得像衙里当差的，似有百样做不完的大事，走起路来那简直是鬼撵，智广常取笑他投胎转世时阎王爷给他安错了脸，不该待在寺庙，该去衙门审案子，只要大堂一露面，不必用刑，犯事的一见他就全招。高志听了就笑，说，你又在哪儿学的挖苦人的话？张豹也笑笑说，开个玩笑。转脸又对张珏说，可不能传到智能耳朵里，这家伙知道会计较我一辈子，只要碰面，脸准黑成包公，要是那样，就是我心里没事也哆嗦得啥也干不成了。张珏说，哪天，我一定得添油加醋告诉他。张豹说，我知道你家有的是酱油醋，但也得小心点，别用完了，用完就没法开十里香了。高志听了，又联想起十里香大门两侧的对联，就笑了，还没笑完，又听张珏说，如今的留城，有你天天搅和着，别说没法开店，就是能开，谁还能熬得起？张豹脸一正，说，你这是啥话，你家店是不是不想开了，还是不想在留城待了？回去告诉你家里人，以后是屄不是屄别到处乱放。高志立即收住笑，两边瞅瞅，又盯着张珏问，你俩打的啥哑谜？张珏立即笑笑说，高志，你不知道，这是少爷给我闹着玩的。转脸又对张豹说，我不是说你，是说我家店里的伙计，天天像没睡醒一样，有时候炒着菜都能打盹。张豹仍寒着脸问，这又跟我有啥关系？你是不是拉肚子跑马找错了门？张珏又赶紧笑笑说，谢谢少爷照顾我家生意，请原谅我不会说话。说完转身离开。张豹又追上一句说，再瞎胡呛，小心你的皮。高志见张珏回了寝室，就上上下下瞅着张豹像不认识一样。

张豹问，你瞅啥瞅？高志说，是不是再让我感受感受？张豹说，简直不是个东西，连话都不会说，真是白在学堂这么多年。高志说，你还知道你现在是在学堂吗？张豹说，要不是你在跟前，我早就让人掌他的嘴了。高志说，看来，你还是不知道你自己现在在哪里，明天我得赶紧告诉先生，咱学堂不能容忍黑老大。张豹一愣，赶紧笑笑说，我让这家伙气糊涂了，可不能在先生跟前乱说。高志说，要是我说了，你也让人来掌我的嘴？然后再把我全家赶出留城？张豹仍笑着说，咱俩是啥关系？我可不敢。高志说，都是学堂里的同学，又有啥不敢的？张豹仍腆着笑脸说，那可不一样。高志说，看来还真得告诉先生，按学堂规矩办。张豹笑立马一收，说，怨我怨我怨我，怨我还不行吗？高志说，学堂规矩写得明明白白，同学之间平等相待友好相处，你难道忘了？张豹说，没有没有，我向你道歉。高志说，不是向我道歉，是应该向张珏道歉。张豹说，明天我向他赔不是。高志说，不是明天，是现在，立刻，马上。张豹一愣，说，好，你把他叫过来。高志说，你自己去。张豹说，张永马上就到了。高志说，你有两个选择，一是你这就去给张珏道歉，二是把你的行为告诉先生。张豹说，我去，你在这儿等张永。高志说，我必须跟着。张豹说，又不是你去道歉，你跟着干啥？高志说，监督。张豹说，你难道不相信我？高志说，以前相信，现在不敢相信了。张豹问，为啥？高志说，你要是道完歉，再趁机在寝室睡着了做个好梦，真要梦中遇见个志同道合上课睡觉的梁山好汉，一起梦游到城里的瞭望台上天南海北地侃上一阵子，等侃高兴了，再让张永把你俩一起接到十里香，再引来一伙人喝个通宵酒去。张豹一愣，看来你知道的还真不少。高志说，可能比你想象的还要多。张豹说，你是啥时候注意我的行踪的？高志说，不仅仅是你。张豹一惊，不仅仅是我？还有谁？高志说，这个，你不用问。张豹又问，啥时候开始的？高志说，从你在课堂上第一次打瞌睡。张豹说，打个瞌睡就值得你兴师动众？高志说，你见我兴师动众了？张豹说，不兴师动众，一家人全行动起来。高志说，你见我家全出动了？张豹说，你爹通过来往顾客打听也罢了，你娘，还有翠翠、红红，只要一听到谁说起我的事，就打破砂锅问到底，有时候，你晚上还黑衣皂裤乔装打扮，城里城外转悠，你为啥要这样？高志说，你见我了？张豹说，我见你几次了，有一次，要不是我制止，你当时就被我手下网起来了。高志很平静地说，那次，我是故意让你网的，可你为啥不把我网起来？张豹盯着高志好像不认识一样，然后长出了口气说，你先告诉我你是为啥？高志说，我是为了对你负责和报答你一家对我的好。张豹嘴唇一绷，点着头说，行行行，你监督你监督你监督吧。

从寝室出来，张豹说，同学们都在场，你这次让我面子丢大了。高志说，不是你面子丢大了，而是你威望更高了。张豹说，不明白你的意思。高志说，你自己想去。张豹说，这跟大丈夫能伸能屈又有关系吗？高志说，你是大丈夫吗？张豹猛地站住，脸一黑，说，我咋又不是大丈夫？高志说，你对我让你给张珏道歉的理解就不是大丈夫所为，你每天晚上所为也不是。张豹仍黑着脸说，就是我对你让我给张珏道歉的理解不对，你也不要否定我的晚上所为。高志说，也正因为你的晚上所为，我才对你这样说，你说你天天晚上引来这么多人，又都半夜才散，店里伙计收拾完都快天明了，才刚睡下又赶紧起床，长此下去，谁又能受得了？受不了，又不能说出来，真正的大丈夫，不仅仅是《孟子·滕文公下》里所说的那三个"不能"的字面意思，而应是，不站在权势之上，像一艘处在水中的船，时刻在内心稳住自己的道义之锚，无论处在何等境遇中，都能牢牢把住仁、义、礼之舵，知进退，明得失，懂取舍，识大体，有敬畏。高志说到这儿，抬步就走，才走了几步，又回头甩给张豹一句，你先回寝室打个盹，我看看车来了没有。

高志走到大门，智广问，你上山咋没带剑？高志说，今晚不去了，在门外等张永的车。智广说，他来了，在门房床上躺着呢。高志一愣，他今天咋来这么早？智广说，每天都这时候来，来了就在这里睡，等你们一下晚课，谁在这里值班，就让谁叫醒他。高志说，他咋这么困？智广说，我也问过他，他先是吞吞吐吐不肯说，我一说，你不说就别在这里睡，他才告诉我说，回去就在城里跟着张豹乱转悠，见有好吃的吃，好喝的喝，好玩的玩，反正不闲着，不到三更半夜不回家，等侍奉张豹睡下，都四更了，五更又起，再侍奉张豹洗漱完，磨磨蹭蹭就快卯时了，又着急往寺里赶，回到盛府，挑水、扫地、清茅厕、驾车接送人，哪天的活都排得满满的，哪又有打个盹儿的空？要不要这就叫醒他？高志说，不劳驾你，我进去叫。没多时，张永揉着没睡醒的眼跟着高志出来，高志问，车呢？张永说，在门外湖边拴着。高志对智广说，你忙，我俩去车上。

　　上了车，高志叫张永驾着拐到寺东路上，张永停车上来，把车门关严，说，你有啥事，就快说。高志说，没啥事，今晚没课自由活动，少爷恐你没到，就在寝室睡了，让我等你来了再叫醒他。张永说，那，现在是不是就去叫醒他。高志说，不知咋回事，他天天像个睡不醒的瞌睡虫。张永说，他……我也不知道。高志笑笑说，你真不知道，还是不愿意告诉我？张永说，少爷不让说。高志说，不让对别人说，也不对我说？张永说，谁也不让说。高志说，那智广咋知道你和少爷天天在城里瞎逛？张永急了，他他他，他告诉你啦？高志说，不告诉我，我哪知道？张永说，这个嘴上没把门的货。高志说，要怕人家不知道，自己就别做，只要做了，别人早晚就会知道。张永说，请行行好，你可别告诉少爷，他要是知道是我说出去的，又得揭我的皮。高志点点头说，我保证不告诉他。张永说，还是你够意思，以后有需要我做的，你尽管说。高志说，那当然，谁让咱是表叔爷们儿呢？张永说，那是那是，一拃不如四指近。高志说，你这一说，我忽然想起一件事，想问问你。张永说，啥事？请表叔尽管说，只要我知道。高志说，你还记得少爷那次肚子疼，我晚上去看他不？张永说，那还能不记得？你和少爷、二小姐一起吃了饭就去了心怡阁整理家谱，可少爷腚没坐热就说头疼出来了。高志说，少爷告诉我了，他不想参与续家谱的事，不但头疼是装的，不想在学堂睡，也是借口。张永说，少爷真是，他还不让我说，他都给你说了。高志说，我们的关系，你又不是不知道，他能不跟我说吗？张永说，对对对，我知道你们的关系，亲上加亲，亲上加亲。高志说，我想问的是，他装头痛的那天晚上从心怡阁出去，是回屋睡觉去了，还是有事出去了？张永说，他去睡觉了。高志问，他真去睡觉了？张永说，可没睡着，又不想帮你整理，就让我带他去城里好玩的地方转悠。高志问，都去了哪儿？张永说，我又不知道哪里好玩，就一起随便转悠，转着转着就到了十里香，让智深看见了，非拉我俩去喝两杯不行，少爷见他喝酒还量大，就说他，你一个出家人破戒可不行，智深说，酒肉穿肠过，只要佛祖心中有，这样说笑着，就你一杯我一杯喝起来，喝着喝着，我和少爷就醉了，少爷就让智深安排人送我回家，让智深送他回府，顺便看你整理完家谱没有，要是整理完就跟你结伴一起回寺。高志心一动，就对张永笑笑说，怪不得那么长时间没见少爷再去心怡阁，原来你们快活去了。张永问，你没跟智深一起回寺？高志说，我没在盛府见到他，可在寺里见到了他，他比我回来得晚。张永说，反正我后来啥也不知道了。高志说，以后再有人问起那晚少爷的事，你一定也说不知道，要是少爷知道你给除我以外的人说了，后果，你明白。张永说，明白，明白，我还能不明白？高志说，你快把车赶过去，我去叫醒少爷。

后来旬末再回家，高志再没急着赶回寺里，而是把二小姐叫到东厢房紧紧关上了门。高志问二小姐，那晚，你说去去就来，你去哪儿了？二小姐说，我去看豹子弟头痛好了没有，见他屋里有人正要离开，我就回了自己的屋，准备把给你做的鞋垫拿给你，可你却不声不响跟我进来了，带了满嘴的酒气吹了灯不说，还掀了人家的裙子，蒙了人家的脸，把人家都弄疼了，你是不是喝了我放在心怡阁的酒壮的胆？高志听了，尽管早有准备，心里还是禁不住动了一下，然后就睄着满眼清澈的二小姐出起神来。二小姐见他不说话，就紧张地问，你咋了？是不是哪里不爽快？要不要去请大夫？高志赶紧说，对不起，都是我的错，都是我的错。说完，就把二小姐揽在了怀里，然后就和二小姐一起从屋里出来。趁二小姐不在跟前，高志就对娘说，我跟二小姐的亲事快定下吧，等过几天，她爹娘要是再不从沛县城里回来，就让爹请刘伯通去那里说。娘高兴地说，你这么快就转心了？高志没答话，拿了要带的东西就回了寺。当然这又是后话。

　　送走张豹，正要回转，见瑞麟从城里来，就迎上去。瑞麟一见就说，我正要找你。高志问，又找我干啥？瑞麟笑笑说，就不兴找你啦？高志说，兴，还能不兴？我巴不得你天天来找我。瑞麟说，也希望你以后，能常来找我。高志一愣，又笑着说，你看你说的，像马上就离别再也见不到了似的。瑞麟说，人一辈子，聚合离别，谁又说得准呢？有的聚着聚着就散了，走着走着就远了；有的一直音信全无，本以为不会再见的，眨眼又拥抱在一起；有的两小无猜，总以为会长相厮守，偏又成了天涯望断，山高水远，不知何时再见。高志立即收住笑说，难道就这么伤感？又扯远了吧？再扯远，我这心一酸，泪就汪出来了，恐怕再也止不住。瑞麟说，你止不住也不是酸的，是喜的，喜不自胜。高志说，你你你……瑞麟说，好，我不说了，你多久没上山了？高志说，自进城帮着续家谱，不是这事就是那事，哪还有空去？瑞麟说，不去也罢，免得难应对。高志问，有啥难应对的？小姐还去吗？瑞麟说，去，还能不去？白天去，晚上去，差不多整天都在山上。高志问，白天做啥？瑞麟说，给驿庙村来装修书院的师傅做饭，你知道驿庙吗？高志说，驿庙我知道，在夹沟驿站北隔一节地，没二里路，那里还有我爹的一个挺要好的刘姓朋友，听他那朋友说，他们祖宗是成化年间为避荒乱，从洪洞县大槐树下辗转到那里傍河盖房置院安顿下来的，因为听说正德十四年七月在他们村南停船靠岸的皇帝，不仅微服骑马去了西南几个小庄拢成的大集，还给那集起了个名叫紧鞍集。瑞麟一惊，原来紧鞍集是正德皇帝起的名，难怪现在那么大。高志说，听那人说，其实也不是正儿八经起的名。瑞麟问，又是咋起的？高志说，正德皇帝在集上转悠时，问迎面的一个当地老者叫啥集，那老者看问他话的人相貌不凡，又是京腔，就说，看你也是从皇城来的有身份的人，索性就托您的福给起一个吧，正德皇帝就笑着紧了下鞍走了，没想到那老者是集上的头，第二天到夹沟驿站办事，不仅知道了跟驿站挨着的村庄之所以叫龙塘，是因为本朝开国皇帝打江山时在村中的大坑里洗过澡才改的，还知道昨天跟他说话的是当朝下江南的皇帝，回去就把集叫成了紧鞍集。瑞麟说，真没想到连龙塘的村名也是这样来的。高志笑笑说，驿庙的村名也跟正德皇帝有关。瑞麟又一惊，是吗？又咋起的？高志说，驿庙原来叫刘屯，自听说在他们村南靠岸的是正德皇帝，还知道了紧鞍集的来历，村里掌事的先是按照夹沟驿李驿丞的建议，通过周边各村的鼎力相助，在皇帝停船靠岸处集资建起了一个青砖琉瓦的三进大宅院子行宫，里面又收拾得富丽堂皇，以备皇帝万一再来时有歇脚之处，行宫建好，因为村里有关公庙，又挨着驿站，不仅把村名改为驿庙，还把村里的三月三关公庙会也恢复起来，庙会一恢复，这个村就出了名，周围每年来赶会的还知道这村里人个个心灵手巧，无论男女老少，不仅织箔、打席、编篓子都是好手，梅花拳功夫也是远近出名，还高手多，因为这，那些打劫过往行船的从不敢在这一带下手，所以这里又被周边私下里称为英勇庄。瑞麟说，没想到你对这庄这么熟悉。高志说，你以为我们在学堂里的都是只读圣贤书？舅舅说了，身在茅屋，胸怀天下，既然有心怀天下的大志，就趁现在一边把书读好，一边瞅机会通过了解这一带的风俗人情丰富自己书本上学不到的东西。瑞麟笑笑说，看来你在这学堂没白待。高志说，等我得闲了，你介绍我跟从驿庙到山上来的那些人认识认识。瑞麟说，不用介绍了，他们都知道你。高志问，这又从何说起？瑞麟说，你还记得你给山上学堂作的赋吗？高志说，即兴胡诌，又让你见笑了。瑞麟说，快别谦虚了，都给刻了碑立在山上了，驿庙村来的人不但都夸你，还说，等这山上的活做完，就请你给他们村作一篇，也刻了立在行宫跟前，要是皇上再来，说不定一高兴，金口一开，御笔一提，给这村子题幅字来首诗，村子就更出名了。高志说，那就更使不得。瑞麟说，不管使得使不得，等哪天你得闲，我先让他们见识见识龙兴寺学堂里的大才子。高志说，拜见拜见他们可以，可不能乱说这些上不着天、下不着地的话，兴许里面就有梅花拳高手，咱不能让他们笑话。瑞麟说，笑话不可能，你说对了，来的人里面还真有梅花拳高手，听他们说，别看平常白天一个个以种地和四处做工为生，一到晚上，就龙腾虎跃，那个热闹，周围几里地的青壮年，晚上喝罢汤饭碗一推，就像村里来了玩马戏的一样，蜂拥着围上来，有的还当场拜了师傅。高志兴奋地说，你是不是也结交上朋友拜过师傅了？瑞麟说，你看我忙的，哪还有那闲工夫？我姐倒趁他们吃饭时跟他们学了两套拳会了好几招。高志说，等这两天，我把要做的事处理完就去山上找她，请她露一手，让我先见识见识。瑞麟说，我姐自八月十五后就不去了。高志一惊，为啥？瑞麟说，帮着娘收秋，天天累的，哪还有那个闲劲儿往山上跑？高志说，我明天跟慧觉师父说一声，带着同学们去帮着收。瑞麟猛然醒悟，说，你明天哪还有这个空？高志问，你咋知道我没这个空？瑞麟说，你看看我，一见到你，就像八辈子没见过，亲得只顾天南地北地瞎扯，倒把正事给忘了。说完拉了高志就往寺里走。

两人到了寺里，见学堂里亮着灯，有不少人在看书写字。瑞麟低声说，到底是学堂，多让人羡慕。说完放轻脚步，又把高志拉进东厢房，小心翼翼关上门，高志问，出啥事了？瑞麟说，留城又摊上灾了。高志一惊，又是啥灾？瑞麟说，蝗灾。高志又一惊，蝗灾？你是说蚂蚱成精了？瑞麟说，那可不是？因为春旱持久，割了麦等雨，秋庄稼就种得晚，按说，成熟得也晚，收割最少也得再缓三五天，可今天早饭后跟爹进城，见头天叶子还满满的豆棵上，一夜之间光剩豆角皮挂着了，就是豆角皮上，也个个七窟窿八眼的，还趴满了大大小小的蚂蚱，一拨开豆棵，轰一声，像戳了马蜂窝，蚂蚱遮天蔽日满天飞，再看谷子地，秆上都光头了，远远看玉米还青着，可走近一看，我的个天，玉米秸上全是蚂蚱，正趴在穗子上啃的啃、咬的咬，赶紧往高粱地跑，可一到，又看见高粱都像傻大个儿一样顶着麦芒般的光腔梢子向上直戳着，爹就对我说，你看，这下子更省事了，等砍了高粱秸，再掐了长莛子，就不用再忙活撸粒子，我就说，虽然省了收时很多工夫，可以后吃啥？咱城西门外的张良醉酒坊用啥酿？难道以后光靠从外地进？还没等爹答话，又见那些在田地上空盘旋的蚂蚱，像谁给下了命令，一窝蜂直向留城飞。我爹赶紧带着我往城里跑。到了城里，我俩全身都是蚂蚱不说，城里所有的路上、树上、墙上、屋里屋外、犄角旮旯，都飞满了蚂蚱，我俩就两手拍打着头上的蚂蚱赶紧往祠堂跑。祠堂门里门外挤满了人，一看见我爹，又蚂蚱一样齐奔向他来，问咋办。爹一边安抚大家都别急，一边分派人去叫刘伯通、殷贤泽。被派的人刚离开，两人就慌里慌张地跑来了。爹没等他俩张嘴，就说，赶紧叫人通知所有的人家都在院子里用半湿的柴草烧起烟来熏。一时间，留城狼烟四起，蚂蚱见烟就飞，烟尽又来。折腾了一上午，见老人咳嗽孩子哭，又让赶紧把烟停了再想办法。爹就到了寺里找慧觉师父，两人到城里看了看就回来了，爹问慧觉师父有没有更好的办法，慧觉师父说，只能用张良祖的四面楚歌试试。爹马上明白，立即准备。高志说，怪不得舅舅一下午都让我们练剑吹箫，原来是为这准备的。瑞麟说，是，可光凭你们不行，就又到城里招集所有会清风明月剑法的张家人，无论老少，现都在城中心的观景台下练着。高志问，慧觉师父在那里干啥？瑞麟说，正用智能从寺里扛去的祭器在瞭望台上设祭坛。高志问，你找我，又让我做啥？瑞麟说，有两个，一是让你安排学堂里的所有人明天做好待命准备，二是……高志说，都这时候了还吞吞吐吐。瑞麟说，主祭台上需要一对功夫上乘的未婚男女对舞清风明月剑，爹说，只有你和我姐能胜任，让我问问你，你看……高志说，我没问题，让干啥就干啥。瑞麟说，我姐也没问题，只是……高志说，你就不能一气说完吗？瑞麟说，箫管里的那两把剑舞起来需要两人心无挂碍地完美结合，才能发挥这两把剑神奇的威力，你能做到心无挂碍吗？高志说，只要小姐能，我就能。瑞麟说，我姐目前还不知道你和二小姐的事，我爹说，为了留城人躲过这一劫，也不论你以后咋样，但愿你到时不生二心。高志胸一挺，说，你告诉舅舅，我保证做到。

第二天午时初刻，数不清的蚂蚱在留城上空横冲直撞，看不出太阳是被云遮住了，还是被蚂蚱挡住了，时不时通过缝隙把光射在高高的瞭望台上。二刻，张氏所有提剑者各就各位，慧觉师父面北站在瞭望台中心的祭台前。张谦与其背对着，面南手横祖传铁箫。张平与城里各祠堂选来的八名古筝圣手，各在台上每边内侧面古筝而坐，高志、玉玉分别持剑在张谦左右。城墙四角，张谦爷爷奶奶带着张维、张添、张第、张力在兑，张斌爷爷奶奶领着张欣、张升、张珉、张命在巽，张谦父母同张往、张胜、张珏、张学在震，张斌父母和张万、张士、张凯、张泰在艮，其余三步一人，老、中、青、少，男女错开。分布在城墙东、南、西、北，分别由瑞麟娘、二小姐、张豹、瑞麟领着。因灾情骤至，为尽快趋灾尽量减少损失，没让人去沛城请张斌夫妇。

三刻，各据城门的鼓手随着跟前的鞭炮一响，嗵嗵嗵鼓槌劲擂，鼓声中慧觉师父手中拂尘向天一扬，又绕一圈，随后祭香燃起。与此同时，张谦箫声即起，台上古筝齐鸣，四周继而应和，所有的剑手随着高志、玉玉的节奏动起来。霎时剑光凛冽，剑声霹雳，带起的风荡得城墙垛口上的明字盘龙旗猎猎如虎啸，啸声聚到瞭望台上，又四面散开，时而上，时而下，时而左，时而右，忽然又打着旋，时而东，时而西，时而南，时而北。所到之处，蚂蚱像着了魔法，如醉汉般晕头转向不能自已。突然，就听高志和玉玉砰的一声，凤剑和凰剑交接处迸出一朵耀眼的火花，这火花扯着一道夺目的光啸叫着向上射去，跟源源不断的蚂蚱群一接触，迅速变成闪电，如银瓶爆裂炸响，值烟花般向四面八方飞散之际，就见张谦吹着箫缓缓升到烟花飞散的中心，接着身子如一棵挺拔的树急速旋转一周，带着那些还没来得及下落的烟花，形成了一把透光的伞。飞速旋转的伞，把所有的蚂蚱带起，如小时候玩的地老鼠烟花尾巴越来越粗，越来越长，嗞啦啦在整个留城上空像螺旋一样形成数道圈子，且不断向外延展。又见高志、玉玉架着剑直向上升，眼看触到越来越大的螺旋圈，就见慧觉师父把拂尘高高举过头顶，先慢摇一圈，眨眼间又快速向上一摇一摆，那拂尘马尾就竖了起来，又像被谁扯皮筋一样，拽成一根线，这线一连接上张谦伞面的边缘，伞越转越快不说，伞下台上成了一个巨大的陀螺，这陀螺旋着旋着，慧觉师父握的拂尘手柄只稍稍一斜，螺旋的最外圈就与城墙剑阵舞成的圈连起来。于是，城里城外的蚂蚱分成两股不断地进入陀螺圈中，就在两股合成一股之际，高志、玉玉剑一分，腾地左右跳开，各自在螺旋圈里绞来绞去一阵，又一合，再分开，又合，分合间，蚂蚱顷刻如滂沱之雨纷纷落下，没多时，地上落了一尺多厚。也就半个时辰，碧空如洗，阳光明媚。再回首台上，慧觉、张谦、高志和玉玉从四个方位背对背正含笑面向城墙上的欢呼。

当天晚上，从学堂回来的张豹发现二姐不见了，就在院里四处找，到兴府问，又让张永驾着车满城寻，有人说，晚饭的时候，见一群黑衣蒙面人顺着乾坤街向北跑，其中打头的肩上扛着个乱动的大白布袋。张豹问清打头人的体形，就先到智深开的店前，见店门没锁，里面乱七八糟，像遭了匪抢一样。又到城外河边智深家，还没到门前，就听到不绝于耳的拉锯刮刨子的声音传来，立即精神起来，以为智深在里面，便推开虚掩的大门到了后院，见院里有几艘造好的新船，一艘还没造好的船前刘伯通正看着木工忙着，便吃惊地对闻声转头的刘伯通说，你咋在这里？刘伯通说，这院子，智深那个老表卖给我了。张豹又问，你又在干啥？刘伯通答，前些日子家门前的那对石狮子化作拄着拐杖的白胡子老头托梦，说留城又要发大水，让造船备着。张豹说，大水年年发，也没见有人托梦给我。刘伯通说，你不信，去问问你们先生和殷贤泽，他们也做过同样的梦，可他们虽不信，殷贤泽已在东山看好了地方，准备让殷家人搬那里去，张谦也说，等忙完秋，动员不愿离开留城的人家，分两处安置，一处在墓前村，一处在小黄山南他家住的地方，还要把渐渐形成的村子命名为龙兴村。张豹说，山南不是铜地的吗？以前散落几家住着就住着了，动静一大，万一让铜地官府知道了，兴许连山上的学堂都保不住。刘伯通说，这个你不如我了解。张豹问，咋又不如你了解？刘伯通说，这小黄山，是个卧着向西南的牛，前面大半身是铜沛界，到了向东拐弯的后腔这一片，通过工部尚书朱衡协调，山前后早就划给了龙兴寺，如何使用还让张家说了算。张豹说，原来是这样，以前，我一直还担心大叔占铜地那么多会出事的，现在看来，我还真不知道有这一出。刘伯通说，别看你这段时间和高志天天晚上分别在留城里转悠，你不知道的还多着呢。张豹就想起此行目的，以为刘伯通会透露点什么，就问，你说我还不知道啥？刘伯通说，你不知道智深老表啥时候卖给我的宅子，更不知道张谦曾让人捎信给你爹，让你爹也把家搬山南去，可你爹回话说，不在留城折腾了，把家全搬沛县城里去。张豹说，我家的事我还能不知道？刘伯通笑笑说，由此看来，不是你家的事，你当然还有好多不知道。张豹听了就瞅着刘伯通问，等船造好准备去哪里？刘伯通说去利国驿，以后好做生意。张豹问，你就以为留城真保不住？刘伯通说，现在只有你大叔相信能保住，尽管相信，也开始实施他在山南安置的打算。张豹又问，智深老表能当家把房子卖给你？刘伯通说，他老表说是智深以前安排的。张豹说，这说明智深早有打算。刘伯通说，如今的人，特别是像他这样无恶不作的，能不给自己事先找好退路？张豹顿了顿看着刘伯通说，他现在能在哪里呢？刘伯通看着张豹说，我还想问你呢。张豹说，我知道还问？刘伯通说，我知道还问？张豹一听，猛然又想起，我都来这么一会子了，刘伯通咋不问我来干啥的呢？可转回来一想，既然连他张豹晚上在留城转悠都知道，肯定也知道他张豹来干啥的，即使不知道今天智深又来留城了，也知道他张豹是来打听智深下落的，这样看来，刘伯通这个平常除了做生意主动兴奋起来，其余都是跟风的人，别说不知道智深的音信，就是知道，也不会告诉他张豹，就道了别又去了别处。

折腾了一夜，张豹第二天再到学堂见了高志，先说了二小姐失踪的事，又说了石狮子给刘伯通托的梦。随后又问，昨晚咋没见你到留城？高志说，我有别的事。张豹见高志说了这句就去了龙兴殿，回来又去了寝室，就跟了过去。到了寝室，张豹见高志把平常替换的衣服一裹，提着剑说，我已跟慧觉师父说过了。张豹没等说完就问，你又上哪儿去？高志说，我去找二小姐。张豹说，你走了学堂咋办？高志说，人命关天，如今，顾不了这么多。张豹说，我也跟你一块儿去。高志说，你去了，你家里连个守着的也没了。

万历三十年开春，高志带着二小姐回到了留城，对娘说，智深让我宰了。娘咬牙切齿地说，早就该碎尸万段。二小姐哭着对高志娘说，姑，孩子没保住。高志娘抹了把二小姐脸上的泪说，人回来就好，咱以后再生。二小姐又问高志娘，我豹弟还天天去学堂吗？高志娘说，少爷不在学堂读书了，你全家也都搬进了沛县城里。二小姐说，不是说好豹弟在家守着吗？盛府也不要了？高志娘说，一开始，少爷要守的，太太不愿意，老爷就以沛县刚开的店缺人手，硬让走了，还让俺家先给看管着，说等你们回来，要是留城不发大水，就留给你们住，要是留城没法住了，也让咱全家搬沛县去。高志问，学堂搬山上去了吗？娘说，你走后没多长时间就搬了，大部分留城的张家人也搬过去了，我和你爹要是不等你们，也早搬回老家了。高志问，您刚才还说要搬沛县去。娘说，你们俩一直没音信，咱搬那里又算啥？再说了，如今你爷爷奶奶年纪也大了，那里更需要我们。高志又问，我那些同学参加秋试考得咋样？娘说，哪还考得咋样？都没参加。高志吃惊地问，为啥？娘说，官府听说留城闹了鼠疫，恐影响其他考生。高志说，鼠疫不是春天吗？又灭掉了，隔了这么长时间，又能影响谁？娘说，人家说，是才知道的，一定也是才发生，要不早就听说了，还说三年不许报名，有的人家还怨玉玉爹当时瞒得太紧，把孩子都耽误了。高志说，真没想到还有这一说。娘说，如今啥稀奇没有？高志说，再出幺蛾子，也不能这样。娘说，听来送货的管家讲，什么疫不疫的？如今哪里又没有零散疫发？有的地方还一年发几次，只是找个理由罢了，最主要是学堂的名声出去了，让人记着了，恐把有脸面人家的孩子比下去了。高志问，难道少爷在沛县也没能参加？娘说，老爷托人倒给报上了，可少爷说，学堂里的都比他学得好，任凭谁劝都不愿参加。高志问，又为啥？娘说，哪还有为啥？只说这样的试不参加也罢，索性连老爷在县城找的学堂也不进了，跟老爷学起了开店。高志说，等过两天，我去学堂看看。娘说，龙兴桥让官家拆掉了，扒成了十几丈宽的大河。高志问，龙兴寺呢？娘又说，寺还在，和尚也只剩慧觉和智能、智恒、智广，听你爹说，他们要与龙兴寺共存亡，每隔几天，慧觉就过河上山到学堂跟张谦爷儿俩聊聊。高志瞅了二小姐一眼，又问，玉玉呢？娘叹了口气说，玉玉，玉玉……高志一口气提到嗓子眼，问，玉玉咋啦？娘擦了擦自己的眼窝说，她跟着城西功德禅寺的碧云师父去云游了。高志就呆愣起来。晚上，趁二小姐不在跟前，娘把一张折叠整齐的纸递给高志，说是碧云师父在玉玉枕下发现的，临行前，偷偷派人送来让转给你。

高志打开一看，是玉玉写的。

> 留城昨夜又雨，禅寺相思难驭。晨醒懒梳洗，沉溺旧时聚。想续，想续。锦书云中何旅？

高志的泪再也忍不住。

万历三十一年四月，河决沛县四堡口，县城灌水，横冲运道，淹了胡陵城，漫了广戚城，又滔滔直取留城，刘伯通就带着愿意跟他走的刘家人，坐上他造的船，顺水南下，过了城南，见龙兴寺主殿只剩个屋脊、小黄山已没了半截，就去了大黄山方向。从此，覆城之水再没散去。后来听在驿庙三月三庙会上摆吃摊的张珏说，大水来时，先是都上了山，见无法继续生存，先生就让顺着山的走向逃散了，还约定等水退下，回来的还到龙兴村一块儿生活。

多年后，在一个夏季雨过天晴的傍晚，饭后的高志又独自来到微山湖边，面向西南看着眼前的茫茫大水，突然发现，在水与天相接处，先是白云缭绕，继而天空澄明，接着又朦朦胧胧起来，随后就渐渐出现了一座城，不仅有城门楼、城墙，还有城里的人家、店铺，立即认出那高高耸起的就是留城中心的瞭望台，那纵横如箭头样的十字街，就是留城里的，赶紧在大街上到处寻找，谁知找着找着，城又不见了，耳边却有了声音，"留城昨夜又雨……"立即顺着声音找玉玉，可才转过脸，声音就没有了，却发现娘在身后，一愣，就听娘说，你不能再这样下去，该去沛县找二小姐。高志说，自搬到墓前村第二天，她就要去沛县看望爹娘，我让她等到办了我们的喜事再去，她都不愿意，还说走就走，到现在都没回来，您说我还找她干啥？娘说，她大户人家的小姐，哪能过上咱这样的日子？都是我和你爹把你耽误了。高志说，不怨爹娘，都是我自己的错。娘说，要不你出去转转，看能不能打听到玉玉的消息。高志瞅着渐渐暗下来的天空，没再说话。

据后来的本地志上讲，公元 1935 年，江苏省国民政府考古单位在留城故址西南挖掘出一段龙兴寺残碑，上面的镂刻已漫漶不清，仅能分辨出"龙兴寺"和立碑纪年处"嘉靖"字样。遗憾的是，这段残碑，在随后的战乱之后再也没有找到。

后记：从容策马啸长风

在我写这部长篇小说的后记时，深秋的风已开始施展威力。尽管所在的这个江苏最北端的县域，近几年引进了大量的南方花木，那些隐在城乡旮旯的本地树种，已开始飘落黄叶，准备着来年春天的勃发。

也许是个人偏好，我特别看重后记的书写。虽然在一些人看来，是狗尾续貂多此一举，可我还是充满仪式感地欲罢不能，依然遵循着自己的内心约定，总是想把后记当作一本书的另一种表达、另一种丰富，既自成一格，又相谐相融，相得益彰，不给自己留遗憾，从容策马啸长风。尽管文不逮意，这只是我的一种企望。由此看来，所谓的从容，表现在文学创作上，就是心无旁骛地追求一种"慢"，在"慢"中刻意自我"煎熬"，在"慢"中自我赋能加持，在"慢"中尽量呈现心中的描画、相对完美准确的书写和过程的快乐。纵是乱云飞渡时的急就章，也应该排除一切干扰用心地写。虽然不能"一词压两宋，孤篇盖全唐"，最起码能体现一种"写我所想"的愿望诉求、一种自我设定的为文者的责任和精神。也因此，就像写这个长篇小说时一样，让自己全身心入定，顾不上打理的书房便如秋风掠过一片狼藉，又何谈从容？

算起来，这部关于留城的书写，从最初有了这个想法到现在已有十多年。尽管留城在中国辽阔的版图上只是一个弹丸小城，又陆沉成湖四百多年，可无论在历史上，还是在地理位置上，它都有着别处没有的厚重和辉煌，更有着别处不可替代的功能和作用。它曾是中原与南方交汇的咽喉地带，又是古留国都城、汉张良封地、高祖刘邦与张良最初相会处……呈现的夺目光芒和留下的闪光记忆，并没有被黄河改道带来的泥沙层层遮掩，其身边腾腾不息的古老运河，一直以不同形式在滔滔不绝地诉说着它的过去和现在，诉说着它曾经的劫难和鼎盛时期的繁华富庶。介于历史的无情和自然灾害的残酷，渐渐谢幕后退隐到历史深处的留城，一切可观可陈，尽被扫荡在历史的烟尘之中，星星点点的记载，只限于周边志书上雷同的条目式文字中，更何况其中的一些记载，像不见官家入史的微山湖周边十八座连城一样，又都是在当地民间人云亦云的传说基础上形成，可作为一直生活在古留城斑斓传说中的写作者，总想尝试着以小说的形式再现留城当时的人文历史和地域风貌。于是，十多年来，我一直默默地准备，希望在这部长篇小说中，既客观地还原历史，又真实地再现留城曾经的气象。为慎重起见，惯于新写实的我，就把这本作为留城三部曲开篇的书写，放在了先期已出版的《龙兴镇》之后。也由此可见，我这部的书写是如履薄冰，慎之又慎。

而真正在键盘上敲起来是三年前的事。三年多的秉持执念、尽心而为，宿愿终成。三年多来，多次反复的新冠疫情，不仅让我们看清了世界的多极呈现，看清了让我们蓦然一惊的人心分野，看清了在诸多人类灾难面前良善、平安、美好依然是主流期许，还让我们看清了身在高处的开阔与低处的清晰，看清了既然相遇相处不能彼此照亮单枪匹马也不失为一种智慧的选择。在这部长篇小说中，我试图通过绝地求生的留城人在这些方面有所表现。为了顺利完成这部长篇小说，三年多来，我一有机会就向相关文史专家讨教，随时修正、丰富自己对留城人文历史的认知，一有机会就到书写所及之处来次访古感怀样的故地重游，一有机会就不断满足自己对各种书的涉猎需求，以至我的书房到处都是高低错落的"书山"林立，也尽管这些书不是所谓的经典绝学，不具备所谓的收藏价值，当时买来也只是为了在这部书的写作中鉴定一下人物的一句对话表述是否外行，为了印证一下某处的建筑物描述语是否专业准确，为了查实一下相关历史事件的时间、历史人物生活的朝代等是否有出入。有的书明知道就是看完了以后也不会再看，与其清理了增生缺憾、规整了就没有了书写的氛围，不如现在拥有，对写作者来说，可触可及的拥有，也是一笔财富、一种记录、一个回忆、一份难得的幸福，置身在这样的崇山峻岭间，古今中外眼前过，兴来时，纵是长风浩浩，依然可以在这样的文字丛林间"竹杖芒鞋"从容策马，仗剑天涯，啥样的景观又能比得上？这大概就是一种为文者阿Q式的自慰吧？可我的这部长篇小说，就是在这样的幸福和从容中完成的，也可以说是我三年多来的又一种收获，而且从这种收获中所得到的乐趣、所昂扬的激情、所呈现的一种写作者心态，自认为比完成这部长篇小说的书写更重要。拥有了这些，也不论当前或者以后的文学创作如何边缘化、功利化、小圈子化，我都会"风物长宜"地保持下去，并将像这本书中的高志和十八剑客习练"清风明月"一样，会很有兴致地持续以后的书写。

也尽管，我的这部长篇小说，只是忠实于纵深挖掘历史基础上的演绎，是用习惯的写实手法初次进行的一次历史叙事尝试，其间也参考了相关专家学者在网络等媒介发布的研究成果和文字陈述，在此，就不一一标明致谢，当然其中肯定会有或多或少的偏差，更会带来这样那样的争议，可毕竟也是以另一种形式弥补了当地文化传承方面的遗憾。从另一方面说，我的这部长篇小说就是抛砖引玉，或者说，是所处时代的一种"近水楼台"的人文情怀和不忍"槛外长江空自流"的自觉文化担当。甚至说，纯属"欲罢不能"的个人兴趣和"水到渠成"的自然溪流，不奢望融入文字的大江大河，只希望在有缘的读者眼中有一次过手的经历、一次随兴的翻阅、一次零距离的心灵对望。

2023 年 11 月 18 日